AGATHE

Catalogage avant publication de Bibliothèque et Archives nationales du Québec et Bibliothèque et Archives Canada

Titre : Agathe / Rosette Laberge
Nom : Laberge, Rosette, auteure
Laberge, Rosette | Entre fougue et passion
Description : Sommaire incomplet : tome 1. Entre fougue et passion
Identifiants : Canadiana 20210073845 | ISBN 9782897836245 (vol. 1)
Classification : LCC PS8623.A24 A64 2022 | CDD C843/.6–dc23

Illustration de la couverture : Kathy Servian / Shutterstock

Les Éditeurs réunis bénéficient du soutien financier de la SODEC et du Programme de crédit d'impôt du gouvernement du Québec.

Financé par le gouvernement du Canada | Canada

Édition
LES ÉDITEURS RÉUNIS
lesediteursreunis.com

Distribution nationale
PROLOGUE
prologue.ca

Imprimé au Canada

Dépôt légal : 2022
Bibliothèque et Archives nationales du Québec
Bibliothèque et Archives Canada

ROSETTE LABERGE

AGATHE

★

Entre fougue et passion

LES ÉDITEURS RÉUNIS

De la même auteure
chez Les Éditeurs réunis

Agathe

1. *Entre fougue et passion*, 2022
2. *Les voies de l'adversité* (à paraître)

Un bonheur à bâtir

1. *La folie des grandeurs*, 2021
2. *Le défi de la démesure*, 2021
3. *Le temps compté*, 2021

Rue Principale

1. *Été 1966*, 2019
2. *Hiver 1967*, 2019
3. *Printemps 1968*, 2020

Souvenirs d'autrefois

1. *1916*, 2015
2. *1918*, 2016
3. *1920*, 2016

La nouvelle vie de Mado Côté, retraitée, 2015

Un voisinage comme les autres

1. *Un printemps ardent*, 2014
2. *Un été décadent*, 2014
3. *Un automne sucré-salé*, 2014
4. *Un hiver fiévreux*, 2014

Souvenirs de la banlieue

1. *Sylvie*, 2012
2. *Michel*, 2012
3. *Sonia*, 2012
4. *Junior*, 2013
5. *Tante Irma*, 2013
6. *Les jumeaux*, 2013

La noble sur l'île déserte, 2011, 2017

Maria Chapdelaine: Après la résignation, 2011, 2020

Le roman de Madeleine de Verchères

1. *La passion de Magdelon*, 2009
2. *Sur le chemin de la justice*, 2010
3. *Les héritiers de Verchères*, 2012

1

Mai 1687

— N'oublie pas de venir me chercher dès qu'elle ouvrira un œil, la prévient joyeusement Agathe en lui tendant sa fille. Regarde comme elle est belle… on dirait un ange.

Bien qu'Angélique adore l'enfant de sa maîtresse, elle ne la voit pas toujours avec les mêmes yeux. La petite Marguerite n'a pas son pareil pour ouvrir la maison en deux toutes les nuits depuis le jour de sa naissance, il y aura six mois demain. La pauvre domestique ne se souvient pas d'avoir bercé autant un bébé ni d'avoir chanté aussi souvent toutes les berceuses de son enfance, et ce, sans résultat. Ou la petite est capricieuse, ce qu'elle croit hors de tout doute, ou elle a perdu complètement la main, ce qu'elle refuse d'admettre. En plus de prendre un temps fou à s'endormir, le seul frôlement de sa couverture sur sa joue suffit pour la tirer de son sommeil. Angélique a l'habitude de dire qu'elle dort sur le poil des yeux et c'est loin d'être une figure de style. En résumé, la plupart du temps, mademoiselle a la fâcheuse habitude de se reposer le jour et de veiller la nuit. Il va pourtant falloir que ça change.

Agathe fronce les sourcils lorsqu'elle remarque les cernes bleutés sous les yeux de celle qui, en plus de faire tourner la maison, lui permet de réaliser ses rêves. Pas question de courir le risque qu'elle s'effondre par manque de sommeil. Ça non ! Elle lui est bien trop précieuse.

— Profites-en donc pour aller t'étendre une heure ou deux, lui suggère-t-elle gentiment, ça va te faire du bien.

Autant son sens du devoir lui souffle à l'oreille de refuser l'offre de sa maîtresse – on la paie pour s'occuper de la famille et non pour dormir –, autant son corps lui intime de l'accepter si elle ne veut pas tomber. Seul hic, elle est tellement fatiguée qu'elle craint de perdre la carte en posant la tête sur l'oreiller et de ne plus pouvoir se réveiller avant d'arriver au bout de son sommeil. Et ça risque d'être long!

— Ne t'inquiète pas, ajoute Agathe comme si elle lisait dans ses pensées, ma fille pleure tellement fort que je vais l'entendre d'ici. Dépêche-toi d'aller la coucher et va te reposer. Cette nuit et les deux suivantes, je m'occuperai personnellement de ma fille. Et ne t'avise surtout pas de venir me remplacer. Repose-toi bien en attendant.

Un sourire las s'affiche aussitôt sur les lèvres d'Angélique. Il y aura bientôt dix ans qu'elle a le bonheur d'avoir cette femme pour maîtresse. Depuis la naissance de sa fille, Agathe prend régulièrement la relève pour lui donner la chance de récupérer un peu et c'est loin d'être le seul moment où elle fait preuve de bonté. Depuis son premier jour de travail sous ses ordres, Mme de Saint-Père de Repentigny l'a toujours traitée comme si elle était son égale. La majorité des domestiques qu'Angélique connaît n'ont pas cette chance, loin de là. Bien qu'elles ne portent pas le titre d'esclave, puisqu'elles reçoivent un maigre salaire, leurs patrons ont vite fait de les considérer de la même manière, c'est-à-dire comme un bien meuble. De quoi faire dresser les cheveux sur la tête du peu de personnes qui possèdent ne serait-ce qu'un soupçon de sens moral.

Agathe s'étire les jambes, se redresse sur la vieille chaise de bois qui trône sur la galerie d'en arrière et laisse errer son regard sur les pommiers et les pruniers en fleurs. Elle aime tout de cet endroit rue Saint-François-Xavier : la maison, le jardin, le verger, l'emplacement. Vivre au cœur de l'action la comble de joie. Elle est tombée sous le charme de la place à l'instant où Pierre Le Gardeur de Repentigny s'est tassé pour la laisser entrer. Elle s'en souvient comme si c'était hier, elle sent encore son souffle chaud dans son cou, un instant chargé de magie. Elle nageait en plein bonheur et elle n'avait de cesse de remercier le ciel d'avoir mis sur sa route un homme aussi merveilleux. Du moins en apparence. En réalité, il aurait fallu être aveugle et sourde pour ne pas se rendre compte qu'elle n'unissait pas sa destinée à un saint. Sa réputation le précédait, et pour cause : c'était un grand séducteur de ces dames au passé tumultueux, sans le sou et porté sur l'alcool. C'est ainsi qu'on le décrivait. À vrai dire, ce qu'elle avait entendu sur son compte ne l'inquiétait pas outre mesure du temps où il lui contait fleurette et pas plus au moment de lui dire oui. La vie est rude en Nouvelle-France, ce qui expliquait parfois en partie les comportements tout sauf exemplaires de ceux qui embrassaient le métier de militaire comme c'était son cas. De plus, il possédait assez de charme et d'éloquence pour faire plier les genoux à la plus résistante des femmes. Et puis, il n'arrivait pas les mains vides. Aussi bien l'avouer, son nom le rendait encore plus intéressant à ses yeux. Elle n'avait pas comme objectif de le changer de la tête aux pieds, elle espérait seulement pouvoir exercer à la longue une bonne influence sur lui. Seul hic, Pierre Le Gardeur de Repentigny, digne héritier de la seigneurie de Repentigny par son rang d'aîné, ne l'entendait pas ainsi. Il n'avait aucune intention de changer quoi que ce soit à sa personne. C'est ainsi qu'un beau matin, Agathe s'est retrouvée en plein cauchemar. Alors qu'elle savourait son nouveau bonheur et profitait de sa grossesse, elle a découvert qu'il pouvait aussi se comporter en goujat de premier ordre. Elle frissonne à l'apparition du premier souvenir de cette époque encore récente et bien trop présente à son esprit. Le bruit courait que son valeureux mari avait mis enceinte une ancienne servante de sa famille, la belle Marie-Anne. La jeune femme avait pourtant quitté le manoir pour se marier avec un censitaire. Bien qu'incommodée par la chaleur suffocante, Agathe s'est présentée à la salle d'audience et a assisté au témoignage de la plaignante sans sourciller. Ignorer ce qui lui porte ombrage ne lui ressemble guère. Au contraire, elle préfère de loin affronter les problèmes et chercher des solutions. Chaque phrase prononcée par la jeune femme enceinte lui faisait pratiquement le même effet qu'un coup de couteau dans sa poitrine. Elle ne pouvait croire que son Pierre avait été capable d'une telle violence envers une femme. Pire, il l'avait menacée de la tuer si jamais elle parlait. Le salaud ne s'était pas contenté de l'abuser à répétition, il lui avait fait un enfant. N'eût été l'aplomb de Marie-Anne à décrire les faits, Agathe aurait pris la défense de son mari sans aucune hésitation. Elle secoue la tête et soupire. Au lieu de s'apitoyer sur son sort, elle a pris les choses en mains et a fait tout en son pouvoir pour réparer le mal causé par sa tendre moitié. Elle a trouvé un foyer pour l'enfant à naître un mois après le sien et un toit pour la mère en attendant que son mari revienne à de meilleures intentions et décide de la reprendre. Si Agathe a passé l'éponge, en revanche, elle n'est pas près d'oublier. D'ailleurs, il lui avait fallu jusqu'au baptême de Marguerite pour renouer avec Pierre et c'était loin d'être la joie.

Elle ferme les yeux le temps de laisser poindre de meilleurs souvenirs. Elle se demande parfois à quel point sa vie aurait été différente si elle avait épousé Augustin au lieu de céder au charme de Pierre. Pour cela, il aurait fallu que son amour de jeunesse revienne à la charge, ce qu'il n'a pas fait. En même temps, son petit doigt lui dit qu'elle se serait ennuyée à mourir avec lui. Connaissant sa rigidité, il l'aurait sûrement obligée à se contenter de lui donner des descendants et elle ne l'aurait pas supporté. Elle a beaucoup trop d'ambition pour être au service de qui que ce soit. Et pourtant, elle l'a aimé en posant les yeux sur lui alors qu'elle n'avait que douze ans. Son amour pour le jeune homme lui a même valu d'être renvoyée du couvent des Ursulines de Québec et de signer son retour à Ville-Marie. Aussi bien l'admettre, ils n'avaient aucun avenir ensemble. Il aurait voulu qu'elle quitte les siens pour le rejoindre à Québec et, ça, c'eût été au-dessus de ses forces. Sa famille comptait bien trop pour elle pour l'abandonner. Même par amour. Agathe a un seul enfant en propre, bien qu'elle ait franchi le cap des trente ans, et pour cause. Pour ses quinze ans, elle a hérité de la charge de ses dix demi-frères et sœurs à la suite de la mort prématurée de sa mère. Pendant que les jeunes filles de son âge se cherchaient un mari, Agathe faisait des pieds et des mains pour s'acquitter de sa tâche sans sombrer dans la peine immense causée par la perte de Maturine, sa maman si aimante qui avait laissé un grand vide dans son cœur. N'empêche qu'elle pense encore à Augustin. Elle y a pensé plus souvent qu'à son tour quand l'histoire avec Marie-Anne a entaché son nouveau bonheur. Chaque fois que son visage s'imposait, elle se sentait envahie d'une vague de réconfort. Elle aurait dû confier sa peine à son confesseur, mais, à vrai dire, jamais l'idée de lui rendre visite ne lui a effleuré l'esprit. Est-ce parce qu'elle est trop fière pour s'avouer vaincue ou parce que sa foi en l'homme de Dieu est pratiquement inexistante même si elle a été éduquée par des religieuses ? Elle ne saurait le dire. Elle a la foi même si la vie lui a appris très jeune qu'on ne peut pas compter sur un miracle aussitôt qu'elle s'en prend à nous. Encore moins quand on vit en Nouvelle-France. Il vaut mieux retrousser ses manches si on veut survivre, et pas rien qu'un peu à part ça. Il n'y a aucune place pour les faibles ici. Tu marches ou tu crèves, un point c'est tout, et c'est pareil sur le plan collectif. La colonie a besoin que tous prennent part à son développement. Dépendre de la mère patrie garde les habitants dans la précarité et ça n'apporte rien de positif. Il n'y a qu'à remarquer combien la population est dépourvue quand l'arrivée d'un navire est retardée et, malheureusement, cela se produit trop souvent. Agathe fait partie des personnes qui ont à cœur d'améliorer leur sort par leurs propres moyens. Elle obéit volontiers aux ordres du roi, mais jamais elle ne se privera de lui proposer de nouvelles avenues pour accélérer la croissance de cette nouvelle contrée aux richesses insoupçonnées.

Le bruissement d'une étoffe la tire brusquement de ses pensées. Elle se retourne et son visage s'éclaire quand elle aperçoit sa tante Françoise. Elle adore cette femme. D'ailleurs, sans elle, elle ignore ce qu'elle serait devenue quand elle s'est retrouvée responsable de sa famille.

— Quelle belle surprise ! s'écrie-t-elle en lui ouvrant les bras. Je commençais à penser que tu avais cessé de m'aimer.

— Jamais de la vie ! lance Françoise en la serrant contre elle. Je voulais juste te laisser le temps de t'ennuyer un peu. Je te rappelle que par moments, je suis plus souvent ici ou au manoir que chez moi.

— Et après ? En ce qui me regarde, je ne me plaindrai jamais de trop te voir.

Agathe prend les mains de sa tante dans les siennes, recule d'un pas et la regarde droit dans les yeux.

— Pour tout te dire, s'il ne tenait qu'à moi, je te supplierais de venir habiter avec nous. La seule raison qui m'empêche de le faire, c'est que je sais à quel point tu tiens à ta liberté.

Françoise lui sourit. De tous ses neveux et nièces, Agathe est de loin sa préférée et elle ne s'en cache pas. Elle aime tout de cette jeune femme : sa joie de vivre, sa détermination, son sens de la justice et du devoir, son courage, ainsi que ses nombreux talents qui la rendent unique à ses yeux.

— Où as-tu caché ma filleule ?

— Dans son berceau et je t'interdis d'aller la réveiller. Si ça continue, elle va finir par avoir la peau d'Angélique.

— Tu es trop sévère avec elle, ce n'est qu'un bébé.

— Un bébé qui n'en fait qu'à sa tête. Laisse-moi te dire que son règne de terreur achève. Ça prendra le temps que ça prendra, mais j'ai décidé de l'entreprendre à compter de ce soir pour ne la lâcher que lorsqu'elle dormira en même temps que tout le monde.

— Promets-moi de ne pas la laisser pleurer trop longtemps, l'implore Françoise d'une petite voix.

— Comme disait ma mère, ce n'est pas de l'or qui tombe de ses yeux, c'est seulement de l'eau. J'aurais dû prendre les choses en mains bien avant. Souviens-toi que j'étais pas mal plus rigide que ça au moment d'élever mes frères et sœurs. Elle a beau être la chair de mon sang, il y a quand même des limites à tolérer les caprices d'un bébé, si charmant soit-il.

Françoise n'a pas besoin d'en entendre plus pour savoir que sa nièce aura le dernier mot dans l'histoire, et ce, peu importe les efforts que ça lui coûtera.

— Elle a beaucoup de chance de t'avoir pour mère.

Agathe lui sourit. Elle parie que sa fille aura à redire sur sa manière de l'éduquer. Riches ou pauvres, tous les jeunes gens critiquent leurs parents à un moment ou à un autre de leur vie. Une chose est sûre, c'est aujourd'hui qu'elle va se lancer en guerre contre l'ennemie aux grands yeux bleus. Agathe n'aura de cesse que lorsque sa petite princesse vivra au rythme des autres membres de la maisonnée.

— Je te garantis qu'elle mettra du temps à le reconnaître.

Françoise pouffe de rire. Si Maturine était encore de ce monde, elle en aurait long à raconter sur son comportement entre l'enfance et l'âge adulte. Il ne se passait pas une seule journée sans qu'Agathe exprime son désaccord sur tout ce qui la touchait de près comme de loin. Elle ne lâchait pas facilement le morceau, pas plus qu'elle ne mâchait ses mots !

— Pour être honnête, ajoute Françoise, il m'arrive moi-même encore de prétendre que je suis la seule à détenir la vérité. Et je prends toujours plaisir à asticoter ma vieille maman alors qu'elle ne représente plus aucune menace pour moi. Je n'y peux rien, c'est plus fort que moi. Elle dit blanc et je dis noir.

— Au moins, la tienne est encore en vie. Ça lui fait quel âge, au juste, à grand-maman Godé ?

— Elle a quatre-vingt-quatorze ans et Maturine aurait cinquante ans. Dommage qu'elle soit morte si jeune. Je vais te faire une confidence. Ça fait quinze ans qu'elle est partie et j'ai encore le réflexe de courir lui raconter ce qui m'arrive. Elle n'était pas seulement ma petite sœur, elle était aussi ma meilleure amie, ma confidente.

— La vie est trop injuste, plaide Agathe.

— Je ne te le fais pas dire ! Aussi bien te préparer parce que ça ne risque pas de changer de sitôt. Imagine un peu à quoi ressemblerait ta vie si tu étais née d'un père censitaire… Avec un peu de chance, tu mangerais à ta faim et pour le reste tu devrais te contenter de ce que tu as. Tu porterais les vêtements de ta sœur aînée ou de la voisine et tes chances d'améliorer ton sort en faisant un beau mariage seraient pour ainsi dire nulles. Connais-tu seulement une fille pauvre qui a réussi à mettre le grappin sur un homme en vue ? Pas moi. De mon point de vue, la justice n'est qu'un leurre. Personne ne mérite de souffrir, de se faire battre, de ne pas manger à sa faim, de souffrir le martyre.

Personne, et pourtant, la colonie est remplie de pauvres gens. Je les plains de tout mon cœur chaque fois que j'en croise sur mon chemin.

Agathe réfléchit à ce que sa tante vient de dire. Bien qu'elle partage l'ensemble de ses propos, elle demeure convaincue de pouvoir faire une différence dans la vie des plus démunis. Elle ignore encore comment elle s'y prendra, mais elle les aidera à améliorer leur sort. D'ailleurs, elle a déjà plusieurs idées en réserve, en l'occurrence pour les censitaires de la seigneurie.

— J'avoue qu'on a eu de la chance, reconnaît Agathe sans se faire prier, beaucoup de chance, même. On promet mer et monde aux Filles du roi pour les faire monter à bord des navires et on le fait sûrement encore. Certes, la plupart d'entre elles ont trouvé un mari comme on le leur avait promis. Mais comme tu me le disais, te verrais-tu, toi, mariée avec un des censitaires de la seigneurie de Repentigny, par exemple ?

Quelques noms leur viennent en tête chacune de leur côté. La plupart de ces hommes sont de bonnes personnes, mais de là à les marier, il y a une marge. Peu d'entre eux savent lire et écrire, tout comme la plupart des Filles du roi, d'ailleurs. De quoi garder tout ce beau monde dans la médiocrité.

— Une chose est certaine, avance Françoise, je préférerais mourir de faim plutôt que d'unir ma destinée à un imbécile comme celui qui a roué Marie-Anne de coups pour ensuite la chasser de sa maison.

— Mets-toi à la place du pauvre homme un instant, avance Agathe après avoir ravalé sa salive à l'énonciation du prénom de celle qui a failli détruire son couple.

Françoise sait combien sa nièce a souffert de toute cette histoire. Par contre, ce n'est pas suffisant pour qu'elle se prive de remettre les pendules à l'heure.

— Tu m'excuseras si je préfère me mettre à la place de Marie-Anne. Elle n'a rien demandé, elle a seulement subi les attaques répétées de son maître. Comme si ce n'était pas suffisant, elle a dû endurer celles de son mari. Pour ma part, j'ai rarement vu plus injuste. Penses-y un peu. Elle a même dû abandonner son bébé pour avoir une chance que monsieur la reprenne alors qu'elle n'était en rien responsable de son sort. Laisserais-tu Marguerite aux religieuses, toi ?

— Bien sûr que non ! J'ai juste essayé de l'aider.

— Et je suis certaine qu'elle t'en est reconnaissante. Je voulais simplement te démontrer à quel point la vie est injuste pour tout le monde à un moment ou à un autre. Riche ou pauvre, personne n'y échappe. Seule la quantité d'injustices varie d'une personne à l'autre. Je ne te mens pas, j'ai la chair de poule quand je pense que Marie-Anne s'est remise avec son fabuleux mari. Plutôt mourir !

Françoise s'approche de sa nièce et l'embrasse sur la joue. Il est temps de changer de sujet. Elle attrape le sac qu'elle a déposé à ses pieds en arrivant et en sort un bout de tissu d'une beauté rare.

— Ne me dis pas que c'est pour moi ! s'exclame Agathe en tendant la main.

— Il t'ira beaucoup mieux qu'à moi. Qu'est-ce que tu attends pour le placer près de ton visage ?

Agathe s'exécute sur-le-champ. La seule vue d'une étoffe lui indique si elle mettra son teint en valeur ou pas. Comme disait sa mère, elle a l'œil pour les tissus.

— Je le savais, ajoute Françoise, elle est pour toi.

— Le temps d'aller voir dans le miroir de quoi j'ai l'air et je reviens.

C'est avec une Marguerite encore endormie dans les bras qu'elle refait irruption.

— Je viens de prendre une décision, annonce-t-elle à sa tante en lui tendant sa fille, c'est maintenant que ma princesse va goûter à ma médecine.

— Pourquoi es-tu aussi cruelle? La pauvre enfant dort à poings fermés.

— Elle n'aura qu'à se reprendre cette nuit. Allez, au travail! J'ai autre chose à faire que de jouer à la mère!

Le dernier commentaire d'Agathe ravit Françoise. Sa nièce a toujours fait fi de toutes les conventions dictées par l'Église, particulièrement en ce qui concerne sa définition d'une mère exemplaire. Elle adore les enfants, mais elle ne se verrait pas leur consacrer tout son temps. D'ailleurs, elle serait bête de s'y plier puisqu'elle peut compter sur l'aide de plusieurs personnes, dont Angélique.

— À une condition! lance sa tante. Tu me laisses me gaver de sucre d'érable jusqu'à ce que j'aie mal au cœur.

Les deux femmes pouffent de rire, ce qui a pour effet de réveiller Marguerite en sursaut. L'instant d'après, elle hurle dans les oreilles de sa marraine. Cette dernière ne fait ni une ni deux et la tient à bout de bras par peur de devenir sourde.

— Et une bouteille de rhum, ton meilleur, bien sûr!

Agathe frissonne. Elle ne connaît personne d'autre que sa tante pour oser un tel mélange. Le pire, c'est que Françoise supporte très bien l'alcool. Mieux que la plupart des hommes de la famille. Pour tout dire, même Pierre ne rivalise plus avec elle.

— Je reviens tout de suite, confirme Agathe. Peux-tu l'arrêter de pleurer ?

Françoise la regarde avec de grands yeux. Elle veut bien essayer mais rien ne garantit combien de temps elle mettra pour arriver à ses fins. Quant à la garder éveillée jusqu'à ce que la nuit tombe, parce que c'est bien la commande qu'elle vient de recevoir à mots couverts, c'est loin d'être gagné. La petite se tient tout juste assise sans l'aide de personne. Elle devra user d'ingéniosité pour l'empêcher de fermer les yeux. Elle la colle sur son épaule et lui tapote le dos dans l'espoir de l'aider à se calmer. Heureusement, Françoise en connaît un peu sur les bébés et leur fâcheuse habitude de dormir quand ce n'est pas le temps. Elle assistera Agathe du mieux qu'elle peut dans son odyssée. À deux, elles viendront à bout de ce petit bout de femme qui a décidé de vivre à l'envers du monde.

2

Jacques Le Moyne sera éternellement reconnaissant à Agathe d'avoir élevé ses enfants, en l'occurrence ses demi-frères et demi-sœurs, et de continuer à veiller sur eux même si elle a quitté la maison familiale le jour de son mariage. Sans elle, qui sait ce qu'il serait advenu de sa marmaille. Il aurait toujours pu convoler en justes noces avec une veuve, il aurait eu l'embarras du choix vu son statut social, mais c'était au-dessus de ses forces. Il n'aurait pas supporté qu'une étrangère s'en prenne aux siens et encore moins qu'elle lève la main sur l'un d'entre eux ne serait-ce qu'une fois. Plusieurs lui reprochent d'être trop doux, trop patient, trop tolérant. Il l'est et il n'a pas l'intention de verser dans la violence dont trop de gens se prévalent à propos de tout et de rien sur leurs enfants, ici, en Nouvelle-France. Élever à coups de claques derrière la tête n'est pas le modèle à suivre. Du moins, pas pour lui.

Bien qu'il se soit senti égoïste d'accepter qu'Agathe mette sa vie en veilleuse pour tenir la promesse faite à sa mère sur son lit de mort, l'en libérer aurait mis la vie de sa famille en péril. Elle en était l'aînée et elle devait s'appliquer à remplacer Maturine. Peu importe notre âge, on ne perd pas sa maman sans en garder des cicatrices. Jacques ne voyait qu'une solution : ils devaient tous se serrer les coudes pour passer à travers cette épreuve. Alors qu'elle aurait eu elle-même besoin d'être consolée, Agathe a dû veiller sur la trâlée d'enfants issue du remariage de sa mère, enfants qu'elle considérait depuis toujours comme ses frères et sœurs en propre. Rares sont les filles de son âge qui auraient été à la hauteur d'un tel défi. Son beau-père a fait de son mieux pour la supporter et, quinze ans plus tard, la contribution d'Agathe au bien-être de sa famille demeure inestimable. Les gens de sa trempe ne courent pas les rues. Sa plus vieille, c'est ainsi qu'il l'appelle depuis qu'il a demandé sa mère en mariage, appartient à une race rare de battants et il en est fier. Il ne connaît personne d'aussi vif et d'aussi performant. Agathe représente à ses yeux une force de la nature sur qui bien des hommes auraient intérêt à prendre exemple. À commencer par Pierre Le Gardeur de Repentigny. Si Jacques n'a rien fait pour la décourager de le prendre pour époux, il n'a rien fait non plus pour la pousser dans ses bras. Il le tolère et ne s'en cache pas. La récente nomination à titre de capitaine de la milice de son gendre ne lui a fait ni chaud ni froid. Son idée est faite sur le personnage et ce n'est pas demain la veille qu'il reverra sa position. Cet homme pourtant issu d'une bonne famille n'a jamais eu un comportement exemplaire et il faudrait être naïf pour croire que le mariage va réussir à le changer. À preuve, son histoire avec l'ancienne domestique. Jacques n'a aucun respect pour les hommes qui brutalisent les femmes pour obtenir leurs faveurs. Quant aux nombreuses chasses aux Iroquois auxquelles Pierre participe, il serait le premier étonné qu'il n'en profite pas pour s'offrir une belle sauvagesse au passage. Si ce n'était que ça ! Il est tentant de croire que les De Repentigny roulent sur l'or alors que, dans les faits, il n'en est rien. Pendant qu'Agathe faisait son entrée dans leur famille avec une dot plutôt bien garnie, son beau Pierre lui offrait en échange un panier rempli de dettes. Les siennes et celles de ses frères. De quoi décevoir n'importe quelle femme, sauf Agathe. Aussitôt mise devant le fait accompli, elle a retroussé ses manches et s'est mise en frais de trouver une solution pour les sortir de là. C'est aussi pour son sang-froid que Jacques l'admire.

Perdu dans ses pensées, il sursaute lorsqu'il entend claquer la porte.

— Bonjour, papa ! lance joyeusement Agathe. Un jour, vous allez faire une crise de cœur à cause d'elle. Quand allez-vous la réparer ?

Décidément, elle n'en manque pas une. Quand ce n'est pas une réparation qui traîne, c'est l'entrée qui n'a pas été nettoyée à son goût, ou le prix d'un article, ou la mise en place d'un autre. Malgré cela, rien de mieux que sa visite au magasin pour ensoleiller sa journée. Ne plus l'avoir sous son toit a laissé un grand vide dans la maison et dans son cœur.

— Tu sais où sont mes outils, réagit-il, de bonne humeur, je t'autorise à t'en servir quand tu veux.

— Je suis bien à la veille de vous prendre au mot. La prochaine fois que je viendrai vous voir, je m'habillerai en conséquence et je m'en chargerai.

Elle soupire en levant les yeux au ciel avant d'ajouter d'un ton chargé de reproches :

— On jurerait que vous faites exprès de me contrarier.

— Jamais je n'oserais, ma fille. Mets plutôt ça sur le compte de la mémoire qui flanche étant donné mon âge avancé.

— Je vous en prie, papa, faites-la à d'autres que moi ! Au nombre de clients qui passent cette porte en une seule journée, il faudrait être sourd pour ne pas entendre le bruit qu'elle fait. Moi, je ne le supporterais pas une heure.

Au lieu de se défendre en mots, Jacques hausse les épaules et lui tape un clin d'œil.

— Quel bon vent t'amène aujourd'hui, jeune fille ?

— Rien de spécial, je venais juste vous saluer en passant.

Jacques la connaît trop bien pour la croire. Elle était toute petite qu'elle avait toujours une bonne raison en réserve pour venir au magasin. Il lui sourit franchement. Un peu plus et il l'entendrait penser. Voilà maintenant qu'elle se gratte le front avant de soupirer le plus fort qu'elle peut.

— Ce que j'ai à vous dire est très délicat. Probable même que ça nécessitera votre intervention.

Elle fait une pause de quelques secondes avant de poursuivre sur sa lancée :

— Vous êtes sûrement au courant que les filles entretiennent une correspondance soutenue avec Jeanne de leur couvent. Eh bien, ça doit cesser au plus vite.

— Première nouvelle que j'en ai et, contrairement à toi, je ne vois pas où est le problème. Même que je suis plutôt content qu'elles gardent contact.

— C'est pourtant simple à comprendre… elles font tout en leur pouvoir pour la convaincre d'aller les trouver. À ce rythme-là, il ne restera bientôt que les Filles du roi à marier. Croyez-moi, vous devez vous en mêler avant qu'il soit trop tard.

— Peux-tu être plus claire ?

— Faites-moi confiance, vous devez absolument parler à Jeanne. Vous la connaissez aussi bien que moi, elle n'écoute que vous. J'ai tout essayé pour la convaincre que sa place n'était pas chez les filles de la Congrégation de Marguerite Bourgeoys et elle m'a envoyée promener. J'en ai plus qu'assez de toutes ces bondieuseries ! Pour tout vous dire, je ne vivrai pas assez vieille pour comprendre l'utilité et le bien-fondé de passer ses journées à prier à genoux ou encore enfermée dans une cellule dans le silence le plus complet à fixer une croix de bois. Passe encore d'aller à la messe le dimanche et de faire une prière avant de manger et d'aller dormir. Pour le reste, j'ai beaucoup mieux à faire. Ville-Marie n'a pas besoin d'indulgences à la pelle pour la sauver, mais de femmes pour la peupler et d'hommes pour défricher la terre. Ça ne se fera pas tout seul. Il est plus que temps qu'on se prenne en mains avant que la mère patrie se désintéresse complètement de nous ou que le navire qui nous approvisionne se fasse attaquer ou qu'il coule. J'ai horreur de dépendre des autres et encore plus du roi de France, avec tout le respect que je lui dois, bien entendu.

— Ma parole, lance-t-il, tu es en feu aujourd'hui!

Si son but était de la dérider, c'est manqué. À voir son air, c'est une question de secondes avant qu'elle lui en débite un nouveau chapitre. Il vient la rejoindre de l'autre côté du comptoir et compte dans sa tête. Cinq, six, s... La voilà relancée!

— Quand est-ce que les hommes vont comprendre que l'hiver n'est pas fait pour passer leurs journées les pieds sur la bavette du poêle? En Nouvelle-France, je ne connais personne qui a les moyens de perdre son temps. Pas même les bien nantis comme vous.

Jacques penche la tête de côté. Agathe n'a jamais fait dans la dentelle et, à l'entendre, ce n'est pas demain la veille que ça changera. Elle dit ce qu'elle pense sans prendre de détours.

— La colonie a besoin de se ressaisir. Bien que je n'aie pas eu la chance de connaître l'intendant Talon, j'en ai assez entendu sur son compte pour savoir que je me serais bien entendue avec lui. D'après ce que j'en sais, il encourageait l'autosuffisance comme personne ne l'avait fait auparavant. Grand-maman Godé m'a raconté l'autre jour qu'en 1671 un homme pouvait s'habiller des pieds à la tête en Nouvelle-France. À l'époque, Talon favorisait le peuplement et le progrès économique de la colonie; celui-ci se déclinait par la culture des terres, l'exploitation des forêts et de la mer, le commerce, dont celui de la fourrure, et l'établissement de manufactures. Il paraît qu'il n'avait aucun scrupule à adopter des mesures contraignantes pour obliger les habitants à cultiver du lin et du chanvre, par exemple. De cette récolte, ils pouvaient produire des voiles et des cordages de bateaux. Il faut parfois bousculer les gens pour les obliger à se mettre au travail. On lui doit aussi la première brasserie commerciale de la Nouvelle-France, l'arrivée des métiers à tisser et la création d'une manufacture. Malheureusement pour nous, les deux ont fermé leurs portes trois ans après son départ. Beaucoup d'eau a coulé sous les ponts depuis ce temps et j'ai parfois l'impression que personne n'en fait plus que nécessaire.

Agathe prend une grande inspiration et sourit à son père. Il a l'habitude de ses grandes envolées, même qu'il est son meilleur public.

— Je suis désolée, papa, je me suis laissé emporter un peu.

— Jamais je ne te reprocherai de voir grand, ma fille ! La colonie se porterait beaucoup mieux s'il y avait plus de gens comme toi.

— Et pour Jeanne ?

— Je te promets de faire mon possible pour la dissuader de prendre le voile. J'ai pour mon dire que j'ai fait ma part en confiant deux de mes filles aux religieuses. Je ne répéterai pas ces paroles devant monseigneur, mais je pense que les congrégations prennent plaisir à venir les chercher. Je serais même prêt à avancer que la mère supérieure encourage les sœurs à rester en contact avec leur famille. Je voudrais bien être un petit oiseau pour voir comment ça se passe derrière les grilles. Mon petit doigt me dit que ça ne doit pas être si drôle que ça, à moins d'être la supérieure, et encore puisqu'aux dernières nouvelles, elle est redevable à l'évêque.

L'arrivée d'un client met brusquement fin à leur discussion. Agathe s'approche de son père et l'embrasse sur les joues avant de tourner les talons. Elle salue l'homme qui marche dans sa direction d'un léger signe de tête sans s'arrêter et sort du magasin en l'ignorant. M. Beaupré est la dernière personne qu'elle désirait voir. De nature très sociable et très tolérante, Agathe a trop de doigts sur une main pour compter le nombre de gens qu'elle évite comme la peste à Ville-Marie. À vrai dire ne se trouve pas qui veut sur sa liste noire. Il faut le mériter et ça prend une excellente raison. Cet homme a ouvert la bouche une seule fois en sa présence et ça lui a suffi pour l'exclure de sa vie avant même qu'il tente d'y entrer. Elle avait à peine vingt ans lorsqu'il s'en est pris à une de ses amies indiennes devant elle. Non seulement elle a pris sa défense, mais elle a dit ses quatre vérités à ce mal élevé dont la langue est aussi sale que la mare de boue où se roulent les cochons. Les gens présents l'ont même applaudie lorsqu'elle est arrivée à la fin de son laïus. Elle s'en souvient comme si c'était hier. Elle aimerait dire que son intervention a fait une différence chez ce mal dégrossi sauf qu'il n'en est rien. M. Beaupré ne rate pas une occasion de s'en prendre à ceux qui sortent du lot. Allez savoir pourquoi, les habitants de Ville-Marie se font un devoir de lui raconter son dernier esclandre dès qu'ils la croisent dans la rue. À ce jour, elle a eu droit, trop souvent à son goût, à un nouvel épisode de son manque de savoir-vivre. S'il ne tenait qu'à elle, elle lui collerait des amendes musclées jusqu'à ce qu'il comprenne le bon sens. Dans son livre à elle, déblatérer sur quelqu'un devrait être passible de réprimande au même titre que le vol ou la violence gratuite.

Agathe rit toute seule en parcourant la courte distance qui la sépare de la boulangerie. Il y a longtemps qu'elle a compris que la définition du bien et du mal des femmes est à la distance d'un aller-retour entre La Rochelle et Québec de celle des hommes. Ils proposent et elles disposent. Le pouvoir est entre les mains de la gent masculine depuis si longtemps qu'elle doute fort de voir de son vivant une femme intendante, par exemple. En réalité, les seuls postes d'autorité occupés par le sexe faible, comme plusieurs se plaisent à l'appeler, se trouvent dans les couvents, et encore puisqu'ils sont sous la coupole des prêtres, de l'évêque et, ultimement, du pape. Le seul pouvoir dont la femme dispose se résume à celui dont elle use dans sa maison. Et pour cause, les hommes ont osé l'affubler du titre de «reine du foyer». Pour Agathe, il n'y a rien de plus insultant. Elle ne comprendra jamais comment une société en plein développement peut se permettre de soustraire le génie de la moitié de sa population par unique entêtement. À moins que ce ne soit parce que les hommes craignent les femmes? Ou leur supériorité? Ou par peur d'être relégués aux oubliettes?

— Bien le bonjour, madame de Repentigny, lance un homme au sourire enjôleur.

Agathe le salue sans se faire prier. M. Dufour est son voisin de droite, et quel voisin! Sa seule vue suffit pour embellir une journée d'orage. Il est d'une gentillesse désarmante et sa conversation a le pouvoir d'arrêter le temps. Chaque fois qu'elle tombe sur lui, Agathe regrette qu'il soit le seul de son espèce à Ville-Marie.

Le regard qu'il pose sur elle lui donne des chaleurs et ça l'énerve au plus haut point. Depuis le temps qu'elle réagit ainsi en sa présence, elle a analysé la situation en long et en large et voici la conclusion à laquelle elle est arrivée: il possède tout ce qu'elle aime chez un homme, voilà pourquoi il produit un tel effet sur sa personne. Heureusement pour tout le monde, il a une femme et une famille nombreuse. En même temps, malgré les nombreux défauts de son Pierre, elle ne l'échangerait pas pour tout l'or du monde. À bien y réfléchir, elle préfère les gens imparfaits. Ils sont moins prévisibles, donc moins ennuyants, et ça lui plaît.

— Je tiens à vous dire que votre sucre d'érable n'a jamais été aussi bon, aussi pâle, aussi fin.

— Vous avez raison, c'est une année exceptionnelle et nous la devons uniquement aux érables. On fait exactement la même chose chaque année et le sucre est toujours différent.

— Ma femme l'aime tellement qu'elle refuse d'utiliser autre chose pour cuisiner.

— Si je peux me permettre, elle devrait essayer le sucre de cotonnier. Pour les confitures et les gâteaux, c'est l'idéal. Angélique ira vous en porter un sac cet après-midi.

— À la condition que vous me disiez combien je vous dois.

— Absolument rien, je vous l'offre. Comment va votre famille ?

M. Dufour se passe la main dans les cheveux et plisse le nez pendant une fraction de seconde avant de répondre. Sa gentillesse et ses belles manières servent en quelque sorte de paravent au malheur qui est entré chez lui en même temps que son petit dernier.

— À vous je peux bien le dire. L'état d'Antoine ne cesse de se détériorer. Si ça continue à ce rythme, on craint qu'il ne fête pas Noël avec nous.

L'accouchement de cet enfant ne s'est pas bien passé. En désespoir de cause, on a dû utiliser les pinces pour aller le chercher. Si cet instrument a sauvé la vie de plusieurs bébés au bord de l'étouffement, son utilisation a causé des problèmes irréversibles au dernier-né des Dufour. À presque quatre ans, il ne marche pas, ne parle pas, ne mange pas tout seul et n'est pas encore propre. Ajoutons à cela qu'il lui arrive de pleurer une journée entière sans que personne ne sache comment le soulager.

— Il maigrit à vue d'œil, ajoute M. Dufour dans un souffle. J'en suis rendu à un point où je refuse la visite du curé. Je n'ai jamais prié autant et tout ce que ça a donné, c'est de percer les genoux de mes pantalons. J'espérais de toutes mes forces qu'un miracle se produirait et libérerait notre fils de sa prison. Voir souffrir son enfant est insupportable. Comme si ce n'était pas suffisant, c'est en train de tuer ma femme.

Plus elle en entend, plus les nuits blanches de Marguerite perdent de leur importance à ses yeux. Elle reconnaît sans se faire prier que ce n'est rien comparé au sort d'Antoine. Pauvre enfant ! Elle le plaint de toutes ses forces d'avoir à subir une telle épreuve. Elle plaint aussi ses parents de ne pouvoir rien faire pour le sauver. Encore une preuve que la vie est injuste.

— Le moins que je puisse faire, c'est de passer la voir. Enfin, j'irai seulement si vous me donnez votre accord.

— Chère Agathe, toujours prête à aider. Vous savez bien que ma femme apprécie beaucoup votre compagnie. Venez quand vous voulez, elle sera contente de vous voir.

— Je n'y manquerai pas.

M. Dufour inspire à fond et relève la tête de manière à reprendre le contrôle de sa personne. Il est rare qu'il se laisse aller à parler de ce qui l'accable dès qu'il met les pieds chez lui.

— Je vous prie de m'excuser, ajoute-t-il ensuite, je ne vous ai même pas demandé comment vous allez.

— Très bien, je vous remercie. Ma fille grandit vite et mon mari vient d'être promu capitaine de milice. Il brille par son absence la plupart du temps, mais, entre vous et moi, ça me convient parfaitement. Mais je vous en prie, ne le répétez à personne !

Agathe laisse échapper un petit rire nerveux avant de poursuivre :

— Les nombreuses guerres auxquelles il prend part me permettent de mener les miennes dans l'espoir d'améliorer la vie en Nouvelle-France. Je fais tout ce que je peux pour qu'un jour nous retrouvions l'autosuffisance du temps de l'intendant Talon.

M. Dufour fronce les sourcils sans même s'en rendre compte. Il la trouve bien jeune pour tenir un tel discours et pour faire référence au court mais combien fructueux séjour de Talon en Nouvelle-France.

— Je ne peux qu'admirer votre audace et votre courage de vouloir sortir la colonie de sa torpeur parce que, il faut le dire, c'est bien de ce mal qu'elle souffre. Il faudrait plus de gens comme vous. Ceci étant dit, j'adorerais poursuivre cette discussion autour d'une bonne bouteille de vin. Que diriez-vous de venir souper à la maison demain ?

— J'en serais ravie. Vous n'aurez qu'à confirmer l'heure à Angélique lorsqu'elle ira vous porter le sucre que je vous ai promis.

Il soulève son chapeau pour la saluer avant de l'abandonner à ses pensées au beau milieu de la rue. Agathe tourne les talons et parcourt les quelques pieds qui la séparent de la boulangerie. Elle entre et salue la propriétaire en entrant.

— Chère Agathe, s'écrie Rose, tu ne peux pas mieux tomber. Je t'ai gardé le dernier pain bis de la fournée.

— Tant mieux parce que j'ai mangé la dernière tranche au déjeuner. Imagine-toi qu'Angélique s'est encore essayée à la boulange hier et...

Devant son hésitation, Rose éclate de rire. Elle n'a pas besoin d'en entendre davantage pour connaître le fin fond de l'histoire.

— Et la fournée au grand complet a fini dans l'auge à cochons.

— Pas cette fois ! rectifie Agathe. Vu que le pain était un peu moins dur que d'habitude, elle l'a écrasé de peine et de misère pour en faire de la panure. Je ne comprends pas. Elle fait les meilleures soupes de Ville-Marie et cuit les viandes à la perfection. C'est seulement quand elle touche à la farine que ça se gâte. Une chance que tu es là parce que je maigrirais à vue d'œil à force de ne pas manger de pâtisseries ni de pain.

— Je ne demanderais pas mieux que de lui montrer ce que je sais, offre gentiment Rose.

— Oublie le projet, c'est peine perdue. Grand-maman Godé l'a appris à ses dépens et moi aussi. Maintenant, dis-moi ce qu'il te reste de pâtisserie.

— Un peu de tout comme tu peux voir. Je t'ai même gardé une douzaine de brioches au sucre d'érable.

— T'ai-je déjà dit que tu es la personne dont je m'ennuie le plus quand je suis à la seigneurie ?

Rose lui tapote la main. De toutes ses clientes, Agathe demeure sa préférée. Contrairement à bien des gens de son rang, elle ne lui a jamais fait sentir le fossé qui les sépare. Agathe a le plus grand respect des différences. Elle porte un nom rempli de promesses, un nom qui fait bien des envieux. Ce que la plupart des gens ignorent, c'est ce qu'il vaut réellement.

— Ça me touche beaucoup et tes visites me manquent quand tu vas t'enfermer au manoir.

— Si tu penses que je passe mes journées à tricoter, réagit Agathe d'un ton rempli d'humour, tu te trompes. Jouer à la seigneuresse ne me laisse pas une minute à moi. Je m'occupe des censitaires et des travaux à entreprendre ou à finir dans les délais. Je m'assure que la farine qui sort du moulin banal est de qualité, que le bois coupé dans nos forêts est sain, particulièrement si c'est pour le roi, que les bêtes mangent à leur faim, que…

— Pas la peine de continuer ! Je sais bien que tu ne te tournes pas les pouces quand tu es là-bas. C'était juste pour t'agacer. Corrige-moi si je me trompe, ta vie est plus facile quand tu es en ville.

— C'est une façon de voir les choses. Entre toi et moi, je suis aussi occupée ici, bien que ce soit différent. Je veille encore sur mes frères et sœurs et, crois-moi, certains d'entre eux me donnent du fil à retordre ces temps-ci. Je donne un coup de main à papa les jours de marché. Je négocie le prix de vente du sucre d'érable qui partira pour La Rochelle et je m'assure que tous les producteurs reçoivent leur dû. Je m'occupe de ma fille et je vois aux affaires de mon valeureux mari. Ajoute à ça que je me permets de m'échapper de temps en temps pour aller voir papa. J'allais oublier que je fabrique aussi un nouveau bébé.

— Que je n'entende jamais personne te traiter de paresseuse parce qu'il va avoir affaire à moi. Félicitations pour ta grossesse. Est-ce que Pierre est au courant ?

— Pour ça, il faudrait d'abord que je le voie.

Elles continuent à papoter jusqu'à ce que la clochette annonce l'arrivée d'un nouveau client. Agathe n'en croit pas ses yeux. Encore M. Beaupré ! C'est à croire qu'il la suit. Au lieu de s'avancer au comptoir, il ouvre la porte à sa pleine grandeur et se tasse pour la laisser sortir. Elle prend congé de Rose et, fidèle à son habitude dès qu'elle et lui sont dans la même pièce, elle sort en coup de vent sans même lui jeter un regard.

3

La nouvelle s'est répandue comme une traînée de poudre dans toute la ville dès l'instant où Marie Brazeau et son mari, Sylvain Guérin, ont ouvert un cabaret dans leur maison à proximité de la chapelle Notre-Dame-du-Bon-Secours. Clandestin et illicite comme ses semblables, il leur dame le pion allègrement les soirs où sa cabaretière prend les choses en mains. Alors que rien ne la destinait à exercer un tel métier, Marie s'est très vite habituée à sa nouvelle réalité. D'abord, la dynamique et pétillante cabaretière adore les hommes et, ensuite, elle ne s'en laisse imposer par personne. Elle n'a pas froid aux yeux et elle ne craint pas non plus de se retrouver en face du juge pour faire valoir ses droits. Comme la majorité des immigrants venus s'installer en Nouvelle-France, elle a appris à la dure. Sa vie était si rude en France que ses parents l'ont convaincue de monter à bord du bateau qui devait les conduire vers un monde meilleur, un monde d'abondance. Deux riches marchands de la Nouvelle-France ont même assumé le coût de leur passage. On avait besoin de l'expérience de charretier de Nicolas Brazeau, son illustre père. Six ans plus tard, Marie tient toujours le même discours. Si c'était à refaire, jamais elle ne traverserait l'océan dans des conditions aussi misérables. Elle préfère ne pas se souvenir du nombre de fois qu'elle a dit à sa mère qu'elle allait mourir à force de se vomir les tripes les jours de grand vent, c'est-à-dire plus de la moitié du voyage. Elle aurait souffert en silence si elle n'avait eu que sa petite personne à s'occuper, mais voilà, elle avait un bébé sur les bras, rien pour lui faciliter la vie.

Absolument rien ! Elle a pleuré toutes les larmes de son corps dans le cou de son rejeton en priant pour que leurs souffrances finissent au plus vite.

Il y a deux ans, son mari a fait le voyage jusqu'en Nouvelle-France. Elle pouvait enfin ranger son papier et sa plume. Alors qu'elle attendait beaucoup de son arrivée – enfin elle ne serait plus seule pour assurer la survie de leur famille –, il s'est avéré être seulement une bouche de plus à nourrir. Devant l'insistance de ses parents pour qu'ils se débrouillent eux-mêmes, Marie a eu l'idée d'ouvrir un cabaret dans la maison qu'ils louent. C'était ça ou ils risquaient de se retrouver à la rue sous peu ou, pire, d'être dans l'obligation d'aller crécher chez ses vieux. Tout mais pas ça ! Son père déteste Sylvain pour s'en confesser. Il le trouve lâche, paresseux, jaloux, sans ambition, irresponsable… en plus d'être une charge pour Marie. Nicolas se plaît à dire à qui veut l'entendre que le seul endroit où son gendre performe demeure le lit conjugal. Neuf mois, jour pour jour après son arrivée à Ville-Marie, une fille bien dodue voyait le jour. À peine Marie avait-elle cessé de lui donner le sein qu'elle annonçait à ses parents qu'ils seraient de nouveau grands-parents. Alors qu'elle s'attendait à être félicitée, elle n'a eu droit qu'à des critiques. Aussi bien l'accepter, Sylvain ne sera jamais à la hauteur de leurs attentes. Ils rêvaient plus grand pour elle que de la voir contrainte d'endurer un grand flanc mou comme lui jusqu'à ce que la mort les sépare. En même temps, Marie est bien obligée d'admettre que le retour de son cher mari lui pèse drôlement sur les épaules. Il faut dire que ses quatre années d'absence n'ont pas joué en sa faveur, surtout qu'il est venu sans le sou. Deux ans plus tard, il doit encore de l'argent à celui qui lui a avancé la somme nécessaire pour payer le coût de la traversée.

— Regarde-la donc se pavaner dans ses beaux atours ! lance Sylvain d'un ton méprisant avant de laisser retomber le rideau.

Curieuse de savoir de qui il parle – son mari en a après tous les bien nantis de la colonie –, Marie s'approche et pousse un grand soupir lorsqu'elle reconnaît Agathe.

— Je t'interdis de t'en prendre à elle. C'est la femme la plus gentille de tout Ville-Marie.

— Pas assez pour que son mari rentre directement à la maison quand il revient de se battre avec les Iroquois, par exemple.

— Laisse Mme de Repentigny tranquille si tu ne veux pas que je te lave la langue avec du savon du pays. Je te rappelle qu'elle fait en quelque sorte partie de ma famille.

— Si tu penses que je vais me priver ! Tu ne lui dois rien. Elle n'a pas fourni un sou pour payer ton passage, à ce que je sache ! Tu ne dois rien non plus au frère de son père et à son ami parce qu'ils ont payé pour toi et ta famille. Dis-toi une chose : ils l'ont fait uniquement par intérêt et, à l'heure qu'il est, ils se sont largement remboursés. Ton vieux travaille d'arrache-pied depuis qu'il est arrivé.

Marie secoue la tête de côté plusieurs fois. Il serait grand temps qu'elle apprenne à éviter certains sujets avec Sylvain puisqu'il s'organise toujours pour avoir le dernier mot et la faire mal paraître.

— Je ne voudrais pas te faire de peine, ajoute-t-il d'un ton méprisant, mais tu n'as aucune chance que ton Agathe devienne ta meilleure amie un jour.

Deux grosses larmes s'enhardissent au coin des yeux de Marie et elle ne fait rien pour les empêcher de glisser sur ses joues. Elle sait bien que les gens de son rang n'intéressent pas ou si peu les riches de Ville-Marie. C'est connu de tous : qui se ressemble s'assemble. Cependant, les quelques fois où elle s'est trouvée en présence d'Agathe, cette dernière lui a toujours parlé d'égale à égale. Il n'en fallait pas plus pour qu'elle développe une sorte de sentiment amical envers elle et prenne sa défense aussitôt que Sylvain la prend à partie.

— Tu ne vas quand même pas te mettre à chialer ! s'écrie-t-il. Elle ne mérite pas autant d'attention et tu le sais aussi bien que moi.

Au lieu de se défendre, Marie sort de la maison et s'assoit sur le minuscule perron de la porte qui donne directement sur la rue. Elle baisse la tête et laisse libre cours au chagrin qui vient de la gagner sans s'être donné la peine de s'annoncer. Elle pose les mains sur son ventre arrondi et, entre deux reniflements, maudit son état. Autant elle adore être enceinte, autant elle déteste ce qu'elle devient. Elle a eu la larme à l'œil du début à la fin de ses grossesses et il semble que ce sera encore le cas, cette fois. Elle a mal au cœur au point d'en perdre l'appétit et se réveille toutes les deux heures. Quand ce n'est pas pour un de ses enfants, c'est pour un besoin incontrôlable d'aller uriner. Résultat ? Elle est plus fatiguée au moment de se lever qu'au moment d'aller se coucher.

Elle sursaute lorsqu'elle entend la voix perçante de sa mère lui vriller les oreilles.

— Veux-tu bien me dire ce que tu fais assise dehors sans ton châle ? Des plans pour attraper ton coup de mort !

Marie se lève à regret et fait la moue. Elle n'a aucune envie de se lancer dans un nouveau débat.

— J'avais besoin de prendre l'air.

Perrine s'approche un peu. Elle connaît une seule personne capable de faire pleurer sa fille.

— Jure-moi qu'il n'a pas levé la main sur toi.

— Il n'a rien fait de plus que d'habitude, c'est moi qui ai le cœur sur la flotte.

— Raconte ça à d'autres que moi !

Marie lève les épaules et les laisse tomber dans la seconde qui suit. Connaissant sa mère, elle ne la laissera pas tranquille tant qu'elle ne saura pas le fin fond de l'histoire. Tant pis, elle l'aura voulu. Marie relate leur discussion sur Agathe de Repentigny.

— Tu as bien fait de la défendre. S'il y a une femme respectable en ville, c'est bien elle. Rentrons, je suis venue bercer ma petite-fille. As-tu une commission à lui faire faire pour qu'il nous laisse en paix ?

— Rassurez-vous, il va trouver quelque chose à faire tout seul.

— Tant qu'il n'ira pas boire le peu d'argent que vous gagnez avec votre cabaret…

Ni sa mère ni son père ne les ont encouragés à verser dans la clandestinité. En même temps, comme ils n'avaient aucune envie de les faire vivre, ils ont très vite fermé les yeux et évité le sujet. C'est d'ailleurs ce qu'ils font encore la plupart du temps.

— Sylvain a bien des défauts, mais il ne boit pas une goutte d'alcool, se croit obligée de préciser Marie.

— Jusqu'à preuve du contraire !

Bien que la mauvaise foi de Perrine choque Marie, elle ne le fait pas voir. L'aide que sa mère lui apporte lui est bien trop précieuse pour qu'elle coure le risque de la perdre. Elle ouvre la porte à sa pleine grandeur et la laisse entrer. Sa mère reviendra à de meilleures intentions à l'instant où elle tiendra sa petite-fille dans ses bras. Elle a changé depuis leur arrivée en Nouvelle-France. On dirait qu'elle a perdu sa joie de vivre au large quelque part entre La Rochelle et Québec. Avant, elle chantait tout le temps alors que maintenant elle le fait uniquement pour endormir ses petits-enfants. Son père a l'habitude de dire que sa femme ne s'est pas encore habituée à sa nouvelle vie. Contrairement à lui, Marie croit plutôt que la traversée l'a usée à un point tel qu'elle en ressent encore les effets. Elle a tenté de lui en parler à plusieurs reprises, mais Perrine se défile chaque fois, comme si le souvenir du temps passé en mer lui était trop pénible. Les rares occasions où elle a insisté, Perrine se mettait à suer à grosses gouttes. Elle la suit jusqu'à la chambre où les enfants font leur sieste. Elle aime cette femme de tout son cœur et se considère très chanceuse d'être tombée sur une aussi bonne mère.

— Ça me ferait très plaisir de revoir Mme de Repentigny, lance Perrine au lieu de saluer son gendre lorsqu'elle passe à sa hauteur.

Perrine a fondu sous le charme d'Agathe à l'instant où leurs bienfaiteurs la lui ont présentée lors d'une petite fête organisée pour souligner leur arrivée à Ville-Marie. Elle s'en souvient comme si c'était hier. Agathe leur avait offert un panier rempli de pots de confiture et de ketchup aux fruits et de sucre d'érable. Elle n'avait jamais rien mangé d'aussi bon, et puis, son geste l'avait touchée. Au point qu'elle avait pilé sur son orgueil et qu'elle était allée lui demander les recettes. Agathe l'avait accueillie avec chaleur. Elle l'avait priée d'entrer et l'avait invitée à la suivre à la cuisine. Ce n'est qu'au moment où elle avait sorti son gros livre de recettes de l'armoire que Perrine s'était souvenue qu'elle ne savait ni lire ni écrire. Comment avait-elle pu l'oublier? Elle aurait voulu disparaître. Au lieu de ça, elle s'est retrouvée avec une feuille de papier et une plume devant elle. Elle a regardé Agathe avec de grands yeux et lui a avoué son secret tout de go. Elle se rappelle encore mot pour mot ce qu'elle lui a dit en posant la main sur son bras.

— Il n'est jamais trop tard pour apprendre.

Le lendemain, Angélique lui donnait son premier cours à la demande de sa maîtresse. Agathe lui avait montré à lire et à écrire, c'était maintenant à son tour de rendre la pareille. Perrine voulait tellement apprendre qu'il avait suffi de quelques mois pour qu'elle lise couramment. En reconnaissance de son travail acharné, Agathe lui avait offert quelques livres en cadeau. Perrine les a lus tellement souvent qu'elle pourrait presque les réciter. La gentillesse d'Agathe ne s'est pas limitée à lui fournir un professeur et les outils pour s'exercer, elle lui fait porter régulièrement un panier rempli tantôt de fruits et de légumes de saison, tantôt de petites douceurs comme le sucre d'érable. Chaque fois, Perrine ne manque pas d'aller la remercier en personne. Vu qu'Agathe partage sa vie entre Ville-Marie et la seigneurie de Repentigny, elle a de la chance quand elle tombe sur elle. C'est qu'Agathe ne ressemble pas aux autres femmes de son rang qui ont pour seule ambition d'en faire le moins possible. Ou elle donne un coup de main à son père au magasin ou au marché, ou elle s'occupe du commerce du sucre d'érable ou de celui des fourrures. Ou encore elle vend une de ses propriétés pour en acquérir une autre. Idem pour un bout de terre. Le commerce sous toutes ses formes lui sied à merveille. Elle connaît les règles et les accepte dans la victoire comme dans l'échec parce que les affaires ne tournent pas toujours à son avantage. S'il lui arrive d'en perdre momentanément le sommeil, elle passe très vite à autre chose. Perrine se prend parfois à rêver qu'Agathe l'engage pour l'aider. Dans ses affaires, bien sûr ! Quand elle la voit, elle se dit qu'elle devrait le lui proposer. Après bien des paniers et des rencontres, elle n'a pas encore osé lui en parler. Il faudrait un sacré culot pour oser offrir ses services à une femme de la haute.

Perrine commence à chanter aussitôt qu'elle lance la chaise berçante en bois dans une succession de grincements. Marie profite de cet instant de réel bonheur. Ça lui rappelle l'époque où ils vivaient pauvres et heureux dans leur France natale. Ils ne manquent de rien ici, même qu'en fait, ils sont gagnants sur toute la ligne. Malgré tout, la vie est rude pour tout le monde en Nouvelle-France et bien plus lorsqu'on est au bas de l'échelle. N'accède pas qui veut à la richesse, dans la colonie. En réalité, les classes sociales et leurs avantages sont une copie conforme de ce qui prévaut dans le Vieux Continent.

Le claquement de la porte d'entrée annonce la sortie de Sylvain.

— À ce que je vois, c'est encore la seule chose qu'il fait avec fracas ! lance Perrine assez fort pour que Marie l'entende.

— Pourquoi êtes-vous si dure avec lui ?

— Ne me dis pas que tu as encore oublié ! répond Perrine en se berçant avec plus d'ardeur. Il t'a laissée poiroter quatre ans en te promettant la lune dans ses lettres et, quand il s'est enfin décidé à venir te trouver, ses poches étaient vides. Trouves-tu ça normal ? Deux ans plus tard, tout ce qu'il a trouvé à faire, c'est deux enfants. Il est dans la fleur de l'âge et il est trop paresseux pour travailler. Et je t'interdis de prendre sa défense ! Il y a de l'ouvrage pour tout le monde ici, mais monsieur est bien trop fragile pour les gros travaux. Regarde où ton vaurien de mari t'a entraînée. Te voilà cabaretière.

Perrine expire avec bruit tout l'air de ses poumons avant de se remettre à chanter. Elle en a assez dit pour aujourd'hui.

Marie retourne à ses chaudrons. Elle voudrait crier à sa mère qu'elle a tout faux, qu'elle ne connaît pas le même Sylvain qu'elle. Elle voudrait le faire sauf qu'aucun son n'accepterait de franchir ses lèvres. Elle a commencé à le défendre dès l'instant où elle l'a présenté à ses parents pour ne s'arrêter qu'au moment de monter sur le bateau. Et voilà que les critiques ont repris du service à la seconde où son cher mari a fait son apparition.

4

Angélique n'en revient pas de la quantité de nourriture que sa maîtresse avale dans une journée dès l'instant où elle tombe enceinte. Au déjeuner, elle a mangé quatre tranches de pain recouvertes d'une épaisse couche de confiture de prunes. Elle s'est servie deux fois au dîner et tout porte à croire qu'elle est sur le point d'en faire autant au souper.

— Je crois bien que je vais aller m'en chercher une petite portion, lance Agathe en se levant de table, pour le bébé à naître, bien sûr.

C'est plus fort qu'elle, Angélique pouffe de rire. Heureusement que sa patronne vit dans l'abondance parce qu'elle souffrirait le martyre si elle devait se priver de nourriture comme c'est le cas de plusieurs à Ville-Marie.

— Il y a longtemps que je ne passerais plus dans le cadrage de porte si je mangeais autant que toi, confesse Angélique.

— Je vais te faire une confidence… Je mangerais deux fois plus si j'allais au bout de ma faim. On dirait que je n'ai pas de fond.

— J'avais cru remarquer !

C'est sur un éclat de rire des deux femmes que la porte s'ouvre à sa pleine grandeur sur Pierre.

— Dites-moi que je n'arrive pas trop tard, lance-t-il en déposant son sac par terre, ça sent le poulet rôti jusque dehors et je meurs de faim.

— Il doit en rester juste un peu pour vous, avance Angélique en réprimant un fou rire, il n'était pas très gros.

— Pas besoin de me couvrir, annonce Agathe, je mange pour deux, mais c'est pour une bonne cause. Je suis enceinte.

Sa dernière phrase tombe à plat dans la pièce. Au lieu d'attendre la réaction de son mari, elle va se placer devant lui et lui sourit. Elle ne l'a pas vu depuis plus de deux mois et, comme à chacun de ses retours à la maison, elle a l'impression d'être face à un étranger. La nature réservée de Pierre quand il s'agit de montrer ses sentiments n'aide pas sa cause. Au bout de quelques secondes qui lui ont semblé une éternité, il l'attire à lui et l'embrasse sur chaque joue sans prononcer un seul mot. Est-il content ou pas? Si elle se fie à l'annonce de sa première grossesse, elle risque d'attendre longtemps avant de le savoir. Étant donné qu'elle n'a pas envie de lui donner l'occasion de saper sa joie, elle le prend par le bras et l'entraîne jusqu'à la table.

— Asseyez-vous. Je vais vous servir une bonne rasade d'alcool pendant qu'Angélique vous préparera à manger.

Elle court chercher une tasse en étain et la bouteille que son père lui a laissée en passant avant-hier et revient à la table. Intrigué par l'étiquette, Pierre lui enlève la bouteille des mains et lit ce qui y est écrit.

— Papa m'a dit qu'il n'a jamais rien bu d'aussi bon. D'ailleurs, il veut absolument avoir votre avis.

Il remplit sa tasse à moitié et s'empresse d'y goûter. Il met autant de temps à savourer sa gorgée qu'Agathe en prend pour un seul petit morceau de sucre d'érable. Elle l'observe. Contrairement à son mari qui affectionne l'alcool, un peu trop à son goût, elle n'aime que le cidre, et encore. Bien qu'elle adore le goût, elle en prend très rarement. Elle déteste l'effet et refuse de courir le risque de se mettre à déparler à force d'avoir trop bu. Il lui suffit de voir dans quel état se mettent les hommes de la famille lors des fêtes de Noël. Lorsqu'ils sont installés au salon, c'est à qui en ingurgitera le plus. Un vrai gâchis ! Et après, ils se demandent pourquoi leurs femmes les fuient à l'instant où ils franchissent le point de non-retour. L'alcool les rend fous, certains plus que d'autres. Nul besoin d'être Indien pour ne plus être soi-même sous l'effet de l'ivresse. Les Blancs ne laissent pas leur place non plus.

— J'en veux une caisse, lance Pierre d'un ton décidé. Votre père n'a pas son pareil quand il s'agit d'alcool, j'irai le voir demain.

— Tenez, monsieur Pierre, annonce Angélique en déposant une assiette devant lui, j'ai réussi à trouver assez de poulet pour vous en servir. Si jamais vous avez encore faim, je vous ferai cuire des œufs.

— Merci ! J'ai une faveur à vous demander. Pensez-vous que vous pourriez faire un gros rôti de porc demain ? J'en rêve depuis au moins deux semaines.

— Bien sûr !

Agathe se retient à temps de lui demander s'il lui arrive de rêver à elle. Si elle n'avait pas aussi peur de sa réponse, il y a longtemps qu'elle lui aurait posé la question. Elle regrette parfois d'avoir fait un mariage de raison au lieu d'un de passion. Quand les remords la tenaillent, elle secoue la tête avec énergie pour les chasser et se dit qu'il n'y a rien de parfait. Certes, Augustin n'avait qu'à apparaître dans son champ de vision pour qu'elle s'émoustille alors qu'avec Pierre, c'est loin d'être le cas. Disons que leur relation se situe à mi-chemin entre la passion et le devoir conjugal… peut-être même un peu plus près du devoir.

Elle s'étonne en voyant à quelle vitesse son mari vide son assiette. À croire qu'il n'a pas mangé depuis deux jours.

— Pourriez-vous me faire cuire quatre œufs ? demande-t-il à Angélique.

— Autant que vous voudrez. Avec du pain ?

— Bien grillé et un grand café. Je n'ai rien avalé de la journée.

Agathe lui tapote le bras. Elle ne comprendra jamais pourquoi son mari aime tant jouer à la guerre alors qu'il pourrait passer ses journées vêtu de ses plus beaux habits à diriger les censitaires et à chercher comment développer la seigneurie et la rendre encore plus rentable. À sa place, il y a longtemps qu'elle se serait fatiguée de pourchasser les Iroquois.

— Qu'avez-vous fait de Marguerite ? lui demande-t-il entre deux gorgées d'alcool.

— Elle dort pour la nuit.

— Ne me dites pas que vous avez réussi à la virer de bord !

— Elle était en train de nous rendre folles à force de vivre à l'envers du bon sens. J'ai convoqué toutes les femmes de caractère que je connais : tante Françoise, tante Catherine, grand-maman Godé et ma sœur Jeanne. Angélique s'est chargée de nourrir tout ce beau monde. Vous auriez dû nous voir nous relayer pour la garder éveillée toute la journée dans l'espoir qu'elle finisse par dormir en même temps que nous un jour. Ça nous a pris plus d'une semaine pour parvenir à nos fins. J'ignorais qu'une si petite fille pouvait avoir autant de caractère. Les deux premiers jours, elle était tellement fâchée de se faire réveiller qu'elle hurlait de toutes ses forces. Pour tout vous dire, j'ai même été étonnée que les voisins ne viennent pas aux nouvelles. En tout cas, à lcur placc, jc nc mc scrais pas gênéc. Dcpuis, jc la couchc vers six heures et elle file jusqu'à sept heures le lendemain matin sans se réveiller. Inutile d'ajouter que je suis aux anges.

— Sacrée Agathe ! Personne ne vous résiste donc jamais ! Vous auriez fait une guerrière du tonnerre si vous étiez un homme.

— Je ne crois pas, non ! Je veux bien tuer une bête pour nourrir ma famille, mais ça s'arrête là. Et puis, je ne comprends rien à la guerre. Pas plus d'ailleurs à ces interminables affronts entre les Iroquois et nous. Je ne peux pas croire qu'il n'existe pas un moyen de nous entendre. Rappelez-vous une chose : ils étaient là bien avant nous et on leur a tout pris.

Pierre se lève de table et pousse sa chaise d'un geste brusque qui écorche les oreilles d'Agathe et d'Angélique. Il déteste entendre critiquer le combat qu'il mène au risque de sa vie pour épargner les siens et tous les habitants de Ville-Marie.

— Je me vois dans l'obligation de retirer ce que je viens de vous dire : vous ne feriez pas un bon guerrier. Sur ces mots, je vais aller me coucher.

Il fait quelques pas et ajoute sans se donner la peine de se retourner :

— Au cas où ça vous intéresserait, nous sommes sortis vainqueurs de notre dernière campagne.

Agathe voudrait réagir qu'aucun son ne sortirait de sa bouche. Pierre ne fait que passer à la maison et, malgré cela, elle trouve toujours le moyen de lui rappeler à quel point elle déteste la guerre sous toutes ses formes. Elle sait que les Iroquois sont des guerriers redoutables, ses amies huronnes ne manquent pas de le lui rappeler chaque fois qu'elle ramène le sujet sur le tapis.

Elle sait aussi qu'à leur place, elle se battrait de toutes ses forces pour récupérer ce qui lui appartient. L'arrivée des Français a perturbé leur vie de manière significative.

— Ça te dirait de jouer aux cartes ? demande-t-elle à Angélique.

— Ne me dis pas que tu as encore envie de te faire battre !

— Qui sait, peut-être que ça me mettra un peu de plomb dans la tête… Je ne l'ai pas vu depuis plus de deux mois et tout ce que je trouve à faire, c'est de lui reprocher ce pour quoi il se bat. Je suis la pire ingrate que la terre ait portée. Je reconnais que la guerre qu'on mène aux Iroquois est nécessaire à notre survie. C'est juste qu'elle me semble éternelle et que j'ai hâte de pouvoir me promener librement partout où j'ai envie d'aller. Entre toi et moi, à part collectionner les morts de part et d'autre, je ne vois pas ce qu'on a gagné à ce jour. Assez divagué pour ce soir ! Veux-tu brasser ?

Angélique s'approche et lui tape doucement sur l'épaule avant d'aller s'asseoir en face d'elle.

— Si je pouvais me permettre…, laisse tomber sa bonne d'une voix douce.

— Je t'écoute.

— Eh bien, je te dirais que tu t'en demandes trop. Ta vie de couple est tout sauf normale. Tu mènes les affaires familiales de main de maître et tu ne ménages aucun effort pour améliorer la vie des tiens. M. Pierre peut dormir sur ses deux oreilles durant ses absences. D'après ce que j'ai entendu, c'est loin d'être le cas de tous ses compagnons d'armes. Crois-en mon expérience, il sera de meilleure humeur demain.

— Il n'a rien dit pour le bébé à venir, ajoute Agathe d'une toute petite voix.

— M. Pierre est un bon père quand il est là et c'est tout ce que tu dois retenir.

— Mangerais-tu un morceau de sucre d'érable avec moi ? Ou deux ?

***

À peine ouvre-t-elle les yeux qu'Agathe allonge le bras pour vérifier si Pierre est encore là. Elle aurait dû se douter qu'elle trouverait la place vide. Elle s'étire et pousse les couvertures au pied du lit. Elle avait prévu aller chercher grand-maman Godé pour qu'elle vienne passer la journée à la maison. Elle rit toute seule en s'habillant. Elle l'a toujours appelée par son nom de famille au lieu d'utiliser son prénom. Pourquoi ? Parce que sa tante et une de ses sœurs s'appellent comme elle. Sa famille n'est pas différente des autres. Tous donnent fièrement le prénom du père et de la mère à un de leurs rejetons. Pour sa part, Agathe compte en faire autant si elle accouche d'une autre fille.

Serait-il préférable de changer ses plans vu l'arrivée de Pierre ? Elle réfléchit à la question pendant quelques secondes et en conclut que son homme risque de briller par son absence si elle se fie à ses autres apparitions. Si jamais il a décidé de l'honorer de sa présence, eh bien, ça lui donnera l'occasion de voir sa grand-mère. D'autant qu'il l'aime bien. Elle s'assoit sur le bord de son lit pour lacer ses bottes. La voilà fin prête à affronter son mari et, pourquoi pas, à s'excuser pour la veille. Elle lisse sa jupe et sort de sa chambre. Elle s'arrête devant la porte close de celle où dort sa petite fille adorée. Elle l'ouvre doucement et avance sur la pointe des pieds jusqu'à son petit lit. Un grand frisson court sur toute sa colonne vertébrale lorsqu'elle le trouve vide. Elle prend sur elle, Angélique est sûrement venue la chercher. Elle dévale l'escalier en quelques secondes seulement et file à la cuisine. Quelle n'est pas sa surprise lorsqu'elle se rend compte que sa chère domestique est seule.

— Dépêche-toi de me dire ce que tu as fait de ma fille, l'implore-t-elle sans se donner la peine de la saluer.

— Bonjour, Agathe ! Je devrais te laisser gagner plus souvent aux cartes, tu as très bonne mine ce matin. Elle est dehors avec son père depuis une bonne heure.

— Ah bon ! Est-ce qu'ils ont déjeuné ?

— Pas encore ! M. Pierre m'a fait promettre d'aller les chercher quand tu descendrais.

— J'y vais.

Il suffit d'une petite attention à son égard pour rendre Agathe heureuse. Elle court rejoindre ceux qui forment sa famille. Elle a l'impression d'avoir des ailes. Elle bécote d'abord sa fille qui joue par terre et, une fois devant son mari, elle est prise d'une envie soudaine de le prendre par la main et de l'obliger à la suivre jusque dans leur chambre. Ils ont beaucoup de temps à rattraper. Plus elle y pense, plus son désir grandit. Elle meurt d'envie de faire taire sa raison et décide de profiter au maximum de l'homme qui lui a déjà fait deux enfants. Elle s'approche, plonge son regard dans le sien et colle ses lèvres sur les siennes sans crier gare. Pierre répond à ses avances sans se faire prier. Il la soulève ensuite de terre, ce qui la fait rire aux éclats. Il marche jusqu'à leur fille, se penche pour qu'Agathe puisse l'attraper et ils filent dans la maison.

— Angélique ! s'écrie-t-il, aussitôt à l'intérieur, je vous confie la belle Marguerite pour une petite heure.

— Ou deux ! ajoute Agathe d'une petite voix.

— Viens me voir, ma belle fille ! dit la bonne en tendant les bras à l'enfant.

***

— Je pensais justement à toi, s'écrie Françoise Godé lorsqu'Agathe fait son entrée.

Elle embrasse sa petite-fille deux fois plutôt qu'une et elle la serre dans ses bras. Elle lui rappelle sa fille Maturine au même âge.

— La maternité te va comme un gant. Tu as toujours été belle, mais là tu l'es encore plus.

Agathe est tout sourire. Elle adore sa grand-mère. Sans son support indéfectible après le décès de sa mère, elle aurait été incapable de reprendre pied et de s'occuper de ses frères et sœurs. C'est à elle qu'Agathe veut ressembler quand elle sera vieille. Son aïeule vient de fêter son anniversaire et elle est encore droite comme un piquet. Outre le fait qu'elle a ralenti sa cadence un peu, elle cuisine et s'occupe en partie de son jardin.

— C'est parce que mon mari est rentré hier soir, laisse tomber Agathe en rougissant.

— Il faut bien qu'il serve à quelque chose de temps en temps.

Sa boutade l'amuse. Sa grand-mère est une des rares personnes avec qui elle ose parler d'affaires aussi privées que ce qui se passe dans sa chambre à coucher. Elle n'entre pas dans les détails, mais elle en dit suffisamment pour être claire. Pourquoi avec une femme de son âge vénérable plutôt qu'avec ses sœurs ? Parce que les deux plus vieilles ont préféré prendre le voile. Aussi parce qu'Agathe se sent en confiance avec son aïeule : elle peut tout lui dire sans avoir peur d'être jugée. C'est une qualité rare par les temps qui courent.

— Ne sois pas si dure avec mon Pierre.

— Je dis simplement les choses comme elles sont. C'est un coup de vent, que tu as marié, et lui quelqu'un pour s'occuper de ses affaires pendant qu'il joue à la guerre. J'ai des yeux pour voir et je suis triste pour toi.

— Tu ne devrais pas parce que ma vie me convient très bien telle qu'elle est. N'oublie pas que je l'ai choisi et, comme disait maman, j'ai le beurre et l'argent du beurre.

— C'est une façon de voir les choses, mais ce n'est pas la mienne.

Françoise voulait le meilleur pour sa petite-fille et, selon elle, Pierre de Repentigny ne correspond en rien à l'homme idéal. D'ailleurs, elle ne s'explique toujours pas comment il a fait pour séduire Agathe et lui passer la bague au doigt. Françoise aurait voulu qu'elle connaisse l'amour comme elle avec son Nicolas. Chaque jour passé à ses côtés a été un moment de pur bonheur. Elle n'a jamais eu le plaisir de rencontrer Augustin, mais elle a vu à quel point il faisait briller les yeux d'Agathe juste à prononcer son prénom.

— As-tu le temps de manger avec moi ou tu ne fais que passer ? lui demande sa grand-mère.

— Les deux. Je suis venue te chercher pour t'emmener passer la journée à la maison.

— Tu ne devrais pas plutôt profiter de la présence de ton homme ?

— Pour ça, il faudrait qu'il soit là. Il vient de partir pour la seigneurie et il ne sera de retour que demain. Alors ?

Bien que tentée de commenter l'attitude de Pierre, qu'elle trouve vraiment déplacée, Françoise se contente de répondre à la question d'Agathe :

— Le temps d'attraper une petite laine pour ce soir et je te suis. J'ai hâte de voir la belle Marguerite.

Quelques minutes plus tard, les deux femmes marchent bras dessus, bras dessous sur la rue Saint-Paul. Agathe s'efforce de ralentir sa cadence pour l'accorder à celle de sa grand-mère. Elle le fait ou Françoise lui rappellera que ses deux vitesses, vite et plus vite, sont complètement incompatibles avec les siennes, lente et arrêtée. Étant donné que c'est contre sa nature, il suffit de quelques secondes pour qu'Agathe s'emballe et presse de nouveau le pas. Elle ralentit aussitôt qu'elle s'en aperçoit et s'efforce de garder le rythme de grand-maman Godé. Elle mourrait si elle était obligée de toujours marcher à pas de souris.

— Passe devant, l'implore Françoise, je connais le chemin.

— Jamais dans cent ans ! Je tiens bien trop à toi pour t'abandonner en pleine rue. Ne t'inquiète pas pour moi, je vais survivre.

— J'espère bien. J'étais aussi vive que toi à ton âge et la seule personne qui parvenait à m'arrêter de courir, c'était ton grand-père. Il m'obligeait à m'asseoir au moins cinq minutes par jour avec lui. Il prenait ma main dans la sienne et il me disait d'écouter le silence.

Agathe s'arrête net de marcher.

— Et tu y arrivais ?

— Bien sûr que non ! Je n'arrêtais pas de lui dire que le silence n'existe pas, qu'il y a toujours un bruit de fond. Les oiseaux ! Le vent ! Les cigales ! La pluie ! Il se tournait vers moi et me répétait que c'est moi qui dois faire silence, que je dois me poser de temps en temps pour mieux m'envoler. Ça te dirait qu'on avance un peu si on ne veut pas arriver chez toi seulement pour le souper ?

Françoise se remet à marcher sans crier gare. Elle a déjà fait plusieurs pas lorsqu'Agathe réalise qu'elle l'a abandonnée au beau milieu de la rue. Elle s'en amuse. Sa grand-mère est unique en son genre.

— Ça fera bientôt trente ans que ton grand-père est mort et j'ai encore du mal à ralentir de mon plein gré. Remarque que la vie s'en charge à ma place. Aujourd'hui, j'avance à la vitesse que je peux et je m'en accommode plutôt bien.

— Le temps passe trop vite. J'avais seulement quelques mois quand grand-papa et papa se sont fait tuer sur le toit par les Iroquois. Je n'ai aucun souvenir d'eux sauf ce que maman et toi m'avez raconté, mais, va savoir pourquoi, ils me manquent toujours autant. Surtout mon père. Je trouve ça injuste pour Jacques, c'est quand même lui qui m'a élevée. Et je l'aime de tout mon cœur.

Nouvel arrêt, cette fois commandé par Françoise. Elle regarde Agathe dans les yeux et lui dit :

— Ne perds pas ton temps à regretter et rappelle-toi qu'on ne peut pas empêcher un cœur d'aimer ni en obliger un autre.

La vieille dame reprend sa marche sur-le-champ en entraînant sa petite-fille dans son sillon. Elles saluent encore quelques connaissances au passage avant d'arriver enfin à bon port.

5

Agathe sourit bêtement depuis plusieurs minutes, elle regarde dormir son mari. Il est si rare qu'il se réveille après elle qu'elle compte bien profiter du spectacle jusqu'à ce qu'il ouvre les yeux. Bien qu'elle meure d'envie de lui passer la main dans les cheveux, elle se retient. Les rares fois où elle s'est risquée à quelque geste tendre, elle s'est fait revirer de manière plutôt brutale. Est-ce parce qu'il passe le plus clair de son temps à faire la guerre qu'il est aussi froid? Est-ce parce qu'il l'a épousée uniquement pour fonder une famille? À moins que ce ne soit à cause de ses talents en affaires? Sans vouloir se vanter, elle a sauvé la mise plusieurs fois déjà. Pour lui, et pour ses frères aussi. Heureusement, il n'est pas avare de compliments quand il s'agit d'argent. Il l'encourage même à prendre les devants quand il est absent, ce qu'elle fait sans se faire prier. Aussi bien l'avouer, Pierre est, malgré tous ses défauts, le mari idéal. Avec lui, elle peut laisser libre cours à ses nombreux projets. Quant à son rôle de père, contrairement à Angélique, elle n'est pas prête à l'encenser. Mis à part hier matin, il ne prend Marguerite que lorsqu'elle la dépose dans ses bras et la plupart du temps, il prétend immanquablement une urgence dans les minutes qui suivent. Agathe aurait voulu qu'il soit comme son propre père. Jacques a été et est toujours aussi aimant avec chacun de ses enfants. Les hommes comme lui ne sont pas légion dans la colonie. Son comportement chaleureux et protecteur lui a d'ailleurs valu son lot de railleries de la part de ceux qui prétendent que s'occuper des enfants est l'affaire des femmes. Pas surprenant que les veuves prient pour qu'il lève les yeux sur elles !

La tentation est si forte qu'Agathe lui passe la main dans les cheveux. Doucement. Si doucement d'abord que c'est à peine si elle les voit bouger. Encouragée par l'absence de réaction de son mari, elle met un peu plus d'ardeur à la tâche et savoure ce pur moment de plaisir. Voilà maintenant que sa main s'enhardit plus profondément dans sa crinière d'une douceur inégalée. Pourquoi donc la prive-t-il d'un tel plaisir ? Perdue dans ses pensées, elle lâche un cri de mort lorsque Pierre lui saisit brusquement le poignet et se couche sur elle de tout son long sans crier gare. Il a l'air si méchant que s'il avait des fusils à la place des yeux, elle serait morte sur-le-champ.

— Hé ! s'écrie-t-elle pour le ramener à de meilleures intentions. Lâchez mon poignet, vous me faites mal. C'est moi, Agathe.

Il faut plusieurs secondes à Pierre pour réaliser qu'il est dans sa chambre et qu'il s'en est pris à sa femme. Il secoue la tête pour se remettre les idées en place. Il s'est sûrement passé quelque chose pour qu'il agisse ainsi.

— Arrêtez de serrer, clame Agathe, vous allez finir par me le casser.

Il relâche sa prise et, quand il allait rouler à sa place, Agathe l'attrape par les épaules et l'en empêche.

— C'est ma faute, avoue-t-elle, je vous ai flatté les cheveux et vous savez quoi, vous feriez mieux de vous habituer parce que j'ai l'intention de me reprendre.

Elle le fixe et lui fait les yeux doux pendant que ses mains plongent de nouveau dans sa crinière. Cette fois, Pierre ne fait rien pour l'en empêcher. Au contraire, il s'abandonne totalement à ce moment de douceur.

***

Assis sur une roche en bordure du fleuve, Pierre fixe l'eau sans la voir. Il repense à ce qui s'est passé ce matin et se dit qu'il ne mérite pas une femme comme Agathe. Plusieurs de ses compagnons d'armes paieraient cher pour l'avoir à leurs côtés alors que lui ne lève pas le petit doigt pour la rendre heureuse. Au contraire, il se repose sur elle autant qu'il peut sans aucun remords. Pour tout. Absolument tout. Alors qu'il est très porté sur les femmes, c'est à peine s'il honore la sienne. En réalité, tous leurs ébats à ce jour ont été lancés par Agathe et, pourtant, il sait y faire avec la gent féminine. Au point que sa réputation le précède même au plus profond de la forêt. Les Indiennes recherchent sa compagnie et, à ce jour, il a toujours accédé à leurs demandes sans se faire prier. Et sans remords non plus.

Il lance une pierre plate sur la surface de l'eau et la suit jusqu'à ce qu'elle renonce à faire des cercles. Il ne s'est pas marié par amour. Comment aurait-il pu puisqu'il ignore ce sentiment envers une femme ? Il s'est marié parce que son père lui a dit qu'il était temps pour lui de fonder une famille. Il ne rêvait pas d'avoir des enfants. Il lance une nouvelle pierre et son regard s'illumine. C'est un beau coup. Si seulement les bébés pouvaient marcher et parler en naissant, peut-être qu'il les aimerait un peu plus. Il ne sait pas quoi faire avec eux, encore moins quand ils se mettent à pleurer. À vrai dire, un enfant qui hurle lui fait plus peur qu'un Iroquois prêt à le scalper. Il se passe la main sur le menton. Il ne sera jamais le mari aimant qu'Agathe mérite. Il a toujours refusé toute attache et voilà qu'il a lui-même choisi les barreaux de sa prison. Le mariage n'était pas pour lui. Il le savait, mais c'était le prix à payer pour que les affaires familiales ne périclitent pas. Il est le seul sur qui son père peut compter et il a accepté le marché. Il a choisi Agathe, il serait plus juste de dire qu'il a jeté son dévolu sur elle, pour son caractère bouillant et sa soif des défis. C'est une sacrée bonne femme. Reste à voir maintenant si elle le sera assez pour le faire renoncer à ses nombreux pas de travers dans les bras des belles princesses indiennes qui le tiennent au chaud lors de ses grandes chevauchées. Lui laissera-t-il seulement une chance de s'approcher de lui ? Il a encore besoin d'y réfléchir.

Il prend une poignée de sable dans sa main droite et la laisse peu à peu retourner sur la grève. Il n'a pas détesté qu'elle lui joue dans les cheveux ce matin. S'il y a un trait de caractère qu'il apprécie chez sa femme, c'est bien son audace. Son courage aussi. Agathe n'a peur de rien ni de personne. Il peut dormir sur ses deux oreilles, elle trouvera le moyen de les sortir du gouffre dans lequel ses frères et lui ont plongé le patrimoine familial. Certes, ils ne sont pas les seuls clients des cabarets clandestins. Le moins qu'on puisse dire, c'est qu'ils y laissent une petite fortune à chacune de leur visite. Il en a raconté très peu sur lui à Agathe. Moins elle en savait sur son compte, meilleures étaient ses chances qu'elle accepte de l'épouser. En même temps, il mettrait sa main au feu qu'elle en sait plus qu'il pense sur lui. Mais alors, pourquoi lui avoir dit oui ? Elle aurait pu trouver un bien meilleur parti, plus riche et surtout plus avenant. Et plus aimant aussi.

Il remplit de nouveau sa main de sable et soupire. La guerre, c'est tout ce qu'il sait faire. Il ne chasserait pas les Iroquois qu'il passerait la majeure partie de sa vie dans les bois. Il affectionne les choses simples. Faire griller sur un feu le fruit de sa chasse le rend heureux. Rien ne lui fait plus plaisir que de dormir à la belle étoile, même par temps froid. Il était petit garçon qu'il allait souvent se réfugier dans la grange plutôt que dans son lit pourtant bien plus douillet. Autant il apprécie le confort entre deux guerres, autant il supporte sans de réels efforts ce que plusieurs appellent la misère noire lorsqu'il part à la poursuite de l'ennemi. Il aurait sûrement fini coureur des bois s'il n'était pas bien né.

Il lève la tête et sursaute lorsqu'il se retrouve nez à nez avec son beau-père.

— J'ai toujours dit que ma fille avait un sixième sens, lance Jacques en guise de salutations. Elle m'a assuré que je vous trouverais ici. Vu qu'elle me remplace au magasin, je n'irai pas par quatre chemins. J'ai besoin de votre aide.

Pierre se redresse et se tourne pour lui faire face. Il lui fait ensuite un petit signe de tête pour l'encourager à poursuivre.

— Ça fait des années que j'ai les mêmes fournisseurs de fourrures et, dans l'ensemble, je peux dire que j'ai été plutôt bien servi. Enfin, jusqu'à maintenant ! Les peaux ne sont pas aussi belles que d'habitude, vraiment pas. Je les ai questionnés, mais je ne sais rien de plus qu'avant de leur parler. Je me demandais si vous pouviez essayer de savoir si je suis le seul à me plaindre de leur qualité. Je sais que vous croisez des coureurs des bois dans vos croisades et…

Jacques ne se donne pas la peine de finir sa phrase. Il ne va quand même pas supplier son gendre de l'aider. Il en sait déjà assez sur la question.

— J'en croise souvent et ça me fera plaisir de m'informer pour vous. Ça me prendrait le nom de ceux avec qui vous traitez et ce que vous avez acheté cette année. En gros, pas dans les détails.

Un large sourire s'affiche sur les lèvres de Jacques. Il déteste demander de l'aide.

— Agathe vous apportera ce qu'il faut. Je vous remercie à l'avance.

— Il n'y a pas de quoi, monsieur Le Moyne.

Alors que Jacques allait prendre congé, Pierre se lève et lui dit :

— Je vais vous accompagner au magasin si vous n'y voyez pas d'objection. J'en profiterai pour enlever Agathe une petite heure.

***

Agathe veille sur ses frères et sœurs comme sur sa propre fille malgré ses nombreuses occupations. Elle a laissé les plus jeunes au soin des plus vieux pour se marier. Si elle les sait capables de se débrouiller, elle a parfois besoin de se rassurer. Les choses auraient été différentes si Françoise et Marguerite n'avaient pas pris le voile. Que pouvait-elle contre la volonté de Dieu, elle, la femme de peu de foi ? C'est ainsi qu'elle débarque sans avertir dans la maison familiale.

— Ne me dis pas que tu t'es enfin souvenue de notre adresse ! s'écrie Louis, le bébé de la famille, du haut de ses quinze ans.

Il s'approche et la serre très fort avant de l'embrasser sur les joues. Il est toujours content de la voir. C'est d'ailleurs celui qui la visite le plus souvent, surtout à l'heure des repas. Il a l'habitude de se plaindre de la cuisine d'Antoinette, leur domestique, et de vanter celle d'Angélique. L'année dernière, devant un trop grand nombre de critiques, Agathe a demandé à sa bonne de changer de place avec Antoinette pour quelques jours. La commande était simple : les deux femmes devaient leur servir le même menu que la semaine précédente, ce qu'elles ont fait volontiers. Au final, les Le Moyne ont adoré tout ce que leur a servi Angélique, et Agathe tout ce qu'a cuisiné Antoinette.

Même que si elle avait osé, elle aurait ajouté que la bonne de son père cuisine encore mieux que la sienne. Elle en a donc déduit que les enfants Le Moyne n'apprécient pas Antoinette et qu'ils sont prêts à tout pour que leur père la remercie. Ils ont eu droit à des remontrances plutôt musclées de la part de Jacques et, depuis, on n'entend plus parler de rien sauf quand Louis se pointe chez Agathe.

— Il ne tient qu'à toi de venir me voir quand tu t'ennuies, réplique Agathe en riant. Où est le reste de la tribu ?

— Suis-moi à la cuisine, répond-il avec un petit sourire en coin, et pose toi-même la question à Antoinette. Elle sait tout de nos allées et venues.

Elle ne s'en est jamais cachée, elle a un faible pour ce garçon aux cheveux bouclés et à la peau aussi blanche que le lait. Il n'a qu'à battre des cils et elle fond. Il le sait et il s'en sert au besoin. Le beau Louis finit toujours par arriver à ses fins. Tout comme elle ! L'autre jour, Agathe lui a dit en riant que l'élève avait largement dépassé le maître. Il lui a tapé un clin d'œil avant de tourner les talons.

— Quelle belle visite ! s'écrie Antoinette en la voyant. Tu es resplendissante ! Prendrais-tu un morceau de gâteau glacé au sucre d'érable ? Il est encore chaud.

— Tu sais bien que je suis incapable de résister à une petite douceur ! Avec un grand verre d'eau, s'il te plaît.

— Peux-tu lui dire où sont les autres ? lui demande gentiment Louis.

— Tout ce que je sais, c'est que Jacques et Nicolas sont au magasin et que Jeanne est allée voir Françoise et Marguerite au couvent.

— Il me semblait que tu savais tout ! lance Louis sur un ton moqueur.

— Tout ce qu'on veut bien me dire, précise doucement Antoinette.

Agathe ne passe aucun commentaire. Elle connaît suffisamment les siens pour savoir que certains ont tendance à être avares de mots sur leurs déplacements.

— Merci, Antoinette ! dit-elle.

— La bonne nouvelle, renchérit Louis, c'est que tu vas m'avoir pour toi toute seule. Dépêche-toi de manger et on va aller se promener sur le bord du fleuve.

Il y a des gens qu'on aime dès qu'on pose les yeux sur eux et Louis en fait partie. Il est charmant, drôle, intelligent et de très agréable compagnie. Elle mange aussi vite qu'elle peut et ils partent bras dessus, bras dessous sous le regard amusé d'Antoinette. Elle aussi apprécie Louis. Elle essaie de n'en rien laisser paraître, mais il faut croire qu'elle n'y arrive pas toujours parce que les autres ne se privent pas pour le taquiner dès qu'elle lui sert une part de gâteau plus généreuse que la leur. Elle aurait pu le prendre en grippe après sa sortie sur sa cuisine de l'année dernière. D'abord, elle savait d'où venait sa critique à son égard. Elle l'avait sermonné quand il avait jeté aux poules le contenu de son assiette sous prétexte que ce n'était pas ce dont il avait envie. Elle vient d'une famille pauvre. Si pauvre qu'il lui est arrivé régulièrement de ne pas manger à sa faim. De ce fait, elle ne peut pas accepter qu'on gaspille la nourriture, ne serait-ce qu'une bouchée. Pas une seconde elle n'a craint pour son emploi. M. Jacques était au courant de la frasque de son fils, elle lui en avait glissé un mot le soir même et il n'avait pas été tendre avec Louis. Comme sa mère le disait, il faut que jeunesse se passe. Et puis, ça lui a plu d'aller cuisiner pour Agathe.

Antoinette a beaucoup d'admiration pour tout ce qu'elle a fait pour les siens. Il fallait avoir du cœur et beaucoup de caractère pour accepter de remplacer sa mère alors qu'elle avait le même âge que Louis. Peu de filles de son âge y seraient arrivées.

— Merci encore, Antoinette ! Si j'avais plus de temps, j'en reprendrais.

— Hé ! Penses-tu vraiment que je vais te laisser manger tout ce qu'on a ?

À peine Louis a-t-il fini sa phrase qu'Agathe l'attrape par le bras et l'entraîne dehors. Si grand-maman Godé était là, elle dirait que Maturine a échappé quelques mailles au passage quand elle l'a tricoté, celui-là. Il rit aux éclats et accélère le pas, au grand dam de sa sœur qui a le souffle beaucoup plus court que d'habitude.

— Ralentis, grand fou ! Tu veux ma mort ou quoi ?

Louis arrête net de marcher et se plante devant elle.

— Excuse-moi, sœurette, il m'arrive d'oublier que tu fabriques un bébé. Promis, à partir de maintenant, je marcherai à ta vitesse.

— Tu as intérêt, le met-elle en garde en prenant un ton faussement sévère, espèce de ver à chou.

Agathe accepte volontiers le rôle de sœur alors qu'en réalité, il serait plus juste de dire qu'elle l'a pratiquement élevé. Leur mère est morte en le mettant au monde. Heureusement pour Louis, et pour Agathe, il va sans dire, il a bénéficié d'une nourrice ; cela lui a permis d'avoir un bon départ dans la vie et elle, un peu de répit. En tant qu'aînée, elle a hérité du plus gros. Alors qu'une naissance est habituellement une source de joie, la dernière de la dizaine a apporté avec elle son lot de peine. Son père a perdu sa femme et gagné un fils, et tous les enfants de la famille, leur mère. Agathe préfère ne pas s'attarder sur ce passage à vide où elle a perdu aussi sa jeunesse et nombre de ses rêves pour ne les récupérer qu'à l'aube de ses trente ans. Et seulement en partie !

— Suis-moi, annonce Agathe, je vais aller te montrer la maison que je fais bâtir sur la rue Saint-Antoine.

— Une autre ? Est-ce que ça paie, au moins ?

— Dis-toi bien que si je me suis lancée dans l'immobilier, c'est parce que j'ai étudié le marché et que je crois pouvoir rentabiliser mon investissement.

— Ma parole, tu parles comme papa.

— Il n'y a pas cinquante manières de parler d'argent. Tu investis et tu récoltes les profits au passage. Si ce n'est pas le cas, dépêche-toi de changer de domaine.

Louis regarde en l'air et soupire. Chaque fois qu'il passe un moment avec Agathe, il se rappelle combien elle lui manque. Son départ de la maison a laissé un vide immense, sans compter qu'il s'est senti totalement abandonné. Il trouvait normal qu'elle veuille vivre sa vie, elle qui rêvait de se marier et de fonder une famille, mais il était le grand perdant dans l'histoire. Aux yeux des autres membres du clan Le Moyne, il s'en est sorti alors que dans les faits, il a tout juste appris à faire avec son absence. À ce jour, rien ni personne n'est parvenu à la remplacer. Il secoue la tête pour sortir de ses pensées. S'apitoyer sur son sort ne réglera rien. Il a perdu deux mamans en quinze ans, un point c'est tout.

— Est-ce que je t'ai déjà dit que tu es la seule femme que je connais qui parle d'argent ?

— Faux ! s'écrie Agathe en pointant son index sur lui. La prochaine fois que tu iras voir Françoise et Marguerite, demande-leur de te présenter la mère supérieure. Je ne te mens pas, elle a un signe de piastre imprimé dans le front et elle n'est pas la seule dans son cas au couvent. Il y a longtemps que les religieuses ont compris que ça prend plus que des prières pour remplir le garde-manger.

— C'est pour ça qu'elles passent leur temps à quêter.

Agathe lui donne un coup de coude dans les côtes.

— Aïe ! Pourquoi me frappes-tu ?

— Parce que je n'ai pas de savon sur moi pour te frotter la langue ! Tu as le droit de ne pas les porter dans ton cœur, mais je ne te laisserai pas bavasser sur leur compte. Penses-y une minute. Les sœurs contribuent directement à la création, au développement et à la survie de la colonie. Elles soignent les malades, elles apprennent à lire et à écrire aux enfants, elles…

— Arrête ! Arrête ! J'ai compris. C'est juste que je leur en veux de nous avoir volé Françoise et Marguerite.

Agathe l'attrape par le bras pour l'immobiliser et se place devant lui. Elle lui caresse la joue du revers de la main et lui dit :

— Ne perds pas ton temps à leur en vouloir, les seules responsables sont nos deux sœurs.

— Tu ne vas quand même pas me faire accroire que les religieuses n'ont pas influencé leur décision…

— Je vais te poser une question. Si le curé de la paroisse se mettait après toi pour que tu entres au séminaire, irais-tu ?

— Jamais de la vie !

Agathe hausse les épaules et écarquille les yeux. Elle vient de toucher une corde sensible chez son frère.

— Idem pour moi, ajoute-t-elle. J'aimerais mieux croupir en prison plutôt que d'aller m'enfermer dans un couvent. J'ai essayé par tous les moyens de savoir pourquoi les filles ont pris le voile, sans succès. Je ne comprends pas plus que toi. Elles ont été élevées dans la ouate et elles avaient les meilleurs partis de Ville-Marie à leurs pieds. Le pire, dans tout ça, c'est que j'ai peur que Jeanne suive leurs traces.

— Papa lui a parlé hier soir.

— Et?

— Je n'en sais pas plus, je suis monté me coucher. Dépêche-toi, j'ai hâte de voir ta maison.

6

Agathe vient à peine de s'installer à la seigneurie pour l'été lorsque son père l'envoie chercher de toute urgence.

Reviens vite si tu veux voir ta sœur Françoise, elle dépérit à vue d'œil.

Papa

Elle relit son mot pour être certaine d'avoir bien compris et se laisse tomber sur une chaise sous le regard inquiet d'Angélique.

— Françoise s'en va, laisse-t-elle tomber du bout des lèvres.

— Elle sort du couvent et c'est tout l'effet que ça te fait ? lance joyeusement Angélique. J'avoue avoir un peu de mal à suivre.

Au lieu de lui répondre par des mots, Agathe lui tend la lettre brève et percutante de son père.

— Ah ! mon Dieu ! Je suis désolée.

— Tu ne pouvais pas savoir ! Je te laisse Marguerite. Peux-tu nourrir le messager pendant que je rapatrie mes affaires ? Si je fais vite, on arrivera en ville avant la nuit.

On serait tenté de croire qu'à force de pourchasser les Iroquois, les routes de la colonie sont plus sécuritaires alors qu'en réalité il n'en est rien. Le danger guette encore les voyageurs sur terre comme sur l'eau. Tous le savent : les Iroquois sont des guerriers redoutables et c'est la peur au ventre que les colons se déplacent entre deux points. Si la majorité des gens acceptent de courir le risque, ceux qui ont survécu à une de leurs attaques font le choix de rester chez eux.

Si Pierre était là, il lui dirait de retarder son départ au lendemain matin. Rien ne vaut la lumière du jour pour voir venir les dangers. Étant donné qu'il est reparti depuis un moment déjà, Agathe n'hésite pas un instant. Elle s'en voudrait jusqu'à la fin de ses jours si sa sœur quittait ce monde sans l'avoir vue une dernière fois. Elle avait remarqué que Françoise n'était pas au meilleur de sa forme lors de sa dernière visite au couvent. Par contre, jamais elle n'aurait cru que c'était aussi sérieux. Elle l'entend encore lui répéter en boucle qu'elle offre sa souffrance à Dieu. Agathe a essayé de la raisonner, sans y arriver. Elle lui a même offert de venir avec elle à la seigneurie le temps de reprendre des forces. Au lieu de lui répondre, Françoise a juste fermé les yeux. Ce simple geste venait de mettre fin à la discussion entre les deux sœurs. Le cœur gros, Agathe est sortie de la pièce et a demandé à voir Marguerite. Elle l'a regardée dans les yeux et lui a déballé de but en blanc toutes ses inquiétudes.

— Tu ne peux rien contre la volonté de Dieu, lui a soufflé Marguerite d'une voix douce en se signant.

— Je refuse de croire que tu as oublié ce que maman disait: *Aide-toi et le ciel t'aidera!*

Le visage de Marguerite a perdu toutes ses couleurs d'un coup, ce qui n'a pas échappé à Agathe. Plusieurs secondes se sont écoulées avant que sa sœur ajoute:

— Elle refuse de se faire soigner… et elle a même arrêté de manger.

— On n'a qu'à l'obliger!

— J'ai tout essayé, elle ne veut rien entendre. Tu la connais aussi bien que moi, elle est plus têtue qu'une mule. Elle veut mourir pour expier les péchés des colons.

— Allons voir la mère supérieure ensemble.

— C'est peine perdue, elle adore les martyres.

Agathe n'est pas près d'oublier cette conversation. Comment une femme dotée d'intelligence, même moyenne, peut-elle laisser mourir au nom de la religion les filles que les familles lui ont confiées? S'il lui restait encore une certaine estime des religieuses, elle a fondu comme neige au soleil en quelques secondes seulement. Elle voulait aller la confronter. Elle l'aurait fait si Marguerite ne l'en avait dissuadée. D'abord, son intervention était vouée à l'échec. Rien ni personne ne pourrait faire changer Françoise d'avis. Elle avait décidé d'offrir sa vie à Dieu et elle s'y tiendrait envers et contre tous. Ensuite, Marguerite en paierait forcément le prix. Agathe en avait assez entendu pour renoncer. Elle a pleuré sur toute la distance qui sépare le couvent de sa maison.

Elle attrape son chapeau de paille au passage et descend à la cuisine.

— Je suis prête, lance-t-elle au messager.

— Plus vite on partira, dit-il, plus vite on arrivera. Je vous attends dehors.

Il fait nuit lorsqu'Agathe débarque chez son père. Elle frappe pour la forme et entre avant qu'on vienne lui ouvrir.

— Agathe! s'écrie Jacques en la voyant devant lui. Je ne t'attendais pas ce soir.

Elle se jette à son cou et laisse libre cours à la peine qui lui serre la poitrine depuis qu'elle a lu son mot. Jacques lui tapote le dos jusqu'à ce qu'elle se calme.

— Suis-moi à la cuisine, Antoinette a fait des tartes aux fraises.

— Je n'ai pas faim.

— Tu ne me feras pas le coup toi aussi, s'énerve-t-il aussitôt.

— Aucun danger, papa ! C'est juste que j'ai un mal de cœur de chien à force de me faire brasser. Je vais commencer par boire un grand verre d'eau et je verrai. Pourquoi Françoise agit-elle ainsi ?

— Si seulement je le savais ! Je comprends encore moins comment les sœurs peuvent la laisser mourir sans lever le petit doigt. Laisse-moi te dire que je suis en train de perdre le peu de foi qu'il me restait. Ma fille est en train de se laisser mourir et je ne peux rien faire pour l'en empêcher. Je suis allé voir le curé hier. En plus de me tenir le même discours que Marguerite, il m'a dit que je devrais être fière de Françoise. Tiens-toi bien : que le don de sa vie servira à racheter le fait qu'aucun de mes fils n'a voulu devenir prêtre. Je suis sorti sans rien ajouter. C'était ça ou je lui sautais à la gorge.

Jacques arrête de parler pour reprendre son souffle. C'est la première fois qu'Agathe le voit aussi en colère, lui qui a la réputation d'être un homme modéré. Elle lui tapote le dessus de la main dans l'espoir de voir réapparaître le père qu'elle a toujours connu.

— J'ai horreur de me sentir impuissant, surtout quand il s'agit de la vie d'un de mes enfants. Si on mangeait une pointe de tarte, maintenant ?

Agathe lui sourit franchement. Elle n'aurait pas pu mieux tomber que sur cet homme aimant le jour où sa mère a décidé de se remarier avec lui.

— Un peu de sucre ne peut que nous faire du bien, confirme-t-elle sans hésiter. Je vais nous servir.

Jacques observe chacun de ses gestes. Elle ressemble tant à Maturine que c'en est frappant. Sa défunte aurait su quoi faire, elle. Agathe dépose deux assiettes sur la table et deux grandes tasses de lait.

— Tu ferais mieux de te dépêcher de manger ta part si tu ne veux pas que je te la vole, lance Agathe aussitôt qu'elle goûte à la sienne.

— Hors de question ! lance Jacques en mettant une main de chaque côté de son assiette. Je te remercie d'être venue aussi vite.

— Ma place est ici. J'irai lui rendre visite demain à la première heure.

— Tu devrais rester à dormir.

— J'en ai bien l'intention. Ma chambre est-elle libre ?

— Elle le sera toujours. Si ça continue, il y aura plus de chambres que d'habitants dans cette maison.

***

Agathe se tourne et se retourne dans son ancien lit depuis près d'une heure. D'abord, elle est en sueur tellement il fait chaud au deuxième étage et, ensuite, elle est incapable de s'arrêter de penser ne serait-ce qu'une seconde. Quand ce n'est pas Françoise qui l'empêche de s'endormir, c'est le dernier séjour de Pierre qui prend la relève. Comment dire sinon qu'elle a apprécié sa présence plus que toutes les autres fois réunies. Est-ce parce que le souvenir de Marie-Anne s'estompe avec le temps ou parce que son mari l'a laissée s'approcher un peu plus de lui ? Probable que c'est un heureux mélange des deux. Bien sûr, ni l'un ni l'autre ne lance et ne lancera la discussion sur l'enfant illégitime qu'il a fait à Marie-Anne. Pas plus d'ailleurs que sur la relation particulière qu'il entretenait avec elle. La violence dont il a fait preuve à son égard donne encore froid dans le dos à Agathe. Vu qu'elle ne peut pas changer le personnage, il ne lui reste aucune autre solution que de tirer le meilleur du pire. Heureusement pour lui, il ne s'est jamais risqué à mal se comporter avec elle. Pas même en mots. Elle aimerait bien savoir pourquoi il s'est conduit de manière aussi brutale avec leur ancienne bonne. Et s'il l'avait fait avec d'autres femmes ?

Une des rares choses qu'elle déteste lorsqu'elle est enceinte, c'est d'être condamnée à dormir sur le dos ou sur le côté alors qu'elle affectionne particulièrement la position sur le ventre. Elle rit toute seule. Au fond, elle devrait remercier Dieu de la ménager autant. Nombre de femmes qu'elle connaît sont clouées au lit pendant des mois alors qu'elle peut vaquer à ses occupations comme d'habitude. Enfin, presque. Cette fois, elle éclate de rire. Ça ne risque pas d'arriver de sitôt. Sa générosité a des limites, même envers l'être suprême. Elle fait une nouvelle tentative pour se coucher sur le ventre et revient quelques secondes plus tard sur le dos, en maugréant cette fois.

Elle pense ensuite à Perrine… une autre erreur au tableau de Dieu. Si elle était mieux née, cette femme en mènerait aussi large qu'elle. La dernière fois qu'Agathe l'a croisée, Perrine lui a fait part de son rêve de travailler pour elle. La pauvre, elle était rouge comme une tomate. Une fois l'effet de surprise passé, Agathe lui a promis d'y réfléchir, ce qu'elle n'a pas encore fait. *C'est le temps ou jamais*, se dit-elle à l'instant. La première question à se poser : a-t-elle besoin d'aide ou pas ? La deuxième : a-t-elle les moyens de la payer ? Agathe s'assoit carré dans son lit. Nul besoin de réfléchir très longtemps, elle répond par l'affirmative aux deux questions. Reste maintenant à voir dans quoi Perrine serait le plus efficace. Le mieux serait qu'elle en parle avec la principale intéressée. Elle passera la voir demain en sortant du couvent. Au lieu de se recoucher, elle va chercher de quoi écrire dans son sac de voyage et dresse la liste des tâches pour lesquelles Perrine pourrait l'aider, voire la remplacer lorsqu'elle s'absente de la ville comme c'est le cas pendant tout l'été. Elle noircit deux pages entières avant de s'arrêter. Elle a confiance en cette femme depuis le jour où elle lui a avoué ne savoir ni lire ni écrire. Ça prenait un sacré courage pour s'en confesser à une pure étrangère et une détermination exceptionnelle pour apprendre en un aussi court laps de temps. Peu de gens sont capables d'autant. Et puis, on n'a qu'à la regarder pour savoir qu'elle est capable de bien plus que d'être une simple épouse, surtout qu'elle n'a plus d'enfant à la maison. Reste à savoir si son mari l'encouragera à travailler hors de leur foyer ou s'il se fera un devoir de lui mettre des bâtons dans les roues. Dans le temps comme dans le temps. Satisfaite à l'idée d'avoir un bras droit – parce que c'est ce qu'elle voit en Perrine –, Agathe se couche sur le côté droit et s'endort dans la minute qui suit.

***

Il est à peine sept heures quand Louis vient la réveiller, et quel réveil !

— Debout, paresseuse ! s'écrie-t-il en frappant sur une casserole comme il avait l'habitude de le faire quand il était gamin.

Agathe se bouche les oreilles et ouvre les yeux de peine et de misère.

— Sors de ma chambre avant que j'appelle papa.

— J'ai attendu qu'il soit parti pour venir te réveiller.

— Sors quand même avant que je te roue de coups de poing.

Sa réaction n'a aucun effet sur son frère. Il croise les bras, incline la tête de côté et lui sourit à pleines dents. Elle réagissait exactement de la même manière quand elle restait ici.

— Antoinette t'a fait une crêpe soufflée. À ta place, je me dépêcherais de descendre si tu ne veux pas qu'elle soit complètement dégonflée avant d'être dans ton assiette.

— Tu ne penses quand même pas que je vais me dévêtir devant toi... Sors et plus vite que ça !

Il lui tire la langue après avoir pris soin de donner un petit coup de cuillère bien senti sur sa casserole. Agathe se lève aussitôt que la porte se referme sur son frère et s'habille en vitesse. Autant elle aime les crêpes soufflées, autant elle déteste les manger quand elles sont à plat. Quand elle était petite, sa mère lui disait que ces crêpes sont aussi capricieuses que certains enfants.

Elle salue tout le monde lorsqu'elle entre dans la cuisine et va s'asseoir à sa place habituelle. À peine a-t-elle posé les fesses sur sa chaise qu'une énorme crêpe apparaît devant elle.

— Merci, Antoinette ! Je n'en ai jamais vu une aussi gonflée. C'est très gentil.

— Remercie plutôt Louis, l'informe gentiment la bonne, c'est lui qui me l'a demandé parce qu'il savait que tu serais contente.

Comme il est son voisin de table, elle lui pince la joue en guise de remerciement en y mettant un peu plus d'ardeur que nécessaire.

— Ayoye ! se plaint-il aussitôt. J'y penserai à deux fois avant de te faire plaisir la prochaine fois.

— Espèce de mauviette ! lance Charles.

— Laisse-moi tranquille, gros lard, rétorque sans ménagement Louis.

— Ça suffit, les gars ! les intime Agathe. Vous devriez savoir depuis longtemps que ce n'est pas une manière de se comporter devant la visite.

Sa boutade suffit à détendre l'atmosphère. Ils rient tous à gorge déployée. Ce n'est pas la première fois qu'Agathe les taquine de cette façon et elle obtient toujours la même réaction de leur part. Elle les regarde un après l'autre et sourit. Elle est très attachée à chacun d'eux.

— Ma parole, Jeanne, tu as encore embelli, lance Agathe. Je parie que les prétendants font la file devant la porte de la maison.

— Elle aime plus Dieu que les garçons! avance Nicolas sans lui laisser le temps de réagir.

— C'est à Jeanne que je m'adresse, l'avise Agathe, pas à toi. Alors?

Sa petite sœur secoue la tête en soupirant.

— Nicolas a raison, confirme-t-elle en soutenant son regard. Au cas où ça t'intéresserait, j'ai décidé de prendre le voile. Ce sera mon cadeau de Noël pour vous tous.

— Veux-tu bien me dire ce que vous avez toutes à tomber en amour avec une croix de bois? s'indigne aussitôt Agathe. La vie de misère de Françoise ne te suffit pas? Au cas où tu l'aurais oublié, elle va mourir d'un jour à l'autre par amour pour Dieu. Je ne vivrai jamais assez vieille pour comprendre ce qui va de travers dans ta tête. Rassure-moi sur une chose: dis-moi que tu ne vas pas passer ta vie enfermée dans une petite cellule.

Jeanne n'a pas besoin de parler pour qu'Agathe en conclue que c'est ce qu'elle souhaite. Elle se lève de table avant d'avoir pris une seule bouchée de sa crêpe et sort de la maison en prenant soin de claquer la porte le plus fort qu'elle peut. Agathe considère l'entrée dans les ordres des deux autres filles de la famille comme un échec cuisant. Elle a littéralement manqué son coup avec elles et ça la met hors d'elle-même. Et pourtant, elle a insisté pour qu'elles deviennent des esprits libres, pas des esclaves de la religion. Elle marche à grandes enjambées en direction du couvent. Ce ne sera ni le moment ni l'endroit de s'en prendre à Françoise, mais elle sait d'ores et déjà qu'elle le fera envers et contre tous. S'il reste encore une chance que la future martyre de la famille fasse changer Jeanne d'idée, eh bien, Agathe s'assurera que Françoise intervienne auprès d'elle. Ce n'est pas vrai que Dieu va lui prendre sa dernière sœur.

— Attends-moi, Agathe ! crie Louis qui court à perdre haleine pour la rattraper.

Elle arrête de marcher net dès qu'elle reconnaît la voix de son frère.

— Depuis quand marches-tu plus vite que moi ? la questionne-t-il une fois à sa hauteur en essayant de reprendre son souffle.

— Veux-tu vraiment le savoir ?

— J'apprécierais.

— Il suffit que je sois folle de rage et, crois-moi, je le suis. Je vais tout faire pour l'empêcher d'entrer au couvent.

Louis lui met la main sur l'épaule.

— Ne perds pas ton temps. On a tout essayé et tout ce qu'on a réussi à faire, c'est de se la mettre à dos. Tu aurais dû entendre l'échange entre papa et elle il y a deux jours. Il criait comme un perdu. Il l'a même suppliée à genoux, mais elle est restée sur sa position. Je ne te mens pas, elle voit Dieu dans sa soupe. Françoise et Marguerite n'en ont jamais fait autant qu'elle.

— Avoue que Françoise s'est reprise. Pauvre papa !

— Il était tellement fâché qu'il pleurait comme un bébé. Je lui ai apporté une tasse et sa bouteille de whisky et je suis resté avec lui jusqu'à ce qu'il aille se coucher. Il n'a pas prononcé un seul mot en deux heures. Après, je suis allé voir Jeanne dans sa chambre. Je te jure qu'elle n'en menait pas large. Je l'ai serrée dans mes bras et elle a versé toutes les larmes de son corps sur mon épaule. Elle m'a répété plusieurs fois qu'elle n'avait pas d'autre choix que d'entrer au couvent, qu'elle devait répondre à l'appel de Dieu.

— Tu as bien fait de t'occuper d'elle. Quant à l'appel de Dieu, permets-moi d'en douter.

Le frère et la sœur marchent en silence jusqu'au couvent. L'un comme l'autre, ils essaient de comprendre pourquoi leur famille est prise d'assaut par les religieuses. La plupart des parents seraient fiers que leurs filles prennent le voile, mais pas Jacques. Maturine et lui ont élevé leurs enfants dans la plus grande liberté permise pour l'époque. Et Agathe a continué ce qu'ils avaient commencé sans se faire prier. Elle souhaitait le meilleur pour chacun d'eux et voilà que la religion a remporté la partie chez les filles. Trois sur quatre se sont laissé convaincre de vouer leur vie entière à Dieu. De quoi faire dresser les cheveux sur la tête de parents qui rêvaient grand pour leurs enfants.

— J'aimerais que tu m'accompagnes au chevet de Françoise, avance Agathe d'une voix douce.

— C'est bien parce que c'est toi qui me le demandes. Je déteste toujours autant la maladie et encore plus la mort. Ne t'étonne pas si je pars sans rien dire. Je sais d'avance que je ne mettrai pas beaucoup de temps avant d'atteindre mon maximum de tolérance à la souffrance.

— Je t'aime trop pour te demander l'impossible.

7

Françoise est morte dans les bras d'Agathe peu de temps après le départ de Louis. Elle est partie comme un petit poulet. Agathe n'a pas eu le temps de plaider la cause de Jeanne. Elle voulait le faire et elle l'aurait fait si elle n'avait pas réalisé dès son arrivée qu'il était trop tard. Le départ de Françoise l'a ramenée quinze ans en arrière. Personne ne l'avait préparée au départ de sa mère. Personne ne l'avait préparée non plus à celui de sa sœur. Maturine avait trente-cinq ans et Françoise venait d'en avoir vingt-deux. La première en donnant la vie et la seconde en remettant la sienne à Dieu. Quel gâchis !

Seule dans son coin, Agathe laisse libre cours à sa peine. Au grand désespoir de la famille, Françoise a été enterrée dans le cimetière du couvent tout de suite après le service funèbre. Comme le veut la coutume, Jacques ouvre sa maison et son jardin à tous ceux qui souhaitent venir lui offrir leurs condoléances. Heureusement que plusieurs d'entre eux ont apporté une tarte, des galettes ou des fraises parce qu'Antoinette serait morte de chaleur devant son fourneau.

— Viens avec moi, lui dit sa tante Catherine en la prenant par le bras, on sera plus tranquilles dans ta chambre.

Agathe la suit sans offrir de résistance. Elle a le cœur en miettes et les jambes molles comme de la guenille. Catherine referme la porte derrière elles et va s'asseoir sur la chaise droite près du lit.

— Allonge-toi un peu, suggère-t-elle à sa nièce, ça va te faire du bien. Tu es pâle à faire peur.

— Seulement quelques minutes, mais c'est bien parce que tu insistes. Je devrais être auprès de papa.

— J'ai demandé à Charles de veiller sur lui.

— Puisqu'il le faut.

Charles est le frère de Jacques et son meilleur ami aussi. Les deux hommes font des affaires ensemble et saisissent toutes les occasions pour se voir en dehors du travail. Charles a financé la moitié du coût du passage de la famille de Perrine sur le navire qui les a emmenés en Nouvelle-France. Ville-Marie avait besoin d'un charretier et son associé en connaissait un bon en France, prêt à s'expatrier. Ils n'ont jamais regretté leur investissement. Nicolas Brazeau le valait et le vaut encore largement.

— Ton père m'a dit qu'elle était morte dans tes bras… tu n'avais pas besoin de ça. Pas dans ton état.

Agathe pousse un grand soupir. Si seulement sa tante savait le nombre de personnes qui lui ont servi le même commentaire, elle s'en serait probablement abstenue. Ce n'est pas parce qu'elle est enceinte qu'elle va s'effondrer comme une poupée de chiffon. Elle a de la peine et c'est normal puisqu'elle vient d'enterrer une de ses sœurs. Quant à sa pâleur, elle n'a rien de surprenant. Allez savoir pourquoi, contrairement à la plupart des gens, elle blêmit au lieu de rougir quand elle a chaud. Il n'y a pas d'air nulle part aujourd'hui, encore moins au deuxième étage.

— Au contraire, je suis contente d'avoir été là, finit-elle par ajouter. Par contre, je ne comprends pas pourquoi elle s'est laissé mourir. Son histoire ne tenait pas debout et tout le monde s'entendait pour dire qu'on ne pouvait rien y faire. Même moi je me suis laissé convaincre d'accepter sa volonté de partir avant son temps. Une partie de moi lui en veut pour ce qu'elle a fait alors que l'autre la félicite d'être allée au bout de sa quête. Pauvre papa ! Enterrer un de ses enfants est la pire chose qu'un parent puisse faire. En tout cas, ce le serait pour moi. Je crois bien que je ne m'en remettrais pas si Marguerite mourait.

— Il paraît que Dieu nous envoie seulement les épreuves qu'on est capables de supporter.

— Pas de ça avec moi, ma tante ! Pas aujourd'hui ! J'ai eu ma dose de bondieuseries.

Un silence de plomb s'installe aussitôt dans la pièce. Catherine est la personne la plus croyante de la famille. Heureusement, elle n'est pas du genre à faire la leçon à qui que ce soit. Elle est croyante et pratiquante, mais pas fanatique. Il est très rare qu'elle se permette de lancer une phrase toute faite comme elle vient de le faire. Heureusement pour elle parce qu'elle ne manquerait pas de se faire remettre à sa place.

— Quand comptes-tu venir faire ton tour à la seigneurie ? lui demande enfin Agathe.

— Ne m'attends pas avant le début d'août. J'ai eu le malheur d'offrir mes services à monseigneur à raison de deux jours par semaine et, depuis, il sollicite mon aide à longueur de semaine. Tu ne peux même pas t'imaginer combien d'habitants de Ville-Marie sont plongés dans la misère noire.

— Tu n'as qu'à venir au marché mardi prochain et tu vas tomber en bas de ta chaise. Certains sont prêts à se battre pour un quignon de pain difforme ou une botte de carottes ramollies. Tous ne sont pas nés ici comme moi, ni dans une famille à l'aise. Ils sont montés sur le bateau un beau jour dans l'espoir de trouver une vie meilleure et ça ne leur a pas tous réussi, loin de là. Ça m'arrache le cœur quand je croise une Fille du roi jetée à la rue du jour au lendemain parce que son mari s'est fait tuer. Je ne connais pas une seule femme, même pauvre comme la galle, qui aurait traversé l'océan pour se retrouver encore plus démunie que sur le Vieux Continent. Te serais-tu mariée avec un inconnu ? Pas moi ! Avec tout le respect que j'ai pour les censitaires, crois-moi, peu d'entre eux portent une auréole autour de la tête à mes yeux. Et ces chers messieurs ne supportent pas que leur femme soit plus intelligente qu'eux. Celle dont je te parle sait non seulement lire et écrire, mais elle est issue d'une famille noble très aisée. Imagine-toi que sous prétexte qu'elle faisait honte aux siens, sa mère et son frère l'ont fait interner. Ou elle venait en Nouvelle-France ou elle croupissait jusqu'à sa mort entre les quatre murs d'un asile. Jamais elle ne s'est vantée de ses connaissances devant quiconque.

— Et tu la crois ?

— Au point que, pour utiliser ton langage, je lui donnerais le bon Dieu sans confession.

Déçue de l'attitude de sa tante, Agathe s'assoit dans son lit et la regarde droit dans les yeux pendant plusieurs secondes avant de lui demander si elle pourrait aider cette jeune femme.

— Pourquoi elle plus qu'une autre ?

— Parce que je la connais et qu'elle en vaut la peine. Elle était sage-femme avant et, depuis qu'elle est veuve, l'Église l'empêche de pratiquer.

— Es-tu bien certaine de ce que tu avances ?

— Oh oui, madame. Viens me rejoindre au marché mardi matin et je te la présenterai. Dans le cas contraire, je l'emmènerai avec moi à la seigneurie. Je lui offrirai le gîte et le couvert le temps qu'elle se refasse une clientèle hors de la ville. Je plaiderai même sa cause auprès de monseigneur. Il m'importe de leur rendre sa dignité, à elle et à son fils.

Catherine ne peut s'empêcher de lever les yeux au ciel. Elle aime tout chez Agathe sauf son entêtement. Elle fait fi de toutes les règles sans aucun remords. L'Église avait sûrement une bonne raison de lui retirer ses droits, mais Agathe s'en fout.

Il faudrait être aveugle pour ne pas s'apercevoir que sa tante est en désaccord avec sa décision. Au lieu de la prendre de front, Agathe lui fait son plus beau sourire.

— Je vais mieux maintenant, lance-t-elle en mettant les pieds à terre. Allons trouver les autres avant que les gens commencent à partir. Merci pour tout ! J'adore parler avec toi, même si on est rarement du même avis.

Sa tante l'attrape par le bras et la serre contre elle.

— Le monde serait plate à mourir si on était tous pareils. Au risque de me répéter, j'envie ton audace et ton franc-parler. Surtout, ne change rien à ce que tu es.

— Je le voudrais que j'en serais incapable, ajoute Agathe avant de lui coller un baiser sonore sur la joue. On descend ?

***

C'est bien connu, les malheurs n'arrivent jamais seuls. Deux jours plus tard, c'était au tour d'Antoine, le petit voisin d'Agathe, de rendre l'âme après quatre ans de souffrance. Bien qu'éplorés par son départ, ses parents semblaient soulagés d'une certaine manière. Leur fils avait cessé de souffrir et c'est tout ce qui comptait pour eux. Il était déjà en terre lorsqu'Agathe a appris la nouvelle. Faute d'avoir assisté aux obsèques, elle est allée sonner chez les Dufour pour leur offrir ses sympathies. Ce n'était pas la joie, mais ils étaient contents de sa visite. Elle a refusé leur invitation à souper et leur a promis de se reprendre à son retour de Repentigny. Être témoin de leur peine trop longtemps lui aurait brisé le cœur, surtout que le sien est en très piteux état depuis le décès de Françoise. Elle aimerait dire qu'elle ne lui en veut pas pour son geste qu'elle en serait incapable. Elle a toujours eu du mal à excuser ce qui n'a pas de sens pour elle et c'est là un exemple parfait. Comment une jeune femme sensée peut-elle décider de mourir pour un Dieu qui n'existe peut-être que dans sa tête ?

Agathe accélère sa cadence. Elle a promis à son père d'être là pour l'ouverture du marché et tout porte à croire qu'il aura déjà servi plusieurs clients avant son arrivée. Elle a fait aussi vite qu'elle pouvait sans parvenir pour autant à rattraper sa demi-heure supplémentaire de sommeil. Pour sa défense, elle dira qu'elle a toujours pu compter sur quelqu'un pour la réveiller. Étant donné qu'elle était seule à la maison, elle a dormi comme un loir jusqu'à ce que les cloches de l'église la plus proche la réveillent en sursaut.

— Désolée de mon retard, papa, s'écrie-t-elle en se glissant derrière la grande table qui tient lieu de comptoir.

— Ne t'en fais pas avec ça. L'essentiel, c'est que tu sois reposée. Regarde-moi un peu… Tu as bien meilleure mine qu'hier.

— J'espère… j'ai pratiquement fait le tour de l'horloge. J'avoue que ça m'a fait beaucoup de bien. Maintenant, dis-moi comment je peux t'être utile.

— Donne-moi un coup de main pour servir les clients.

— C'est comme si c'était fait.

Le père et la fille travaillent sans relâche jusqu'à midi. Ils ont eu tellement de monde que ni l'un ni l'autre n'a eu le temps de relever la tête. Ils ont vendu la quasi-totalité de ce que Jacques avait apporté. Reste à décider s'il ferme boutique ou s'il va chercher ce qu'il faut au magasin.

— Alors? lui demande Agathe comme si elle lisait dans ses pensées.

— Que dirais-tu de vendre ton sucre d'érable et tes couvertures?

— Bonne idée! En as-tu en quantité suffisante au magasin ou je ferais mieux d'aller en chercher chez moi?

— Ne te fatigue pas, j'ai tout ce qu'il faut. Tu n'auras qu'à remplacer ce que tu vendras. J'y vais.

Agathe profite de l'accalmie pour regarder autour d'elle. Sa tante Catherine ne s'est pas encore montrée. Vu l'heure, elle commence à croire qu'elle ne viendra pas. Tant pis! Elle fera exactement ce qu'elle lui a dit. Elle prendra Charlotte et son fils en charge. Elle leur offrira même le gîte et le couvert à sa maison en attendant de prendre la route pour Repentigny. Le visage de Françoise s'impose à elle. La vie est trop injuste. Elle s'apprête à sauver une étrangère alors qu'elle n'a rien pu faire pour sauver sa propre sœur.

— Bonjour, madame de Repentigny! s'écrie une Perrine enjouée. Je vous croyais partie à la seigneurie.

— Je l'étais, mais mon père m'a envoyé chercher. Ma sœur Françoise nous a quittés il y a trois jours. Elle était religieuse.

— Si j'avais su, je... Permettez-moi de vous offrir mes condoléances.

— Merci beaucoup! Auriez-vous un peu de temps à me consacrer demain matin?

Les yeux de Perrine s'illuminent aussitôt.

— J'aimerais parler affaires avec vous, ajoute Agathe. Je vous attendrai chez moi à neuf heures, on déjeunera ensemble.

Cette fois, ce sont deux grosses larmes qui se pointent au coin des yeux de Perrine.

— À demain, madame de Repentigny.

— Je vous en prie, Perrine, appelez-moi Agathe. À demain !

Perrine est si heureuse qu'elle ne porte plus à terre. Elle ignore totalement ce qui l'attend, mais son petit doigt lui dit qu'elle peut espérer le meilleur de cette rencontre. Mme de Repentigny, ou plutôt Agathe, n'est pas femme à faire perdre le temps des gens ni à perdre le sien.

De son côté, Agathe est satisfaite de ce qu'elle a vu dans le regard de Perrine à l'annonce de leur rencontre. Elle a confiance en elle.

Perdue dans ses pensées, elle sursaute lorsqu'elle entend la voix douce et chaleureuse de cette Fille du roi à qui elle compte offrir son aide.

— Charlotte ! Quelle belle surprise ! Avez-vous mangé, aujourd'hui ?

Surprise par sa question, la jeune femme hésite avant de répondre. Doit-elle mentir ou dire la vérité ? Devant son hésitation, Agathe sort quelques pièces de sa poche et les lui remet.

— Allez vous acheter quelque chose à manger et revenez me voir. J'aimerais vous parler de quelque chose.

— C'est beaucoup trop.

— Prenez quelque chose pour votre fils.

— Merci beaucoup ! Je fais vite.

— Je vous attends avec impatience.

Charlotte a les larmes aux yeux. Si seulement elle avait été moins têtue, sa vie serait beaucoup plus douce. Du moins en apparence. Pour cela, il aurait fallu qu'elle se plie aux volontés de sa mère et de son frère. Ils avaient tracé sa route sans lui demander son avis. Ils voulaient la marier à un homme très en vue de la région de vingt ans son aîné à qui elle aurait bien sûr donné une ribambelle d'enfants. Les connaissant, ils en auraient profité pour lui retirer tous ses droits sur la fortune familiale. Son père n'était plus là pour la protéger et elle le regrettait toujours autant. C'est pourquoi avant de se faire passer la corde au cou malgré elle, elle s'est enfuie à Paris avec sa meilleure amie. Là-bas, elle pourrait enfin vivre comme elle l'entendait, c'est-à-dire sans contraintes. C'était mal connaître sa mère et son frère de croire que l'éloignement leur ferait oublier son existence. Un bon matin – c'était plusieurs mois après son départ –, on est venu l'arrêter et on l'a enfermée à l'hôpital de fous sans qu'elle ait son mot à dire. Elle a bien cru qu'elle n'en sortirait jamais. Deux ans plus tard, une religieuse lui a offert de s'embarquer pour la Nouvelle-France. Elle a signé sans hésiter. Rien ne pouvait être pire que l'asile. L'homme qu'elle a épousé à son arrivée à Québec était très beau et très gentil aussi. Et il avait le même âge qu'elle. Ce n'était pas la grande passion qui meublait ses rêves, mais ils étaient bien ensemble. Dommage qu'il soit parti si tôt.

— Me revoici ! lance Charlotte en tendant la monnaie à Agathe.

— Mettez-la dans votre poche et venez me rejoindre.

Pendant que sa protégée dévore son repas à pleines dents, Agathe lui explique son plan. Plus elle en entend, plus les yeux de Charlotte s'embuent et moins elle mange. Vient même un moment où elle se pince pour être certaine de ne pas rêver. Cette dame bienfaitrice est-elle bien réelle ?

— Qu'en dites-vous, Charlotte ?

— Que vous êtes un ange et que je vous serai éternellement reconnaissante.

— Promettez-moi seulement d'être là à chacun de mes accouchements. Je n'ai entendu que de bons mots sur vous.

— Je n'y manquerai pas.

— Allez chercher votre fils et vos affaires et revenez ici. J'irai vous installer chez moi dès que mon père sera de retour.

De grosses larmes coulent maintenant sur les joues de Charlotte. Il y a longtemps qu'elle n'a pas été aussi contente de se lever. Alors qu'elle s'apprête à partir, Agathe l'attrape par le bras et l'oblige à la regarder.

— C'est fini, Charlotte. Le soleil brillera de nouveau pour vous et pour votre fils.

— À votre place, je commencerais à chercher un prénom pour une fille.

— J'en ai au moins une douzaine en réserve. J'ai hâte de vous présenter à mes amies indiennes. Filez, maintenant !

***

Agathe est tombée sous le charme de Clovis à l'instant même où Charlotte a fait les présentations. Il a le même âge que Louis. Tout comme son frère, il est beau, bien élevé et intelligent. On aurait pu croire que ce que sa mère et lui vivent depuis quelques mois l'aurait aigri alors qu'il n'en est rien. De nature joviale et volontaire, il est toujours prêt à aider. Agathe l'a questionné sur sa vie d'avant et sur celle à venir.

— Mon père m'a appris tout ce que je sais en menuiserie. Je suis loin de tout savoir, mais je me débrouille plutôt bien.

— Pourrais-tu aider à l'entretien des bâtiments à la seigneurie ? L'étable, la grange, le moulin banal, le manoir…

— Je suis votre homme, madame, lui a-t-il confirmé en inclinant légèrement la tête de côté.

Ses invités sont montés se coucher il y a une demi-heure et Agathe profite du silence de la maison pour réfléchir. Une tasse de thé fumant à la main, elle hésite à aller s'asseoir dans son jardin. Elle aurait beau se couvrir de la tête aux pieds, les maringouins l'attaqueraient de toutes parts. Elle déteste ces petites bestioles. Elle a des marques de piqûres à la longueur des bras, autant sur les jambes que sur le cou. Elle se gratte jusqu'au sang aussitôt qu'une nouvelle apparaît. À chaque récidive, elle entend sa mère lui intimer d'arrêter, sauf que c'est plus fort qu'elle. Elle a tout essayé pour calmer la démangeaison, mais aucun remède miracle ne l'a soulagée à ce jour. Il faudra qu'elle en glisse un mot à Charlotte demain. On ne sait jamais, peut-être qu'elle pourra l'aider.

Après réflexion, elle décide de rester à l'intérieur et va s'asseoir à la table de cuisine. Heureusement pour elle, la maison est relativement fraîche en comparaison de la chaleur accablante qui sévissait encore dehors après le souper. Les murs de pierre n'ont pas leur pareil pendant l'été. Elle prend sa tasse à deux mains et la porte à la hauteur de son nez. Elle inspire à fond et roule des yeux. Elle adore ce thé. Son seul regret : ne pas en avoir acheté plus à l'arrivée du navire qui approvisionne la colonie. Difficile de savoir s'il sera bon avant d'y avoir goûté. Elle s'est fait prendre tellement souvent qu'elle préfère rester sur sa faim plutôt que d'être prise avec des réserves imbuvables. À son retour de la seigneurie, en septembre, elle videra ses armoires de tout ce qui accumule la poussière. Elle prend une première gorgée sans se méfier et passe à un cheveu de la recracher tellement elle est chaude. Si Angélique était là, elle se ferait un malin plaisir de lui rappeler qu'un thé est fait pour être savouré, une gorgée à la fois. Pour sa défense, elle lui rappellerait qu'elle l'aime chaud, pas tiède, et encore moins froid. Est-elle la seule à trouver qu'il perd de sa saveur à mesure qu'il refroidit ?

Elle a hâte d'apprendre sa décision à Pierre, à propos de Perrine, Charlotte et Louis. Le connaissant, il se contentera de soulever les épaules de manière si imperceptible qu'elle sera la seule à le remarquer. Elle poursuivra en lui faisant valoir les nombreux avantages apportés par chacun d'eux. D'ici à ce qu'il revienne de sa nouvelle guerre, tous auront amplement le temps de faire leurs preuves. Elle repense à sa discussion avec Perrine. Plus elle en apprenait sur son futur travail, plus son sourire s'agrandissait sur ses lèvres. On aurait cru une petite fille à qui on vient d'offrir sa première poupée de chiffon. Alors qu'Agathe allait lui demander si elle croyait que son mari réagirait bien au fait qu'elle travaille pour quelqu'un, qui plus est pour une femme, Perrine lui a dit que Nicolas lui avait donné sa bénédiction sans aucune hésitation.

— Tout ce qu'il souhaite, c'est de retrouver la femme que j'étais avant de monter sur le navire qui nous a emmenés à Québec.

Malgré les questions qui se bousculaient dans sa tête, Agathe a décidé d'attendre un peu avant de les lui poser. Il lui tarde d'en savoir plus sur la vie à bord de ce fameux navire. Pas seulement par curiosité, mais aussi pour mieux comprendre ceux et celles qui ont fait la traversée. Ils ont quelque chose de différent au fond des yeux, quelque chose qui l'intrigue.

Elle boit sa dernière gorgée de thé et frissonne. Quand va-t-elle enfin se décider à le jeter? Au lieu d'aller remplir sa tasse – elle en a fait une pleine théière –, elle va plutôt se chercher un morceau de sucre d'érable. Rien de mieux pour chasser le souvenir désagréable de sa dernière gorgée. Elle se rassoit et le déguste à petites bouchées en repensant à sa discussion avec ses invités au souper. Elle ne peut que se féliciter de les avoir pris sous son aile. Savoir Charlotte à proximité quand le jour de la délivrance arrivera lui a enlevé un poids énorme de sur les épaules. Elle n'ira pas jusqu'à prétendre que son premier accouchement s'est mal passé, car elle tenait Marguerite dans ses bras cinq heures après avoir perdu les eaux. À vrai dire, la souffrance ne l'effraie pas tant que ça – toutes les femmes accouchent dans la douleur –, c'est juste qu'elle a pour principe d'améliorer tout ce qui peut l'être. Ses amies indiennes lui ont dit après coup qu'elles auraient pu lui préparer une potion d'herbes pour faciliter l'expulsion du bébé et une autre pour diminuer sa douleur. Avoir su… Agathe reconnaît les avoir négligées ces derniers mois. Entre son nouveau rôle de mère, ses affaires et les visites éclair de son mari, il ne lui restait plus grand temps pour aller les voir. Elle se promet de remédier à la situation à son retour de la seigneurie. Demitilde et Naméqua sont comme des sœurs pour elle. Agathe les connaît depuis toujours. Les nombreuses attaques des Iroquois les réunissaient parfois plusieurs jours d'affilée dans la même enceinte. Contrairement à bien des gens, Agathe a toujours recherché leur compagnie. Elle a beaucoup appris à leur contact et, à l'inverse, elle a partagé ses connaissances en tissage avec elles. Elle n'avait que huit ans quand grand-maman Godé a entrepris de lui montrer comment se servir d'un métier à tisser après lui avoir enseigné tout ce qu'elle savait sur les fibres à leur disposition. Elle l'entend encore lui répéter sans cesse: trop mou, trop serré, trop irrégulier… Sa grand-mère ne laissait rien passer. Ou elle s'appliquait ou elle pouvait retourner jouer avec sa poupée. C'était bien mal la connaître pour croire qu'elle renoncerait aussi facilement. Agathe voulait apprendre et elle a appris. À la dure, il faut bien l'avouer. Depuis, elle s'applique dans tout ce qu'elle fait. Aux dires de son aïeule, personne dans la colonie ne lui arrive à la cheville comme tisserande. Ne reculant devant rien, elle s'est mise à la culture du chanvre et du lin sur le bout de terre hérité de ses parents, à Pointe-Saint-Charles. Elle utilise le premier pour tisser des bâches à la solidité inégalée jusqu'à maintenant. Elle s'est aussi mise à l'élevage des moutons sur la concession de son père adoptif, au Cap-de-la-Trinité. Quoi de mieux que la laine pour tenir les gens de la colonie au chaud pendant l'hiver? Son éternelle envie de se dépasser et sa soif insatiable d'apprendre l'ont aussi amenée à découvrir les nombreux secrets de la teinture disponible dans la nature. Sur ce coup, ses amies indiennes lui ont été d'une aide inestimable.

Elle savoure son dernier morceau de sucre d'érable et monte se coucher. À moins qu'il pleuve des cordes, l'homme de confiance de son père sera devant sa porte à sept heures demain matin afin de les conduire à la seigneurie. Elle s'ennuie trop de sa fille pour rester un jour de plus en ville. Reste maintenant à souhaiter qu'elle ne se réveille pas toutes les heures comme les deux dernières nuits avant son départ pour Ville-Marie.

8

— Je n'en reviens pas qu'elle t'ait demandé de travailler pour elle, s'exclame Marie d'un ton enjoué.

— Et moi donc ! Elle m'a remis une liste de choses à faire pendant qu'elle sera à la seigneurie et, tiens-toi bien, elle m'a même remis mes gages pour mon premier mois de travail.

— Estime-toi chanceuse d'être ma mère parce que si ce n'était pas le cas je ferais tout pour te voler ta place.

Perrine la regarde en fronçant les sourcils. Son commentaire lui donne froid dans le dos. Marie a changé depuis qu'elle est mariée avec Sylvain et ce n'est pas pour le mieux. La fille qu'elle a élevée n'aurait jamais pensé à s'en prendre à autrui pour améliorer son sort. Depuis le retour de l'enfant prodigue, Perrine est obligée de reconnaître que Marie a la mèche de plus en plus courte. Au point qu'elle n'hésite pas à poursuivre tous ceux qui lui font ombrage de quelque manière que ce soit. À vrai dire, le tribunal est carrément en train de devenir sa deuxième maison. Rien pour être fière !

— Pourquoi es-tu si méchante avec moi ? lui demande Perrine.

— Voyons, maman, tu sais bien que je ne te ferai jamais de mal. Je suis juste un peu jalouse. C'est normal, non ? Je suis là à tirer le diable par la queue pour réussir à survivre et voilà que tu te fais offrir un travail par une des femmes les plus influentes de la ville sur un plateau d'argent. Que ferais-tu à ma place ?

— Je serais contente pour toi parce que je t'aime et que je te souhaite le meilleur.

Marie pousse un grand soupir. Si sa mère savait ce que la présence de Sylvain lui coûte en réalité, elle la plaindrait sûrement de tout son cœur. Peut-être même qu'elle lui offrirait d'intervenir auprès d'Agathe pour qu'elle l'engage. Comme il lui reste un soupçon de fierté, Marie préfère continuer à prier pour que son époux décide de retourner en France. Plus vite il débarrassera la place, mieux ce sera. Pour elle et pour leurs enfants. À force de côtoyer d'autres hommes au cabaret, elle a fini par ouvrir les yeux. Nul doute, elle a pigé le mauvais numéro. Si seulement elle pouvait revenir en arrière !

— Pardonne-moi, maman, finit-elle par dire du bout des lèvres.

Perrine s'approche et lui caresse la joue. Pas plus tard que ce matin, Nicolas lui faisait remarquer qu'elle respire le bonheur depuis que Mme de Repentigny l'a engagée.

— De te voir si heureuse fait chaud au cœur. Je t'interdis de te laisser abattre par les sautes d'humeur d'une femme enceinte jusqu'aux yeux comme moi. Entrons, j'entends pleurer le bébé.

Au lieu de s'en prendre à Sylvain comme elle a tendance à le faire quand un de ses petits-enfants pleure alors qu'ils sont sous sa surveillance, elle attrape Marie par le bras et l'embrasse sur la joue.

***

Jacques tourne en rond derrière son comptoir. Il y aura une semaine demain que Françoise est partie et il ne décolère pas. Il en veut à la mère supérieure de n'avoir posé aucun geste pour sauver sa petite fille, au prêtre qui a osé dire qu'elle était partie pour un monde meilleur à son service, à Marguerite qui leur a interdit d'essayer de la faire changer d'idée. Bref, il en veut au monde entier d'avoir perdu sa fille dans de telles circonstances et quelque chose lui dit qu'il mettra du temps avant de pouvoir passer à autre chose. Il aurait aimé qu'Agathe reste encore quelques jours en ville. Il ne lui en a rien dit parce qu'il sait à quel point sa présence est requise à la seigneurie. Il est content qu'elle ait engagé Perrine pour l'aider. À première vue, il croit que c'est un bon choix. Elle est honnête, vaillante, bien élevée et elle voit Agathe dans sa soupe. Reste à voir si les deux femmes travailleront bien ensemble.

Sacré Agathe! À peine venait-elle d'engager Perrine qu'elle offrait à Charlotte et à son fils, Clovis, de l'accompagner à la seigneurie. Elle ne lui a pas tout dit sur ses intentions face à eux, mais, la connaissant, elle a déjà un plan. Jacques salue ses nombreuses initiatives. Heureusement qu'elle a marié un militaire prêt à participer à toutes les guerres parce que les hommes tolérants comme lui ne sont pas légion. En même temps, il ne l'a pas mariée pour ses beaux yeux. Tout le monde sait que Pierre de Repentigny refusait de se marier jusqu'au jour où son paternel a insisté pour qu'il s'engage. Au final, tout porte à croire que les deux époux y ont trouvé leur compte. Agathe peut mener tous les projets qu'elle veut et Pierre peut poursuivre tous les Iroquois de la colonie. Jacques n'est pas aveugle. Le couple de son aînée ne ressemble en rien à celui qu'il formait avec Maturine. Il a essayé d'en discuter avec sa fille à quelques reprises avant que Pierre demande sa main, mais il a eu droit à la même explication: «Je l'aime bien et ça me suffit amplement. Au cas où vous seriez inquiet, je vous promets de vous donner une ribambelle de petits-enfants.» À ce chapitre, seul l'avenir le dira, quoiqu'un deuxième bébé soit en route et ça ne fait pas encore deux ans qu'elle est mariée. Jacques avoue s'être demandé si sa fille aînée encouragerait la famille ou non étant donné qu'elle en a déjà élevé une. Bien évidemment, il ne lui a jamais posé la question directement. Et puis, la connaissant, ce ne sont pas les visites répétées de M. le curé dans l'unique but d'encourager les grossesses qui auraient influencé sa décision. Au contraire ! Agathe ne tolère pas qu'on lui dise quoi faire, encore moins lorsque les paroles sortent de la bouche d'un homme de Dieu. Là-dessus, il la rejoint complètement.

À sa grande surprise, la porte du magasin s'ouvre sur Jeanne. Il constate très vite qu'elle n'a pas son air des jours de fête. Depuis qu'il s'est vidé le cœur concernant son entrée au couvent, elle l'évite comme la peste et, de son côté, il ne fait pas exprès non plus de se retrouver dans la même pièce qu'elle. Il déteste cette impression d'échec qu'il ressent dès qu'elle apparaît dans son champ de vision. C'est quand même le troisième du genre. Il prend une grande inspiration et tente de lui faire un sourire. Un peu forcé, mais c'est tout ce qu'il a à lui offrir dans les circonstances. Elle s'avance jusqu'au comptoir et soupire. Elle le regarde dans les yeux et lui dit tout de go :

— Je suis venue vous annoncer que j'entre au couvent dans quelques minutes.

Le visage de Jacques perd toutes ses couleurs d'un coup. Pourquoi maintenant et pas en décembre comme c'était prévu ? Quelle mouche l'a encore piquée ?

— Mais je ne peux pas…

— La supérieure m'a envoyé une voiture à la maison. Je suis juste venue vous saluer… et vous remercier pour tout, papa. Prenez soin de vous ! Il faut que j'y aille.

Jeanne tourne les talons et marche d'un bon pas jusqu'à la porte. Elle tourne la poignée et, avant de sortir, elle ajoute d'une voix suffisamment forte pour que son père l'entende :

— Je vais prier pour vous !

Contre toute attente, Jacques lui crie d'un ton chargé de reproches :

— Garde tes prières pour toi, ma petite fille !

Jeanne sort sans se retourner. Elle a espéré jusqu'à la fin que son père accepterait sa décision. Elle monte dans la voiture sans se retourner en se promettant de prier pour lui jusqu'à ce qu'il revienne à de meilleures intentions à son égard. Elle n'a rien fait de mal si ce n'est d'être tombée amoureuse de Dieu. Elle se redresse sur son siège. C'est sa dernière chance de contempler le monde dans lequel elle a passé les dix-neuf premières années de sa vie. Elle regarde partout autour d'elle et se félicite d'avoir devancé son entrée au couvent… C'était devenu invivable, à la maison familiale. Ses frères lui manqueront. Au lieu de leur faire ses adieux en personne, elle a préféré laisser une lettre à chacun d'eux sur la table. Elle en a aussi écrit une pour Agathe et une pour son père. Elle les a déposées sur le lit de Louis. Elle souhaite de tout cœur que son écrit leur laissera un bon souvenir d'elle, que les quelques mots choisis avec soin pour chacun d'eux contribueront à effacer sa manière on ne peut plus cavalière de les laisser. De les abandonner. De courir vers son destin sans se retourner. Lorsque la voiture entre sur la propriété du couvent, Jeanne ferme les yeux et joint les mains. C'est ici que commence sa nouvelle vie.

***

Pendant que tous les membres de sa famille digèrent tant bien que mal le départ de Jeanne, Agathe travaille du matin au soir dans l'espoir de rattraper le temps passé en ville. Quand elle pense de cette manière, elle entend grand-maman Godé lui souffler à l'oreille que le temps ne se rattrape pas. Que les pommes sont mûres à un seul moment de l'année et qu'il faut le saisir à deux mains puisqu'il ne reviendra pas avant l'an prochain. C'est alors que germe dans sa tête l'idée de l'envoyer chercher, surtout que son aïeule adore la place. À peine est-elle arrivée qu'elle entreprend ses visites paroissiales, comme se plaît à les appeler Agathe pour la taquiner. Elle va saluer tous ceux qui vivent sur la seigneurie. Elle s'arrête même pour saluer les censitaires qui travaillent aux champs. Les enfants l'adorent. Les femmes lui offrent à boire et à manger en échange des nouvelles fraîches de Ville-Marie et les hommes lui servent volontiers un petit remontant. Elle met deux jours, parfois trois, à faire sa tournée sous un soleil ardent et jamais elle ne se plaint. Agathe sourit. Elle se chargera des détails plus tard dans la journée. Si la mort de Françoise l'affecte autant que le reste de la famille, ce dont Agathe ne doute pas une seconde, changer d'air lui fera du bien. Elle expire bruyamment et se replonge dans le livre des comptes du moulin banal. Elle n'aime pas ce qu'elle voit, mais alors là, pas du tout. Trop de sacs de farine n'ont pas encore trouvé preneur et ça l'inquiète drôlement. Elle élimine d'emblée la qualité de leur produit, ils ont le meilleur meunier de toute la colonie. Vendre leur farine représente une entrée d'argent importante pour la seigneurie… et assure leur survie par la même occasion. Elle a réussi à améliorer la santé financière de la famille, mais il y a encore beaucoup de chemin à parcourir avant de pouvoir crier victoire. Bien que Pierre brille par son absence la plupart du temps, il ne manque pas de dépenser sans compter quand il est en permission. Idem pour ses frères. À croire qu'ils pensent que l'argent pousse dans les arbres. Ce n'est pas tout de posséder des terres, encore faut-il les défricher et les cultiver. Étant donné que tout se fait à force de bras, ça prend du temps. Agathe lâche un grand soupir. Une chance que la vente du sucre d'érable aide à renflouer les coffres. Par contre, ça ne suffit pas. Nouveau soupir. Elle se promet de réfléchir à ce qui pourrait rapporter plus. Elle penche de nouveau la tête sur le livre des comptes et revoit les chiffres. Un détail lui a forcément échappé. Pourquoi la colonne du prix de vente est-elle vide ? Étant donné qu'elle ne trouve aucune explication, elle referme le livre et le prend avec elle. Le meunier demeure le mieux placé pour répondre à ses questions. Elle file à la cuisine, embrasse vitement sa fille sur la tête et avise Angélique qu'elle reviendra seulement quand elle aura trouvé la réponse à ses questions. La bonne se contente de hausser les épaules et de lever les yeux au ciel. Depuis le temps, elle s'est habituée à ne recevoir que des bribes d'informations. Parfois, cela lui suffit pour comprendre ce dont il est question. Parfois, non.

— Je fais un saut au moulin, lance sa maîtresse en prime avant de sortir de la maison.

Comme chaque fois qu'elle entre dans le moulin, Agathe a l'impression d'avoir des problèmes de vision, le temps de s'habituer à la fine poussière blanche qui flotte dans l'air et qui rend tout flou.

— Bonjour, Germain ! lance-t-elle à l'adresse du meunier dont les vêtements sont blancs à la grandeur.

Il soulève le coin de son chapeau en guise de salutation. Ce n'est pas l'endroit pour entretenir de longues discussions, elle le reconnaît sans difficulté.

— Venez me rejoindre dehors, lui demande-t-elle.

Elle l'attend sous le grand chêne. L'homme passe la main sur ses vêtements et sur son visage pour enlever l'excédent avant d'aller la trouver.

— Que puis-je faire pour vous, madame ?

Elle a fini par cesser d'insister pour qu'il l'appelle par son prénom. À peine avait-elle fini sa phrase qu'il lui servait du « madame » pour lui confirmer qu'il avait bien compris. C'était immanquable !

Elle lui résume la situation avant de lui tendre le livre des comptes. Au lieu de s'en saisir, Germain le repousse du revers de la main, ce qui l'étonne. Ne s'est-il pas vanté d'être instruit la première fois qu'elle l'a vu ? Elle fronce les sourcils dans l'espoir de démêler ses souvenirs.

— Rassurez-vous, madame, lance-t-il d'un ton légèrement teinté d'ironie, je sais toujours lire et écrire. Seulement, je n'ai pas besoin de voir les comptes pour vous répondre. D'ailleurs, vous avez sûrement remarqué qu'ils sont incomplets. Laissez-moi vous expliquer. L'avant-dernière fois que votre mari est venu à la seigneurie, il m'a demandé d'augmenter le prix de vente de notre farine. D'après ce que j'ai compris, il avait un besoin urgent de faire entrer plus d'argent dans les coffres. Je lui ai dit que ce n'était pas une bonne idée et qu'on serait mieux de baisser le prix si on voulait les vendre plus vite. Sans vouloir vous manquer de respect, madame, je le connais depuis qu'il est tout petit, il faut se lever de bonne heure pour réussir à le faire changer d'idée. Bien sûr, j'y ai échoué.

Quelques secondes s'écoulent avant qu'Agathe réagisse. Ça l'embête d'aller à l'encontre des décisions de Pierre, il est si rare qu'il en prend. En même temps, ils n'ont pas les moyens d'engranger leur farine. Ni l'espace.

— Ce qui est fait est fait, laisse-t-elle tomber en haussant les épaules. Maintenant, il faut trouver le moyen de vendre tout ce qui nous reste de farine et le plus vite sera le mieux.

Germain tend la main pour qu'elle lui donne le livre des comptes. Il feuillette quelques pages et lui dit :

— La bonne nouvelle, c'est qu'on n'a perdu aucun client. La mauvaise, c'est qu'ils ont tous diminué leur commande. À l'heure qu'il est, ils ont probablement acheté leur farine ailleurs, mais...

Il s'arrête au beau milieu de sa phrase et lui sourit avant de poursuivre sur sa lancée.

— ...j'ai une idée. En fait, deux. La première, on doit trouver le moyen pour que tous nos clients s'engagent à s'approvisionner en farine chez nous pour les années à venir. Que diriez-vous si on leur faisait signer un contrat de cinq ans ?

— Ils le feront seulement s'ils y trouvent leur compte.

— Bien sûr ! On pourrait leur garantir le prix ou leur donner une poche de farine quand ils en commandent dix, par exemple. Si vous le souhaitez, je peux y réfléchir et vous revenir avec une proposition.

— Je vous accorde une semaine et pas un jour de plus. Et votre deuxième idée ?

— Puisqu'il nous faut toujours écouler ce qui nous reste, je me dis qu'on ne perd rien à aller l'offrir aux congrégations. Surtout si le prix est alléchant.

Agathe grimace et laisse échapper un soupir qui vient du cœur. Il est hors de question qu'elle encourage de quelque manière que ce soit tout ce qui touche de près ou de loin à la religion. Un jour, peut-être, mais pas aujourd'hui.

— Dommage ! lance-t-il devant sa réaction. Je trouverai bien une autre solution.

En vouloir à tous les religieux de la colonie ne ramènera pas Françoise. Pas plus, d'ailleurs, que ça n'empêchera Jeanne de prendre le voile. La dernière chose qu'Agathe voudrait, c'est de passer à côté d'une solution facile pour écouler leur farine sous prétexte que ses convictions personnelles l'en empêchent. Les affaires et les sentiments n'ont jamais fait bon ménage.

— Bon… Je veux bien changer d'idée, mais à la condition que vous alliez les voir vous-même.

— Vous pouvez compter sur moi, madame.

Elle remercie le meunier et le salue. Au lieu de retourner tout de suite au manoir, elle décide d'aller prendre des nouvelles de Marie-Anne. Nombre de femmes lui en voudraient à mort d'avoir séduit leur mari, mais elle en est incapable. Elle a pour son dire que la jeune femme a déjà payé suffisamment cher pour une faute qu'elle n'a même pas commise. Un autre exemple d'injustice flagrante à l'égard de la gent féminine. La voici devant sa maison. Aucun doute, elle ne gagnerait pas le prix de la plus belle de la seigneurie. La cour ne ramène rien, au contraire. On jurerait qu'elle leur sert de poubelle. Agathe grince des dents. Elle a pourtant été claire avec tous les censitaires concernant les règles à suivre. Il semble que le chevalier servant de Marie-Anne n'ait pas encore compris le message. Et pourtant, il a eu droit à plusieurs avertissements.

Agathe frappe à la porte et attend qu'on vienne lui ouvrir. Étant donné que personne ne se manifeste, elle frappe de nouveau dans l'espoir d'être entendue cette fois. Marie-Anne ne peut pas être très loin, dans son état. Charlotte lui a dit que sa grossesse la clouait au lit la plupart du temps. N'y tenant plus, Agathe pousse la porte et entre.

— Marie-Anne, êtes-vous là ?

Il fait si noir dans la maison qu'on se croirait en pleine nuit. N'écoutant que son courage, Agathe ouvre la porte en grand pour faire rentrer un peu de lumière. C'est en se retournant qu'elle la voit étendue par terre au pied du poêle. Agathe s'agenouille près d'elle et lui tapote les joues pour la faire réagir. Quelle n'est pas sa surprise lorsqu'elle aperçoit son œil au beurre noir et un filet de sang s'écouler à la commissure de ses lèvres. Elle voit rouge et c'est peu dire. Elle va chercher une guenille, la trempe dans l'eau et la passe doucement sur le visage de Marie-Anne, qui ouvre de grands yeux lorsqu'elle reconnaît Agathe.

— Je vais bien, madame. Je vais bien, répète-t-elle d'un ton qu'elle veut convaincant en tentant de se lever.

C'est bien mal connaître Agathe de penser qu'elle va la croire.

— Je vais vous aider à vous lever et à vous étendre sur votre lit. Restez-y jusqu'à ce que je revienne avec de l'aide.

— Mon mari ne va pas…

— Ne vous fatiguez pas inutilement, je m'occupe de tout.

Elle va chercher le meunier pour qu'il vienne l'aider. Elle doit sortir la pauvre Marie-Anne de là avant que Gilles Gadiou la tue. Elle s'occupera de lui quand sa femme sera en sécurité. Elle le chassera de la seigneurie à coups de bâton s'il le faut, mais c'était la dernière fois qu'il levait la main sur sa femme. Aussi longtemps qu'elle vivra, jamais elle ne permettra aux maris de passer leur rage sur leur compagne de vie. Seuls les lâches osent agir ainsi.

Elle entre en coup de vent dans le moulin banal et crie comme une perdue pour enterrer le bruit de la meule :

— À l'aide !

Elle sort aussi vite qu'elle est entrée avec le meunier sur les talons.

— Suivez-moi chez Gadiou, l'imbécile s'en est encore pris à sa femme.

Lorsqu'ils arrivent à la maison, la porte est ouverte à sa pleine grandeur. La scène qu'ils ont sous les yeux donne froid dans le dos. Son salaud de mari la secoue comme un prunier. Germain fonce sur lui et le tire par les cheveux jusqu'à ce qu'il ne puisse plus l'atteindre. Avant qu'il n'ait le temps de le retourner pour finir le travail, Agathe lui assène un coup de genou dans les bijoux de famille d'une telle force que Gadiou en perd le souffle et s'écroule sur le plancher.

— Ramasse tes affaires et disparais de ma vue ! lui hurle-t-elle.

Un petit sourire en coin à peine perceptible se profile sur les lèvres de Gadiou avant qu'Agathe n'ait fini sa phrase. Malheureusement pour lui, elle l'a vu.

— Tu as intérêt à m'obéir.

— Je ne bougerai pas d'ici.

— C'est la dernière fois que je te le dis : va-t'en. Ou tu obéis de bon gré ou je te fais sortir sur la tête. Je ne veux pas de batteur de femme dans ma seigneurie.

— Ça tombe bien, elle n'est pas à vous. Et au cas où vous l'auriez oublié, votre mari n'avait aucun scrupule à se servir de sa force pour obtenir ses faveurs.

Gadiou la défie du regard. La rage au cœur, Agathe s'approche à deux pouces de son visage. Elle le fixe pendant quelques secondes et lui dit d'un ton cinglant :

— Je te conseille de ne pas me contrarier.

— Sinon quoi ?

Dans son désir de protéger sa patronne au cas où les choses dégénéreraient, Germain attrape Gadiou par le bras et l'oblige à le regarder.

— Fais ce que madame te demande si tu ne veux pas que je t'en colle une.

Cette fois, Gadiou se contente de soupirer. Il a déjà goûté à la médecine du meunier et, apparemment, il n'a aucune envie d'une récidive. Il attrape son sac de toile et le remplit au hasard de ce qui lui tombe sous la main. Plus les secondes passent, plus il réalise les conséquences de ses gestes. Il travaille comme un forcené sur sa terre depuis presque cinq ans et il est sur le point de tout perdre à cause de quelques malheureux coups portés à sa femme. Il ne lui a jamais pardonné de l'avoir épousé alors qu'elle portait le fils du patron. Dire qu'il la croyait différente des autres. Pauvre imbécile !

Dans sa grande bonté, Agathe l'informe qu'il peut garder son cheval. Au lieu de la remercier, il la regarde avec mépris.

— Je vais faire un bout avec toi, l'avise Germain.

— Pas la peine, je connais le chemin.

— Ce n'est pas à toi de décider. Allons-y !

Alors qu'il est sur le point de franchir le seuil de la porte, Gadiou se retourne et dit à l'adresse d'Agathe :

— Ne vous réjouissez pas trop vite, je reviendrai en même temps que votre mari.

Au lieu de perdre son temps à argumenter, Agathe court au chevet de Marie-Anne. Si ce n'était pas des larmes qui coulent sur ses joues, on pourrait croire qu'elle dort paisiblement.

— C'était la dernière fois qu'il levait la main sur vous, lui promet Agathe d'une voix assurée.

— Vous ne comprenez pas, plaide Marie-Anne après avoir ouvert les yeux, je suis à lui. Comme la table et les chaises.

— Je vous cacherai s'il le faut.

— Il est fou. Il va me poursuivre jusqu'à la fin de mes jours, peu importe où je serai. Il a dit qu'il me tuerait et il le fera. Il l'a encore en travers de la gorge, vous savez, et j'ai peur de lui. Pour l'enfant que je porte.

— Est-ce qu'il est de lui ?

— De qui d'autre pourrait-il être ? Je passe mes journées enfermée ici.

Agathe fronce les sourcils. Plus elle en apprend sur le personnage, plus elle désespère. Cet homme est dangereux et pas seulement pour sa femme et le bébé. Elle doit agir et le plus vite sera le mieux pour tout le monde.

— Il est hors de question que je vous laisse seule. Venez avec moi au manoir, Charlotte va s'occuper de vous remettre sur pied.

Le visage de Marie-Anne l'illumine aussitôt. Elle s'assoit de peine et de misère, se tourne sur le côté et attend quelques secondes avant de saisir la main que lui tend Agathe pour l'aider à se lever.

— Vous sentez-vous capable de marcher ?

— Je parcourrai la distance à genoux s'il le faut. Merci, madame, de me sortir de ma prison.

***

Elles ont parcouru les trois quarts de la courte distance entre la maison de Marie-Anne et le manoir et aucune parole n'a été prononcée.

— Arrêtons-nous le temps que vous repreniez votre souffle, suggère Agathe.

— J'ai peur de ne pas pouvoir repartir si je m'arrête, l'informe Marie-Anne.

Agathe arrête net de marcher.

— Asseyez-vous dans l'herbe, je vais aller chercher Charlotte.

— Je vous en supplie, ne m'abandonnez pas.

— À la condition que vous vous appuyiez sur moi. Allons-y !

La présence de Charlotte est une pure bénédiction pour tous les habitants de la seigneurie. Elle en connaît assez sur les maux courants et sur les plantes pour pouvoir soulager les gens la plupart du temps et, bien sûr, accoucher les femmes qui sollicitent son aide. Le lendemain de son arrivée, Agathe a pris soin de lui présenter tout le monde et d'annoncer ses couleurs comme il se doit. Le surlendemain, elle l'a emmenée rencontrer les communautés indiennes à proximité de la seigneurie. Quant à son droit de pratiquer, Agathe ira plaider sa cause auprès des instances religieuses quand elle retournera à Ville-Marie. Elle apprécie trop Charlotte pour la laisser pratiquer éternellement dans l'illégalité. S'il le faut, elle utilisera ses contacts. Sauf tante Catherine ! Elle ne l'a pas vue depuis le jour où elle lui a annoncé vouloir prendre Charlotte et son fils sous son aile.

Dès qu'elles aperçoivent le manoir, Agathe crie le nom de Charlotte et celui d'Angélique jusqu'à ce que la première sorte sur le perron.

— Viens m'aider, j'ai peur qu'elle s'évanouisse.

Charlotte les rejoint en quelques enjambées et passe le bras de Marie-Anne autour de son cou pendant qu'Agathe lui résume la situation.

— On va l'installer dans la chambre du milieu, annonce la maîtresse des lieux. Il faut garder un œil sur elle jusqu'à ce qu'on soit certaines que Gadiou ne traîne plus dans les parages.

Les voilà arrivées dans la chambre. Elles l'aident à se coucher et reprennent leur souffle.

— Je la prends en charge, annonce Charlotte.

— Suis-moi à la cuisine, dit Angélique à sa maîtresse, je viens de faire du thé.

Pour une fois, Agathe ne se fait pas prier. Elle n'ira pas jusqu'à prétendre qu'elle est fatiguée puisqu'il n'en est rien. Par contre, s'asseoir quelques minutes ne lui fera pas de tort. Au contraire ! Elle savoure son thé auquel elle a ajouté une grosse cuillère de miel. Elle se sent renaître un peu plus à chaque gorgée.

— Un autre ? lui demande Angélique.

— Pourquoi pas ? Après, je profiterai du beau temps pour aller faire une promenade à cheval.

Angélique pose un drôle de regard sur sa maîtresse. Selon elle, avoir peur de rien ne signifie pas de faire exprès pour aller se jeter dans la gueule du loup.

— Pardonne-moi ma franchise, laisse-t-elle tomber, mais ce n'est pas le moment de te balader toute seule en forêt. À la place de Gadiou, je t'en voudrais à mort et je te rappelle que cet homme n'a aucun scrupule. Je n'ai pas envie qu'on te retrouve morte au beau milieu d'un bosquet d'érables.

— Je sais tout ça, mais je refuse de lui laisser quelque emprise sur moi. Je serai partie une heure en tout et pour tout.

— Attends que Germain revienne et demande-lui de t'accompagner.

— Désolée, ça ne peut pas attendre. Je finis mon thé et je file.

Inutile d'insister, Agathe ne changera pas d'idée. Parfois, Angélique la plaint de tout son cœur. Quoi qu'elle en dise, elle ne méritait pas d'unir sa destinée à un homme comme Pierre de Repentigny. À certains égards, il n'est pas mieux que Gadiou. C'est d'ailleurs par sa faute que la vie de Marie-Anne a tourné au cauchemar. Sérieusement, si Angélique avait quelque pouvoir, elle jetterait les deux hommes en prison et ne retrouverait pas la clé avant au moins dix ans. Vu qu'elle n'en possède aucun, M. Pierre n'a subi aucune conséquence pour avoir ruiné la vie de Marie-Anne, parce que c'est vraiment lui le responsable. Quant à Gadiou, elle parierait le peu qu'elle possède qu'il va récupérer tous ses biens aussitôt que son seigneur reviendra de la guerre. Les hommes sont solidaires, eux. Ils ne perdent pas de temps à se jalouser, ils se contentent de se soutenir même dans l'adversité.

Trois petits coups secs frappés sur la porte d'entrée les font sursauter.

— Désolée de vous déranger, mesdames, lance Germain d'un ton sérieux. J'ai une mauvaise nouvelle à vous apprendre.

Il se racle la gorge et fait rouler le bord de son chapeau entre ses doigts.

— Le pauvre Gadiou s'est noyé dans le fleuve sous mes yeux.

Angélique dépose son linge à vaisselle sur le comptoir. Ce n'est pas parce qu'on n'apprécie pas une personne qu'on souhaite sa mort pour autant, quoique… Elle secoue vivement la tête. Si ça continue, elle va devoir aller se confesser.

— Comment c'est arrivé ? lui demande Agathe en faisant un réel effort pour ne pas sourire.

— Eh bien, il a pris le large et je l'ai poursuivi. Quand il a vu que c'était une question de secondes avant que je le rattrape et que je lui fasse sa fête, il est descendu sur le bord du fleuve.

Germain arrête de parler comme s'il voulait faire durer le suspense.

— Son cheval a perdu pied et le pauvre bougre s'est vu projeter dans le fleuve. Pas de chance, il a été emporté par le courant sous mes yeux et il n'est pas réapparu. Je serais bien allé le chercher, mais j'y serais resté moi aussi. Je ne sais pas nager. Souhaitez-vous que j'aille en informer sa femme ? À moins que vous ne préfériez le faire vous-même…

— Ce serait très aimable de votre part, répond Agathe. Elle est dans la chambre du milieu. Après, je vous accompagnerai au moulin, j'aimerais vous parler de quelque chose.

Angélique ne sait plus quoi croire. Gadiou s'est-il vraiment noyé ? À moins que Germain ne l'ait aidé ! Elle lève les yeux au ciel dans la seconde qui suit. Dans les deux cas, le résultat est le même. Il ne s'en prendra plus à Marie-Anne ni à aucune autre femme et c'est une excellente nouvelle.

— Dois-je comprendre que tu ne pars plus ? demande Angélique à sa patronne.

— Tu avais raison, c'est trop risqué d'aller me balader seule en forêt dans mon état.

Il n'en faut pas plus pour que les deux femmes soient prises d'un fou rire incontrôlable. Le moment est mal choisi, elles le savent toutes les deux, sauf que c'est plus fort qu'elles. Elles ont mal aux côtes tellement elles rient.

9

À la seigneurie, la disparition de Gadiou n'a pas fait plus de vagues que celle d'un chat de gouttière. Les gens le toléraient plus qu'ils ne l'aimaient, ce qui est tout à fait normal vu qu'il n'était pas aimable. Il travaillait tout le temps en solitaire. Il avait toujours à redire sur tout. Si quelqu'un lui demandait de l'aider, il se dépêchait de se trouver une excuse pour refuser. Ce qui n'arrangeait rien, il était mal engueulé, n'avait aucune manière et était porté sur l'alcool. Les censitaires ne comprenaient pas ce que le maître des lieux avait bien pu lui trouver pour lui offrir un bout de terre dans la plus belle partie du domaine. Une rumeur a longtemps couru selon laquelle Pierre de Repentigny lui était redevable. De quoi, ça, personne ne le sait.

Marie-Anne a accueilli la nouvelle de la disparition de son mari avec dignité. Ce n'était ni le moment ni l'endroit d'exprimer sa joie ou de jouer la grande scène de la veuve éplorée. Elle a attendu que Charlotte prenne congé pour célébrer la mort de son bourreau. En silence pour ne pas passer pour une sans-cœur. En prime, elle a dormi comme un bébé sans se réveiller une seule fois.

— Bonjour, Marie-Anne ! s'écrie Charlotte en faisant son entrée dans la chambre alors qu'il est à peine sept heures. Comment vas-tu ce matin ?

— Beaucoup mieux qu'hier grâce à toi.

— Tant mieux ! Mon défunt père avait l'habitude de dire qu'il n'y a rien de mieux qu'une bonne nouvelle pour vous remettre sur pied !

Charlotte n'en revient pas de ce qu'elle vient de dire. Elle met la main sur sa bouche et regarde sa patiente d'un air découragé. Depuis quand a-t-elle aussi peu de filtre ?

— Désolée, confesse-t-elle au bout de quelques secondes, ça m'a échappé.

Au lieu de lui prendre la tête, Marie-Anne se met à rire comme une folle. Il y avait longtemps qu'elle n'avait pas entendu quelque chose d'aussi drôle. Voilà qu'elle se tient les côtes et qu'elle peine à respirer. Chacun de ses éclats de rire enlève une couche de culpabilité de sur les épaules de Charlotte. Au point qu'elle finit par se laisser entraîner dans le délire de sa patiente.

À bout de souffle, Marie-Anne arrête de rire d'un coup et elle se laisse tomber sur son oreiller. De son côté, Charlotte se met à arpenter la chambre dans l'espoir de retrouver son calme.

— Je suis impatiente de savoir ce qu'il adviendra de moi, lui confie Marie-Anne au bout d'un moment.

— Tout ce que je peux te dire, c'est que tu es entre bonnes mains avec Agathe.

— Ce n'est pas aussi simple que ça. Laisse-moi te raconter mon histoire.

Les yeux de Charlotte s'agrandissent à mesure que Marie-Anne avance dans son récit. Déjà qu'elle admirait le grand cœur d'Agathe, voilà qu'elle est sans mot. Comment une femme peut-elle être bonne au point de prendre la défense de la maîtresse de son mari ? Voire l'héberger ? Charlotte n'en revient tout simplement pas.

— Ton histoire me jette par terre et je me sens minuscule à côté d'Agathe.

— Ne dis pas de bêtises ! Je te rappelle que tu mets des enfants au monde. Et toi, comment as-tu abouti ici ?

Le regard de Charlotte se voile d'un coup. Raconter sa vie d'avant lui est très difficile. Elle inspire à fond et commence à parler d'une voix sourde, tellement que Marie-Anne se rassoit et tend l'oreille pour ne rien perdre.

— Ta propre mère et ton frère t'ont vraiment fait enfermer dans un asile ? s'exclame Marie-Anne dans un cri du cœur à la fin de son récit. Comment as-tu fait pour survivre ?

Charlotte hausse les épaules. C'est une question à laquelle elle n'a jamais été capable de répondre.

— Mon possible, seulement mon possible. Je récitais dans ma tête les poèmes que j'avais appris enfant. Je me répétais en boucle les histoires que me racontait mon père. Je…

Charlotte se frotte la nuque et pousse un grand soupir. Elle a enfoui cette période tellement loin dans sa mémoire qu'elle a du mal à se souvenir de tout ce qu'elle faisait pour ne pas perdre la raison. Ce n'était que cris et pleurs autour d'elle, et dans tout l'hôpital. C'était… Elle prend une grande inspiration et ferme les yeux le temps de retrouver le fil.

— J'écrivais tout ce qui me passait par la tête. Un jour, sœur Carmelle m'a enlevé le bloc de papier que j'avais pris avec moi. J'étais désespérée, c'était tout ce que je possédais. Le soir, alors que tout le monde dormait, elle est venue me chercher. J'étais morte de peur à l'idée de me retrouver enfermée dans une chambre.

Suspendue à ses lèvres, Marie-Anne est prise d'un grand frisson en attendant la suite. Jamais elle n'aurait cru qu'on puisse survivre à autant de misère après avoir été élevée dans la ouate.

— Elle m'a fait signe de la suivre en silence. Elle m'a emmenée dans un petit bureau et m'a remis mon bien en me souriant franchement. Elle m'aurait donné la lune que je n'aurais pas été plus contente. Elle m'a posé une tonne de questions sur ma vie d'avant. Plus je parlais, plus elle secouait la tête de côté. Il faisait nuit quand elle m'a ramenée dans la grande salle après m'avoir annoncé que ma place n'était pas dans cet hôpital. Je venais de me faire une alliée. Un mois plus tard, elle m'a proposé de m'embarquer pour la Nouvelle-France. Même si j'en savais très peu sur cette colonie, ce serait toujours mieux que d'être enfermée à double tour.

Charlotte poursuit son récit pendant de longues minutes sans que Marie-Anne l'interrompe une seule fois. Finalement, parler de son passé lui fait du bien. Elle se sent beaucoup plus légère.

— Maintenant, conclut Charlotte, tu en sais autant sur moi que ma meilleure amie. Un jour, je te parlerai d'elle.

— Je te remercie de ta confiance. Et tu as toute mon admiration aussi. Je ne sais pas si j'aurais eu ta force.

— Ne minimise pas ce que tu as enduré, ce n'était pas rien.

Marie-Anne hausse les épaules. La violence a toujours fait partie de sa vie. Son père a battu sa mère jusqu'à sa mort et ses frères traitent leurs femmes exactement de la même façon.

— Je me demande encore où j'ai trouvé le courage de porter plainte contre le mari de Mme de Repentigny. C'était plus fort que moi. La seule fois où je me suis confiée à ma mère, elle m'a rappelé qu'on ne doit pas mordre la main qui nous nourrit. Elle ne m'adresse plus la parole depuis que j'ai osé parler. La connaissant, elle va quand même me supplier de revenir à la maison lorsqu'elle apprendra que je suis veuve. Ça me fait tout drôle de prononcer ce mot. Et ça me fait peur aussi. Je n'ai aucune envie de me remarier avant un sacré bout de temps, pas plus de retourner vivre aux crochets de mes frères. Les connaissant, ils vont se dépêcher de trouver le moyen de se débarrasser de moi. En réalité, je n'ai nulle part où aller et personne n'engage une veuve.

— Crois-moi, j'en sais quelque chose.

Marie-Anne sait très bien qu'elle ne pourra pas rester éternellement au manoir. Surtout quand son ancien maître sera de retour. Ni conserver sa maison. Un autre censitaire s'y installera sûrement avec sa famille et elle se retrouvera à la rue. Façon de parler puisqu'il n'y a que des chemins par ici. Mais alors, comment fera-t-elle pour nourrir son enfant ? Auront-ils un toit sur la tête ou devront-ils vivre de charité chrétienne ? Ira-t-elle s'installer en ville ou restera-t-elle en campagne ? Autant de questions sans réponse ! Un grand frisson parcourt tout son corps. Que lui réserve l'avenir ? À la condition qu'elle en ait encore un ! Elle commence à désespérer de voir la lumière au bout du tunnel. Elle serait seule que ce serait déjà plus facile. Comment fera-t-elle pour travailler avec un bébé sur les bras ? Pas question de le donner en adoption, elle ne le supporterait pas. Il ne se passe pas une seule journée sans qu'elle pense à sa petite Cécile. L'abandonner a été la chose la plus difficile à faire de toute sa vie. Plus souffrante que les coups de son mari.

— Tu devrais parler avec Agathe, lui suggère Charlotte au bout d'un moment.

— Pour lui dire quoi ? C'est déjà beau qu'elle m'ait sortie de chez moi pour me protéger. Je te rappelle qu'elle ne me doit rien. Bien au contraire ! Son mari m'a quand même fait un enfant.

— Contre ton gré ! Ça ne coûte pas cher d'essayer. Veux-tu que je le fasse pour toi ?

Marie-Anne réfléchit pendant quelques secondes. Accepter l'offre de Charlotte la fera mal paraître. La refuser l'obligera à piler sur son orgueil. Pour le peu qui lui reste, ça ne devrait pas être si difficile.

— Je lui parlerai la prochaine fois qu'elle viendra me voir. Tu sais ce qui me ferait plaisir ? Que tu m'apprennes ce que tu sais sur les plantes et tout ce que je dois savoir pour devenir sage-femme.

Sa demande surprend Charlotte. Elle connaît peu de femmes qui ont un intérêt suffisamment marqué pour ce qu'elle fait au point de vouloir en faire leur métier.

— Mon petit doigt me dit que tu seras excellente. C'est d'accord pour moi. Il faut que je te laisse, je dois aller faire mes corvées. Je viendrai te chercher avant le dîner et on ira marcher devant le manoir. À plus tard !

Charlotte s'est elle-même octroyé des corvées à son arrivée au manoir et, aux dires d'Angélique, elle s'en acquitte avec brio. Partout où elle passe, tout brille comme un sou neuf. Agathe aurait eu des craintes par rapport à son travail de sage-femme que Charlotte les aurait effacées du revers de la main par sa rigueur et sa précision hors du commun dans tout ce qu'elle fait.

***

Si Jeanne espérait s'en sauver en laissant une lettre à chacun des membres de sa famille, elle s'est mis un doigt dans l'œil jusqu'aux coudes. Une semaine plus tard, la colère de tout un chacun fait encore vibrer les murs de la maison des Le Moyne. Lorsqu'ils se retrouvent autour de la table, ils parlent immanquablement de son départ et ce n'est pas en termes élogieux.

— Si vous voulez mon avis, annonce Louis, on lui accorde beaucoup trop d'importance. Je propose que chacun de nous lui réponde et qu'on n'en parle plus. J'irai lui livrer nos lettres en personne.

— Pour ce que ça va donner…, se plaint Nicolas.

— L'air est irrespirable ici depuis qu'elle est partie comme une voleuse, ajoute Louis, et c'est assez. En tout cas, ce l'est pour moi. Je vous accorde jusqu'à demain matin neuf heures pour me remettre la vôtre.

Jacques n'a pas ouvert la bouche depuis le début du repas. Il n'en peut plus que Jeanne soit leur principal sujet de discussion.

— Venez me voir si vous n'avez pas de papier, leur offre-t-il gentiment. Je ne pensais pas dire ça un jour, mais videz-vous le cœur une fois pour toutes qu'on passe à autre chose. Jeanne a choisi son camp et aucun d'entre nous n'a réussi à la faire changer d'idée.

— Pas même Agathe, ajoute Charles. Tu auras la mienne avant d'aller te coucher, Louis.

Pendant ce temps, au couvent, Jeanne tourne en rond dans sa cellule. Elle n'a pas réussi à dormir une nuit entière depuis son arrivée et elle commence sérieusement à être en manque de sommeil. Elle fait des cauchemars à répétition et, bien sûr, se réveille en sursaut. Elle pense sans cesse à sa famille : elle se demande comment ils ont réagi à son départ… et à sa lettre. Si c'était à refaire, elle s'y prendrait différemment. Elle voulait bien faire les choses, mais une petite voix lui dit qu'elle a eu tout faux. Même Marguerite a mal réagi lorsqu'elle l'a mise au courant, et pas rien qu'un peu. Sa grande sœur l'a sermonnée vertement. Il faut dire qu'elle ignorait tout de son plan, à commencer par son arrivée prématurée au couvent. Elle l'en aurait empêchée si seulement elle en avait eu vent au lieu d'être mise devant le fait accompli. Jeanne n'avait pas le droit de les priver du temps nécessaire pour faire leur deuil de Françoise. Elle n'a pensé qu'à elle une fois de plus et elle s'en veut.

Les questions se bousculent dans sa tête sans qu'elle puisse répondre à une seule. Et si elle avait pris la mauvaise décision? Si son avenir se trouvait ailleurs qu'entre les murs du couvent? Elle secoue la tête avec énergie dans l'espoir de remettre ses idées en ordre. Elle est à sa place ici. Elle aime Dieu de toutes ses forces et elle veut lui offrir sa vie. Envers et contre tous! Si seulement elle avait quelqu'un à qui parler de ses craintes, de ses peurs, de ses angoisses, de ses inquiétudes. Hier, elle a demandé à voir la supérieure. Cette dernière a commencé par pincer le bec à outrance comme si elle venait de l'offenser avant d'ajouter:

— Continuez à prier, mon enfant, vous finirez par voir la lumière.

Quant à Marguerite, elle s'est crue obligée de jouer son rôle de grande sœur alors que c'était la dernière chose dont Jeanne avait besoin.

— Tu aurais dû réfléchir plus longtemps avant de te jeter à corps perdu dans la prière. Être enfermée entre quatre murs n'est pas donné à tout le monde. Sans vouloir te décourager, j'ai mis des mois à m'habituer à ma nouvelle réalité. Si j'ai un conseil à te donner, retourne donc à ton ancienne vie pendant qu'il est encore temps.

Jeanne se couche sur son lit, les bras en croix. Alors qu'elle croyait trouver la paix ici, elle ne s'est jamais sentie aussi démunie et désespérée. À croire qu'elle a fait le mauvais choix, ce qu'elle refuse bien sûr d'admettre. Plutôt mourir que d'avouer son erreur, si erreur il y a, bien entendu. Elle expire en silence de peur de déranger ses voisines. N'en pouvant plus d'être étendue, elle se lève et va se planter devant sa porte. Elle regarde par le grillage de la grandeur d'un mouchoir de poche. Impossible de dire quelle heure il est. Le couloir est si sombre qu'on se croirait en pleine nuit alors qu'on est peut-être au cœur de la journée. Elle pivote sur elle-même et fait quelques pas dans sa cellule avant d'aller se recoucher. Elle a complètement perdu la notion du temps. Elle ne sent plus la faim non plus. Elle a l'impression d'avoir été oubliée. Mue par elle ne sait quelle force, elle se met à crier comme une perdue jusqu'à ce qu'elle entende enfin une clé tourner dans la serrure. Elle doit sortir d'ici avant de devenir folle. Lorsque la porte s'ouvre enfin sur la supérieure, elle la pousse de toutes ses forces et court aussi vite qu'elle peut jusqu'à la sortie. Ce n'est qu'une fois dehors qu'elle respire mieux.

10

Agathe ne saura jamais le fin fond de l'histoire qui a mené à la noyade de Gadiou et ce n'est pas faute d'avoir essayé. Ça l'inquiète et la rassure à la fois. D'un côté, la vie lui a appris qu'on n'est pas obligé de tout savoir alors que d'un autre, un doute subsiste dans son esprit: son charmant censitaire s'en est peut-être sorti malgré tout. Enfin! Elle a pris la peine de répéter à Germain deux fois plutôt qu'une qu'il avait toute sa confiance, et si son meunier dit l'avoir vu couler, c'est qu'il l'a vu.

Avoir fait les choses selon les règles de l'art, elle ne se serait pas permis d'agir comme elle l'a fait. Elle aurait attendu sagement le retour de son cher mari plutôt que de sévir sur-le-champ. En même temps, Pierre a été clair sur son pouvoir décisionnel en son absence et c'est tout en son honneur. De toute façon, elle ne l'aurait pas épousé s'il avait seulement émis le souhait de l'enfermer à double tour dans le rôle d'épouse prescrit par la religion. Ses pensées reviennent à Gadiou et elle se dit que, de toute manière, elle n'aurait pas supporté un jour de plus sa présence à la seigneurie. Il n'avait qu'à se tenir comme il faut s'il voulait rester.

Agathe prend une gorgée de thé et profite du silence qui l'entoure pour réfléchir à ce qu'elle doit faire avec Marie-Anne. À première vue, elle a envie de la garder au manoir au moins jusqu'après son accouchement. Mais voilà, elle ne peut pas courir le risque que Pierre soit obligé de la supporter si jamais il revient de la guerre. Ça non! Elle réfléchit à tous les scénarios. Son mari semblait tolérer plutôt bien sa présence à la seigneurie puisqu'aux dires des autres censitaires, c'est lui qui a suggéré à Gadiou de la marier. Est-ce parce qu'il commençait à sentir la soupe chaude ou qu'il était soudainement pris de remords? Encore une autre question sans réponse. Agathe a parlé longuement avec la jeune femme. Malgré son entrée fracassante dans sa vie, elle l'aime beaucoup. Marie-Anne a le cœur à la bonne place et ça lui plaît. Et puis, pas besoin d'être devin pour comprendre qu'elle n'a nulle part où aller. Et ce n'est pas son statut de veuve qui lui assurera un avenir mirobolant non plus. De toute façon, après ce qu'elle vient de traverser, l'idée de devoir se remarier pour survivre doit l'empêcher de dormir. Agathe se frotte le front comme si elle venait de se faire piquer. Elle vient d'avoir une idée. Charlotte et Marie-Anne ont l'air de très bien s'entendre. Elles pourraient s'installer ensemble dans l'ancienne maison de Gadiou jusqu'à ce que le nouveau censitaire arrive. Ainsi, Charlotte pourrait lui montrer tout ce qu'elle sait. Entre-temps, Agathe leur fera construire une maison entre le manoir et le moulin banal. Elles se sentiront en sécurité avec Germain pour voisin. En échange, Agathe formera Marie-Anne à différents travaux, dont la production et la vente du sucre d'érable, la fabrication des confitures pour le marché et la mise en conserve des légumes pour l'hiver. De quoi l'occuper une grande partie de l'année. Si jamais elle s'avère posséder ce qu'il faut pour être sage-femme, eh bien, elle aidera Charlotte. Le territoire est grand à couvrir et les demandes, trop nombreuses pour une seule personne. Satisfaite, Agathe jette la dernière gorgée de son thé dans l'herbe. Elle doit vite aller voir Marie-Anne pour lui faire part de sa réflexion. Elle fait le tour du manoir et, à la seconde où elle allait entrer, les cris d'un homme intimant à son cheval de ralentir la font sursauter. Visiblement, il n'a pas réussi son coup puisque la charrette du manoir parcourt la grande allée bordée d'arbres en un temps record avant de s'immobiliser à ses pieds. Décidément, cet animal est de la même trempe qu'elle. Elle le flatte au passage et court trouver grand-maman Godé.

— Il est fou, ce cheval ! s'écrie son aïeule. Je pensais que le cœur allait me sortir de la poitrine. Plus on approchait du manoir, plus il courait vite. J'aime autant t'avertir que je ne retournerai pas en ville avec lui.

Elle saisit la main de sa petite-fille, la presse et descend.

À peine a-t-elle posé les pieds à terre qu'Agathe l'attire à elle et la serre de toutes ses forces. C'est fou ce qu'elle lui a manqué.

— Sais-tu seulement à quel point je suis contente de te voir ? lui demande-t-elle en la bécotant sur les joues.

— Je commence à m'en douter, blague-t-elle, mais à ta place, j'en garderais un peu pour ma visiteuse.

Agathe s'éloigne de sa grand-mère et regarde dans la charrette. Elle n'en croit pas ses yeux. Dans son emportement, elle n'avait pas remarqué qu'il y avait quelqu'un d'autre.

— Jeanne ! lance-t-elle d'une voix remplie d'émotion.

Elle se frotte les yeux avec énergie et s'approche. Pourquoi sa petite sœur est-elle venue jusqu'ici ? Voilà qu'elle secoue la tête plusieurs fois dans l'espoir de faire revenir sa mémoire. Elle a sûrement raté un épisode, mais lequel ? À moins qu'une lettre à son intention n'ait été égarée. Elle plonge son regard dans celui de Jeanne et lui tend la main pour l'aider à descendre. La seconde d'après, les deux sœurs pleurent à chaudes larmes sous le regard amusé de grand-maman Godé. Elle se félicite d'avoir offert à Jeanne de l'accompagner.

Le cocher a le temps de déposer les bagages de ses deux passagères et de libérer la place avant que les jeunes femmes se séparent. Devant autant d'effusions, grand-maman Godé décide d'aller rejoindre Angélique. Agathe caresse doucement la joue de Jeanne pendant qu'une foule de questions se bousculent dans sa tête.

— Je me suis sauvée du couvent après avoir poussé la sœur supérieure de toutes mes forces pour qu'elle s'enlève de mon chemin, annonce celle que toute la famille appelle désormais l'enfant prodige.

Agathe aurait voulu être là. Jamais elle n'aurait cru que sa petite sœur s'en serait prise à l'autorité suprême de manière aussi violente.

— Tu avais raison, poursuit Jeanne, cette vie n'est pas faite pour moi. J'ai détesté chaque seconde passée derrière les murs de ma prison. Je ne te mens pas, je ne connais aucun endroit plus ennuyeux que le couvent.

Agathe la regarde avec tendresse. Retrouver sa petite sœur représente le plus beau cadeau qu'on puisse lui faire.

— Il n'était pas question que je finisse comme Françoise. Je ne suis pas faite pour passer mes journées à prier ni à me priver de tout pour expier les fautes des pauvres pécheurs. Ils n'ont qu'à prier eux-mêmes s'ils veulent gagner leur ciel.

Elle inspire à fond pour se donner le courage de poursuivre. À force d'être soumise, elle avait oublié qu'elle avait autant de caractère qu'Agathe.

— Sais-tu combien de fois j'ai vu Marguerite ? Uniquement à mon arrivée ! ajoute-t-elle sans lui laisser le temps de répondre. À chacune de mes demandes, je me faisais répondre qu'il lui était interdit d'entrer en contact avec moi. Je te demande pardon, Agathe… j'aurais dû t'écouter.

— La seule chose qui compte pour moi, c'est que tu sois là. Comment papa a-t-il réagi à ton retour ?

Un grand sourire s'affiche sur les lèvres de Jeanne. Elle n'est pas près d'oublier l'accueil qu'il lui a fait. Il a d'abord figé sur place en la voyant affairée aux fourneaux avec Antoinette. Il s'est ensuite frotté les yeux avec énergie, il avait sûrement des visions. Ce n'est qu'au bout de trois tentatives infructueuses pour l'effacer qu'il s'est approché. Il l'a touchée du bout des doigts et il s'est mis à pleurer de joie dans la seconde qui a suivi. Sa petite fille était enfin de retour.

— Bien ! Très bien, même ! Les garçons aussi ! Ils m'ont tous accueillie à bras ouverts. Il n'en fallait pas plus pour que je comprenne la chance que j'ai d'avoir une famille comme la nôtre.

— Et maintenant, que comptes-tu faire ?

— Tout ce que je sais pour l'instant, c'est que j'ai ramassé assez d'indulgences pour ne plus avoir besoin de prier jusqu'à la fin de mes jours.

Sans crier gare, Jeanne remonte sa jupe pour montrer ses genoux à sa sœur. Leur seule vue lui tire une grimace. Ils sont bleus à la grandeur. Elle n'ose pas imaginer comment sont ceux des religieuses qui passent leurs journées à prier. Parce que toutes n'ont pas la chance de partir aussi vite que Françoise. Agathe s'en veut de ne pas en avoir assez fait pour la sortir de là.

— Je n'aime pas du tout ce que je vois, lui confie sa grande sœur. J'aurais dû t'empêcher d'entrer au couvent, c'était ma responsabilité et je n'ai pas assuré sur ce coup.

— Tu ne pouvais rien faire pour moi. Pas plus que la sœur supérieure n'a pu m'empêcher de partir. Il fallait que je touche le fond pour pouvoir réagir.

Agathe adorerait comprendre ce qui s'est passé dans la tête de Jeanne pour qu'elle en vienne à décider que son avenir passait par le couvent. N'y tenant plus, elle lui pose la question.

— J'ai bien peur que tu n'aimes pas ce que tu vas entendre. Marguerite et Françoise n'ont rien ménagé pour me convaincre que ma place était au couvent avec elles. Elles m'obligeaient même à prier avec elles des heures durant quand tout le monde dormait. Chaque fois que j'allais les voir, elles revenaient à la charge avec encore plus d'autorité. Elles me répétaient sans cesse que Dieu nous réclamait toutes les trois. J'ai argumenté plus souvent qu'à mon tour, mais j'ai fini par baisser ma garde et j'ai cru de toutes mes forces que je devais emprunter le même chemin qu'elles. Ce que j'ai pu être bête !

— Si seulement j'avais su ! lance Agathe avant de fuir dans ses pensées.

Jamais elle ne se serait doutée que les responsables du revirement de Jeanne vivaient sous le même toit. Quoiqu'à bien y penser, ce ne soit pas si surprenant. Françoise et Marguerite ont appris à prier avant de parler. Reste à se rappeler qui a bien pu leur montrer cela. Agathe fouille dans ses souvenirs les plus lointains. Certainement pas leur mère, elle était modérée en tout. Encore moins leur père, Jacques déteste l'esclavage religieux sous toutes ses formes. Il était révolté quand ses filles lui ont annoncé qu'elles prenaient le voile. À moins que… Agathe se redresse légèrement. Tante Catherine ! Pourquoi n'y a-t-elle pas pensé avant ? À chacune de ses visites, elle offrait aux filles de jouer à faire semblant d'être une religieuse, ce qu'elles acceptaient sans se faire prier. Pour une fois qu'une adulte voulait jouer avec elles… Elle a fait des pieds et des mains pour qu'Agathe se joigne à elles, sans succès. À la mort de leur mère, Catherine a multiplié ses visites et passé de plus en plus de temps avec Françoise et Marguerite. Personne ne s'est posé de question. Les filles avaient besoin d'attention et Agathe en avait plein les bras avec le reste de la famille et le bébé. Ce n'est que maintenant qu'elle se souvient de la réaction de sa tante Catherine le jour où elle lui a appris que ses sœurs entraient au couvent. Elle l'avait trouvée exagérée sur le coup et elle n'y avait pas porté plus d'attention. Sa tante était croyante plus que la moyenne des gens, ce qui expliquait en partie sa satisfaction à les voir prendre le voile.

— La seule coupable est tante Catherine, finit-elle par laisser tomber alors que Jeanne attendait patiemment qu'elle reprenne le cours de leur discussion.

— Tu me fais penser qu'elle n'a jamais manqué une occasion de me rappeler mon devoir d'entrer en communauté chaque fois qu'elle venait à la maison. Une fois, papa a saisi un bout de conversation entre elle et moi et je peux te dire qu'il n'a pas mâché ses mots. Même qu'il l'a mise dehors en plein hiver. Il n'y a rien qu'il ne lui a pas dit.

— Pourquoi tu ne m'en as pas parlé ?

Jeanne hausse les épaules. Son désir de répondre à l'appel de Dieu s'était installé en elle de manière tellement insidieuse qu'elle ne s'en était, pour ainsi dire, pas aperçue. Elle y croyait de toutes ses forces et elle était prête à tenir tête à toute une armée si on voulait l'empêcher de suivre sa vocation. C'est d'ailleurs ce qu'elle a fait sans aucun remords. Dieu passait avant tout le monde, même avant sa propre vie.

— Parce que je n'étais pas dans mon état normal. Je suis gênée de l'avouer, je me suis laissé piéger comme un pauvre lièvre sans rien voir venir. J'aurais perdu la vue que ça n'aurait pas été pire. Peu importe où je regardais, je ne voyais que Dieu.

— Rentrons avant que j'aie l'air d'une pelote à épingles, l'avise Agathe, je n'arrête pas de me faire piquer. On poursuivra notre discussion en mangeant. Tu dois être affamée après un aussi long voyage.

— Rassure-toi, il a été plutôt rapide. On aurait cru par moments que ton cheval avait des ailes tellement il courait vite. Mais tu as raison, je suis morte de faim. Avant que j'oublie, Antoinette t'a envoyé une pleine boîte de galettes.

— Et ce n'est que maintenant que tu me le dis! lance Agathe en la prenant par le cou.

***

Marie-Anne et Charlotte ont accueilli la nouvelle annoncée par Agathe avec reconnaissance et bonheur. Les voilà devant la maison à faire des projets pour améliorer le premier coup d'œil. Elles conviennent que ce ne sera pas difficile de faire mieux.

— C'est la sage-femme qui te parle, annonce Charlotte d'un ton décidé. Tu sors une chaise et tu t'assois.

— Il est hors de question que je te regarde travailler.

— Tu m'aideras à l'intérieur. Pour le moment, il faut juste décider de ce qu'on veut enlever ou déplacer. Clovis m'a promis de venir nous aider et c'est lui qui va forcer. J'ai une question à te poser en attendant qu'il arrive. Te sens-tu vraiment à l'aise de vivre ici?

Marie-Anne y pense à deux fois avant de répondre.

— J'aurais même accepté d'y rester seule, parce que je n'ai aucun autre endroit où aller, mais j'avais des frissons rien que d'y penser. Par contre, avec toi, je me sens en sécurité.

Charlotte lui sourit tendrement. Elle l'aime comme sa fille. Il faut dire que Marie-Anne n'a que cinq ans de plus que son Clovis. Elle veillera sur elle du mieux qu'elle peut. Charlotte lui en a fait la promesse le jour où Agathe lui a en quelque sorte sauvé la vie.

— Nous serons bien ici une fois qu'on aura mis l'extérieur et l'intérieur à notre main. Au travail, maintenant ! À quoi veux-tu que notre cour ressemble ?

— Je veux qu'on soit capables de marcher pieds nus sans risquer de se blesser. Je veux qu'on plante des fleurs, j'ai vu des rosiers sauvages près du manoir, et qu'on fasse un petit jardin.

— Tu ne trouves pas qu'il est un peu tard pour semer ?

— J'ai envie de tenter le coup… à moins que ce soit trop pour Clovis.

— Il adore jouer dans la terre et, à la grandeur qu'il a, il va nous préparer un petit carré en quelques coups de pelle. Et après ?

— J'aimerais qu'on mette un peu de couleur sur la maison. Est-ce que par hasard tu saurais comment faire ?

La confiance que lui témoigne Marie-Anne honore Charlotte. Seulement, elle est loin de tout savoir comme elle semble le croire. Elle connaît beaucoup de choses dans son domaine, mais en teinture, elle ne sait rien. Par contre, elle connaît une personne qui sera ravie de les aider à ce chapitre.

— On n'a qu'à demander conseil à Agathe. Elle en connaît beaucoup sur la teinture des fibres comme la laine, le chanvre… Dans le cas contraire, je poserai la question à ses amies indiennes quand je les verrai.

— Bonne idée ! Aimes-tu le rouge ? Il me semble que ça donnerait un peu d'éclat au bois. Sans compter que ce serait joli avec le vert des arbres.

— J'aime toutes les couleurs sauf le violet des habits sacerdotaux et le jaune or. Ça me donne des frissons depuis que je suis toute petite.

Marie-Anne fronce les sourcils. À bien y penser, ces deux couleurs n'ont jamais eu sa préférence non plus. Elle aime les couleurs chaudes, celles qui réchauffent le cœur. D'ailleurs, il lui arrive parfois de trouver que ses vêtements auraient besoin de tomber dans un bac de teinture. Elle se rappelle la première fois qu'elle a vu Agathe, c'était au tribunal, elle avait remarqué que ses habits avaient tous une petite touche de couleur. Elle reconnaît que sa bienfaitrice n'a pas les mêmes moyens qu'elle. En même temps, ça ne coûte rien de lui demander quelques conseils. On ne sait jamais… Peut-être que de simples plantes suffiront à redonner un peu d'éclat à ses oripeaux.

— Crois-tu qu'elle accepterait de me montrer à tisser ?

— Je ne peux pas parler pour elle, mais je suis certaine qu'elle te répondra si tu lui poses la question. Revenons à nos moutons maintenant. Je suis d'accord avec le nettoyage, les fleurs et le jardin.

Charlotte regarde autour d'elle avant d'ajouter d'une toute petite voix :

— Que dirais-tu si on installait deux balançoires ?

Marie-Anne laisse passer quelques secondes avant de revenir à la charge :

— Crois-tu qu'on pourrait commencer par ça ?

Elles éclatent de rire en même temps. Unir leur misère semble porter ses fruits et c'est tant mieux. C'est dans cet état de béatitude que Germain les trouve. Il se racle la gorge pour annoncer sa présence.

— J'ai un cadeau pour vous, mesdames, lance-t-il après qu'elles lui eurent porté attention.

— Un fusil ? s'inquiète Marie-Anne en voyant l'arme pointée vers le sol que Germain tient dans sa main droite.

— Vous n'êtes pas obligées de vous en servir, répond-il, mais ça peut toujours être utile.

Charlotte s'approche et tend la main vers l'arme. Aussitôt qu'elle la tient, elle se met en joue, vise un animal imaginaire et fait semblant de tirer.

— Qui vous a montré ? lui demande Germain.

— Mon père. Je l'accompagnais à la chasse quand j'étais petite.

— As-tu déjà tué ? s'informe Marie-Anne.

— Souvent, oui. Le plus dur, c'était de ne rien dire à ma mère. Elle détestait que mon père m'emmène avec lui plutôt que mon frère. Il avait deux ans de plus que moi, mais il avait peur de son ombre alors que je n'avais peur de rien. Enfin, presque rien. Merci, Germain, c'est très gentil. Avez-vous des balles ?

Sans attendre, il lui tend un petit sac de cuir. Il est à peine plus vieux qu'elle et elle a remarqué qu'il est particulièrement gentil avec elle, et ce, depuis le jour où il lui a été présenté. Étant donné que son intérêt n'est pas passé inaperçu aux yeux d'Agathe et qu'elle s'est fait un plaisir de s'en moquer. Charlotte lui a demandé s'il était marié. D'après ce qu'on dit, il est vieux garçon. Quant à la raison qui explique son statut pour le moins particulier en plein développement, Agathe n'a rien pu lui dire. Par contre, elle lui a fait savoir qu'elle pourrait jouer le rôle d'entremetteuse si jamais il l'intéresse. Charlotte lui a promis d'y réfléchir. Plusieurs semaines ont passé et elle est toujours en réflexion. Elle le trouve gentil, et plutôt bel homme une fois épousseté de la farine qui le recouvre de la tête aux pieds la plupart du temps. Reste à savoir si elle a envie de s'engager dans un autre mariage. Certes, ça lui faciliterait la vie. À moins, bien sûr, que Germain soit contre l'idée que sa femme exerce le métier de sage-femme. Il y a des jours où elle se dit que ça vaudrait la peine d'explorer la question et d'autres où elle apprécie sa liberté malgré les nombreuses contraintes que son statut de veuve lui amène.

— Ça vous dirait de venir chasser avec moi un de ces quatre ?

— Je ne refuse jamais ce genre d'invitation.

— Si je peux me permettre un petit conseil, ajoute-t-il, tout sourire, gardez le fusil à portée de main.

— Bien sûr ! confirme Charlotte.

— Avez-vous besoin d'aide ? leur demande-t-il.

— Savez-vous où on pourrait trouver de la corde ? s'empresse de lui demander Marie-Anne. On voudrait installer deux balançoires. Et deux bouts de planche si ce n'est pas trop vous demander.

— Je m'occupe des planches, lance joyeusement Clovis en venant les rejoindre.

Germain le salue d'un signe de tête. Le jeune homme est venu se présenter au moulin la journée de son arrivée à la seigneurie. Ils ont discuté un bon moment sur leurs habiletés respectives. Depuis, ils se croisent avec plaisir et en profitent pour échanger quelques mots au passage.

— Et moi de la corde, annonce Germain. Je vais vous la chercher.

***

Une multitude de mauvais souvenirs assaillent Marie-Anne de plein fouet à l'instant où elle met un pied dans son ancienne maison. Du coup, elle fige sur le petit tapis tressé au pied de la porte. Évitant de justesse d'entrer en collision avec son amie, Charlotte la contourne. Elle va se placer devant elle et lui relève le menton avec son index pour l'obliger à la regarder.

— Va te balancer pendant que je m'occupe de tout avec Clovis.

— Pas question ! répond Marie-Anne sans hésiter. Je n'ai pas les moyens de m'apitoyer sur mon sort plus d'une minute à la fois et elle vient de finir. J'ai beaucoup de chance d'avoir un toit sur la tête et je ne ferai rien pour la gâcher. Par quoi veux-tu commencer ?

— Par te dire que je te trouve très courageuse de revenir habiter ici malgré tout ce que Gadiou t'a fait endurer et que je serai toujours là pour t'écouter quand ce sera trop dur.

Marie-Anne lui sourit franchement. C'est une mère comme elle qu'elle aurait aimé avoir.

— On devrait commencer par aérer la maison, suggère Marie-Anne. On lavera ensuite la literie, les murs, le plancher.

— Si ça peut te rassurer, ajoute Charlotte, on emménagera seulement quand tout sera fait.

— On déplacera les meubles aussi, ajoute Marie-Anne d'un ton jovial.

— Si tu veux ! Au travail, maintenant !

Marie-Anne réalise très vite que ses efforts pour ne pas penser n'empêchent aucun souvenir de remonter à la surface. Le plus tenace demeure de loin l'instant où la religieuse s'est sauvée avec sa fille comme une voleuse sans même la lui montrer. Elle avait passé les treize dernières heures à souffrir le martyre pour lui donner la vie et son bébé venait de s'envoler en même temps que sa bedaine. Pas une seule journée ne passe sans que Marie-Anne y pense. Elle comprend que c'était la meilleure solution compte tenu des circonstances. Son cœur, lui, ne s'en remettra jamais. Pourquoi n'a-t-elle pas vu le jour dans la famille d'Agathe plutôt que dans la sienne ? Elle arrête de frotter le mur le temps de réfléchir à celle avec qui elle changerait volontiers de place. Elle en connaît très peu sur la maîtresse des lieux si ce n'est que tous s'entendent pour dire que c'est une réelle force de la nature. Peut-être, mais Marie-Anne a tendance à croire que les malheurs sont plus faciles à supporter quand on a les moyens de les affronter. Elle se relève et lance sa guenille dans la chaudière.

— Je respire déjà beaucoup mieux, annonce-t-elle fièrement.

— Moi aussi, renchérit Charlotte. Il faudra un berceau pour ton bébé et un lit pour moi.

— J'ai le berceau, déclare Clovis. Je l'ai trouvé dans la grange et Agathe m'a dit que je pouvais le prendre pour ton bébé. Ton lit, maman, sera prêt en même temps que la literie. Je reviens tout de suite.

— Demandez et vous recevrez ! clame Charlotte d'un ton joyeux. Je pense qu'on est promises à un bel avenir.

— Pourvu que tu dises vrai ! s'entend répondre une Marie-Anne remplie d'espoir.

11

Perrine remercie le ciel qu'Agathe ait pris soin de demander à son père de répondre à ses questions pendant son absence. Le travail ne lui a jamais fait peur, mais la marche était drôlement haute entre s'occuper de sa maison et voir à la construction d'une nouvelle. Un, il y a beaucoup d'argent en jeu. Deux, il ne s'agit pas du sien. Trois, elle a intérêt à faire bonne figure si elle veut continuer à travailler pour Agathe.

— Encore moi, s'écrie-t-elle en entrant dans le magasin de Jacques Le Moyne. Je commence à être gênée de venir vous déranger.

— Au contraire ! C'est tout en ton honneur de t'informer plutôt que de faire n'importe quoi. Approche et raconte-moi ce qui arrive.

— L'ouvrier a commencé à poser la pierre aux murs et il travaille mal. Désolée de ma franchise, mais ce ne sera plus le temps de lui taper sur les doigts quand il aura fini et il a l'air d'être pressé de remballer ses affaires. Je lui ai dit qu'il devait tout reprendre et il m'a envoyée sur les roses. J'ai pris ma grosse voix, mais ça ne l'a pas impressionné une miette. Pouvez-vous m'aider ?

— Le temps d'aller chercher Louis dans l'entrepôt et je te suis.

Perrine lui sourit. M. Jacques est toujours d'une grande gentillesse avec elle. Jamais il ne l'a fait se sentir impuissante. Au contraire ! Il est d'une patience d'ange et, grâce à lui, elle gagne en assurance chaque jour.

Ils marchent jusqu'à la maison d'Agathe d'un bon pas malgré la chaleur étouffante de ce début de juillet. Un seul coup d'œil suffit à Jacques pour constater qu'une fois de plus, Perrine a vu juste. La bonne nouvelle, c'est qu'il connaît le maçon. La mauvaise, c'est que cet homme est convaincu de détenir la vérité. Il aimerait bien savoir pourquoi Agathe l'a engagé. Ou c'était le seul maçon disponible ou… Jacques rit dans sa barbe. La connaissant, il devine qu'elle a saisi l'occasion de vérifier les talents de Perrine. Sacrée Agathe !

— Michel, s'écrie Jacques pour attirer son attention. Viens me voir une minute !

L'homme dépose sa truelle et marche jusqu'à eux d'un pas pesant. Il salue Jacques et ignore totalement Perrine.

— C'est gentil d'être venu admirer mon travail.

— Retourne-toi et regarde comme il faut. Ou tu reprends le mur au complet ou je te remplace sur-le-champ.

Michel est démonté. Comment Jacques peut-il oser critiquer son travail alors qu'il est le maçon le plus couru en ville ? Il y regarde à deux fois et grimace malgré lui. Aussi bien l'avouer, il peut faire beaucoup mieux.

— À une condition, je ne traite plus avec cette femme.

— Agathe lui a confié le chantier et, que ça te plaise ou non, c'est avec elle que tu vas devoir traiter. Au fait, elle s'appelle Perrine et j'aime autant t'avertir qu'elle aime le travail bien fait. Conseil d'ami : ne m'oblige pas à revenir parce que je ne serai pas aussi gentil la prochaine fois.

Sur ces belles paroles, Jacques tape un clin d'œil à Perrine et retourne à son magasin. Quel homme ! Elle s'installe à l'ombre et surveille les travaux de près. Agathe l'avait prévenue que les ouvriers détestent se faire commander par une femme. Ce qu'elle avait oublié de lui dire, c'est qu'ils n'ont aucun respect en affaires envers tout ce qui porte une jupe. Leur seule vue les rebute, point à la ligne. Bien que Perrine soit du genre optimiste, elle craint de ne pas vivre assez vieille pour voir ces messieurs changer d'avis. À tout le moins, pas celui qui s'affaire, en bougonnant, à enlever toutes les pierres fraîchement posées sur le mur.

Perrine apprend à la dure. Après son premier jour de travail, elle s'est plainte à son mari et ça a été la seule fois. En gros, il lui a fait comprendre qu'une chance comme celle-là ne repassera plus. Ce à quoi il a ajouté que si Agathe avait assez confiance en elle pour la jeter dans l'eau chaude – parce que c'est vraiment ce qu'elle a fait –, Perrine devait lui faire honneur. Elle a encore des moments de découragement, mais elle a vite fait de se reprendre en mains. Elle adore ce qu'elle fait et se félicite d'avoir osé parler à Agathe de ses espoirs. Au plus chaud de la journée, elle fait un saut à la maison de sa patronne, fait le tour pour s'assurer que tout est en place et va s'asseoir dans le jardin. Elle rêve au jour où elle pourra s'offrir une aussi belle propriété. Elle aime tout de cette maison : ses grandes pièces, ses meubles, son jardin et, bien sûr, son emplacement. C'est la campagne en pleine ville. Elle ne s'illusionne pas, ses chances d'accéder à la richesse sont pour ainsi dire inexistantes. Il est trop tard pour espérer un mariage avec un homme en moyens, elle a dit oui à Nicolas il y aura bientôt trente ans et elle l'aime comme au premier jour. Si noble soit le métier de charretier, il ne permet rien de plus qu'une vie confortable, ce qui est déjà très bien, elle en convient. Quant à ses chances d'hériter, elles sont complètement nulles. Aucun des membres de leurs deux familles n'a réussi à s'élever d'un rang, bien au contraire. Tous s'appauvrissaient de jour en jour et, aux dernières nouvelles, la situation n'a pas changé sur le Vieux Continent. C'est d'ailleurs ce qui a pesé dans la balance au moment de décider de s'embarquer ou pas pour la Nouvelle-France. Toutes les belles promesses qu'on leur avait faites pour les inciter à signer n'ont pas été réalisées à ce jour. Malgré cela, la famille Brazeau n'a jamais regretté sa décision, sauf Marie. Alors qu'elle devrait pouvoir compter sur son mari pour faire vivre sa famille, il n'en est rien. Elle la tient à bout de bras et elle a dû redoubler d'efforts au retour de la brebis galeuse. C'est ainsi que Perrine appelle son gendre en secret.

La voix éraillée du maçon la tire brusquement de sa rêverie.

— Est-ce que c'est à votre goût, ma p'tite dame ?

Elle prend le temps d'inspecter son travail avant d'aller le trouver. Elle s'installe aussi près de lui que la politesse le permet et lui dit en le regardant dans les yeux :

— D'abord, lui dit-elle d'un ton ferme, je ne suis pas votre p'tite dame et, ensuite, c'est beaucoup mieux que c'était. Continuez ainsi et on va bien s'entendre.

— Je ne sais pas ce qui me retient de vous remettre à votre place ! lance-t-il d'un ton acerbe.

— Si j'étais vous, ajoute Perrine sans sourciller, je ne m'essaierais même pas. Dois-je vous rappeler pour qui je travaille ?

Il s'écoule plusieurs secondes avant que le maçon baisse les yeux et retourne à ses pierres. Perrine pivote sur elle-même. Elle n'en revient pas de voir combien les hommes se croient supérieurs. Au lieu de l'avertir qu'elle s'absente pour une heure, elle quitte la place sans faire de vagues et prend la direction du magasin de M. Jacques. C'est jour de marché demain et elle remplace sa patronne. D'après Jacques, elle dame le pion à toutes ses filles, Agathe comprise. Perrine avait le cœur si léger qu'il s'en est fallu de peu pour qu'elle se mette à chanter.

Elle n'a pas fait un seul cauchemar depuis qu'elle a commencé à travailler hors de la maison. Avant, elle se réveillait en sursaut plusieurs fois par nuit : elle essayait désespérément de garder la tête hors de l'eau. Elle frissonne à cette seule pensée. La traversée n'a pas été une partie de plaisir, loin de là. Alors qu'elle admirait le coucher de soleil un soir, une grande vague l'a fait basculer la tête la première dans l'océan. Témoin de la scène, Nicolas s'est jeté à l'eau à sa suite après avoir crié comme un fou qu'il y avait une femme à la mer. Contrairement à Perrine, il a appris à nager avant d'apprendre à marcher. Il a nagé jusqu'à l'endroit où il l'avait vue sombrer et a plongé. Il n'avait pas parcouru tout ce chemin pour se retrouver veuf en Nouvelle-France. Un tollé d'applaudissements et de cris a accueilli son retour et celui de Perrine à la surface de l'eau. À compter de ce jour, Perrine n'a plus jamais dormi du sommeil du juste. Elle revivait immanquablement sa mésaventure toutes les nuits. Résultat : elle se sentait aussi fatiguée au réveil qu'au coucher. C'est maintenant chose du passé et elle espère de toutes ses forces que plus jamais son sommeil ne sera troublé par le moment le plus difficile de sa vie.

Elle fait son entrée dans l'entrepôt et, comme elle ne trouve pas âme qui vive, elle retourne dehors et s'assoit sur une caisse de bois. Elle sort son repas de son sac de toile et commence à manger. Elle aurait pu aller chez Marie sauf qu'elle n'a aucune envie de tomber sur Sylvain. Perrine lève les yeux au ciel. Elle ne donnera pas cher de sa peau quand sa fille apprendra qu'il est venu les voir pour leur emprunter de l'argent afin de payer son retour en France. Nicolas était tellement fâché qu'il l'a mis dehors à grands coups de balai. Ça prend un sacré culot pour s'adresser à ses beaux-parents pour disparaître de nouveau de la vie de leur fille. À croire qu'il est venu juste pour lui faire des enfants ! Bien sûr, leur gendre a pris soin de les informer de son retour imminent en Nouvelle-France aussitôt qu'il aura récupéré l'argent que lui doivent deux de ses amis. Perrine s'est retenue de pouffer de rire quand elle l'a entendu. Sylvain ment comme un arracheur de dents. Pensait-il vraiment qu'il réussirait à leur extorquer de l'argent durement gagné pour se soustraire à ses responsabilités de père et d'époux ? Tout ça dans le dos de sa femme ! Quel faux jeton, celui-là !

— Bonjour, Perrine ! lance Louis en la voyant. Pourquoi n'êtes-vous pas venue manger à la fraîche avec nous ?

Elle avale sa bouchée et lui sourit. Elle est attachée à ce jeune homme presque autant qu'à ses propres enfants.

— Je ne voulais pas vous déranger, avoue-t-elle du bout des lèvres.

— Si ça peut vous rassurer, vous êtes la seule personne qui fait l'unanimité auprès de mes frères, ce qui est un exploit. Si vous les connaissiez aussi bien que moi, vous sauriez qu'ils ont une prédisposition rare à casser du sel sur le dos de tous ceux qui ne font pas leur affaire. Agathe a l'habitude de dire qu'ils sont plus capricieux qu'une vieille fille. Aimez-vous les brioches ?

— Qui ne les aime pas ?

— Mon père et Jeanne ! Suivez-moi ! Antoinette nous en a apporté une douzaine. Vous allez vous régaler, elle n'a pas son pareil en pâtisserie.

Perrine le suit sans se faire prier. Ce n'est pas tous les jours qu'elle a la chance d'être invitée à manger une brioche à sa sortie du four. Surtout par cette chaleur !

— Je l'ai trouvée ! annonce fièrement Louis lorsqu'ils font leur entrée dans l'arrière-boutique du magasin, et je lui ai promis une brioche.

— Avoir su…, l'avise Nicolas en fronçant les sourcils. Je viens de manger la dernière. Ne bougez surtout pas, Perrine, je vais aller vous en chercher une à la maison.

— Ne vous donnez pas autant de mal pour moi, argumente-t-elle, j'y goûterai la prochaine fois.

— Pas question ! réplique Nicolas. Chose promise, chose due. Je serai de retour dans moins de cinq minutes.

Les yeux de Perrine s'embuent d'un coup. Elle n'a pas l'habitude qu'on remue ciel et terre pour lui faire plaisir. Elle renifle discrètement dans l'espoir d'empêcher l'inondation sur ses joues et s'efforce de plaquer un sourire sur ses lèvres. Voyant combien elle est émue par l'attention de son frère, Louis la prend par le bras et la conduit jusqu'à la grande table. Il lui tire une chaise et l'invite à s'asseoir. Son geste la touche autant que celui de Nicolas. Encore une gentillesse de leur part et elle va fondre en larmes sans pouvoir s'arrêter de pleurer.

— Papa nous a dit que vous aviez du mordant, avance le beau Charles.

— Pas autant qu'Agathe, mais j'apprends très vite, répond-elle après s'être raclé la gorge deux fois.

— Vous en auriez un peu moins que ce ne serait pas grave, précise Jacques Junior en riant. Ma sœur est un vrai général.

— Tu n'as jamais si bien dit, le frère, confirme Louis. Rien ni personne ne lui résiste et, croyez-moi, nous sommes tous très bien placés pour le savoir. Tôt ou tard, elle finit toujours par obtenir ce qu'elle veut. Même son mari lui laisse porter la culotte et pourtant il passe le plus clair de son temps à chasser les Iroquois. J'imagine qu'ils sont moins dangereux que ma sœur.

— Vous n'avez jamais pensé que si M. Pierre la laisse faire, avance Perrine, c'est parce qu'il y trouve son compte ? Pardonnez ma franchise, mais je ne connais pas un seul homme qui accepte de laisser briller sa femme si ça ne le sert pas.

Les frères la regardent avec de grands yeux. Ils étaient convaincus qu'Agathe devrait tenir son rôle d'épouse au foyer même en l'absence de son mari. C'est pourquoi ils n'en sont pas encore revenus du nombre de projets qu'elle met de l'avant de son propre chef et sans jamais se faire taper sur les doigts. Du moins, pas à leur connaissance ! Voilà maintenant qu'ils opinent du bonnet. Les paroles de Perrine ont fait leur chemin.

— Me revoici ! s'écrie Nicolas. Je vous en ai apporté deux : une pour tenir la promesse de Louis et l'autre pour me faire pardonner de vous avoir fait attendre.

De nouveau, les yeux de Perrine s'embuent. Elle s'efforce de sourire, ce n'est ni l'endroit ni le moment de se laisser aller. Elle se redresse sur sa chaise, inspire à fond et le remercie du fond du cœur.

— Il n'y a pas de quoi ! confirme aimablement Nicolas.

Elle en saisit une sur l'assiette et mord dedans à pleines dents malgré les quatre paires d'yeux qui la fixent. Elles les oublient aussitôt que ses papilles décrètent n'avoir jamais mangé rien d'aussi bon. Elle savoure cet instant de pur bonheur à son maximum. Sitôt sa bouchée avalée, elle prend l'autre sans prononcer un seul mot.

— Eh bien, j'aurais dû vous en apporter plus que deux, se moque Nicolas. Pourriez-vous nous apprendre à apprécier ce qu'on mange plutôt que de nous empiffrer parce que c'est ce qu'on fait tous autant qu'on est ?

Bien que tentée de leur dire qu'il faut avoir manqué de tout pour apprécier les petits plaisirs qui s'offrent à nous, Perrine se contente de leur sourire franchement. Ces garçons sont d'une telle gentillesse avec elle que jamais elle ne se permettra de les blesser. À tout le moins, pas volontairement.

— C'est quand vous voulez, leur offre-t-elle. En dehors de mes heures de travail, bien entendu. D'ailleurs, je ferais mieux d'aller vérifier le travail du maçon. Merci pour tout, les gars !

***

Agathe n'en revient toujours pas que Jeanne soit sortie du couvent. Le soir du retour de sa petite sœur à la maison familiale, elle a écrit une lettre de quatre pages à Marguerite, lettre qu'elle a brûlée après s'être relue le lendemain. Certains messages nécessitent d'être livrés en personne. L'impact n'en sera que plus fort.

Elle ne s'est jamais sentie en aussi grande forme depuis le début de sa grossesse. Si la présence de sa petite sœur et de sa grand-mère y est pour beaucoup – elle adore avoir les siens à proximité –, elle n'est pas la seule responsable. Le sourire radieux affiché par Charlotte et Marie-Anne depuis leur installation dans l'ancienne maison de Gadiou y a contribué lui aussi. Tout comme le travail acharné des censitaires et de Clovis, la vente de tous les sacs de farine et la signature d'un contrat de cinq ans par tous leurs clients réguliers. En résumé, tout roule comme sur des roulettes à la seigneurie, de même qu'en ville, si elle se fie à la dernière lettre de son père et à celle de Perrine. Agathe se félicite de l'avoir engagée. Sa précieuse collaboration lui permettra de voir plus grand.

Seule ombre au tableau, elle n'a reçu aucune nouvelle de Pierre. Ça n'a rien de nouveau sauf qu'il lui arrive encore d'espérer un mot de sa part. Il n'y serait écrit que *Bonjour, Agathe !* qu'elle s'en satisferait. Au lieu de ça, son mari la garde dans l'ignorance la plus totale de ses faits et gestes. Elle comprend qu'il ne peut pas crier sur tous les toits la position et les intentions de son bataillon et qu'il ne veut pas que sa lettre tombe entre les mains de l'ennemi. Sa tête accepte les faits, son cœur attend plus. Elle soupire. Parfois, les quelques jours qu'il lui accorde entre deux guerres laissent plus de peine derrière eux qu'ils ne lui procurent de joie. Ses séjours sont souvent si courts que ce n'est qu'à la veille de son départ qu'ils reprennent vraiment contact. Enfin, au sens où Agathe l'entend. Elle savait dans quoi elle s'embarquait au moment de lui dire oui, mais peut-être avait-elle fondé trop d'espoir sur leur couple. Ajoutons à cela que l'histoire de son mari avec Marie-Anne a laissé des traces. Agathe secoue la tête de côté dans le but de se remettre les idées en place. Ça ne sert à rien de s'apitoyer sur son sort. Son cher Augustin n'a jamais tenu sa promesse de venir la voir à Ville-Marie et ce n'est pas faute de temps puisqu'elle a attendu jusqu'à l'aube de ses trente ans avant de se marier.

— Je viens d'avoir une idée, s'écrie Jeanne en entrant en coup de vent dans la cuisine.

Agathe sursaute. Heureusement qu'elle tenait sa tasse à deux mains parce qu'elle aurait fini sur le plancher. Elle la dépose sur la table et lui dit :

— Vas-y, je t'écoute.

— Que dirais-tu si je restais ici au lieu de retourner à Ville-Marie ? Jusqu'au printemps prochain, je veux dire.

Agathe la regarde avec des points d'interrogation dans les yeux. Depuis quand sa petite sœur manifeste-t-elle de l'intérêt pour la vie à la campagne ?

— Je suis sérieuse, tu sais.

— Loin de moi l'idée d'en douter. J'essaie seulement de comprendre ta soudaine motivation.

Le visage de Jeanne vire au rouge en un claquement de doigts et elle ne fait rien pour s'en cacher.

— Si tu veux tout savoir, lance-t-elle après avoir avalé sa salive, j'ai envie de découvrir la vie à la campagne et de...

Elle arrête de parler au beau milieu de sa phrase et soulève les épaules comme si elle souhaitait les libérer d'un poids énorme.

— ... et de rester près de Clovis, ajoute-t-elle dans un souffle. Maintenant que tu sais tout, est-ce que je peux rester ?

Agathe éclate de rire. Jeanne n'a pas son pareil pour reprendre pied. Elle ajouterait qu'elle va se marier avec lui à Noël que son aînée n'en serait pas étonnée.

— Tu n'auras qu'à me laisser une liste de travaux à faire et je m'en acquitterai sans rechigner. Tu as ma parole. Je pourrai aider à la cuisine pour les conserves, tenir les comptes du moulin banal, donner un coup de main pour la construction de la maison des filles, préparer...

— Arrête ! la supplie Agathe, amusée. Je suis d'accord à une condition : que papa le soit aussi.

— Je ne m'inquiéterais pas trop à ta place. Je pense que c'est le plus beau cadeau que je puisse lui faire. À lui et aux garçons. Disons que j'ai été plutôt poison avec eux, si tu vois ce que je veux dire.

— Très bien, confirme sa grande sœur sans aucune hésitation. Je lui parlerai et je te ferai envoyer tes effets à mon retour en ville. Au risque de me répéter, je suis contente que tu aies...

Agathe cherche les bons mots.

— Retrouvé la raison ? lui suggère Jeanne. Moi aussi.

Elle s'approche d'Agathe et l'embrasse sur la joue avant de retourner d'où elle vient. Angélique entre sur ces entrefaites avec la belle Marguerite endormie dans ses bras.

— Elle est tellement mignonne quand elle dort, lance Agathe en embrassant sa fille sur la joue au passage.

— Sauf quand elle perce des dents, précise Angélique avant de sortir de la cuisine pour aller déposer la petite dans son lit.

Heureusement que Charlotte était là pour soulager sa douleur parce que personne n'aurait survécu à ses interminables crises de larmes. Elle pleurait parfois tellement fort que même Angélique se bouchait les oreilles. Et pourtant, elle est patiente avec les enfants. Plus qu'Agathe, en tout cas. C'est d'ailleurs dans ces moments que cette dernière apprécie la chance qu'elle a d'avoir une bonne pour l'aider, et pas n'importe laquelle. La sienne est une vraie perle. Certes, Agathe aime les enfants, mais pas assez pour sacrifier tous ses rêves pour eux. Comme on dit, elle a déjà donné. Si fonder une famille a toujours fait partie de ses priorités, seul l'avenir dira combien elle aura d'enfants. Il lui arrive fréquemment de demander à Angélique en riant d'attendre que son dernier ait dix-huit ans avant de s'en aller. Chaque fois, sa bonne la regarde avec de grands yeux et lui dit :

— Tu n'as pas à t'inquiéter, je ne voudrais travailler pour personne d'autre que toi.

Agathe aime profondément cette femme et elle lui est reconnaissante de tout ce qu'elle fait pour elle et pour sa famille. Elle ne rate d'ailleurs jamais une occasion de lui faire plaisir. Elle lui offre tantôt une jupe, une blouse ou un accessoire. Parfois, même, elle lui donne un peu d'argent de plus sans aucune raison apparente. Sans elle, Agathe serait perdue.

Angélique revient dans la cuisine sans faire de bruit, ce qui l'amuse. Elles sont tellement différentes que c'en est drôle.

— Ça te dirait que je fasse un gâteau au sirop d'érable pour dessert ? demande Angélique à sa patronne.

Bien que son offre soit tentante, Agathe hésite. Le dernier qu'Angélique a fait était tellement dur que personne n'en a voulu. Pas même le chien.

— J'ai une idée. Tu prépares le souper et je me charge du dessert.

— C'est parfait pour moi ! confirme Angélique.

Elle est nulle en pâtisserie et elle le sait. Elle a beau s'appliquer, ça ne donne jamais le résultat escompté. Antoinette lui a donné des leçons autant comme autant. Angélique a réussi tous les gâteaux qu'elle a faits sous sa supervision. C'est lorsqu'elle est seule que ça se gâte. Il serait plus juste de dire qu'elle perd tous ses moyens. Elle fait pourtant les mêmes gestes, utilise les mêmes ingrédients, les mêmes quantités et ça ne marche pas. Comment une bonne digne de ce nom peut-elle être aussi mauvaise en pâtisserie ?

— Ne t'en fais pas avec ça ! lui intime Agathe. Il fallait bien que tu aies au moins un petit défaut.

Angélique lève les yeux au ciel. À tout prendre, elle aurait préféré avoir une jambe plus courte que l'autre. Ça la gêne tellement lorsqu'Agathe reçoit des visiteurs à la seigneurie ! Pas question de courir à la pâtisserie pour se rattraper puisque la plus proche est à Ville-Marie.

— En réalité, ajoute Agathe dans l'espoir de lui rendre sa bonne humeur, je devrais te remercier. Grâce à toi, je conserve ma taille de guêpe même enceinte.

— Histoire de te faire prendre un peu de poids, lui lance Angélique, j'ai eu vent que Marie-Anne excelle en pâtisserie. Enfin, d'après Clovis.

— C'est le temps ou jamais de mettre ses talents à l'épreuve. Je suis impatiente d'aller vérifier si tes sources sont bonnes.

Fière de son coup, Angélique se met à rire toute seule aussitôt que la porte se referme sur sa patronne. Elle lui en devait une !

12

L'arrivée imminente du bébé la ralentit de plus en plus dans ses mouvements et ça ne fait pas son bonheur. Comme si ce n'était pas suffisant, Agathe termine ses journées la langue à terre peu importe ce qu'elle entreprend. Bien que Charlotte ne cesse de lui répéter qu'elle va reprendre sa vitesse de croisière après l'accouchement, ça commence à l'inquiéter sérieusement. S'il fallait qu'elle ne la retrouve pas... Elle est à bout de souffle au moindre effort et elle n'arrive plus à passer à travers sa liste de choses à faire. Heureusement que Perrine est là ! Cette femme est un vrai cadeau du ciel. Agathe met aussitôt la main sur sa bouche. Depuis quand perd-elle son temps avec toutes ces bondieuseries qui ont pour seules conséquences d'abrutir les gens ? Qu'est-ce que le ciel peut bien avoir à voir dans le fait que Perrine soit venue frapper à sa porte ? Elle inspire à fond avant de se lever de sa chaise. Elle est aussi essoufflée que si on venait de déposer une poche de farine sur chacune de ses épaules. Nouveau soupir. S'il ne tient qu'à elle, il s'écoulera au moins cinq ans avant sa prochaine grossesse. Comment les femmes qui mettent un enfant au monde chaque année font-elles pour survivre ? Elle traîne sa carcasse jusqu'au poêle, remplit sa tasse de thé et retourne s'asseoir à la table.

Elle a passé de très belles Fêtes, comme d'habitude, devrait-elle ajouter. Les Le Moyne savent s'amuser et, curieusement, aucun de ses frères ne lève le coude assez haut pour commencer à déparler. Pas même Jacques. Elle ne rate jamais une occasion de les féliciter. Ça ne lui rentre pas dans la tête qu'autant d'hommes boivent jusqu'à en perdre la carte. Enfin ! Elle avait tout son monde autour d'elle, même Pierre. Aux dernières nouvelles, il ne reprendra du service que dans un mois. Un seul regret, elle ne peut pas profiter de sa présence autant qu'elle l'aurait souhaité. Non seulement il fait un froid de canard dehors, mais elle ne peut pas trop s'éloigner de la maison. Ordre de sa sage-femme ! Devant son insistance, Pierre a fini par lui promettre d'attendre après l'accouchement avant de se rendre à la seigneurie. Habitué d'être toujours aux aguets, il trouve le temps long et il tourne en rond jusqu'à la noirceur. À peine est-elle tombée qu'il enfile son manteau, l'embrasse sur le front et lui dit de ne pas l'attendre. Aussi bien l'avouer, son homme boit plus que ses frères et son père réunis. Parfois, il est tellement ivre à son retour qu'Agathe lui demande comment il a fait pour se souvenir de son adresse. Si elle lui livrait le fond de sa pensée, elle l'habillerait de bêtises. Au lieu de ça, elle attend qu'il soit rentré avant d'aller se coucher. Elle déteste lorsqu'il la prend dans cet état plus qu'avancé d'ébriété. Il lui arrive de penser qu'elle n'aurait pas à subir un tel comportement si elle s'était mariée avec Augustin. En tout cas, elle aime le croire. Au matin, sa tendre moitié s'excuse immanquablement d'avoir dépassé les bornes. Si seulement il n'avait pas la mémoire aussi courte.

Elle boit une gorgée de thé et elle frissonne. Elle était tellement perdue dans ses pensées qu'elle ne s'était pas aperçue qu'elle était rendue au fond de sa tasse. Elle se lève et va la remplir. Tout porte à croire qu'elle aura le temps de le boire. Elle ferme les yeux, le temps de rappeler Jeanne à son souvenir, et elle sourit. Sa petite sœur a fait le voyage jusqu'à Ville-Marie pour fêter Noël avec eux. À la grande surprise de tout le monde, elle était accompagnée. Jacques était tellement ému de la voir aussi heureuse qu'il en avait les larmes aux yeux. Quant à ses frères, ils ont remercié Clovis chacun à leur tour, ce qui l'a étonné. Agathe n'est pas près d'oublier l'air de tante Catherine quand elle a vu que Jeanne avait déjà quelqu'un à son bras. Malheureusement pour elle, personne ne l'a laissée l'approcher.

Agathe porte sa tasse à ses lèvres. Pour elle, rien n'égale l'odeur d'un thé fumant. Elle en remplit ses narines avant de boire. Perrine la surprend un peu plus chaque jour. Cette femme à l'apparence effacée et réservée ne s'en laisse imposer par personne. Il faut voir à quel point ses frères l'apprécient, du premier au dernier. Agathe n'ira pas jusqu'à dire qu'elle est jalouse de l'attention qu'ils lui portent, elle ne mange pas de ce pain-là. Ceci étant dit, pour être honnête, elle se sent parfois laissée pour compte et ça lui donne un petit pincement au cœur. Heureusement, elle a tôt fait de se raisonner. Tant mieux si ses frères l'aiment bien. D'ailleurs, Agathe a remarqué que Perrine a une bonne influence sur eux. Ils prennent le temps d'apprécier ce qu'ils ont dans leur assiette alors qu'avant ils la vidaient sans même relever la tête. Et ils sont plus polis aussi. Lorsqu'elle en a parlé à son père, il lui a dit qu'elle devrait se réjouir que la graine qu'elle a semée soit enfin en train de pousser. Parce qu'une partie du mérite lui revient forcément, elle les a tout de même élevés.

Lorsque la porte s'ouvre enfin sur Pierre, Agathe cogne des clous. Elle secoue la tête et se lève comme un bon petit soldat. Elle marche jusqu'à lui et l'aide à retirer son manteau. Encore une soirée trop arrosée ! Elle bougonne par en dedans et fait son gros possible pour n'en laisser rien paraître.

— Venez vous asseoir, lui suggère-t-elle, je vais vous aider à enlever vos chaussures.

Il a du mal à mettre un pied devant l'autre, ce qui inquiète Agathe un tantinet. L'escalier à monter pour le conduire jusqu'à leur chambre risque de lui sembler encore plus long que la veille.

Le voilà enfin assis. Il pose une main sur sa poitrine pour se maintenir en place et elle rage. Elle déteste lorsqu'il se comporte ainsi.

— Vous ai-je déjà dit à quel point je vous aime, Agathe ? lui demande-t-il d'une voix pâteuse et beaucoup trop forte étant donné l'heure.

— Chaque soir depuis votre retour, répond-elle illico d'une voix remplie de reproches. Je vous conseille de retirer votre main de sur mon sein.

— Pourquoi ? s'étonne-t-il en augmentant sa pression.

— Parce que je vous le demande, réagit-elle en l'enlevant brusquement. Levez-vous, je vais vous aider à monter l'escalier.

— Je n'ai pas besoin de personne, s'écrie-t-il en se levant de peine et de misère. Et après, vous vous demandez pourquoi je rentre aussi tard ?

Il fait deux pas et s'écroule sur le plancher sans qu'Agathe ait le temps de faire quoi que ce soit pour amortir sa chute. La tentation est grande d'aller chercher une couverture et de le laisser dormir par terre comme un chien. C'est tout ce qu'il mérite. Plus elle le regarde, plus elle sent les larmes monter. Tellement que si elle ne se retenait pas, elle se mettrait à pleurer comme un bébé. Quelques secondes suffisent à lui faire oublier le projet. Verser toutes les larmes de son corps ne lui donnera rien d'autre que des yeux bouffis. Son beau Pierre est égal à lui-même. Il aime faire la fête et, à moins d'un miracle, ce n'est pas demain la veille qu'il va s'en priver pour ses beaux yeux. Sait-il seulement de quelle couleur ils sont ? Elle en doute.

Alors qu'elle s'apprête à se pencher pour l'inciter à se lever, Charlotte apparaît dans son champ de vision. Elle venait s'assurer que tout allait bien de son côté. Agathe lui sourit et soulève les épaules. Que pourrait-elle ajouter alors que la scène parle d'elle-même ?

— Dis-lui qu'il va devoir s'aider sinon on n'y arrivera pas.

Agathe s'exécute, mais, malgré son ton autoritaire et insistant, elle n'obtient aucune réaction. Pierre dort comme une bûche, même qu'il a commencé à ronfler. Elle jette un coup d'œil à sa sage-femme et désormais amie avant de faire une nouvelle tentative. Idem.

— J'ai bien peur qu'à moins de le mettre sur un brancard et de le monter à bout de bras, avance Charlotte en faisant son possible pour garder son sérieux, il va devoir passer la nuit sur le plancher. Je vais lui chercher une couverture.

— Ne te donne pas autant de mal, l'avise Agathe d'un ton tranchant.

— Mais le plancher est glacé.

— Tant pis pour lui ! Prendrais-tu un verre avec moi ?

— Un verre d'eau ?

— Surtout pas ! Un verre d'homme. Je vais chercher la bouteille.

Charlotte s'assoit à la table et rit toute seule. Ça lui rappelle les nombreuses cuites de son père. Elle pleurait jusqu'à ce que sa mère l'autorise à dormir près de lui à même le plancher. Elle posait la tête sur son torse et lui flattait doucement les cheveux. Au matin, il la prenait dans ses bras et allait la remettre dans son lit. Il remontait ses couvertures sous son menton et l'embrassait avant de sortir de sa chambre sur la pointe des pieds. Alors qu'il la croyait endormie, elle faisait semblant de se réveiller dès qu'il la soulevait. Encore aujourd'hui, il lui suffit de fermer les yeux pour sentir ses lèvres sur sa joue. Elle aimait son père autant que sa mère avait du mal à le supporter.

Agathe la pousse du coude pour qu'elle sorte de ses pensées et lui dise quand arrêter.

— J'en veux deux doigts, lui dit Charlotte en alliant le geste à la parole.

— Woh ! Je ferais mieux d'aller chercher une autre bouteille. Je reviens.

— Non ! Non ! C'était une farce. J'ai tellement vu couler de whisky chez nous quand j'étais jeune que son odeur me lève le cœur. Je vais prendre un verre d'eau.

— Moi aussi ! décide Agathe. J'ai trop à faire demain pour me permettre de me vomir les tripes, parce que c'est ce qui va m'arriver si je picole.

Charlotte la regarde avec de grands yeux. Première fois qu'elle entend que cette femme si responsable a déjà levé le coude assez haut pour être malade.

— Ça m'est arrivé une seule fois et j'ai compris que l'alcool et moi ne ferions jamais bon ménage. Par contre, je vais laisser traîner la bouteille sur la table et…

Agathe a une idée et la met à exécution dans la seconde qui suit. Elle se lève et va jeter le whisky dehors. La neige fond à mesure qu'elle le verse. Elle referme vivement la porte avant d'attraper son coup de mort. Janvier est incomparable pour les geler jusqu'aux os du début à la fin du mois. Elle remet la bouteille sur la table et ajoute :

— … j'aime croire qu'il pensera que je l'ai vidée.

Le rire cristallin des deux femmes se fait entendre dans toute la maison, mais pas à deux pieds d'elles. Pierre n'a pas bronché d'un poil, si ce n'est qu'il ronfle encore plus fort. Elles se remettent à rire de plus belle et ne s'arrêtent que lorsqu'elles sont à bout de souffle. Elles s'essuient les yeux et essaient de respirer normalement. Lorsqu'elles y parviennent enfin, Agathe se lève et une mare d'eau coule entre ses jambes.

— Interdiction de bouger, lui intime aussitôt Charlotte, je vais chercher Angélique.

— Où voudrais-tu que j'aille? lui demande Agathe avant de se remettre à rire.

À partir du moment où elles l'ont installée sur son lit, les choses se précipitent à la vitesse de l'éclair. Moins d'une heure plus tard, Agathe donne naissance à un bébé bien dodu. Pendant que Charlotte et Angélique s'affairent à remettre un peu d'ordre dans la chambre, la maman pleure à chaudes larmes en regardant sa fille. De joie et de tristesse. Cette belle enfant a un père sauf qu'elle devra attendre qu'il dégrise pour faire sa connaissance.

— Comment vas-tu l'appeler? lui demande Angélique.

— Son père veut qu'elle porte mon prénom. Qu'en penses-tu, ma petite Agathe?

— Et toi? poursuit Angélique.

— Je choisirai celui de notre prochain bébé, répond-elle simplement. Regardez comme elle est mignonne.

Angélique n'a jamais eu d'enfant et tout porte à croire qu'elle finira vieille fille. Elle aura bientôt quarante ans. Ceci étant dit, il y a une chose qu'elle déteste plus que tout chez les parents de leur époque. C'est à croire qu'ils se sentent tous obligés de donner leur prénom à un de leurs enfants alors qu'il en existe une multitude d'autres bien plus beaux. Elle a fait des pieds et des mains pour dissuader Agathe de le faire sans y parvenir puisque sa deuxième fille porte déjà son prénom. La bonne n'ajoute rien, elle aura au moins essayé.

— Passe ta fille à Angélique pour qu'elle fasse sa toilette pendant que je m'occupe de te refaire une beauté, annonce Charlotte. Sais-tu que tu as battu tous les records de rapidité pour accoucher ? En tout cas, de toutes les femmes que j'ai aidées à le faire. Comment te sens-tu ?

— Comme quelqu'un qui a travaillé aux champs toute la journée par canicule. Je suis aussi fatiguée que la dernière fois et ça m'a pris trois fois moins de temps.

— Accoucher demande un effort énorme au corps. Par contre, tu vas remonter la pente plus vite qu'une femme qui met vingt heures et qui déchire de partout. Comme dirait grand-maman Godé, tu es faite pour enfanter.

— Peut-être, mais j'ai besoin d'oublier l'intensité de la douleur avant de seulement penser à être de nouveau enceinte. Je voudrais bien voir un homme à notre place.

— La nature est bien faite parce qu'aucun ne survivrait ! confirme Charlotte sans aucune hésitation.

***

Pierre s'est réveillé aux aurores et est monté se coucher. Il s'est effondré sur leur lit et s'est mis à ronfler. Heureusement qu'Agathe ne s'attendait pas à des excuses de sa part pour être rentré dans un état d'ébriété aussi avancé parce qu'il ne lui en a pas fait. Pas plus d'ailleurs qu'il ne s'est préoccupé de la bouteille de whisky vide qui trônait au beau milieu de la table de cuisine. Pas un mot. Pas un geste non plus. Comment aurait-il pu en être autrement dans son état ? Incapable de supporter le bruit qu'il fait, Agathe se lève au bout de quelques minutes. Elle prend sa fille au passage et descend à la cuisine, le cœur gros.

— Encore une minute et le thé sera prêt, annonce gentiment Angélique.

— Il ne sait même pas qu'il a une fille, dit Agathe d'une voix émue avant de poser les fesses sur une chaise.

— S'il avait assez bu pour s'endormir sur le plancher et y passer la nuit, dis-toi que c'est déjà beau qu'il ait retrouvé sa maison.

— Tu ne comprends pas, je ne suis rien pour lui et il me l'a encore prouvé aujourd'hui.

Angélique grimace malgré elle. Agathe lui a tenu exactement le même discours à la naissance de Marguerite. À croire que l'accouchement la rend émotive parce qu'au fond, son Pierre n'a pas changé depuis hier, c'est-à-dire qu'il est toujours aussi peu présent et ce n'est pas seulement à cause de l'alcool. Elle s'approche de sa patronne et s'accroupit sur ses talons pour la regarder dans les yeux.

— Te souviens-tu de ce que tu m'as dit la première fois que tu as vu M. Pierre ?

— Que j'avais enfin trouvé l'homme idéal pour moi. Parce que je savais qu'il ne se mettrait jamais en travers de mon chemin pour m'empêcher de réaliser mes rêves. Parce qu'il venait avec une multitude de problèmes et que je savais comment les régler. Lui, non.

— Malheureusement, ce que tu reconnais comme une qualité chez lui la plupart du temps peut parfois te sembler être un défaut. Tu ne peux pas exiger qu'il réagisse selon ton bon vouloir quand l'envie t'en prend. Je te rappelle qu'il est plus à l'aise avec les arbres qu'avec les humains et, qu'à moins d'un miracle, ça ne changera pas.

Agathe lâche un grand soupir. Angélique a raison sur toute la ligne et elle le sait. Seulement, il lui arrive encore d'imaginer que son mari endosse son costume de *gentleman* plus souvent avec elle et qu'il passe plus de temps avec Marguerite les rares fois où il les honore de sa présence. Il a la fâcheuse habitude de se comporter en visiteur dans sa propre maison. C'est du moins de cette manière qu'elle le perçoit. Elle comprend qu'il existe un fossé énorme entre la vie en forêt avec ses compagnons d'armes et la vie de famille. Seulement, ça ne suffit pas. Il a voulu en fonder une, eh bien, qu'il l'assume maintenant.

— Sans doute que dans une semaine, finit par ajouter Agathe du bout des lèvres, je n'en ferai plus de cas. Mais en ce moment, alors que le passage de ma fille m'a labouré le corps sans ménagement jusqu'à la sortie, je pense que ce serait la moindre des choses que mon cher époux compatisse un peu. Il me semble que ce n'est pas trop demandé compte tenu des efforts qu'il a faits pour la fabriquer. Entre toi et moi, il n'a jamais dépassé cinq minutes en tout et pour tout, et je suis généreuse. Si tu veux mon avis, c'est trop facile de faire des enfants quand on est un homme.

Des applaudissements dans son dos la font sursauter alors qu'Angélique est incapable de se relever à force de se retenir de rire. Les yeux lui roulent dans l'eau. Charlotte lui tend la main au passage et, une fois debout, la bonne laisse libre cours à sa joie dont Agathe a une fois de plus été l'instigatrice bien malgré elle.

— Chère Agathe ! lance Charlotte. Encore une fois, ta verve m'impressionne. Tu as le don de dire les choses qu'aucune femme n'ose même penser.

— Elle aurait valu beaucoup plus cher s'il y avait eu quelques hommes dans la pièce. Est-ce que c'est l'heure de réveiller ma fille pour la nourrir ?

— Prends le temps de manger.

— Je suis trop survoltée pour avaler une seule bouchée. Par contre, je boirais bien…

Suspendues à ses lèvres, Charlotte et Angélique attendent la suite avec impatience.

— … un thé ?

Le rire des trois femmes tire brusquement Pierre de son sommeil. Il se retourne et se rendort dans la seconde qui suit.

13

Jeanne lui a parlé de sa fixation pour Dieu et de son intention de prendre le voile. Comme elle a abandonné le projet de manière plutôt brutale – ce sont ses propres paroles –, Clovis n'y a pas accordé plus d'importance qu'il le faut. Certes, il n'a jamais voué un tel amour à Dieu, ni à qui que ce soit, d'ailleurs, mais il peut comprendre que certaines personnes le fassent. Quant à connaître la raison qui les motive à agir ainsi, il n'y tient pas mordicus. Disons qu'après avoir entendu le récit de sa mère concernant son séjour à l'asile, plus grand-chose ne le surprend. Il aime beaucoup Jeanne et c'est réciproque. Il le sait parce qu'elle a pris soin de le lui dire en lui faisant les yeux doux. Il adore sa compagnie.

Il n'est pas près d'oublier son séjour à Ville-Marie. Encore aujourd'hui, il lui arrive de l'envier d'avoir une aussi belle famille. Ses frères et son père l'ont accueilli à bras ouverts et ça lui a fait chaud au cœur. La seule qui a été distante avec lui, et pas rien qu'un peu, c'est la tante Catherine. Il avait l'impression qu'elle le fuyait. Il en a parlé à Jeanne après son départ et elle lui a confirmé qu'il avait vu juste. Sa tante le tient responsable de sa sortie du couvent. Jeanne a eu beau lui expliquer qu'elle ne l'avait jamais vu avant son arrivée à la seigneurie, Catherine a continué de croire que sa nièce avait dû être drôlement influencée pour virer son capot de bord sur un coup de tête. En désespoir de cause, Jeanne a fini par lui dire d'un ton autoritaire qu'elle n'avait besoin de personne pour décider de son avenir. Le couvent n'était pas fait pour elle et elle s'en est aperçue à temps. Elle a même osé avancer que Françoise aurait dû sortir de là plutôt que d'offrir sa vie pour expier les péchés des pauvres pécheurs. C'est sur ces belles paroles que sa tante a tourné les talons sans demander son reste.

— Enfin, te voilà ! s'écrie Jeanne en le voyant allumer sa pipe avant de s'attaquer au mur suivant. Je t'ai cherché partout.

— Je me suis absenté seulement quelques minutes pour aller au moulin.

— Ce n'est pas grave, dit-elle. J'ai juste besoin de savoir si tu veux que je t'apporte ton dîner ou si tu vas passer au manoir.

— Aucune de ces réponses ! Ma mère et Marie-Anne m'ont invité à manger.

La déception se lit aussitôt sur le visage de la jeune femme, mais Clovis décide de faire comme s'il n'avait rien vu. Bien qu'il adore sa compagnie, il refuse d'être toujours collé à elle et ce n'est pas demain la veille qu'il acceptera de se marier. Il est bien trop jeune pour fonder une famille, d'autant qu'il commence à peine à assurer sa propre survie.

— Par contre, ajoute-t-il, j'accepterais volontiers ton aide si jamais tu as un peu de temps cet après-midi. La température est plus clémente aujourd'hui et j'en profiterais pour monter le dernier mur de la maison.

— Volontiers ! Bon, je te laisse travailler. À plus tard !

Jeanne sait qu'elle en fait trop pour devenir indispensable à Clovis, mais c'est plus fort qu'elle. La peur de rechuter lui est insupportable et c'est pourquoi elle s'est jetée à corps perdu dans la course au mari alors qu'elle n'a aucune envie de fonder une famille pour l'instant. Tout ce qu'elle souhaite, c'est tenir suffisamment à quelqu'un, un homme en l'occurrence, pour ne pas succomber à la tentation de se remettre à prier des heures durant à la chapelle de la seigneurie, surtout qu'elle est chauffée seulement pendant les heures de culte. Heureusement pour lui et malheureusement pour elle, Clovis ne baisse pas sa garde lorsqu'elle est dans les parages. Il ne lui a rien promis non plus sauf qu'elle a confiance en ses moyens de séduction.

Elle parcourt en courant la courte distance qui la sépare du manoir. Contrairement à Clovis, elle trouve qu'on se les gèle. Elle est prise d'un grand frisson au moment d'ouvrir la porte de côté.

Elle était contente de passer les Fêtes avec les siens. Ses frères l'ont reçue chaleureusement. Ils étaient contents de la voir. Quant à son père, il l'a serrée si fort qu'elle en a eu le souffle coupé. Elle venait à peine de mettre les pieds dans la maison familiale qu'elle savait que sa place était ailleurs. Elle a trouvé le bonheur à la seigneurie et ce n'est pas uniquement à cause de la présence de Clovis. Par contre, elle mentirait si elle disait que le jeune homme n'a absolument rien à voir dans sa décision d'y demeurer au moins jusqu'au printemps. Elle aime vivre à la campagne. La seigneurie est tellement vaste qu'elle ne sent pas le poids des censitaires et de leurs familles. En même temps, elle s'y sent en sécurité. Beaucoup plus qu'en ville !

***

— Une chance que je ne mange pas tout le temps à votre table, se plaint Clovis en se tapant sur le ventre, parce qu'il y a longtemps que je n'entrerais plus dans mes pantalons. Le lièvre était divin et la tarte au sirop d'érable aussi.

— Normal, s'écrie Charlotte. Marie-Anne cuit les viandes à la perfection et moi… disons que je me débrouille plutôt bien avec les tartes et les biscuits.

Clovis regarde les deux femmes avec un air doux sur le visage. Leur vie s'est améliorée depuis qu'elles vivent sous le même toit. Elles veillent l'une sur l'autre et respirent le bonheur. Aux dires de sa mère, Marie-Anne sera une excellente sage-femme.

— Notre seul problème, avoue humblement Marie-Anne, ce sont les pains, les gâteaux et les brioches. Même à nous deux, on ne s'en sort toujours pas. Tu aurais dû voir la tête d'Agathe l'autre jour. Angélique lui avait fait croire que j'étais la championne des gâteaux. Elle ne me croyait pas.

— Pas de chance pour elle, plaide Charlotte. Elle adore le sucré et elle est condamnée à manger seulement des tartes et des biscuits quand elle est à la seigneurie. Une chance qu'elle peut se reprendre quand elle est en ville. Rose comble alors tous ses petits caprices sucrés.

Charlotte regarde son fils dans les yeux et lui demande si quelque chose le préoccupe. Il incline légèrement la tête de côté et lui dit :

— Jeanne m'inquiète. Elle s'est rendue à la chapelle tous les jours cette semaine et elle y est restée une bonne heure chaque fois.

— Elle n'est même pas chauffée ! s'écrie Marie-Anne dans un cri du cœur. Pourquoi ne prie-t-elle pas dans sa chambre ? Des plans pour attraper froid.

Clovis hausse les épaules. Il n'a pas encore osé lui dire qu'il était au courant.

— On ne peut pas l'empêcher de prier, annonce Charlotte, mais on a le devoir de veiller sur elle. On l'a promis à Agathe. J'irai lui parler ce soir.

— Laisse-moi en dehors de tout ça si c'est possible, lui demande Clovis.

— Tu sais aussi bien que moi que ça risque d'être difficile. Je te rappelle qu'on voit la chapelle de l'endroit où tu construis notre maison et pas d'ici. Remarque que je peux toujours jouer la carte de la mère qui est allée porter une boisson chaude à son fils. Je te promets de faire mon gros possible pour ne pas t'embarrasser.

— Je te donne la permission de te servir des trois fois où je l'ai vue entrer dans la chapelle, offre gentiment Marie-Anne.

La mère et le fils la regardent d'un drôle d'air. Aux dernières nouvelles, les sorties de la future maman se limitent à faire quelques pas autour de la maison.

— C'est très généreux de ta part, finit par dire Charlotte.

— De rien ! Je me dis que ce ne sont pas quelques petits mensonges pieux qui vont me faire aller en enfer.

— Tant qu'à ça ! rétorque Clovis en soupirant un peu plus fort qu'il l'aurait souhaité.

Charlotte se frotte le menton en attendant que son fils soit prêt à parler. Il y a forcément autre chose qui le fatigue.

— J'ai une question à vous poser, finit-il par dire. Suis-je normal de ne pas vouloir m'engager tout de suite ?

— Avec Jeanne ? lui demande aussitôt Marie-Anne. Voyons donc, Clovis, tu es bien trop jeune pour te marier.

— J'ai l'impression qu'elle… Tant pis si ça sort tout croche ! Elle fait tout pour me séduire, pour me mettre le grappin dessus et je ne comprends pas pourquoi ça presse autant.

— Oups ! laisse tomber Charlotte. Ça ne me dit rien de bon. Elle a quitté le couvent pour retrouver sa liberté et tu es en train de me dire qu'il lui tarde de se mettre la corde au cou. Désolée ! Je ne devrais pas parler du mariage de cette manière.

— Au contraire ! la corrige Marie-Anne. Je n'ai jamais été aussi étouffée que pendant le temps que j'ai été mariée. Rien ne t'oblige à faire ce qu'elle attend de toi. Tu devrais venir rester avec nous.

Clovis les regarde tour à tour. Il n'a aucune envie de quitter le confort du manoir pour venir s'entasser dans leur petite maison. Surtout qu'ils seront bientôt trois. Les nuits blanches et les pleurs du bébé, très peu pour lui.

— C'est gentil, dit-il, mais j'ai passé l'âge d'habiter avec ma mère. Il faut juste que je trouve le moyen de faire comprendre à Jeanne que je ne veux pas me marier. Ni avec elle ni avec une autre femme. En tout cas, pas pour le moment.

Un silence de plomb tombe sur leurs têtes. Charlotte trouve trop injuste que Jeanne se serve de Clovis pour arriver à ses fins. À voir comment elle se comporte, elle serait prête à parier que son séjour au couvent a laissé plus de traces qu'elle veut bien le montrer. Son fils ne mérite pas de tomber dans ses filets. On n'échange pas Dieu contre un simple mortel en claquant des doigts. Pas plus qu'on épouse une femme qui vouait sa vie à la prière il y a quelques mois à peine. Charlotte fixe toujours son fils. Elle ne laissera personne, pas même Jeanne, lui ravir sa jeunesse par pur égoïsme. C'est pourquoi elle va tout faire pour le sortir de cette impasse. Reste seulement à savoir comment elle s'y prendra.

— À bien y penser, annonce Clovis d'une voix suffisamment forte pour attirer l'attention des deux femmes, j'irai lui parler avec toi.

— Voudriez-vous que je vous accompagne? leur offre Marie-Anne.

— J'ai bien envie de te dire oui, répond Charlotte. À mon avis, on ne sera pas trop de trois pour lui faire entendre raison. On ira te rejoindre au manoir à sept heures.

***

Charlotte a besoin d'aller prendre un bol d'air frais pour se remettre les idées en place. Elle s'habille comme une pelure d'oignon et prend le fusil.

— J'entrerai dans le bois derrière le moulin banal et je serai de retour dans environ une heure, dit-elle à Marie-Anne avant de sortir de la maison sans lui laisser le temps de commenter.

Elle chausse ses raquettes et remplit ses poumons d'air frais avant de commencer sa marche. Jamais elle n'oubliera son premier hiver en Nouvelle-France. Vu qu'elle n'arrivait pas à se réchauffer, elle l'avait passé enfermée dans la maison, à deux pouces du poêle. Elle était si pâle au retour du printemps que tout le monde lui demandait si elle était malade. L'hiver suivant, elle avait compris qu'elle devait sortir du premier au dernier jour de l'hiver si elle voulait l'apprécier et c'est ce qu'elle a fait, même par grand froid. Elle a appris à aimer cette saison et tout ce qui vient avec, dont bien des engelures et des nez qui coulent. Pour tout dire, l'hiver est même devenu sa saison préférée, ce qui n'est pas rien dans son cas. C'est ainsi qu'au fil du temps, elle a apprivoisé la forêt et s'est affairée à reconnaître ses bruits. En vérité, elle s'y sent merveilleusement bien et perd parfois la notion du temps, au grand dam de Marie-Anne qui s'inquiète dès qu'elle retarde un peu.

Germain a tenu sa promesse : il l'a emmenée chasser plusieurs fois. À son grand bonheur, elle a tué à chacune de leurs sorties et pas lui. Il est content pour elle et il vante ses mérites à tous les habitants de la seigneurie. Plusieurs censitaires lui ont même promis de bien se tenir étant donné ses talents de tireuse. Heureusement pour elle, Germain s'est chargé de dépecer chacun des chevreuils abattus de sa main. Charlotte en a donné à tout le monde; malgré tout, le coffre de cèdre qui trône sur sa galerie est rempli à ras bord. Quitte à offrir tout le fruit de sa chasse, elle ne refusera jamais une invitation de la part de Germain. Elle apprécie de plus en plus sa compagnie, et lui la sienne. Par contre, il est encore trop tôt pour dire si leurs petites sorties en forêt les mèneront jusqu'à l'autel. Bien sûr, le mariage lui redonnerait ses droits de pratique, et bien plus encore. Le hic, c'est qu'elle refuse de profiter de qui que ce soit pour s'élever.

Elle reçoit un amas de neige en plein visage en tassant une branche de sapin. Elle secoue aussitôt la tête pour enlever le plus gros et poursuit son chemin. Dommage qu'Agathe ne soit pas ici, elle saurait sûrement quoi faire avec Jeanne. D'ailleurs, il faudra que Charlotte lui écrive pour la mettre au courant de la situation. Elle soupire. À moins qu'elle la renvoie en ville. À bien y penser, ce serait beaucoup plus simple pour tout le monde. Encore faudra-t-il que la jeune femme reconnaisse les faits et accepte de retourner chez son père. La partie n'est pas gagnée d'avance. Si elle a eu assez de caractère pour entrer au couvent malgré le désaccord de toute sa famille, probable qu'elle n'en fera qu'à sa tête au final. Charlotte ne possède pas la science infuse en matière de jeunes gens. Son Clovis a toujours été raisonné et raisonnable, et il l'est toujours.

Son séjour de quelques semaines chez Agathe pour attendre le jour de la délivrance a effacé les derniers souvenirs des mois passés à quêter pour manger et pour avoir un toit sur la tête la nuit venue. Bien que sa foi en Dieu ait été ébranlée de nombreuses fois au cours de sa vie, elle lui réserve encore une petite prière avant d'aller dormir pour avoir mis Agathe sur son chemin. Sans elle, qui sait où elle serait aujourd'hui. Charlotte préfère ne pas y penser. Elle arrête brusquement de marcher… elle a l'impression d'être épiée. Elle met son fusil en joue sans faire de bruit et attend. Et voilà qu'un chevreuil détale devant elle à pleine vitesse. Elle vise, appuie sur la gâchette et l'animal tombe raide mort sur le sol gelé. Au lieu de se mettre à danser – c'est peine perdue quand on a des raquettes aux pieds –, elle se met à rire comme une folle et se laisse tomber sur les genoux. Elle entend déjà Germain lui dire qu'il n'y a qu'à elle que ce genre de chose arrive. Reste maintenant à trouver le moyen de l'emmener jusqu'au moulin. Elle se relève et fouille dans ses poches. Elle sort un couteau de celle de gauche et de la corde de celle de droite. Elle s'approche de sa prise, retire ses raquettes et évalue ses chances de s'en tirer toute seule. À vue d'œil, la bête doit peser dans les soixante livres. Elle peut y arriver ! Elle coupe une grande branche de sapin et y fait rouler son chevreuil sans trop de mal. Elle passe la corde autour de sa taille et l'attache ensuite solidement au bout de la branche. Elle vérifie la solidité de son attache et sourit. Ça devrait aller ! Elle remet ses raquettes et tire sa charge. C'est Germain qui va être surpris ! En tout cas, elle ne l'échangerait pas pour le Pierre d'Agathe. Cet homme est une vraie calamité. Il était déjà rentré lorsqu'elle est arrivée à Ville-Marie et, franchement, il ne l'a pas impressionnée une miette. Du moins, pas dans le bon sens du terme. Il s'est même permis de lui faire du charme dès qu'Agathe avait le dos tourné. Aussi, il a passé toutes ses soirées au cabaret et est rentré chaque fois en état d'ébriété plus ou moins avancé. Il a beaucoup de chance d'être marié avec une femme comme Agathe. La seule fois où elle s'est plainte de lui devant elle, c'est le jour de son accouchement. Charlotte n'en revient toujours pas de sa réaction lorsqu'Agathe a déposé sa fille dans ses bras. Il l'a à peine regardée et l'a remise dans son berceau sans rien dire.

Charlotte s'arrête pour reprendre son souffle. Encore une minute ou deux avant de sortir de la forêt. Elle est assez près pour que Germain l'entende crier, mais pas s'il est en train de moudre. Elle soulève les épaules et se dit qu'elle ne perd rien d'essayer.

— Germain ! crie-t-elle à répétition le plus fort qu'elle le peut.

Elle fait une pause et tend l'oreille. Rien sauf les bruits dont regorge la forêt. Au lieu de risquer de perdre la voix, elle reprend sa marche pour ne s'arrêter qu'une fois devant le moulin banal. Elle coupe la corde qui la relie au chevreuil et court chercher Germain.

14

Agathe se jette dans les bras de sa tante lorsqu'elle apparaît devant elle au moment d'ouvrir la porte pour sortir. La seconde d'après, elle se met à pleurer comme un bébé. Françoise la pousse à l'intérieur pour ne pas refroidir la maison et lui tapote le dos.

— Enfin, tu es là ! finit par dire sa nièce en reniflant.

— Hé ! Je te rappelle qu'on s'est vues aux Fêtes.

— Il y aura bientôt deux mois !

— Tu me connais suffisamment pour savoir que je suis comme un ours, l'hiver : j'hiberne. La preuve, ça m'a pris presque un mois pour me convaincre de venir te voir et, crois-moi, ce n'était pas faute d'en avoir envie. Où t'en allais-tu comme ça ?

— Au magasin. Perrine doit venir me rejoindre là-bas. On est plus tranquilles dans l'entrepôt qu'ici pour parler affaires. Veux-tu venir avec moi ?

Françoise fait la moue. Elle a fait environ dix pas entre la voiture et la porte de la maison et elle est gelée jusqu'aux os.

— Pars tranquille ! Je vais en profiter pour placoter un peu avec Angélique et voir les filles. Est-ce que Pierre est toujours en ville ?

— Il est parti pour la seigneurie avant-hier avec l'ordre de ramener Jeanne. Je t'expliquerai à mon retour.

Bien qu'elle meure d'envie que sa tante l'accompagne, elle ne tente rien pour la convaincre puisque de toute façon, ce serait peine perdue. Histoire de manifester sa déception autrement que par des mots, elle pousse un grand soupir avant d'ajouter :

— Je ne serai partie qu'une heure en tout et pour tout.

— Prends ton temps, je suis ici pour une semaine.

L'annonce de sa tante lui redonne le sourire. Elle lui souffle un baiser de sa main gantée et sort sans se retourner. Elle désespère de retrouver sa forme d'avant l'accouchement. Elle a toujours la larme à l'œil et le moindre problème prend des proportions démesurées. Elle ne se reconnaît plus. La voilà arrivée au magasin. Elle entre et salue son père aussitôt qu'il lève la tête pour voir qui vient d'entrer.

— Enfin de la belle visite ! s'écrie-t-il.

Il la laisse arriver à sa hauteur avant d'ajouter d'un ton taquin :

— Il n'y a que toi et Perrine pour sortir par ce temps !

— Et tante Françoise… elle est débarquée chez moi quand j'allais sortir de la maison. Et Perrine, où la cachez-vous ?

— Elle jase avec Louis dans l'entrepôt. Comment ça va, ma belle fille ?

Agathe n'a pas l'habitude de lui mentir. Seulement, lui faire part de ses états d'âme ne changera rien à ce qui l'accable. Ça va finir par passer, comme tout le reste, d'ailleurs. Certes, elle a son lot de problèmes, mais ce n'est pas le moment de s'apitoyer sur son sort.

— Très bien, et vous ? dit-elle en inclinant légèrement la tête de côté.

— Je m'inquiète pour Jeanne.

— Alors on est deux, mais, pour le moment, on ne peut rien faire de plus qu'espérer son retour avec Pierre.

— Tu vas sans doute me trouver méchant, mais j'en veux encore de toutes mes forces à Marguerite pour ce qu'elle a fait. Et même à Françoise.

Agathe pose la main sur celle de son père. Elle pourrait en remettre, mais ça ne les avancerait à rien. Elle a dit ce qu'elle avait à dire à Marguerite lorsqu'elle est allée la voir aux Fêtes. Elle aurait voulu y aller avant, sauf que ses paroles auraient dépassé sa pensée. Elle n'ira pas jusqu'à prétendre qu'elle a pardonné à ses sœurs, il y a des gestes qui sont impardonnables. Disons plutôt qu'elle a appris à vivre avec la réalité, à laquelle elle ne peut rien changer. Jeanne porte encore les traces de l'influence que Marguerite et Françoise ont exercée sur elle. La bonne nouvelle, c'est que les chances qu'elle retourne s'enfermer dans un couvent sont minimes. Probable même qu'elle se mariera, avec quelqu'un d'autre que Clovis bien sûr, et qu'elle fondera une famille comme la plupart des filles de son âge. Cependant, une chose la différenciera des autres : elle portera toujours une dévotion rare à Dieu. À la limite du fanatisme.

Agathe sourit de nouveau à son père. Que pourrait-elle bien lui dire pour qu'il retrouve sa bonne humeur avant que l'enfant prodige soit de retour ? Si seulement elle le savait ! Elle lui tapote la main pour attirer son attention et lui dit d'une voix douce :

— Maman avait l'habitude de dire que nul n'est tenu à l'impossible. On a donné tout ce qu'on pouvait avant, pendant et après son passage au couvent. Pour le reste, c'est à elle de faire son bout de chemin.

Bien qu'il reconnaisse qu'Agathe a raison, Jacques n'est pas prêt à baisser les bras. Un bon père de famille doit protéger ses enfants et, sur ce coup, il a échoué. Il s'en veut au point que certaines nuits, ça le garde éveillé des heures durant. Il l'avait crue hors de danger lorsqu'elle s'est enfuie du couvent alors qu'en réalité, elle n'a fui que l'endroit, emportant avec elle toutes ses bondieuseries qui ont pourtant failli la tuer. Il n'est pas retourné à l'église depuis la mort de Françoise. Le curé est passé lui faire la leçon plusieurs fois à ce sujet. Il l'a écouté poliment sans réagir aucunement. Il a trop peur de ne pas pouvoir s'arrêter si jamais il commence à parler de tout ce qu'il a sur le cœur.

— Je suis d'accord avec toi, finit-il par dire avant que la porte de l'entrepôt s'ouvre sur Louis et sur Perrine.

Agathe présente la joue à son frère en pointant son index dessus. Il vient l'embrasser sans se faire prier.

— Ne me dis pas que je suis en retard ! lance-t-elle l'instant d'après en regardant son employée.

— Pas encore ! Je vais t'attendre dans l'entrepôt.

— Pourquoi ? s'écrie Louis. On n'a rien à cacher, et tu sais pratiquement tout sur notre famille. Connaissant mon père et ma sœur, ils devaient être en train de parler de Jeanne. Est-ce que je me trompe ?

Jacques lui ébouriffe les cheveux en riant. Il connaît la position de ses gars face à leur sœur. À l'heure qu'il est, ils évitent même de prononcer son nom. Pas plus tard qu'hier soir, ils lui ont avoué être prêts à lui trouver un mari si c'est le seul moyen d'avoir la paix, voire de s'en débarrasser. Par contre, ils feront des pieds et des mains pour qu'il habite au moins à Québec. Plus elle sera loin de Ville-Marie, mieux ils se porteront. Contrairement à leur père, aucun d'entre eux ne se fait de reproches en ce qui la concerne. Ils l'ont accueillie à bras ouverts à sa sortie du couvent. Ils ont pris plaisir à passer du temps avec elle aux Fêtes. Ils l'aiment, mais pas au point de la mettre au centre de toutes leurs conversations sous prétexte que leur chère sœur ne fait pas les choses comme tout le monde. Elle veut avoir deux maris. Soit ! Ils feront tout en leur pouvoir pour lui dénicher le deuxième puisque le premier, Dieu en personne, est déjà en place. *Femme dévote à l'extrême cherche mari dévot ou pas jaloux.* Qu'on se le dise, ça prend de tout pour faire un monde.

— Poser la question, répond Agathe en relevant les sourcils, c'est y répondre. Je suis aussi fatiguée que vous tous de parler d'elle, mais…

— Si je peux me permettre, dit Perrine en levant la main droite dans les airs, laissez le temps au temps et faites confiance à Jeanne. Elle a trouvé la force de sortir de sa prison, elle en trouvera encore pour suivre son destin.

— Je n'aurais pas mieux dit, lance Jacques.

— Dernière chose, ajoute Perrine, arrêtez de lui accorder autant d'importance. Ce n'est plus une enfant. Et vivez votre vie !

— Sur ces belles paroles, tranche Agathe en prenant Perrine par le bras, allons travailler. J'ai une famille à nourrir !

***

Les affaires d'Agathe se portent à merveille. Elle a fait construire trois nouvelles maisons l'automne dernier et elles étaient louées bien avant que l'intérieur ne soit terminé. De plus en plus nombreux sont ceux qui reconnaissent la solidité de ses constructions. Elle ne lésine pas sur la qualité des matériaux ni sur le coût des ouvriers. Elle a reçu plusieurs offres d'achat, ce qui l'a flattée, elle l'avoue. Avant de répondre aux intéressés, elle s'est assise avec Perrine et elles ont comparé les avantages des deux cas de figure. Louer ou vendre ? Tout compte fait, Agathe a choisi de continuer à louer ses immeubles. Les gens auront toujours besoin d'un toit sur la tête, ce qui représente une valeur sûre. Son objectif n'est pas de construire de petites maisons à l'infini, mais plutôt de se diversifier. Jacques et elle caressent le projet de construire un bâtiment qui pourrait regrouper plusieurs petits commerces, dont la pâtisserie de Rose. Le propriétaire de l'espace qu'elle loue refuse de réparer quoi que ce soit dans son local et ça lui cause souvent des problèmes. L'autre jour, par exemple, le toit a coulé sur les pains qu'elle venait à peine de sortir du four. Comme elle l'a mentionné à Agathe, elle ne peut pas se permettre de nourrir les cochons trop souvent. Devant l'inaction de son propriétaire trois pluies abondantes plus tard, Agathe a pris sur elle de faire réparer la fuite par son ouvrier du moment. Tant qu'à y être, elle l'a aussi mandaté pour faire quelques travaux urgents à l'intérieur. Rose a voulu la dédommager, mais son amie a refusé en plaidant que c'était son cadeau de Noël avec un peu de retard.

— Tu devrais construire un édifice et louer des espaces aux petits commerçants, a lancé Rose après l'avoir remerciée chaleureusement. Et je serais ta première locataire. Avec toi comme propriétaire, je dormirais enfin sur mes deux oreilles.

L'idée a fait son chemin dans la tête d'Agathe, qui la trouvait de plus en plus intéressante. Elle en a glissé un mot à son père la semaine d'après et ils se sont très vite mis d'accord pour s'associer dans ce projet. Comme Jacques avait déjà le terrain, Agathe a demandé à Perrine de développer les grandes lignes. Elle a fait un travail remarquable, qui lui a valu les félicitations de sa patronne et de Jacques. Il lui a même dit qu'il trouvait dommage qu'elle soit déjà mariée parce qu'il n'aurait pas hésité à lui faire la grande demande. Sa boutade a fait rire Perrine autant qu'elle lui a fait plaisir. Elle aime son mari, mais elle se serait volontiers laissé courtiser par un homme comme lui.

Agathe regarde deux fois la liste des commerçants qui veulent louer chez eux. La plupart d'entre eux ont confirmé à Perrine qu'ils étaient prêts à signer sur-le-champ.

— Wow! s'écrie Agathe. Je ne connais personne d'aussi efficace que toi! Si je me fie à ce que j'ai sous les yeux, c'est deux édifices qu'on va devoir construire.

— Commençons par un, suggère Perrine. Je propose qu'on leur demande de payer le premier mois de loyer au moment de la signature. J'ai l'impression que ça va en refroidir plusieurs.

— Ils ont déjà du mal à joindre les deux bouts... pas question qu'on les saigne davantage. Je pensais plutôt à leur offrir leur premier mois de loyer pour compenser leur déménagement. On n'aura qu'à tirer au sort une fois qu'on aura décidé de la grandeur de notre bâtiment et du nombre de locataires.

Perrine regarde sa patronne en souriant. Elle pourrait faire beaucoup plus d'argent si ce n'était de son grand cœur. En même temps, il est si rare de rencontrer des gens d'une telle générosité que Perrine se sentirait mal de la freiner dans ses élans.

— Et si on ne pige pas le nom de Rose? s'inquiète-t-elle soudainement.

— Je n'avais pas l'intention de le déposer dans le chapeau, lui confirme Agathe en lui tapant un clin d'œil. L'idée vient d'elle et c'est normal qu'on lui octroie l'espace de son choix pour sa boulangerie. As-tu eu le temps de dresser la liste des matériaux?

— Oui, même que ton père m'a donné sa bénédiction. Regarde, il a signé au bas de la page. Il m'a dit de voir avec toi pour le bois. D'après lui, tes censitaires pourront nous le fournir.

— C'est gentil de les appeler ainsi, mais je ne suis rien de plus que celle qui veille aux intérêts de son mari. Rien ne m'appartient à la seigneurie, et surtout pas ceux qui l'exploitent.

Dieu m'en garde, jamais je n'accepterai de posséder des êtres humains. Enfin ! Je les ai déjà avisés qu'on achèterait leur bois au prix du marché. Tu aurais dû voir leur visage radieux.

Ce jour-là, sa relation avec les censitaires de la seigneurie est passée de bonne à excellente. Ils n'en revenaient pas qu'elle les traite comme tous ses autres fournisseurs alors qu'elle aurait très bien pu les obliger à lui fournir gracieusement le bois. Peut-être que Pierre n'appréciera pas sa décision – il a toujours à cœur de faire le plus d'argent possible –, mais elle aura tôt fait de lui faire avaler la pilule. Pour elle, bien traiter leurs censitaires est non négociable et elle est prête à se battre bec et ongles pour les défendre.

— Savais-tu que tu étais une femme d'exception ? lui demande Perrine.

— Grand-maman Godé m'a appris que ça ne coûte rien de faire profiter d'autres personnes de notre réussite. Au contraire, ça paie au centuple. Comme tu peux voir, je suis plus profiteuse que généreuse.

Perrine secoue la tête en riant. Chère Agathe ! Impossible de lui lancer des fleurs. Elle a toujours le bon mot pour expliquer le comment du pourquoi et, au final, on est presque tenté de lui lancer des roches au lieu de la complimenter.

— As-tu décidé de la date de début des travaux ?

— Aucune presse tant que la terre est encore gelée. Si je me fie à l'année passée, on devrait lever la première pelletée de terre à la fin avril. Peux-tu aviser les ouvriers ?

— C'est déjà fait !

Cette fois, Agathe est sous le choc. Perrine apprend tellement vite qu'après quelques mois seulement de loyaux services, elle anticipe déjà les gestes à poser pour ne pas retarder les travaux.

Plus Agathe la côtoie, plus elle croit qu'elles possèdent à elles deux tout ce qu'il faut pour ouvrir une usine de tissage un jour. Une vraie avec des employés. Premier problème : elle ne possède en propre que deux métiers et ils servent déjà à tisser des bâches avec le chanvre cultivé sur les terres héritées de ses parents. Elle a d'ailleurs enseigné personnellement le tissage aux femmes de Pointe-Saint-Charles pour ensuite les engager. Elle n'était pas encore mariée au moment de vendre ses premières bâches et elle continue.

— T'ai-je déjà dit que je rêvais d'ouvrir une usine de tissage ? lance-t-elle sans aucun préambule.

— Pas encore, mais je ne suis pas surprise. Le jour où tu m'as engagée, tu m'as dit que la Nouvelle-France aurait intérêt à ne plus compter uniquement sur la France pour s'approvisionner en biens essentiels. Tu m'as parlé en long et en large de Talon et de ses nombreuses réalisations. Si je me souviens bien, il en avait ouvert une dans le coin de l'Île d'Orléans ou sur…

— Arrête ! Arrête ! Tu devrais donner des cours d'écoute aux hommes, et je suis très sérieuse.

Perrine rit. Elle devrait commencer par son mari. Ou il est sourd ou il n'a aucun intérêt pour ce qu'elle lui dit. Ce matin encore, il l'a accusée de ne pas lui avoir parlé de quelque chose alors qu'elle demeure convaincue de l'avoir fait. Comme le doute commençait à s'emparer d'elle, elle a pris soin d'arrêter chez Marie. Elle était là avec les enfants le jour où Perrine a abordé le sujet. Elle lui a confirmé sur-le-champ qu'elle avait raison.

— Chaque fois que Pierre m'honore de sa visite, poursuit Agathe sur le ton de la confidence, il ne manque pas de plisser les yeux toutes les deux minutes lorsque je lui parle. La dernière fois, je lui ai dit qu'il n'y avait aucune différence entre parler avec lui ou avec un mur. Je comprends qu'il a le temps d'oublier les détails pendant qu'il joue à la guerre, mais il y a quand même des limites à me faire passer pour une imbécile. J'étais tellement furieuse à force de répéter que je lui ai jeté au visage qu'il ferait mieux de porter un peu plus attention à ce que je lui dis s'il souhaite que je continue à prendre les intérêts de la seigneurie et de la famille à cœur. Comme si j'avais le choix !

Agathe pousse un grand soupir. Qu'est-ce qu'il lui a pris de se confier à Perrine avec autant de fougue ? Tant pis !

— Ça ne doit pas être facile d'être la seule à tout devoir supporter à bout de bras !

— Je t'en supplie, ne me plains pas. J'ai choisi ce qui m'arrive. Je voulais être libre, eh bien, je le suis ; et ça fait mon affaire la plupart du temps.

Elle se frotte nerveusement le cou et se gratte la joue au passage.

— C'est juste depuis mon accouchement que…

Elle s'arrête au beau milieu de sa phrase et lève les yeux au ciel. Comment exprimer justement ce qu'elle ressent ?

— … que tout te demande plus d'efforts qu'avant et que, si tu ne te retenais pas, tu t'assoirais à même le plancher et tu attendrais que ça passe parce que tu n'en peux plus d'être seulement la moitié de toi, complète Perrine.

Agathe a les yeux pleins d'eau. Perrine vient d'exprimer parfaitement comment elle se sent.

— J'ai vécu la même chose après la naissance de mon deuxième fils. Si ça peut te rassurer, ça va finir par passer. Sans vouloir te décourager, dans mon cas, ça a duré trois mois. Courage, le pire est derrière toi.

***

Au grand plaisir de sa tante Françoise, Agathe est de bien meilleure humeur à son retour à la maison. Elles prennent le thé ensemble et s'occupent des filles en discutant tranquillement.

— Ne perds pas ton temps à en vouloir à ta tante Catherine, elle est plus dévote que l'évêque en personne.

— J'ai du mal à lui pardonner d'avoir abusé de ma confiance. Alors que je croyais qu'elle m'aidait avec les filles, elle en a profité pour les endoctriner. Je n'ai pas de mots pour qualifier ce qu'elle a fait.

— Peut-être qu'elles auraient pris exactement le même chemin de toute façon.

— Peut-être pas aussi ! Laisse-moi te raconter le passage concernant Charlotte et son fils, Clovis.

Françoise l'écoute attentivement. À mesure qu'Agathe parle, elle comprend mieux pourquoi sa nièce ne porte pas Catherine dans son cœur.

— Et après, elle se vante d'aider les pauvres ! lance Agathe en guise de conclusion. Des fois, je trouve que le bon Dieu a le dos large et je le plains.

— Pour ma part, il y a déjà assez de religieux pour le défendre ! Je suis désolée pour les filles, et pour Charlotte, mais je t'en prie, passe à autre chose et vite.

— Plus facile à dire qu'à faire ces temps-ci, mais bon... Dis-moi ce que tu aimerais faire pendant ton séjour en ville.

— Tu vas sûrement me trouver drôle... Je rêve d'aller boire un verre dans un cabaret.

Agathe la regarde avec de grands yeux. Françoise est la seule femme qu'elle connaît à avoir des idées aussi farfelues.

— Raconte-moi d'abord à quoi tu t'attends.

— Comment veux-tu que je le sache étant donné que je n'y ai jamais mis les pieds ?

— D'après ce que m'en a dit Perrine, sa fille, Marie, tient un cabaret clandestin dans sa maison, c'est pas mal moins drôle que ça en a l'air. Il fait noir, il n'y a que des hommes et c'est à qui avalera le plus d'alcool. C'est à Pierre que tu devrais poser la question, il en sait sûrement plus que moi sur le sujet. En tout cas, Perrine m'a dit qu'il y a une table au fond de la pièce pour ceux qui veulent jouer aux cartes ou aux dés. Pour le reste, ça parle fort, ça fume et ça boit. Souhaites-tu toujours y aller ?

— Pourquoi je m'en priverais ?

Agathe regarde sa tante avec de grands yeux. Elle ignorait totalement que Françoise mourait d'envie d'entrer dans un cabaret.

— On ira ce soir après que les filles seront couchées. Tu ne cesseras jamais de m'étonner. Et après ?

— J'aimerais aller voir Marguerite.

— Autant de fois que tu voudras, mais ce sera sans moi. Je l'ai vue aux Fêtes et je ne compte pas l'honorer de ma visite avant Pâques. Le monologue, très peu pour moi.

Françoise se demande bien quelle mouche a piqué sa nièce pour qu'elle soit aussi à pic. En même temps, elle la trouve plus divertissante que jamais.

— Ne fais pas attention à moi, l'informe Agathe en voyant son air. Je ne suis pas dans mon état normal depuis que j'ai accouché. Il paraît que ça va finir par passer. J'espère parce que je déteste ce que je suis devenue. Suis-moi, je vais te montrer les plans de mon prochain édifice… de notre édifice, devrais-je dire, puisque papa s'est associé avec moi.

— Après, je te donnerai ton cadeau.

— Et ce n'est que maintenant que tu m'en parles ! Où l'as-tu caché ?

15

Marie est comme un lion en cage depuis que son mari lui a fait part de son intention de retourner en France. Ne reculant devant rien pour satisfaire son envie de partir, il l'a suppliée de demander à ses parents de lui avancer l'argent nécessaire pour assumer le coût de son passage. Elle a vu rouge et l'a habillé de bêtises toutes plus méchantes les unes que les autres. Elle sait de source sûre qu'il a déjà fait la démarche auprès de son père ; il n'aurait pas dû faire ça. Qu'il traverse à la nage s'il y tient tant. En tout cas, il est hors de question qu'elle plaide sa cause auprès de son paternel, et encore moins auprès de sa mère. Perrine ne le porte pas dans son cœur et jamais elle n'acceptera d'allonger ne serait-ce qu'un sou pour lui.

— As-tu fini de nettoyer le cabaret ? lui demande Marie d'un ton bourru.

— Oui, maître, répond Sylvain du bout des lèvres. Vous pouvez même aller vérifier si vous ne me croyez pas.

Elle ne fait ni une ni deux et ouvre la porte. Un seul coup d'œil lui suffit pour voir que, pour une fois, il a bien travaillé. Elle retourne aussitôt à ses chaudrons sans faire de commentaires. L'air est irrespirable lorsqu'ils sont dans la même pièce. Déjà que leur logement n'avait rien d'un palace avant qu'ils prennent une pièce pour le cabaret, les voilà très à l'étroit avec les enfants dans les trois pièces restantes. Tellement que Marie pense sérieusement à demander à Sylvain d'aller vivre ailleurs jusqu'à ce que le navire sur lequel il compte monter contre vents et marées lève l'ancre l'été prochain. Elle l'aurait déjà fait s'ils avaient les moyens de payer ce que ça coûtera. À moins qu'elle demande à ses frères de lui rendre service. Les connaissant, ses chances ne sont pas meilleures qu'avec son père. Depuis le temps, elle devrait savoir qu'elle est la seule à être tombée sous le charme de Sylvain. Comment a-t-elle pu se laisser conter fleurette par cet homme ? Elle pousse un grand soupir et sursaute la seconde d'après lorsque son mari met la main sur son épaule.

— Il faut qu'on parle, dit-il une fois l'effet de surprise de sa femme passé.

— De quoi ? lui demande-t-elle sans se retourner. Il n'y a rien à ajouter. Tu veux abandonner ta famille et tu voudrais avoir ma bénédiction. Dépêche-toi d'en faire ton deuil parce que jamais je ne te la donnerai !

— Penses-tu vraiment que je suis heureux de partir sans vous ? Pas du tout ! La seule raison qui me pousse à le faire, c'est qu'on aura une meilleure vie quand j'aurai récupéré mon dû. Je ne suis pas encore parti et j'ai déjà hâte d'être revenu. Vous me manquez déjà, toi et les enfants.

Cette fois, Marie se retourne et le regarde droit dans les yeux. Elle soutient son regard jusqu'à ce qu'il se décide enfin à baisser les yeux.

— Tu mens comme tu respires, siffle-t-elle entre ses dents. Si tu veux savoir, je ne crois pas une miette à ton histoire de dettes. Pas plus qu'à ton retour glorieux. J'ignore ce que tu caches et, pour être honnête, moins j'en sais, mieux je me porte.

Sans le quitter des yeux, elle ajoute d'un ton cassant :

— À partir de ce soir, je ne partagerai plus ma couche avec toi.

— C'est ce qu'on verra ! lance-t-il sur le même ton.

Il relève le menton et pose sur elle un regard glacial avant de tourner les talons. Aussitôt seule, Marie se laisse tomber sur une chaise plus qu'elle ne s'assoit. Plutôt mourir que de lui appartenir ne serait-ce qu'une seule fois de plus. Porter son enfant lui suffit amplement. Elle met les mains sur son ventre arrondi. Son bébé manifeste sa présence en lui donnant des coups de pied. Il n'en faut pas plus pour lui redonner le sourire. Il n'a pas à payer pour les erreurs de sa mère. Elle doit trouver une solution si elle veut mener sa grossesse à terme et s'occuper de ses deux autres enfants.

Perdue dans ses pensées, elle sursaute lorsqu'elle réalise que sa mère est devant elle.

— Des plans pour que le cœur m'arrête ! s'écrie-t-elle. Annoncez-vous, la prochaine fois !

— J'ai frappé. Je t'ai appelée. J'ai frappé plus fort et j'ai crié ton nom avant d'entrer. J'étais morte de peur à l'idée qu'il te soit arrivé quelque chose.

— Ça a bien failli être le cas ! ajoute Marie d'un ton chargé de reproches. Je suis contente de vous voir, maman.

Perrine fronce les sourcils. Depuis quand sa fille verse-t-elle dans la sensiblerie sans aucune raison apparente ? Quelque chose lui échappe forcément. Elle scrute le visage de Marie avec attention sans trouver réponse à sa question. Elle s'assoit en face d'elle et lui prend la main.

— Si tu me disais ce qui te chicote…

Marie lève les yeux en l'air. Elle n'a pas très envie d'étaler devant sa mère son échec conjugal une fois de plus. Or, Perrine est la seule personne qui puisse l'aider. Elle inspire à fond et lui raconte dans les moindres détails sa brève discussion avec Sylvain. Plus elle en entend, plus Perrine ronge son frein.

Décidément, cet homme n'a pas son pareil pour pourrir la vie de sa fille et de ses enfants par la même occasion. Et ça doit cesser !

— Vous savez tout, maintenant, conclut Marie en reniflant.

Si Perrine avait les moyens de ses ambitions, elle paierait Sylvain pour qu'il débarrasse la place au plus vite. Elle lui dirait de s'installer à Québec jusqu'à son départ pour la France. Comme ce n'est pas le cas, elle a intérêt à trouver une solution peu coûteuse si elle veut qu'il laisse sa fille tranquille.

— Viens t'installer chez nous avec les enfants, s'entend-elle proposer sans avoir pris le temps de peser le pour et le contre.

— Pas question que je lui fasse le plaisir de partir d'ici ! s'oppose Marie dans un cri du cœur. C'est à lui de s'en aller, pas à moi.

— Je comprends tout ça. Seulement, tu sais aussi bien que moi que ton père ne lèvera pas le petit doigt pour lui. Quant à tes frères, je serais la première surprise si l'un d'eux acceptait de l'héberger ne serait-ce qu'une nuit. Sans vouloir tourner le fer dans la plaie, personne ne…

— Pas la peine d'en ajouter, maman, il n'a jamais agi pour se faire aimer non plus. Au contraire !

Nouveau soupir de la part de Marie. Elle ne s'attendait pas à ce que sa mère règle son problème en claquant des doigts, rien n'est simple dans sa famille. Elle espérait juste trouver des pistes de solution à son problème. Ce n'est quand même pas trop demandé. Les larmes lui montent aux yeux. Elle voudrait les empêcher de couler, mais elle n'en a pas la force.

— Laisse un mot à Sylvain sur la table, annonce Perrine, je vous emmène à la maison.

— Non ! s'écrie aussitôt Marie entre deux reniflements. Je ne bougerai pas d'ici.

Perrine se frotte le cou. Il existe sûrement une solution, même temporaire, pour garder Sylvain à distance. Elle se creuse les méninges jusqu'à ce que le visage du père d'Agathe s'impose à elle.

— J'ai peut-être une idée, annonce-t-elle fièrement. Ne bouge pas d'ici, je reviens aussi vite que je peux.

Le regard de Marie s'illumine d'un coup. Elle est tellement désespérée qu'elle doit s'accrocher au moindre espoir. Perrine l'embrasse sur la joue avant de sortir de la maison.

***

Une fois de plus, la première pensée de Pierre à son arrivée au manoir a été pour son ami Gilles Gadiou. Il n'a pas allongé le sujet lorsqu'Agathe lui a appris la nouvelle, mais il s'est drôlement repris avec Germain, par contre. Il l'a cuisiné sur tous les tons jusqu'à ce que le meunier parvienne à le convaincre qu'il s'agissait de la stricte vérité. Gadiou n'avait rien d'un enfant de chœur, loin de là. C'était un homme sans scrupules à la mémoire plus longue que la distance entre Québec et l'Afrique. Pierre l'a appris à ses dépens le jour où celui à qui il avait confié la plus belle terre de la seigneurie a découvert le pot aux roses. Il ne voulait pas de son bâtard et il ne s'est pas gêné pour le crier sur tous les toits. Résultat : la nouvelle a fini par arriver jusqu'aux oreilles d'Agathe. Si seulement elle s'était mêlée de ses affaires au lieu de prendre la défense de la pauvre Marie-Anne ! Pierre a eu sa leçon. Plus jamais il ne jettera son dévolu sur la bonne du manoir ou sur n'importe quelle autre femme qui gravite autour de sa femme. Il lui doit bien ça. D'abord pour lui avoir donné deux magnifiques filles à ce jour, et ensuite pour l'accepter comme il est, c'est-à-dire avec tous ses défauts. Par-dessus tout, pour lui avoir redonné ses lettres de noblesse sans qu'il n'ait eu à lever le petit doigt. Il ne connaît personne d'aussi volontaire. Agathe n'a même jamais cherché à le changer ni à le freiner dans sa poursuite des Iroquois et de tous les jupons qui croisent sa route.

Il n'a encore rien dit à Jeanne concernant sa mission de la ramener à Ville-Marie. Avec ce qu'il a vu depuis son arrivée, rien ne presse. À vrai dire, elle le décourage. Elle a passé le plus clair de son temps à la chapelle malgré le froid mordant des derniers jours. Elle claque des dents à son retour et passe le reste de la journée les deux pieds sur la bavette du poêle dans l'espoir de parvenir à se réchauffer. Triste vie pour une jeune femme dans la fleur de l'âge. Il ne s'attend pas à ce qu'elle saute de joie quand il va lui annoncer qu'elle sera du voyage. Dans le temps comme dans le temps ! Pour le moment, il a d'autres chats à fouetter.

Clovis lui a dit que la maison de Charlotte et de Marie-Anne sera prête au début avril. S'il ne tient qu'à lui, jamais il ne le laissera partir. Ce jeune homme vaudra son pesant d'or lorsque les autres seigneuries connaîtront sa qualité en tant que menuisier-charpentier. Il travaille vite et bien. Très bien, même ! En reconnaissance de son travail et dans l'espoir de le garder à son service, Pierre l'a autorisé à se construire une maison à proximité du moulin banal, avec le bois de la seigneurie, bien sûr. Devant l'air ébahi de Clovis, il lui a dit qu'il aviserait Agathe de sa décision et qu'elle lui ferait signer des papiers en bonne et due forme. Il possédera et sa maison et son terrain en propre. Il a encore du mal à y croire.

Pierre doit se faire violence chaque fois qu'il croise Charlotte, une femme dotée d'une grande beauté et d'une intelligence aussi vive que celle d'Agathe. Une femme à son goût qu'il mettrait volontiers dans son lit. Seul petit problème, elle est amie avec sa femme. La belle lui a appris que Marie-Anne a accouché d'un garçon la veille de son arrivée. Il s'est obligé à réagir alors que ça ne lui faisait ni chaud ni froid. Il n'a plus rien à faire avec son ancienne bonne. Pauvre Gadiou ! Son mauvais caractère lui aura coûté cher ! Tant pis pour lui ! Pierre a parfois tendance à oublier qu'il n'a pas mieux agi avec la belle Marie-Anne et que, contrairement à son censitaire, il ne lui est rien arrivé de fâcheux. Il secoue la tête. Son statut lui vaut de nombreux avantages et, à ce jour, il l'a sorti plusieurs fois du trouble. Assez philosophé pour aujourd'hui ! Il doit remplacer Gadiou avant le temps des semences. Il boit une gorgée de whisky. Les bons candidats ne sont pas légion, surtout qu'il ne veut pas commettre la même erreur. Il lui faut quelqu'un de fiable et de travaillant, quelqu'un à qui il ne doit aucune faveur.

L'arrivée de Jeanne dans le salon le sort brusquement de ses pensées. Elle prend place en face de lui sans y être invitée et lève son verre à son intention. À première vue, il lui semble que sa belle-sœur s'est servie dans sa bouteille de whisky. Il lui fait un petit sourire en coin et lui rend la pareille.

— J'ai un service à vous demander, lance-t-elle sans aucun préambule. J'aimerais que vous me trouviez un mari.

Surpris par les paroles de sa belle-sœur, Pierre se redresse sur sa chaise. Il connaît peu d'hommes enclins à unir leur destinée à une femme aussi dévote. En tout cas, lui n'en voudrait pas pour épouse.

— C'est à Agathe que tu devrais t'adresser, pas à moi.

— Au contraire ! Je veux épouser un homme comme vous.

— Je ne suis pas sûr de bien saisir.

Jeanne hausse les épaules et râle un bon coup.

— Ce n'est quand même pas si difficile à comprendre. Est-ce que vos frères vous ressemblent ?

— Oui et non ! Pourquoi cette question ?

Cette fois, Jeanne le regarde droit dans les yeux.

— Laissez-moi vous expliquer dans le menu détail. Je veux me marier et fonder une famille. Je veux aussi être libre de mes faits et gestes comme Agathe et avoir une bonne. Pour finir, je veux unir ma destinée à un homme promis à un grand avenir.

— Oublie mes frères ! Par contre, je connais peut-être l'homme qu'il te faut. Il s'appelle Jérôme, il a vingt-neuf ans et il héritera de la seigneurie voisine pour ses trente ans. Il chasse les Iroquois avec moi. Aimerais-tu le rencontrer ?

— J'en meurs d'envie, répond joyeusement Jeanne, mais pas avant que vous lui ayez fait part de mes exigences. Je n'ai pas de temps à perdre.

— Dois-je en déduire que tu veux faire un mariage de raison ?

— On pourrait dire ça ! Si vous voulez, ajoute-t-elle d'un ton chargé de sarcasme, je demanderai à Agathe comment elle appelle le sien la prochaine fois que je la verrai.

Pierre rit dans sa barbe. La dernière fille de la famille Le Moyne n'a pas froid aux yeux et ça lui plaît. Si elle pensait le mettre mal à l'aise en qualifiant ainsi son propre mariage, elle s'est mis un doigt dans l'œil jusqu'au coude. Ce qui se passe entre Agathe et lui ne regarde qu'eux. Et ce n'est pas une jeunesse de dix-neuf ans qui va venir lui faire la morale. Si ça se trouve, Jeanne est encore plus tordue que lui.

— Ah oui, ne vous avisez pas de me présenter un vieux laideron bedonnant.

— Sans vouloir me vanter, je dirais qu'il est presque aussi beau que moi. Je lui rendrai une petite visite demain. À ta santé, ma chère belle-sœur !

Au lieu de savourer le liquide ambré, Jeanne vide son verre d'un trait sous l'œil amusé de son beau-frère avant de repartir comme elle est venue.

***

Marie-Anne a la larme à l'œil depuis la naissance de son fils. Dès qu'elle pose les yeux sur lui, le visage de sa petite Cécile lui apparaît. Elle a pourtant tout fait pour l'oublier sans jamais y arriver.

— Je t'ai préparé une tisane, l'informe gentiment Charlotte en lui tendant une tasse. Ça devrait t'aider.

— Heureusement que tu es là ! Je n'arrête pas de penser à elle.

Elle n'a pas besoin de la nommer pour que son amie sache de qui elle parle. Perdre un enfant laisse des traces. L'abandonner contre son gré fait encore plus de ravages. Charlotte est à même de le constater chez certaines des femmes qu'elle aide à accoucher.

— J'aimerais te dire que ça va finir par passer mais, malheureusement, je ne peux rien te garantir. D'après ce que les femmes qui sont passées par là me disent, perdre un enfant ne s'oublie pas. Tout ce que je peux faire, c'est t'aider à diminuer ta douleur.

— Pour ça, il faudrait me couper la corde du cœur. Je ne vivrai jamais assez vieille pour pardonner à Gadiou. Par moments, je crains de ne pas être à la hauteur pour élever son fils. J'ai peur qu'il soit son portrait. Pour tout te dire, ça m'empêche de dormir la nuit. J'en arrive même à penser que je devrais le donner lui aussi. Pour son bien-être.

Charlotte fronce les sourcils. Elle ne sait pas quoi dire. Si elle se met à la place de Marie-Anne, elle comprend sa réaction. Si, par contre, elle se met dans sa peau de sage-femme, elle ne peut que glorifier la vie qui coule dans les veines du beau petit garçon qui tète au sein de sa mère. Il est pétant de santé et parmi les plus beaux bébés qu'elle a mis au monde.

— Je ne peux pas te promettre qu'il ne ressemblera pas à son père. Peut-être qu'il aura son caractère. Peut-être aussi qu'il tiendra de toi. La seule chose que je sais, c'est qu'il a besoin de toi comme de l'air qu'il respire pour survivre. À toi de lui servir de modèle pour qu'il devienne une bonne personne. Je t'en supplie, donne-lui au moins la chance de se faire aimer.

Les paroles de son amie se fraient lentement un chemin jusqu'au cœur de Marie-Anne. Elle veut bien attendre un peu avant de décider du sort de son fils. Elle le regarde à travers ses larmes et lui caresse la joue. Sa peau est tellement douce qu'elle est prise d'un grand frisson. Elle récidive encore et encore sous le regard protecteur de son amie.

— Je vais passer un marché avec toi, annonce Charlotte au bout d'un moment. Chaque fois que l'envie de le donner te reviendra, je prendrai la relève. Et si un jour, tu veux vraiment t'en séparer, eh bien, je l'élèverai.

— Mais…, commence Marie-Anne avant d'éclater en sanglots.

Charlotte s'approche et la serre dans ses bras en tenant compte qu'un beau petit garçon est en train de téter.

— Il faudrait lui donner un nom, dit-elle en s'éloignant.

Marie-Anne lui sourit à travers ses larmes et lui demande entre deux hoquets le prénom de l'homme qu'elle a aimé le plus. Les yeux de Charlotte pétillent.

— Philippe ! s'écrie-t-elle dans un cri du cœur. Mon père s'appelait Philippe et mon grand amour aussi.

— Alors, annonce Marie-Anne d'une voix chargée d'émotion, je te présente Philippe.

L'instant d'après, elle pose son index sous le menton de son fils pour attirer son attention et ajoute :

— Je te présente Charlotte, ta merveilleuse marraine et ta deuxième mère.

Marie-Anne fait une courte pause avant d'ajouter :

— Crois-tu que Germain accepterait d'être son parrain ?

— C'est drôle que tu me poses la question. Pas plus tard qu'hier, il me confiait que personne de sa famille ne lui a jamais fait cet honneur. Si tu veux, je pourrais passer au moulin en revenant de chez Émilie et l'inviter à souper. Je suis certaine qu'il sera honoré.

— Avoue que tu l'aimes bien ! lance Marie-Anne.

— De plus en plus, répond Charlotte sans aucune hésitation.

— Et sa maison ?

Il n'y a que Marie-Anne pour poser une question aussi terre à terre alors qu'elles parlaient d'amour la seconde d'avant. D'autant qu'elle ne lui a jamais confié y être entrée, et encore moins l'avoir visitée de fond en comble. Charlotte réfléchit avant de répondre. Va-t-elle éviter la question ou lui répondre franchement ? Nul besoin d'y penser très longtemps puisque Marie-Anne est déjà au courant de ses petites escapades dans les bras de Germain.

— Je dirais qu'il suffirait de quelques heures pour la mettre à ma main, répond-elle d'un ton mi-figue mi-raisin.

— Sacré Charlotte ! Je savais bien que tu t'étais rapprochée de lui ces dernières semaines.

— Que veux-tu… la chair est faible.

Les deux amies éclatent de rire, ce qui a pour effet de réveiller le petit Philippe qui s'était endormi sur le sein de sa mère. Le cœur léger, Marie-Anne va le coucher dans son berceau. Elle remonte sa couverture jusqu'à son cou et lui caresse la joue avant de retourner s'asseoir dans la chaise berçante.

— Tu vas me manquer ! avoue-t-elle d'une toute petite voix.

— Ne t'emballe pas trop, je ne suis pas encore partie. Si tu veux tout savoir, j'ai bien l'intention de déménager dans notre nouvelle maison avec vous et d'en profiter.

— Il ne faut surtout pas te priver de te marier à cause de nous !

— Pour tout te dire, le mot « mariage » n'a pas encore retrouvé son chemin jusqu'à mon dictionnaire. Penses-y un peu ! J'ai le beurre et l'argent du beurre sans la corde autour de mon cou.

— Si jamais tu tombes enceinte…

Charlotte hausse les épaules. Empêcher la famille est une des premières choses qu'elle a apprises lorsqu'elle suivait des séminaires à Paris. Ce n'est pas par hasard si elle n'a eu qu'un seul enfant, elle ne voulait pas en avoir une trâlée. Elle se serait alors sentie trop captive pour exercer librement son métier de sage-femme. Elle souhaitait plus que tout aider les femmes à accoucher dans de meilleures conditions. Quant à les instruire sur les moyens de contraception, elle joue profil bas.

— Ne t'inquiète pas pour moi. Dis-moi donc, est-ce que le seigneur t'a honoré de sa visite ?

— Pas encore et je n'y tiens pas du tout. Est-ce qu'il t'a fait les yeux doux ? Parce que le connaissant, tu es son genre de femme.

— Il m'ignore totalement et je m'en accommode très bien. C'est un bel homme en apparence, mais je n'aime pas sa façon d'être. D'ailleurs, je ne comprends toujours pas ce qu'Agathe fait avec lui. Ils sont tellement différents et je n'en reviens pas qu'ils se vouvoient encore.

— Dis-toi qu'elle y trouve forcément son compte, elle est trop intelligente pour se sacrifier. Contrairement à toi et moi, elle avait le choix.

Bien que surprise par le commentaire de Marie-Anne, Charlotte reconnaît que son amie a raison sur toute la ligne. Personne ne l'a obligée à se marier. Elle le sait parce qu'elle a saisi un bout de conversation entre elle et Louis le jour de l'accouchement. Aucun doute, le cadet de la famille Le Moyne ne porte pas son beau-frère dans son cœur.

— Tu as raison, finit-elle par confirmer. Tu sais quoi, j'ai bien envie d'aller prendre un bol d'air.

— Jusque chez Germain ? la taquine Marie-Anne.

— Ne me dis pas que tu as déjà changé d'idée pour lui demander d'être le parrain de Philippe ?

— Je n'ai qu'une parole. Habille-toi chaudement, il fait un froid de canard dehors.

— Oui, maman, s'écrie Charlotte pour se moquer gentiment.

16

Agathe repense à sa petite virée au cabaret de Marie avec sa tante Françoise. Elle a détesté ça au plus haut point. La pièce grouillait d'hommes de tous les âges. Il y avait tellement de fumée qu'on ne voyait pas à deux pouces et les esprits s'échauffaient à mesure que la soirée avançait. Elles sont restées un peu plus d'une heure et, à vrai dire, Agathe n'a rien aimé. Pas même le whisky. En fait, aussitôt entrée, elle aurait tourné les talons s'il n'avait tenu qu'à elle. Tout lui déplaisait dans cet endroit alors que sa tante était survoltée. Elle souriait à tous les hommes qui croisaient son regard comme si chacun d'eux était le dernier de sa lignée. Agathe a fait des pieds et des mains pour réussir à la sortir de là. Comble de malheur, une fois sur le trottoir, elles sont tombées face à face avec un homme qui ressemblait drôlement à Pierre. Avec raison, puisqu'il s'agissait de son frère cadet. Alors qu'elle aurait dû se sentir gênée de sortir d'un endroit aussi mal famé, Agathe a fait semblant de ne pas le reconnaître au moment de le contourner en tirant sa tante par le bras. Décidément, c'est de famille ! Savoir que son mari traîne dans les cabarets soir après soir est une chose. Avoir vu l'endroit de ses yeux vu en est une autre. Comment un homme intelligent – elle aime croire qu'il l'est – peut-il perdre son temps et son argent dans des cabarets clandestins ? Elle n'a toujours pas trouvé la réponse à sa question. Elle pourrait la lui poser directement sauf qu'elle décide de ménager sa salive. Le connaissant, il ne lui apprendra rien qu'elle ne sait déjà.

Outre leur petite escapade, Agathe a apprécié chaque minute passée en compagnie de sa tante. C'est le cœur gros qu'elle a refermé la porte sur Françoise hier matin. Comme à chacune de ses visites, elle n'a pas vu passer le temps. Il faut dire qu'elles ne s'ennuient jamais lorsqu'elles sont ensemble.

— Tu m'as l'air bien en forme ce matin, lui dit Angélique en déposant une assiette remplie d'œufs brouillés devant sa patronne.

— J'ai l'impression d'être de retour !

— Tant mieux ! Et pour M. Pierre ?

— Tout ce que je sais, c'est qu'il doit repartir à la chasse aux Iroquois au début du mois d'avril. Il a intérêt à revenir avec Jeanne s'il ne veut pas que je le mette au régime sec jusqu'à la fin de ses jours !

Angélique rit jaune. Elle a du mal à croire que son seigneur a cessé de courir la galipote sous prétexte qu'il est marié. Et encore plus qu'Agathe le pense fidèle.

— Je blaguais, ajoute Agathe comme si elle lisait dans ses pensées. Je ne suis pas assez bête pour penser que nos petites galipettes passagères, très passagères, et très brèves je tiens à le souligner, suffisent à satisfaire son appétit. Tout ce que je souhaite, c'est qu'il ne me fasse jamais regretter de fermer les yeux sur ses nombreux écarts de conduite.

Sa bonne la regarde avec des points d'interrogation dans les yeux. Elle aimerait ajouter quelque chose de gentil, mais quoi ? De petits coups secs frappés sur la porte d'entrée la sortent de cette situation pour le moins inconfortable. Angélique en connaît très peu sur le sujet et ça la met d'autant plus mal à l'aise.

— J'y vais, annonce-t-elle en alliant le geste à la parole.

— C'est sûrement Perrine ! Offre-lui de se joindre à moi pour le déjeuner.

Une fois de plus, Angélique reconnaît le grand cœur de sa maîtresse. Toujours prête à faire plaisir à ceux qui croisent sa route. Riches ou pauvres, elle les traite tous avec le même respect. Pas surprenant qu'ils se dévouent corps et âme quand ils ont la chance d'entrer dans son giron.

— Bonjour, patronne ! s'écrie Perrine en mettant les pieds dans la cuisine. Comment ça va aujourd'hui ?

— Particulièrement bien ! J'ai l'impression qu'il m'a poussé des ailes pendant la nuit. As-tu mangé ?

Il lui suffit de jeter un coup d'œil à son employée pour comprendre qu'elle a encore sauté le déjeuner.

— Ne me dis pas que je vais encore devoir t'augmenter ! lance-t-elle d'un ton taquin.

— Pas question ! Je te l'ai déjà dit, je n'ai jamais faim en me levant.

Angélique dépose une assiette remplie devant elle, ce qui coupe court à ses explications. Gourmande comme pas une, elle baisse légèrement la tête et hume la bonne odeur qui s'en dégage.

— Et maintenant ? lui demande Agathe pour la forme.

— Je vais me régaler, répond-elle, tout sourire. Merci ! Saviez-vous que partager un repas en bonne compagnie le rend encore meilleur ? Je vais vous faire une confidence : il n'y a rien que je déteste plus que de manger seule. Nicolas est déjà parti depuis belle lurette quand je me lève et j'ai pris l'habitude de me contenter d'un café.

— Tu ne vas quand même pas me dire que tu n'avales pas une seule bouchée avant le dîner ? s'inquiète Angélique.

— Parfois, ça va au souper. Mais je vous interdis de me plaindre. Ma glacière est pleine, c'est juste que…

Perrine hausse les épaules. Comment exprimer le fond de sa pensée sans passer pour une demeurée ?

— … que je suis trop bête pour me nourrir quand je suis seule.

— Enlève-toi ça de la tête, s'écrie Angélique. Agathe ne travaille qu'avec des personnes intelligentes. J'ai une idée. Tu devrais venir déjeuner avec moi tous les matins.

— Pas question qu'Agathe me nourrisse ! Je te rappelle qu'elle me paie déjà grassement pour mon travail.

— Non ! Tu apportes ton déjeuner et on partage la même table. On n'a qu'à s'entendre sur l'heure et s'y tenir.

Ce n'est qu'à ce moment qu'Angélique réalise ce qu'elle vient d'offrir à Perrine sans même s'être souciée de l'avis de sa patronne. Pour sa défense, elle dira qu'elle s'est prise d'amitié pour cette femme du temps où elle lui a montré à lire et à écrire et qu'elle a toujours grand plaisir à la voir.

— Je suis désolée, Agathe, confesse-t-elle, j'ai…

— Ton idée est excellente, Angélique, et j'espère que Perrine va sauter sur l'occasion pour se remplumer un peu.

Le regard de son employée s'embue d'un coup. Elle a beaucoup de chance d'être tombée dans les bonnes grâces de ces deux femmes. Elle renifle discrètement et leur dit d'une voix remplie d'émotion :

— Ton heure sera la mienne, Angélique, et j'insiste pour te préparer à déjeuner un jour sur deux.

— C'est une offre que je ne peux pas refuser. Pour ton information, j'adore les crêpes.

— Ça tombe bien, je les réussis à la perfection !

Quelques secondes s'écoulent avant que Perrine réalise ce qu'elle vient de dire. Elle rougit jusqu'à la racine des cheveux. Depuis quand se permet-elle de se vanter de la sorte ?

— Oublie ce que j'ai dit, s'empresse-t-elle d'ajouter. En vérité, je ne t'arrive pas à la cheville en cuisine.

— Laisse-moi en juger par moi-même, riposte Angélique sans attendre. Je suis loin d'être la meilleure cuisinière de la Nouvelle-France. On en reparlera. Voudrais-tu d'autres œufs brouillés ?

— Si tu penses que je vais te laisser m'engraisser au point de devoir retoucher à tous mes vêtements, tu te trompes. Merci, j'ai assez mangé pour tenir jusqu'à midi. Si ça peut vous rassurer, je vais souvent dîner à l'entrepôt avec Louis.

— Mon frère t'adore, même qu'il m'arrive d'être un peu jalouse, ajoute Agathe d'un ton taquin.

— Tu ne devrais pas parce qu'il n'arrête pas de t'encenser. Mais si tu préfères que je ne…

— Au contraire ! la coupe Agathe. Tu as une très bonne influence sur lui, comme sur tous mes frères, d'ailleurs. J'ignore ce que tu leur dis, mais ils te voient dans leur soupe et ils t'écoutent, ce qui était loin d'être mon cas. Même mon père a remarqué un changement dans leur attitude. On dirait qu'ils ont enfin compris tout ce que j'ai essayé de leur apprendre. Grand-maman Godé dirait qu'ils vont finir par faire du monde. Merci pour tout ce que tu fais pour eux.

Alors que Perrine s'efforce de sourire, deux petites larmes coulent sur ses joues. Agathe vient de lui faire le plus beau compliment qu'on ne lui a jamais fait. Elle adore ces garçons. Ils sont d'une telle gentillesse avec elle qu'il lui arrive d'espérer qu'un jour les siens leur ressembleront. C'est permis de rêver ! Ses enfants sont mal dégrossis et Perrine commence à croire que leur cause est désespérée. Et ce n'est pas faute de leur avoir enseigné les bonnes manières.

— Perrine ! s'écrie Angélique un peu plus fort que les deux fois précédentes. Je commençais à me demander si tu allais revenir avec nous.

— Excusez-moi ! J'étais en train de penser à mes fils et je me disais que des étrangers ont souvent plus de pouvoir sur les enfants que leurs propres parents.

— Même quand ils sont grands, renchérit Agathe. Prends mon exemple. Ma mère, Dieu ait son âme, était obligée de passer par Jacques ou par ma grand-mère pour me faire bouger. Je te renverrais volontiers la pareille si tes fils n'avaient pas déjà leur propre famille.

Agathe regarde l'heure et se lève de table alors que ses deux filles se mettent à pleurer en chœur.

— Dépêchez-vous de partir avant que j'aille les chercher, leur suggère Angélique.

***

Perrine ne porte plus à terre depuis qu'elle est sortie du magasin du père d'Agathe. Elle ne s'est pas trompée, Jacques Le Moyne peut l'aider à éloigner son gendre de chez lui. Du moins pour un temps. Elle lui a expliqué la situation en long et en large l'autre jour. Il lui a posé quelques questions et a fini par lui dire de revenir le voir à la fin de la semaine, ce qu'elle vient de faire. Jacques va engager Sylvain pour faire le tour des seigneuries afin de récupérer les peaux des bêtes abattues durant l'hiver. Sylvain ne pouvait pas mieux tomber, l'employé attitré à ce travail s'est cassé une jambe hier. Comme Jacques a pris soin de l'expliquer à Perrine, ce travail l'occupera deux mois tout au plus. Par contre, dépendant du cœur qu'il mettra à l'ouvrage, Jacques lui trouvera autre chose à faire jusqu'à son départ pour le Vieux Continent.

Il lui tarde d'apprendre la bonne nouvelle à Marie. Plus elle approche de chez sa fille, plus Perrine marche vite. La voilà arrivée. Elle reprend son souffle avant de frapper. Elle tend l'oreille. Aucun son ne lui parvient de l'intérieur, ce qui commence à l'inquiéter. Elle frappe de nouveau. Toujours rien ! Elle entre et fait le tour de la maison au pas de course. Elle retourne à la cuisine et c'est là qu'elle découvre un message à son intention sur la table.

Maman,

Si jamais tu me cherches, je suis allée me réfugier chez toi après le dîner. Les enfants sont avec moi. Sylvain a levé la main sur moi. Aux dernières nouvelles, il cuve son vin dans le cabaret.

Marie

Perrine voit rouge lorsqu'elle arrive au bout de sa lecture. Elle peut tolérer beaucoup de choses, mais pas qu'un homme lève la main sur une femme. Surtout pas sur sa fille. Elle attrape le pichet d'eau sur le comptoir, le remplit jusqu'au bord et marche d'un pas vif jusqu'à la pièce qui fait office de cabaret. Elle ouvre la porte et sa colère décuple lorsqu'elle voit son gendre étendu de tout son long sur le plancher. Elle avance jusqu'à lui sans faire de bruit et lui verse tout le contenu du pot sur la tête. Il se débat comme s'il était au beau milieu d'un cauchemar pour enfin se redresser. Lorsqu'il aperçoit sa belle-mère, il perd le peu de couleur qui restait sur son visage après une nuit si bien arrosée.

— Espèce de lâche ! s'écrie Perrine d'une voix sourde. Ne t'avise plus de toucher à un cheveu de ma fille parce que tu vas avoir affaire à moi.

— Vous ne me faites pas peur ! parvient-il à dire.

— Rassure-toi, je ne me salirai pas les mains sur toi. Mais j'en connais quelques-uns qui se feraient un plaisir de démolir ta petite gueule de fendant. Je t'ai trouvé un emploi pour que tu débarrasses la place et tu as intérêt à l'accepter. M. Le Moyne attend ta visite aujourd'hui à son magasin. Il te donnera les détails.

— Au cas où vous l'auriez oublié, belle-maman, j'ai déjà un travail. J'opère un cabaret ici même.

— Plus maintenant ! Tu prends tes cliques et tes claques et tu débarrasses la place. Je te conseille de me prendre au sérieux si tu ne veux pas goûter à ma médecine. Je t'accorde une heure pour sortir d'ici. Tu as besoin d'argent pour payer ton passage sur le bateau, eh bien, c'est l'occasion d'en gagner.

Sur ces mots, Perrine tourne les talons. Avant de sortir de la maison, elle revient sur ses pas et lui dit :

— Au cas où ça t'intéresserait, je ne serai pas seule quand je viendrai vérifier si tu as quitté la place.

L'air froid qui s'engouffre dans ses poumons la saisit. Elle met les mains sur ses genoux et se met à trembler comme une feuille. Elle n'en revient pas de ce qu'elle vient de faire. Marie ne la croira pas, Nicolas non plus. Perrine se relève et rit toute seule. Agathe commence à déteindre sur elle et ça lui plaît beaucoup. Elle remonte son col, met ses mains dans ses poches et hésite entre aller informer Marie et courir aviser M. Le Moyne de la visite probable de son gendre. Aussi, elle doit s'assurer d'avoir un homme fort à son bras pour aller vérifier s'il a quitté les lieux.

Pas les frères d'Agathe, ils ont tous l'air trop gentils. Pas Nicolas. Non seulement il travaille, mais ce ne serait pas une bonne idée de le mettre en présence de Sylvain après ce qu'il a osé faire à Marie. Nicolas serait capable de le tuer à mains nues tellement il le hait. Elle réfléchit en marchant et, au moment de passer devant la dernière maison en construction de sa patronne, elle s'arrête net. De l'autre côté de cette porte se trouve une armoire à glace aux doigts de fée. Édouard en impose par sa stature et sa grosse voix alors qu'en réalité, il est doux comme un agneau. Elle tourne la poignée et l'appelle après avoir pris soin de se nommer.

— Je suis dans la chambre du fond!

Elle s'essuie les pieds sur le tapis tressé de l'entrée et va le rejoindre.

— Ne me dis pas que tu t'ennuyais déjà de moi! s'écrie-t-il à l'instant où elle entre dans la pièce.

— Disons plutôt que j'ai un service à te demander. Je t'explique.

Édouard l'écoute attentivement. Il se frotte la barbe et secoue la tête de haut en bas dans un mouvement régulier. Il n'a pas l'habitude de jouer au dur à cuire. D'un autre côté, il a du mal à tolérer les hommes qui s'en prennent aux femmes.

— Pour toi, Perrine, finit-il par dire, je veux bien faire une exception. J'espère seulement que je n'aurai pas besoin d'utiliser la force.

— Je serais la première surprise. Mon gendre est l'homme le moins courageux que je connaisse.

— Tant mieux! Tu n'auras qu'à venir me chercher quand ce sera le temps.

***

Jeanne évite Clovis depuis qu'il a demandé à la voir avec Marie-Anne et sa mère pour lui livrer le fond de sa pensée sur ses sentiments envers elle. La rencontre a duré cinq minutes en tout, peut-être même moins longtemps. Disons qu'elle a compris très vite que son chien était mort avec le beau Clovis. Elle ne lui en veut pas, sauf qu'elle n'est pas bête au point de faire semblant qu'il ne s'est rien passé. Il l'a carrément rejetée et ça lui vaut au moins d'être ignoré pendant un moment, ce qu'elle fait volontiers chaque fois qu'ils sont dans la même pièce. Au fond, ça l'amuse de le garder à distance et de lui rendre la monnaie de sa pièce. Dommage qu'il ait levé le nez sur elle parce que la vie aurait été douce à ses côtés. De ça, elle en est convaincue.

Pierre lui a appris qu'Agathe l'avait mandaté pour la ramener à Ville-Marie. Elle a pouffé de rire quand elle a entendu ça. Si sa sœur pense qu'elle va lui obéir au doigt et à l'œil comme lorsqu'elle était petite, elle se trompe. Elle ne bougera pas de la seigneurie avant d'avoir rencontré Jérôme, l'homme dont son beau-frère lui a parlé. Aux dernières nouvelles, son futur mari traîne encore en forêt dans l'espoir de disséminer les Iroquois. Sa famille ignore quand il se pointera à la maison. L'idée de le marier à la sœur de la femme de Pierre a plu à son père au point qu'il a demandé à rencontrer Jeanne ce soir à huit heures. Elle a revêtu ses plus beaux atours et a pris un temps fou à se coiffer. Si Agathe était là, elle dirait que sa petite sœur est beaucoup plus habile avec les mots qu'avec une brosse à cheveux. En désespoir de cause, la jeune femme a décidé de se faire un chignon mou et de laisser retomber quelques mèches de chaque côté de son visage. Le résultat ne doit pas être si mal si elle se fie à la réaction de son beau-frère lorsqu'elle a fait son entrée dans le salon et au regard admiratif que Clovis lui a jeté avant de disparaître dans le couloir qui mène à sa chambre.

— Il devrait être là dans cinq minutes, annonce Pierre après avoir vérifié l'heure sur sa montre de poche. N'oublie pas de faire ton sac avant de te coucher, on part à l'aube demain matin.

— Certainement pas ! Vous partez et je reste.

— Quitte à t'attacher, je te garantis que tu arriveras à Ville-Marie en même temps que moi. Je veux bien t'aider à te trouver un mari, mais ce n'est pas gratuit. Tu pars avec moi parce que c'est ce qu'Agathe veut, un point c'est tout. De toute manière, dans le pire des cas, tu pourras revenir en même temps qu'elle et les enfants.

— Ma place est ici !

— Pense ce que tu voudras, je n'en démordrai pas.

Il se lève sur ces belles paroles et va ouvrir à leur visiteur. Son petit doigt lui dit qu'il va regretter d'aider sa charmante belle-sœur. Il aurait dû y penser avant.

Leur visiteur tombe sous le charme de Jeanne dès que Pierre fait les présentations. Un peu plus et on croirait qu'il est venu pour lui et non pour son fils. Ils discutent à bâtons rompus pendant plus d'une heure.

— Je suis ravi de vous avoir rencontrée, Jeanne, dit l'homme avant de prendre congé. Je vous enverrai mon fils dès qu'il rentrera.

Jeanne a tellement souri pendant cet entretien qu'elle en a mal aux mâchoires. Le père lui plaît. Reste maintenant à voir si son fils lui ressemble. Dans le cas contraire, elle se dit qu'il sera toujours temps de faire marche arrière. Elle a été on ne peut plus honnête avec son futur beau-père, ça lui fait tout drôle de penser ainsi, même en ce qui concerne son amour pour Dieu. Contrairement à sa propre famille, celle de son futur mari semble très portée sur la prière. Tant mieux ! Elle n'aura pas à se cacher pour aller s'user les genoux sur les prie-Dieu de la chapelle de la seigneurie. D'après ce qu'elle a compris, leur lieu de culte n'a aucune mesure avec celui d'ici.

Pierre a à peine posé les fesses sur sa chaise qu'elle revient à la charge concernant le départ du lendemain.

— Vous avez sûrement compris la même chose que moi, mon futur époux va venir me voir dès son retour. Donc, vous partirez sans moi pour Ville-Marie.

Pierre lève les yeux au ciel avant de soupirer un bon coup. Cette petite commence sérieusement à lui taper sur les nerfs. Il la regarde droit dans les yeux et lui dit d'une voix autoritaire :

— Sois prête à cinq heures demain matin.

— Je vous croyais plus intelligent et, vous savez quoi, je suis sur le point de commencer à plaindre ma sœur.

— Ne joue pas à ce petit jeu avec moi, tu vas perdre. Agathe compte sur moi pour te ramener en ville et je n'ai pas l'intention de la décevoir.

— Ce ne serait pourtant pas la première fois, ajoute-t-elle du bout des lèvres.

Ces paroles seraient sorties de la bouche de quelqu'un d'autre que sa belle-sœur qu'il lui aurait fait regretter de les avoir prononcées. Il pose un regard mauvais sur elle, se lève sans chercher à se défendre et sort de la pièce. Ce n'est quand même pas Jeanne qui va lui dicter sa conduite ! Si jamais elle tente de lui faire faux bond, ce qu'il craint, il l'emmènera de force.

Jeanne lui jette un regard noir lorsqu'il passe devant elle. Aussi bien l'admettre, son charmant beau-frère n'en fera qu'à sa tête, peu importe ce qu'elle décidera. Elle file à la cuisine, se sert une grande tasse de lait et une pointe de tarte aux pommes. Elle vide son assiette en un temps record et s'en sert un deuxième morceau auquel elle fait subir le même sort. Le sucre est ce qui lui manquait le plus du temps où elle était enfermée au couvent. Elle n'a pas revu Marguerite depuis sa sortie pour le moins explosive et tout porte à croire qu'elle ne l'honorera pas de sa présence de sitôt. Sa sœur en a assez fait. Elle regrette que Françoise ne soit plus de ce monde. Elle n'ira pas jusqu'à donner tous les torts à Marguerite, mais elle ne lui donnera pas non plus l'absolution sans confession. Elle avait cinq ans de moins que Françoise, mais dans les faits, elle a toujours eu plus d'autorité.

Elle verse son lait dans une casserole avant de le mettre à chauffer sur le poêle. Elle y met ensuite une cuillérée de miel, brasse le tout, remplit sa tasse et le boit à petites gorgées. Cette boisson a toujours eu le don de la réconforter.

— Je ne te dérangerai pas longtemps, lui dit Clovis en entrant dans la cuisine. Je viens juste boire de l'eau.

Elle le regarde d'un air aimable. Il est temps d'enterrer la hache de guerre. Il n'a rien fait de mal, il lui a juste avoué que son cœur ne battait pas pour elle au point de vouloir la marier. Il faudrait être aveugle pour ne pas voir que Clovis et elle ne cherchent pas la même chose. Elle est pressée de se faire passer la bague au doigt alors que lui veut prendre son temps.

— Si tu as envie d'un lait chaud avec du miel, sers-toi, j'en ai trop mis à chauffer.

Clovis la regarde d'un drôle d'air. Il y a si longtemps qu'elle lui fait la tête qu'il se demande si sa soudaine gentillesse cache quelque chose. Il réfléchit pendant quelques secondes et finit par dire :

— J'accepte avec plaisir. Est-ce que je peux m'asseoir avec toi ?

— Pas besoin de me demander la permission, tu es chez toi ici. On peut même discuter, si le cœur t'en dit.

— Est-ce ton départ pour Ville-Marie qui te met dans cet état ?

— Certainement pas ! râle aussitôt Jeanne en haussant les épaules, puisque je n'irai pas. Je vais aller me cacher dans le bois.

Clovis se retient de rire. Il n'y a que Jeanne pour croire qu'elle peut échapper à son beau-frère en allant se terrer dans le bois, surtout dans son bois.

— Je te trouve bien courageuse de tenir tête à M. Pierre.

— De quel droit se permet-il de me dicter ma conduite ? Je veux absolument être ici quand mon prétendant reviendra de la guerre. Il me semble que c'est facile à comprendre !

Cette fois, c'en est trop pour lui. Décidément, il n'est pas au bout de ses surprises avec Jeanne. À sa place, il rentrerait sagement en ville avec M. Pierre et reviendrait le moment venu. Sans faire de vagues, pour une fois.

— Et si je te promets de t'envoyer chercher quand il viendra frapper à la porte ? Tu pourrais lui écrire une lettre et je la lui remettrais.

Jeanne le regarde avec un air de chien battu. Si elle allait au bout de son entêtement, parce que c'est bien de là que vient sa motivation à résister à son beau-frère et à Agathe, elle lui demanderait plutôt de l'aider à se cacher. La seule raison qui l'empêche de le faire, c'est qu'elle l'apprécie suffisamment pour éviter de le rendre complice. Il risquerait de perdre bien trop, ce qui n'est pas son cas. Au fond, Clovis a raison. Elle se lève de table et l'embrasse sur la joue sans crier gare.

— Je partirai avec lui à l'aube. Je laisserai une lettre pour Jérôme dans la huche à pain. N'oublie pas de la lui remettre quand tu le verras. Bonne nuit!

Clovis secoue la tête de côté dans l'espoir de se convaincre qu'il n'a pas rêvé. C'est la première fois que Jeanne choisit la raison au lieu de s'entêter. Il finit de boire son lait chaud, rince sa tasse, la dépose dans l'évier et va se coucher. Il se promet de se lever avant le grand départ du maître des lieux et de Jeanne. Elle a encore le temps de changer d'idée.

17

— Tu devrais être contente pour moi au lieu d'être jalouse ! s'écrie Perrine dans un cri du cœur.

— J'ai essayé, mais c'est au-dessus de mes forces. Tout vous réussit depuis que vous travaillez pour Agathe alors que moi, je suis obligée de tenir mon cabaret pour nourrir ma famille.

Perrine soupire. Elle la trouve très injuste et, franchement, elle ne sait plus quoi inventer pour la ramener à de meilleures intentions. Marie n'était pas comme ça avant de se marier. Certes, elle n'a pas fait le mariage du siècle, mais personne ne l'a obligée à dire oui.

— Ouvre grand tes oreilles, lui suggère sa mère d'un ton autoritaire, parce que c'était la dernière fois que tu t'en prenais à moi sous prétexte que ma vie est plus belle que la tienne. Et arrête de te plaindre ! Tu peux dormir tranquille maintenant que ton mari est retourné en France. Tu ne roules peut-être pas sur l'or, mais ton cabaret te permet de faire vivre ta famille. Peut-être que ce n'est pas juste, sauf que tu as choisi ce qui t'arrive du début à la fin.

Les paroles de sa mère ne font pas son affaire du tout. L'air renfrogné et les bras croisés, Marie pose un regard noir sur celle qui a pourtant tout fait pour éloigner son mari d'elle et des enfants jusqu'à son embarquement pour la France. Elle sait qu'elle devrait lui être reconnaissante, et pas uniquement pour ça. Perrine a toujours été là pour elle et, d'une certaine façon, ce n'est que le juste retour des choses. Elle a tellement donné que le temps de la récolte est venu pour elle.

Marie essaie de sourire. L'exercice est si laborieux qu'elle a peur que la face lui craque. Elle fait une nouvelle tentative, puis une autre, sans parvenir à se dérider. Sa mère a raison, elle exagère. Reste maintenant à trouver comment se sortir de l'armure dans laquelle elle s'est glissée le jour où Perrine lui a appris qu'elle allait travailler pour Agathe. Si elle commençait par faire l'inventaire de ce qu'elle a au lieu de s'apitoyer sur son sort. Elle adore les hommes et ils viennent en grand nombre vider leurs poches dans son cabaret soir après soir. Elle se fait complimenter à tour de bras et ça lui fait un petit velours. Enfin, elle n'aurait qu'à claquer des doigts pour en ramener un différent chaque soir dans son lit. La tentation est parfois forte, mais elle a réussi à contenir son envie jusqu'à maintenant. En même temps, à quoi ça lui sert de se priver ? Elle est mariée et sans mari.

Perrine l'observe à distance. Elle a l'impression de l'entendre penser et, pour une fois, elle décide de la laisser chercher la réponse par elle-même. Il y a trop longtemps que Marie accuse tout un chacun de ce qui lui arrive. Vient un temps où il faut se regarder en face et se poser les bonnes questions. Perrine se lève sans faire de bruit, il vaut mieux qu'elle s'en aille.

— Maman ! s'écrie Marie alors qu'elle s'apprête à sortir. Je suis désolée de vous avoir pourri la vie… je n'avais pas le droit de m'en prendre à vous. Je vous promets de faire attention.

— Malheureusement, ma fille, dit Perrine après s'être retournée, je ne tolérerai plus ta jalousie d'aucune façon. À partir d'aujourd'hui, je tournerai les talons chaque fois que tu t'échapperas.

— Pourquoi êtes-vous aussi dure avec moi ?

— Pas de ça avec moi, Marie ! Il est grand temps que tu réfléchisses avant de parler. Je dois y aller, Agathe m'attend au magasin. Embrasse les enfants pour moi.

***

Agathe a tellement hésité avant d'aller s'installer à la seigneurie pour l'été comme elle a l'habitude de le faire chaque année qu'Angélique a fini par lui offrir d'y aller seule avec les filles et Jeanne. La pauvre, elle n'a jamais reçu de nouvelles de son soi-disant prétendant. En fait, le père de ce dernier lui a envoyé une lettre enflammée dans laquelle il a demandé sa main dans sa première phrase. Elle était insultée. Il fallait la voir faire les cent pas dans le couloir et habiller le pauvre homme de bêtises. Au lieu de la prendre en pitié, ses frères en ont profité pour l'agacer, et pas rien qu'un peu. Plus elle se fâchait, plus ils en mettaient. Elle n'était pas assez désespérée pour épouser un vieux croûton, encore plus âgé que son père. Beurk ! Au lieu de lui répondre par courrier, elle a pris son mal en patience. Il y a des gestes qu'il vaut mieux poser en face des gens et c'est ce qu'elle a l'intention de faire dès son arrivée à la seigneurie. Elle demandera à Clovis d'aller le chercher et elle lui sortira le grand jeu en prenant bien soin de ménager son orgueil puisqu'il s'agit du voisin de Pierre. Elle jubile à l'idée de lui jouer la grande scène. Quant à son beau-frère, il a ri quand elle lui a fait lire sa lettre. Elle s'est promis de ne pas le laisser s'en tirer aussi facilement.

Au bout du compte, septembre est arrivé et Agathe n'a fait que deux allers-retours à la seigneurie depuis. Les travaux de leur édifice ont débuté avec deux mois de retard, ils n'avaient pas reçu le bois. Inutile de dire combien Agathe était furieuse contre leurs censitaires. Perrine a tout fait pour la convaincre de partir quand même, mais elle a préféré rester. D'abord, parce que c'est son plus gros projet à vie et, ensuite, parce que son père est trop pris par le marché l'été pour superviser les travaux de près. Aujourd'hui encore, elle se félicite d'être restée. Il y a tant à faire qu'elles ne sont pas trop de deux sur le chantier. Il ne reste qu'un espace à louer et plus Agathe y pense, plus elle songe à y installer son bureau. Elle serait au cœur de l'action et ça lui permettrait de récupérer une pièce de leur maison. Elle en a glissé un mot à Pierre quand il est passé entre deux guerres. Fidèle à ce qu'il est, c'est à peine s'il l'a écoutée jusqu'au bout.

— Je vous fais entièrement confiance, lui a-t-il dit pour mettre fin à la discussion alors qu'il s'agissait plutôt d'un monologue.

Agathe n'a pas l'habitude de se faire prier pour prendre des décisions. C'est juste que sur ce coup, elle aurait aimé avoir son avis. Tant pis ! Elle s'est reprise avec son père le lendemain et, à un détail près, elle n'a pas reçu beaucoup plus d'intérêt de sa part. Elle veut bien croire qu'ils ont confiance en elle. Seulement, elle voudrait qu'ils s'investissent un peu plus dans les décisions à prendre. Il y a beaucoup d'argent en jeu dans ce projet et c'est tout l'effet que ça leur fait. Heureusement que Perrine est là parce qu'Agathe ne saurait plus où donner de la tête. Sa femme de confiance a monté une équipe d'ouvriers hors pair. Non seulement ils travaillent bien tous autant qu'ils sont, ils font très attention aux matériaux et y vont d'une suggestion lorsqu'ils croient pouvoir diminuer les dépenses ou augmenter la qualité sans faire exploser les coûts. Elle ne peut pas demander mieux.

Rose est impatiente de déménager. Elle vient faire son tour chaque jour et va s'asseoir dans l'espace où elle installera sa boulangerie. La plupart du temps, Agathe doit l'aviser qu'elle ferme le chantier jusqu'au lendemain matin. Si tout va comme elle le souhaite, Rose et les autres locataires devraient pouvoir emménager avant la fin octobre. Agathe se réjouit d'avance à l'idée d'avoir sa boulangerie préférée à deux portes de son bureau. Il lui faudra bien sûr résister à l'odeur du pain chaud et à toutes les pâtisseries qui seront désormais à sa portée. Elle sait déjà que ce ne sera pas facile. Comme si elle voulait la mettre à l'épreuve, Rose ne manque pas de lui apporter une petite gâterie à chacune de ses visites. Résultat? Son tour de taille a épaissi et, cette fois, ce n'est pas parce qu'elle est enceinte. Pour cela, il faudrait que son mari l'honore de sa visite. Elle ne s'en plaint pas, au contraire. Elle n'est pas pressée d'agrandir sa famille. Ses filles lui manquent, mais pas autant qu'elle aimerait. Est-ce que ça fait d'elle une mauvaise mère? S'il lui arrive de se poser la question, elle a vite fait de la balayer du revers de la main. Pour sa défense, elle dira qu'elle a élevé ses demi-frères et demi-sœurs et que, mine de rien, elle avait déjà treize ans de pratique au moment de se marier. Elle adore ses filles sauf qu'elle a souvent une impression de déjà-vu lorsqu'elle s'en occupe. Ce n'est pas si terrible en soi, ça enlève juste un peu de magie à la joie d'être mère. Alors, dire qu'elles lui manquent sonnerait faux. Elle les aime de tout son cœur, mais elle vit aussi bien sans elles qu'avec elles. La dernière fois qu'elle a vu grand-maman Godé, elle lui en a parlé.

— Personne ne te demande d'être parfaite, lui a dit son aïeule. Tu mériterais une médaille pour ce que tu as fait pour la famille de ta mère. J'ai eu seulement quatre enfants et j'en avais plein les bras. Malgré ce qu'en pensent les curés, toutes les femmes ne sont pas faites pour avoir un enfant par année. Je te rappelle que tu as déjà élevé une famille. Si tu veux savoir, à ta place, je me serais arrangée pour ne pas en avoir un seul de plus. Probable que je ne me serais même pas mariée.

— Mais je veux avoir ma propre famille… et construire des maisons, développer le tissage et, pourquoi pas, démarrer la première manufacture en Nouvelle-France, exporter le sucre d'érable… Je veux contribuer à notre autonomie. Ce n'est qu'à cette condition qu'on va pouvoir continuer à se développer.

— C'est dans la peau d'un homme que tu aurais dû naître, ma petite fille. Heureusement, tu as assez de caractère pour faire ton chemin. Même pour marier ton Pierre.

— Il est parfait pour moi la plupart du temps.

— Penses-tu encore à Augustin ?

— Beaucoup plus souvent que je le souhaiterais.

Agathe préfère ne pas penser au jour où sa grand-mère s'en ira. Elle ne veut surtout pas être prophète de malheur, mais elle la trouve beaucoup moins en forme ces derniers temps. Habituellement si volontaire pour sortir, voilà qu'elle refuse ses invitations une fois sur deux, ce qui ne lui ressemble guère. Alors, au lieu d'aller la chercher, Agathe a pris l'habitude de débarquer chez elle avec le dîner.

— Désolée de te déranger, lui dit Perrine en entrant dans le bureau, mais on a promis à ton père d'être là à onze heures.

— Je suis prête, confirme-t-elle en se levant.

Au grand plaisir de Jacques, elle ne manque jamais un jour de marché quand elle est en ville. Dans le cas contraire, Perrine la remplace sans se faire prier. Elle adore se tenir derrière l'étal, ça lui donne une sorte de sentiment de… comment dire… un sentiment de supériorité. Le mot est un peu fort, elle l'avoue, mais c'est le seul qui lui vient. Quand on a passé la majorité de sa vie à n'être que la femme de Nicolas, il s'en faut de peu pour soudainement se sentir quelqu'un. Et c'est sans aucune prétention.

Jacques les voit venir de loin. La seule vue de Perrine accélère les battements de son cœur. Il ne posera jamais un geste risquant de la mettre mal à l'aise, il la respecte trop pour ça. Il continuera à souffrir en silence.

— Vous voilà enfin ! s'écrie-t-il dès qu'elles arrivent à sa hauteur.

— On n'est même pas en retard ! riposte aussitôt Agathe. Est-ce que je me trompe ou il n'y a pas foule aujourd'hui ?

— Hé ! Je viens juste d'arrêter. Regardez mon étal, je n'ai pratiquement plus rien à vendre. Je vous abandonne le temps d'aller faire le plein au magasin. J'ai vendu toutes les fourrures que j'avais apportées en une heure. Dommage que Sylvain soit parti, il avait l'œil pour reconnaître la qualité. À plus tard !

Perrine ne fait aucun commentaire. Tant mieux si M. Jacques est satisfait du travail de son gendre, mais il ne faut pas compter sur elle pour renchérir. Il est parti et c'est tant mieux. Son seul souhait ? Qu'il ne remette jamais les pieds en Nouvelle-France.

— J'espère qu'il reviendra vite, dit Agathe après avoir fait l'inventaire d'un seul coup d'œil du peu de choses qui restent sur l'étal. Mon père, pas ton gendre. Ne lui en veux pas, il n'y a pas pensé.

— Au contraire, je devrais être contente que quelqu'un lui ait enfin trouvé une qualité. Remarque que je ne me mettrai pas à l'aimer pour autant. Et puis, j'apprécie trop ton père pour lui en vouloir pour quoi que ce soit.

— Lui aussi, mais je pense que tu l'as déjà remarqué.

Perrine rougit jusqu'à la racine des cheveux. Si elle l'a remarqué ? Bien sûr que oui. Si ce n'était que ça ! M. Jacques hante ses pensées un peu trop souvent ces derniers temps et elle trouve très difficile de gérer l'inconfort et la culpabilité qui en découlent. Pas question que ça aille plus loin, elle est mariée à un homme qu'elle aime. Seul problème, elle n'arrive pas à faire taire la petite voix qui lui murmure à l'oreille qu'on ne peut pas empêcher un cœur d'aimer. Ni le sien ni celui de M. Jacques. Elle devra pourtant trouver le moyen de se sortir de cette situation pour le moins inconfortable.

— Si ça peut te rassurer, ajoute Agathe après l'avoir observée pendant son combat intérieur, jamais mon père ne posera un seul geste qui pourrait te porter atteinte. Je trouve juste dommage que pour une fois qu'il trouve une femme à son goût elle soit mariée et... fidèle, je n'en doute pas un seul instant.

Alors que Perrine allait répliquer, son regard est attiré par un homme de haute stature élégamment vêtu qui fixe sa patronne avec insistance depuis plusieurs secondes. Bien qu'elle ne puisse prétendre connaître tous les habitants de Ville-Marie, elle s'en souviendrait si elle l'avait déjà croisé. On n'oublie pas facilement quelqu'un d'aussi racé et d'aussi remarquable.

— Perrine ! s'écrie Agathe, surprise qu'elle ne réagisse pas plus après ce qu'elle vient de lui dire.

— Retourne-toi vite ! Il y a un homme qui te fixe depuis un moment. Est-ce que tu le connais ou tu veux que je coure chercher ton père pour qu'il t'en débarrasse ?

Le visage d'Agathe perd toutes ses couleurs dès qu'elle reconnaît Augustin. Son Augustin ! Pourquoi a-t-il attendu aussi longtemps avant de remplir sa promesse de venir la voir ? Pourquoi est-il là ? Elle relève sa jupe et court le rejoindre sans rien dire. Elle est tellement émue lorsqu'elle se retrouve devant lui qu'elle a du mal à tenir sur ses jambes.

— C'est bien toi ? parvient-elle à balbutier.

— Allons nous promener, répond-il simplement en lui tendant son bras.

Il l'entraîne aussitôt dans sa marche sans rien ajouter. Il a rêvé de ce moment tellement souvent qu'il n'arrive pas à croire que la femme dont il respire le parfum est bel et bien Agathe, son Agathe. L'amour de sa vie ! Celle au nom de qui il a éconduit toutes les femmes qui voulaient lui mettre le grappin dessus. Il faut préciser qu'en plus d'être bel homme – c'est du moins ce que la gent féminine en dit –, Augustin de Juchereau compte au nombre des meilleurs partis de Nouvelle-France. La jeune fille qu'il a connue s'est transformée en une femme d'une rare beauté. Et elle a toujours un sourire à faire damner le plus catholique des hommes. Comment a-t-il pu être assez bête pour ne pas lever le petit doigt pour elle alors qu'il se languit depuis le jour où elle lui a été présentée ? Il sortait à peine de l'enfance.

Ils ne s'arrêtent que lorsqu'ils trouvent un endroit à l'abri des regards indiscrets. Ils s'assoient à même le sol face au fleuve et se dévorent des yeux comme au temps de leurs trop courtes fréquentations. Ils ne connaissaient rien à l'amour à part que ce dernier les mettait dans un état de béatitude jamais égalé. Pas même aujourd'hui. Agathe est tombée sous son charme en posant les yeux sur lui. Elle ne l'a revu qu'une seule fois à Québec par la suite, c'était avant que sa mère meure en couches. Depuis, elle ne l'a jamais oublié et elle n'a jamais fourni aucun effort pour y parvenir non plus. Il était son premier amour, voire le seul, et il l'est toujours. Le regard qu'il pose sur elle aujourd'hui lui fait l'effet d'un feu ardent. Sa peau est moite et ses joues, sûrement rouges. Son cœur s'affole et ne demande qu'à succomber au charme d'Augustin. Il est encore plus séduisant que dans son souvenir.

Il avance sa main jusqu'à sa joue et la caresse doucement. Un grand frisson la parcourt de la tête aux pieds. Et voilà que deux petites larmes s'enhardissent au coin de ses yeux. Elle vient de réaliser, en moins d'une seconde, tout ce à quoi elle a renoncé en faisant un mariage de raison. Jamais Pierre ne lui a fait autant d'effet, pas même pendant leur nuit de noces. Elle s'en veut de ne pas avoir relancé Augustin. Elle secoue la tête de manière presque imperceptible. Elle aura tout le temps de se flageller quand elle sera seule dans son grand lit et qu'elle pensera à quoi elle s'est condamnée en choisissant son camp.

— Pourquoi es-tu à Ville-Marie? lui demande-t-elle dans l'espoir de mettre fin au supplice qui fait rage dans son corps entier.

— Par affaires, répond-il sans la quitter des yeux. Pour être franc, tu es la dernière personne que je m'attendais à voir au marché. Je croyais rêver quand je t'ai vue derrière un étal. Tu es encore plus belle que dans mon souvenir. Parle-moi de toi.

C'est bien mal connaître Agathe de croire qu'elle ne saisira pas la chance de l'avoir enfin pour elle. Contre toute attente, elle met ses bras autour du cou d'Augustin et s'approche suffisamment pour sentir son souffle. Elle ferme les yeux pour savourer cet instant de béatitude et, lorsqu'elle les ouvre, il pose les lèvres sur les siennes. Elle bascule instantanément dans un monde de volupté inconnu jusque-là. Un monde d'où elle souhaiterait ne jamais revenir. Augustin l'attire un peu plus à lui sans arrêter de l'embrasser. La passion qui se dégage d'eux atteint très vite son paroxysme. Il l'étend sur l'herbe et se couche sur elle après avoir pris soin de relever sa jupe. Agathe sent le désir d'Augustin et ça l'enivre. Leurs sens sont à feu et à sang. Alors qu'elle réalise ce qui est en train de se passer, elle lui avoue :

— Je suis mariée et j'ai deux filles.

Augustin roule aussitôt sur le côté comme si quelqu'un venait de le pousser violemment.

— Et ce n'est que maintenant que tu me le dis? J'espère ne plus jamais croiser ta route.

Il se lève et lui tourne le dos. Il passe la main sur son pantalon et sur sa veste pour retirer toutes traces d'herbe et de sable et regagne le marché sans se retourner. Il a mieux à faire que de perdre son temps à prendre ses rêves pour des réalités. Il est temps de rayer Agathe de Saint-Père de sa vie définitivement. Avec un peu de chance, il trouvera bien une femme digne de ce nom pour assurer sa descendance. Il est grand temps d'y penser !

C'est à travers ses larmes qu'Agathe le regarde s'éloigner. Elle a tout gâché ! Quelle sorte de femme est-elle donc pour passer à côté d'un tel cadeau de la vie ? Elle s'est comportée comme une imbécile et elle s'en veut. Elle voudrait mourir. Qu'est-ce qui la pressait tant de lui avouer qu'elle est mariée ? Peut-être qu'il l'est lui aussi. Et après ? Elle avait enfin l'occasion de faire de ses fantasmes une réalité et elle s'est dégonflée à l'instant où la partie a commencé. Elle ne vivra pas assez vieille pour se pardonner ce qu'elle vient de faire. Ou plutôt de ne pas faire.

L'idée de le rattraper lui effleure l'esprit, mais elle la rejette aussitôt d'un mouvement de la main. Augustin est tellement orgueilleux qu'il refusera de l'écouter. D'ailleurs, que pourrait-elle bien lui dire ? Qu'elle est désolée alors qu'il a sa part de responsabilité dans l'histoire ? Le reconnaîtrait-il ? Ils n'en seraient pas là s'il avait tenu sa promesse. Elle s'essuie les yeux d'un geste rageur. Il aurait au moins pu lui écrire, ça ne l'aurait pas tué. Elle se lève d'un coup, secoue ses vêtements, replace les plis de sa jupe et pose les yeux sur le fleuve. C'est ici et maintenant que vient de se terminer son histoire d'amour de jeunesse. Aussi bien en faire son deuil, elle ne connaîtra jamais l'extase. Un petit sourire s'affiche enfin sur ses lèvres en même temps qu'une pensée grivoise envahit son esprit. De toutes les femmes qu'elle connaît, en existe-t-il une seule qui puisse se vanter de grimper au septième ciel chaque fois que son homme met la main sur son corps ? Il faudrait peut-être leur poser la question et leur demander conseil. Elle compte bien le faire. Il n'est pas dit qu'Agathe de Saint-Père va mourir avant de s'être offert un brin de passion avec ou sans Augustin.

L'esprit ailleurs, elle marche d'un pas décidé en direction du marché. Perrine doit penser qu'elle s'est fait enlever par le gentilhomme qu'elle a couru rejoindre. Si seulement c'était vrai ! Elle rit toute seule et ne voit pas qui arrive dans la direction opposée.

— Agathe ! s'écrie Pierre en la prenant par le bras pour l'immobiliser une fois à sa hauteur.

Elle le regarde avec de grands yeux et secoue la tête. Comment se fait-il que son mari soit en ville alors qu'il est parti il y a seulement deux jours ?

— Vous allez bien ? lui demande-t-il poliment. Vous êtes pâle à faire peur.

Agathe prend sur elle. Il est la dernière personne qu'elle avait envie de voir.

— Je vous remercie, je vais très bien. Quelque chose ne va pas ?

— C'est plutôt à vous de me le dire. Je suis passé à l'étal de votre père et Perrine m'a dit que vous étiez partie avec un étranger.

— Pour elle sûrement, mais pas pour moi. Il s'agissait d'une vieille connaissance. On a fait quelques pas ensemble, rien de plus.

— Voilà qui me rassure.

Il s'en faudrait de peu pour qu'elle se sente en plein procès. Depuis quand son cher mari se préoccupe-t-il de ses allées et venues avec autant d'insistance ? Elle aimerait bien savoir quelle mouche l'a piqué.

— J'avais cru comprendre que vous seriez absent pour plusieurs semaines.

— Disons qu'un changement de programme me ramène à vous pour quelques heures. Je croyais que ça vous ferait plaisir.

— Encore plus que vous pensez. Je propose qu'on rentre à la maison et qu'on fasse notre devoir conjugal… deux fois plutôt qu'une.

Si ces paroles surprennent Pierre, il n'en laisse rien paraître. Il l'attire à lui dans la seconde qui suit et la prend par la taille sous l'air ébahi d'Augustin.

18

Perrine ne connaît toujours pas le fin fond de l'histoire du gentilhomme qui a enlevé Agathe sous ses yeux l'autre jour au marché et qui s'est volatilisé. Et ce n'est pas faute d'avoir essayé d'en savoir un peu plus ! Elle admet que ça ne la regarde pas et, malgré cela, c'est plus fort qu'elle. Elle aimerait aussi que quelqu'un lui explique pourquoi sa patronne est revenue bras dessus, bras dessous avec son mari pour ensuite rentrer à la maison en plein cœur de ce même avant-midi, quoiqu'elle s'en doute un peu. Elle n'arrête pas de se rejouer la scène. Agathe est partie au bras d'un inconnu pour revenir au bras de son époux. Qu'a-t-il donc bien pu se passer entre les deux ? Et pourquoi un tel changement d'attitude avec son mari ? Elle est curieuse de découvrir la vérité, très curieuse, même.

La voici devant le nouvel édifice d'Agathe et de M. Jacques. Tout porte à croire que les ouvriers termineront l'extérieur deux semaines plus tôt que la date prévue, ce qui est une excellente nouvelle en soi. Il ne restera ensuite qu'à faire la finition du deuxième étage. Les derniers locataires du rez-de-chaussée ont emménagé cette semaine et on peut lire le bonheur sur leur visage tous autant qu'ils sont. Aux dires de Rose, elle fait des affaires d'or depuis qu'elle est installée dans son nouveau local. Les commentaires sont aussi positifs de la part de ses voisins. Quelques personnes ont démontré un intérêt pour le deuxième étage, mais Agathe et Jacques n'ont encore rien finalisé. C'est ainsi que, malgré son insistance, Perrine ne connaît toujours pas la raison qui motive leur décision. Seulement cette semaine, ils ont refusé trois offres, dont une très sérieuse et plutôt alléchante. Elle aimerait bien qu'un des deux lui explique clairement ce qu'ils attendent d'elle sur ce coup. Perrine relève la tête. Tant pis ! Si la montagne ne vient pas à toi, va à la montagne. Elle leur posera la question sans détour dès qu'elle les aura devant elle en même temps.

— Entre, Perrine, et ferme la porte derrière toi, lui demande Agathe sans lui laisser le temps de manifester sa présence. Je t'attendais. Je pars pour la seigneurie dans deux jours et je pense y rester au moins un mois. J'ai dressé la liste des travaux à compléter ici. À toi de t'assurer que tout est fait dans les règles de l'art. J'ai averti papa que tu t'occuperais de tout. Comme d'habitude, dans le cas où tu rencontrerais un problème majeur ou que tu aurais des questions, tu n'auras qu'à aller le voir.

Perrine lit la liste et ajoute quelques éléments au passage.

— Tu es sûrement au courant que tout sera fini avant la date prévue.

— Bien sûr ! répond Agathe en lui tendant une feuille sur laquelle elle a noté quelques idées. Prends le temps de lire ce que j'ai écrit et surprends-moi.

Les yeux de son employée s'agrandissent à mesure qu'elle avance dans sa lecture. Décidément, cette femme carbure aux projets.

— J'ai déjà quelques endroits à te suggérer pour un deuxième édifice.

— Tant mieux, mais tu devras prendre ton mal en patience jusqu'à mon retour. Par contre, j'aimerais que tu me prépares une estimation des coûts. Tu pourras te baser sur celui qu'on est à terminer. Ah oui, il faudrait que tu t'occupes de vérifier le prix des terrains. Vérifie auprès de papa d'abord, peut-être en a-t-il un autre en réserve. Aussi, j'aimerais que tu ailles jeter un coup d'œil chez moi de temps en temps.

— Ce sera fait. Est-ce que ton mari sera là ?

— Aucune idée ! répond Agathe en haussant les épaules. Ces temps-ci, il apparaît aussi vite qu'il disparaît.

Perrine se dit que c'est l'occasion ou jamais de tenter sa chance. Elle se racle la gorge et réfléchit à la meilleure manière d'aborder le sujet.

— Comme le jour où tu es partie au bras d'un gentilhomme et que tu es revenue au sien ? lance-t-elle d'un ton volontairement léger.

Agathe la regarde d'un drôle d'air. Ce n'est pas la première fois que Perrine revient sur le sujet. Elle a ignoré ses tentatives jusqu'à maintenant, mais elle a bien envie de vider la question aujourd'hui. Elle lui doit des explications. Et puis, ce ne sont pas quelques révélations de sa vie privée, si palpitante soit-elle, qui vont la tuer.

— On peut dire ça ! laisse-t-elle tomber. Laisse-moi te raconter une histoire vraie. Par contre, j'aime autant t'avertir que tu n'en croiras pas tes oreilles.

Perrine passe par toute la gamme des émotions pendant le récit plutôt surprenant de sa patronne. À la fin, elle ne sait plus si elle doit la plaindre, la féliciter ou se mettre à rire comme une malade. Dans le doute, elle s'abstient de toute réaction.

— Tu connais toute l'histoire maintenant et je te donne la permission de rire parce que…

Agathe lève les bras dans les airs et les laisse retomber sur sa table de travail la seconde d'après.

— Comment dire ? Parce que je suis une cause désespérée. Je cours après la passion depuis que j'ai douze ans et j'ai pris mes jambes à mon cou quand elle s'est enfin présentée à moi.

— Ne me dis pas que ton mari n'a pas assuré !

— Hum ! Il a fait son devoir conjugal par deux fois dans l'heure qui a suivi. Sans aucune variante ! Je ne sais pas ce qui m'a retenue de le frapper avec un bâton plein de clous. Mon petit doigt me dit qu'il est sûrement plus fringant avec ses conquêtes qu'avec moi. Remarque que ce n'est pas difficile de faire mieux.

Sa dernière phrase suffit pour que Perrine éclate de rire. Elle n'a jamais rien entendu d'aussi drôle, et pathétique. Elle est vite imitée par Agathe. Elles rient à s'en décrocher la mâchoire et de grosses larmes coulent sur leurs joues.

Qui sait combien de temps elles auraient tenu si la porte ne s'était pas ouverte brusquement sur Rose.

— Viens vite, Agathe ! Ta grand-mère vient d'avoir un malaise, l'informe-t-elle sans aucun préambule. Suis-moi !

***

Les amours de Jeanne n'ont aucune commune mesure avec ce qu'elle espérait. Il lui a fallu beaucoup de patience et encore plus de temps pour faire comprendre au père de Jérôme qu'elle ne convolerait jamais en justes noces avec lui. Le pauvre, il n'arrêtait pas de lui répéter sur tous les tons son amour pour elle. Il faisait pitié à voir. En même temps, il mettait drôlement sa patience à l'épreuve. Seul problème, plus il revenait à la charge, moins elle en avait en réserve. Une chance qu'Angélique était là pour la supporter parce qu'elle aurait fini par l'habiller de bêtises. Pierre et Agathe lui avaient fait comprendre avant de partir qu'elle ne pouvait pas emprunter cette voie. C'est leur voisin, un peu éloigné certes, mais elle devait le ménager à tout prix. Elle aurait bien voulu les voir à sa place.

— Ça fait exactement treize jours que ton prince charmant n'est pas venu pleurnicher à ta porte, dit Angélique d'un ton légèrement moqueur. J'ai bon espoir qu'il ne reviendra pas.

— Et moi donc ! réagit aussitôt Jeanne. Je n'arrêterai jamais d'en vouloir à mon cher beau-frère de m'avoir entraînée dans une histoire pareille.

— Sans vouloir mal parler, M. Pierre a beaucoup mieux à faire que de se mêler de tes amours.

— Peut-être bien, mais avec tout ça, je n'ai toujours pas rencontré le fils.

— À ta place, je commencerais à me chercher un nouveau prétendant. Je peux me tromper, mais j'ai l'impression que ton chien est mort avec lui. Et entre toi et moi, il a eu tout le temps de se manifester.

Jeanne pousse un grand soupir. Angélique a sûrement raison. Par contre, ça ne règle pas son problème. Elle reconnaît ne pas être la seule fille à se chercher un mari en Nouvelle-France. Des fois, elle se dit que ce serait beaucoup plus simple si elle était une Fille du roi. On se chargerait de lui en trouver un illico. C'est dire à quel point elle est désespérée ! La réalité, c'est qu'elle ne connaît personne qui puisse l'aider ou plutôt qui veuille l'aider. Elle a tenté le coup du côté de ses frères et elle s'en mord encore les doigts. Ils lui ont tous ri au nez. Ils lui ont répété la même rengaine l'un après l'autre : ils ne connaissent personne d'assez pieux pour elle. Comment se fait-il alors que les églises débordent de fidèles à l'heure des messes ? Elle a pilé sur son orgueil et a demandé à son père. S'il y en a un qui connaît tout le monde à Ville-Marie, c'est bien lui. Il a fini par lui dire qu'il ne lèverait pas le petit doigt pour lui trouver un mari. Bien sûr, il a usé de toute la diplomatie dont il est capable sauf qu'au final, sa réponse était la même. À quoi ça sert d'avoir une famille si on ne peut pas compter sur elle quand on a besoin d'aide ? Elle s'essuie les yeux d'un geste brusque. Elle a versé plus de larmes depuis sa sortie du couvent que depuis le jour de sa naissance. Malgré cela, jamais l'idée d'y retourner ne lui a effleuré l'esprit une seule fois. Plutôt mourir !

— Tes œufs sont prêts, l'avise gentiment Angélique en déposant une assiette devant elle.

La jeune femme a très vite compris pourquoi Agathe apprécie tant sa bonne. Angélique est une perle. À vrai dire, Jeanne ne lui a pas encore trouvé un seul petit défaut.

— Je ne sais pas ce que j'aurais fait sans toi, lui dit Jeanne en lui tapotant le bras. Je te serai éternellement reconnaissante.

— Arrête de m'encenser ! Je serai toujours là pour toi, je te considère comme ma petite sœur.

Les paroles d'Angélique lui vont droit au cœur. Au lieu de piquer sa fourchette dans un de ses œufs, Jeanne se lève et va lui sauter au cou avant de l'embrasser sur les joues. Alors qu'elle est sur le point de se rasseoir, des coups secs frappés à la porte d'entrée lui donnent froid dans le dos.

— Dis-moi que je rêve ! s'écrie-t-elle en mettant les mains sur ses yeux. Je ne survivrai pas à une nouvelle attaque.

— Mange ! Je me charge de lui donner son coup de grâce et de lui enseigner les bonnes manières au passage. À l'âge qu'il a, il devrait savoir qu'on ne débarque pas chez les gens d'aussi bonne heure. Tout ce que je te demande, c'est de faire la morte.

Angélique s'essuie les mains sur son tablier et marche d'un pas décidé jusqu'à la porte d'entrée. Elle l'ouvre et quelle n'est pas sa surprise lorsqu'elle se retrouve face à un jeune homme d'une extrême beauté. Elle le salue du bout des lèvres, elle aimerait bien comprendre ce qui se passe. Bien qu'elle ne l'ait jamais vu – elle s'en souviendrait –, il lui rappelle quelqu'un. Mais qui ?

— Désolé, madame, de venir d'aussi bon matin. Je m'appelle Jérôme, je suis votre voisin. J'aimerais voir Jeanne. Je suis revenu de mission hier et mon père s'est enfin décidé à me parler d'elle. Vous le connaissez sûrement.

Il lui laisse quelques secondes pour accuser le coup avant de poursuivre :

— Il m'a raconté ce qu'il a fait et je vous prie de l'excuser.

— Je croyais que vous faisiez la guerre avec M. Pierre, avance Angélique.

— Pas depuis quelques mois. Comment va-t-il ?

— Aux dernières nouvelles, il allait très bien.

— Je peux repasser plus tard si vous préférez.

Bien que ce soit impoli, Angélique se permet de le détailler de la tête aux pieds avant de lui tendre la main.

— Bonjour, Jérôme ! Je suis Angélique, la bonne de la femme de M. Pierre. Suivez-moi au salon, Jeanne sera ravie de faire enfin votre connaissance. Entre vous et moi, votre père l'a beaucoup éprouvée. Je vais la chercher.

Lorsqu'elle revient dans la cuisine, la place est vide. Elle rit toute seule. Elle en aurait fait autant à la place de Jeanne. Reste maintenant à la trouver. Avec un peu de chance, elle est allée se réfugier chez Charlotte et Marie-Anne. Angélique part aussitôt à sa recherche. Le souffle court, elle frappe à la porte et entre sans attendre d'y être invitée.

— Est-ce que Jeanne est ici ? Son Jérôme l'attend au salon.

— On ne l'a pas vue, répond Charlotte. À ta place, j'irais voir dans la chapelle.

— Misère ! s'écrie Angélique d'un ton impatient. Je n'ai pas le temps de faire le tour de la seigneurie.

— Retourne au manoir et fais patienter son prétendant. Je m'occupe de te la ramener. Il est comment ?

— Ah ! laisse-t-elle tomber avant de se mordiller la lèvre inférieure. Il est… il est très beau. Je t'en prie, fais vite.

De retour au manoir, Angélique reprend son souffle avant de filer au salon. Elle va se placer devant leur visiteur et lui dit :

— Je suis désolée, je ne la trouve nulle part. Vous comprenez, elle ne vous attendait pas. J'ai mandaté quelqu'un pour la trouver. Avez-vous mangé ?

— Pas encore ! Je reviendrai plus tard.

— Pas question que je vous laisse partir sans la voir, elle ne me le pardonnerait pas. Suivez-moi à la cuisine, je vais vous préparer des œufs.

— C'est trop d'honneur.

— J'insiste.

Il n'est pas sitôt attablé que les pleurs d'un enfant se font entendre. Angélique tasse la poêle, les œufs devront attendre un peu.

— Ne bougez pas ! Le temps d'aller chercher la petite et je reviens.

Jérôme regarde autour de lui. Sans vouloir comparer, cette cuisine est beaucoup plus belle que celle de leur manoir. Le salon aussi. Son ami Pierre a beaucoup de chance d'avoir une femme comme la sienne. Il n'a jamais eu l'occasion de la rencontrer, mais s'il se fie à ce qu'il voit et à ce que son mari en dit, il comprend pourquoi ses constructions connaissent tant de succès. On se sent bien ici. C'est chaleureux.

— Me revoici ! annonce Angélique en asseyant la petite fille dans sa chaise haute.

Aussitôt, le jeune homme sourit à l'enfant.

— Je vous présente Marguerite, l'aînée de M. Pierre. La petite Agathe ne devrait pas tarder à se réveiller. Bon, vos œufs, maintenant.

— Ne vous donnez pas autant de mal pour moi.

— Ça ne me prendra qu'une minute. Puis-je vous poser une question ?

— Bien sûr !

— Est-ce que votre père est réellement amoureux de Jeanne ?

Il faut voir Jérôme plisser les yeux. Sa question lui confirme que son paternel n'y est pas allé avec le dos de la cuillère. Autant il aime cet homme, autant il le déteste quand il se conduit de manière aussi cavalière. Il ne connaît pas tous les détails de son épopée, mais il en sait suffisamment pour conclure qu'il a joué dur.

— Il n'a jamais aimé personne d'autre que ma défunte mère. Pour tout vous dire, il a la fâcheuse habitude de se mêler de ce qui ne le regarde pas. Il a fait le coup à chacun de mes frères. Il a profité de mon absence pour en savoir plus sur Jeanne.

Jérôme fait une pause de quelques secondes avant d'ajouter en rougissant :

— Il m'a dit que je serais fou de ne pas l'épouser.

— À votre place, avance Angélique en déposant une assiette bien remplie devant lui, j'attendrais au moins de l'avoir rencontrée.

— J'ai une confiance aveugle en mon père. Merci pour le déjeuner, je me régale déjà.

Il s'empare de ses ustensiles et coupe un premier œuf comme le font les gens bien élevés. Il vient de marquer des points aux yeux d'Angélique.

Jérôme a fini de manger depuis une dizaine de minutes lorsque Jeanne fait enfin son entrée. Au lieu de s'avancer jusqu'à lui, elle fige sur place dès l'instant où elle pose les yeux sur lui. Charlotte lui avait dit qu'Angélique le trouvait beau. C'est d'ailleurs la curiosité qui l'a conduite jusqu'ici. Jeanne est sous le choc. Il se lève et lui sourit. C'en est trop ! Elle est prise d'une bouffée de chaleur et a l'impression que ses jambes vont la lâcher. Elle lui sourit à son tour et avance de peine et de misère jusqu'à lui. Elle lui tend sa main et serre la sienne sans le quitter des yeux.

— Enchantée de faire enfin votre connaissance, Jérôme. Si on allait prendre l'air ?

— Pourquoi pas ?

Angélique lui tape un clin d'œil en guise d'encouragement. Il suffit de regarder les yeux de Jeanne pour comprendre qu'elle le trouve à son goût. La connaissant, elle ne se jettera pas à corps perdu dans cette nouvelle aventure. Sûrement pas avant d'avoir l'assurance que son supposé futur beau-père ne se remettra pas à lui faire la cour. Enfin ! Angélique ne doute pas un instant que c'est la première question que Jeanne va lui poser. Comme on dit, elle a déjà donné !

19

Charlotte et Marie-Anne n'en reviennent toujours pas qu'Agathe leur ait fait construire une aussi belle maison. Elles ont l'habitude de dire qu'elles ne pourront jamais rembourser leur bienfaitrice alors qu'en fait cette dernière leur a bien fait comprendre ce qu'elle attendait d'elles. De Charlotte, qu'elle aide le plus de femmes possible pendant et après leur grossesse et lors de l'accouchement. De Marie-Anne, qu'elle apprenne le métier et qu'elle la seconde du mieux qu'elle peut, ce qu'elles font déjà pour les femmes d'ici et des seigneuries environnantes. Elles se bercent en chœur sans lever les yeux de leur tricot. Elles se sont mis dans la tête de faire un concours. La première qui finira sa paire de mitaines pour Agathe sera libérée de la corvée de vaisselle pendant une semaine. Ça peut paraître banal comme prix de prime abord, mais pas si on déteste cette tâche au plus haut point. On pourrait croire au premier coup d'œil qu'elles sont concentrées sur leur tâche au point de ne pas pouvoir penser à autre chose alors que dans les faits il n'en est rien. Pendant que leurs doigts font courir la laine d'une maille à l'autre, leur esprit défile les sujets au gré de ses envies.

Marie-Anne n'a pas encore réussi à se sortir le nouveau censitaire de la tête. Elle le voit dans sa soupe. François a fait mouche sur elle dès son arrivée, et pour cause, puisqu'il n'a aucun point commun avec Gadiou. Vraiment aucun ! Non seulement il est bel homme, il est aussi très bien élevé. À preuve, il s'est empressé de venir les remercier, Charlotte et elle, d'avoir pris soin de sa maison d'aussi belle façon. Après quelques minutes de discussion animée sur leur perron, elles l'ont invité à souper de même que Clovis. Ils ont parlé à bâtons rompus de tout et de rien, et d'eux bien sûr, jusqu'à la tombée de la nuit. En résumé, leur nouveau voisin est né en Nouvelle-France. Il leur a expliqué que rien ne le destinait à devenir censitaire un jour. Il a passé le plus clair de son temps à courir les bois et c'est d'ailleurs comme ça qu'il est tombé sur Pierre de Repentigny. Il y a quelques mois. Les deux hommes ont sympathisé en se voyant. C'est ainsi qu'après la disparition de Gadiou, le seigneur des lieux lui a demandé s'il lui plairait de s'installer à demeure. François l'a bombardé de questions et lui a dit devoir y réfléchir, ce qu'il a fait. L'offre de Pierre l'intéressait sans aucun doute. Restait maintenant à voir si la liberté qu'il chérissait tant n'en prendrait pas trop pour son rhume au passage. Il est donc revenu à la charge auprès de Pierre avec une nouvelle série de questions. La vie lui a appris qu'il vaut mieux réfléchir avant de s'engager lorsqu'il s'agit d'une décision aussi importante. Comme François le lui a dit, autant il connaît la forêt comme le fond de sa poche, autant il ne sait pratiquement rien sur la terre. Par contre, il apprend vite et il a une volonté de fer. Les autres censitaires lui ont tout montré et, à la veille des récoltes, ils sont bien obligés d'admettre que François les a tous battus à plate couture, et par le rendement de ses champs et par la propreté de ses sillons. Même Germain est passé le féliciter pour son travail, ce qui est peu dire. Le meunier a la réputation d'être difficile à impressionner.

Pour revenir à Marie-Anne et à son coup de cœur pour François, il ne lui a jamais accordé la moindre attention. Enfin, pas au sens où elle l'espérait. Il se comporte en bon voisin et ça s'arrête là. En fait, Charlotte monopolise toute son attention dès qu'elle apparaît dans son champ de vision. Même Germain l'a remarqué. Bien qu'elle clame haut et fort qu'il ne lui fait aucun effet, Marie-Anne en doute. Sans vouloir comparer, François a beaucoup plus de panache que Germain. Et il est plus jeune aussi !

Les cris stridents du petit Philippe les font sursauter. Au lieu de se précipiter pour aller le chercher, les deux amies continuent à tricoter. Avec un peu de chance, il se rendormira. Dans le cas contraire, sa maman le bercera aussi longtemps qu'il le faudra pour le consoler. Marie-Anne a enfin abandonné l'idée de le donner en adoption. Elle ne le supporterait pas. Elle s'est levée un matin et a annoncé fièrement qu'elle ne laissera personne la séparer de son fils.

Ouf ! Il s'est rendormi. De retour dans ses pensées, Charlotte sourit. Elle adore sa vie à la seigneurie. Ici, elle peut se montrer sous son vrai jour, ce qui en gros se résume au fait qu'elle n'est pas obligée de faire semblant d'être inculte. Au contraire, tous sollicitent son aide dès qu'ils ont un document à lire ou un contrat à signer. Les demandes sont si nombreuses par moments qu'elle songe à leur montrer à lire et à écrire. Elle en a d'ailleurs glissé un mot à Agathe lors de sa dernière visite éclair à la seigneurie et elle lui a donné sa bénédiction sans hésiter.

— Plus nos gens seront instruits, lui a-t-elle dit, plus ils seront efficaces. Je te dédommagerai pour ton temps et, bien sûr, je paierai le matériel. Tu devrais te faire aider.

Charlotte a demandé à Clovis de se joindre à elle, mais il a décliné son offre dans la seconde qui a suivi. Il en a déjà plein les bras avec ses travaux à la seigneurie et la construction de sa maison. À force de le cuisiner, il a fini par lui avouer qu'il souhaite emménager chez lui avant la première neige. Objectif très ambitieux si on pense à tout ce qu'il reste encore à faire. Charlotte s'est aussitôt tournée vers Germain et lui a fait la même proposition. À sa grande surprise, il a sauté sur l'occasion en prenant soin de lui préciser qu'il lui tardait de passer plus de temps avec elle. Elle lui a sauté au cou sans se faire prier. Ils donneront leur premier cours après-demain. Elle se doute bien qu'un jour, il lui demandera de choisir entre François et lui. Elle hausse les épaules et tricote de plus belle. Elle ne nie pas que le nouveau censitaire lui fait un certain effet. Quant à savoir s'il devance ou non Germain, elle ne s'est pas encore posé la question. Présentement, elle se contente de profiter du meilleur des deux et elle n'a pas le moindre remords. Sauf envers Marie-Anne ! Elle est la dernière personne à qui elle voudrait faire de l'ombre. En même temps, elle n'y est pour rien si François essaie de la séduire. L'amour se fout de toutes les règles. Elle en a glissé un mot à Agathe dans sa dernière lettre et sa réponse l'a confortée dans sa décision de mordre à pleines dents dans la vie.

> … *Se sentir désirée vaut son pesant d'or et je crois qu'on n'a pas le droit de passer à côté. Tu serais un homme que tu ne te poserais aucune question. Alors, fais-toi plaisir, Charlotte, et profites-en au maximum. Pour toi, pour moi et pour toutes les femmes qui n'oseront pas se jeter à l'eau. Crois-moi, je parle en connaissance de cause.*

La dernière phrase d'Agathe a tourné en boucle dans sa tête des jours durant. Charlotte en sait très peu sur la vie amoureuse de sa bienfaitrice avant le jour de son mariage avec son coureur de jupons. Elle se rappelle l'avoir entendue parler d'un certain Augustin, mais sans plus. Charlotte se promet de lui en glisser un mot quand elle arrivera. Elle lui manque. Dire qu'elle se faisait une joie de passer l'été avec elle alors que ses affaires l'ont gardée en ville la grande majorité de l'été. À preuve, elle n'a pas passé deux semaines complètes à la seigneurie depuis le printemps. Heureusement que Germain est là pour voir à tout.

— Je ne sais pas pour toi, lance Marie-Anne en secouant la tête pour se remettre les yeux vis-à-vis des trous, mais moi, je suis morte de faim.

Charlotte dépose son tricot dans son panier et se lève comme si quelqu'un venait de lui piquer un clou dans la fesse.

— Moi aussi, confirme-t-elle, et je ne vois plus clair.

Les deux amies partent dans un éclat de rire inimitable. La bonne humeur est leur marque de commerce et ça s'entend de loin. La dernière fois que le curé les a honorées de sa visite, il leur a jeté un regard noir. Au lieu de se laisser intimider, les deux femmes lui ont fait leur plus beau sourire. Peut-être n'ont-elles pas aidé leur cause en le bravant ainsi. Elles ont besoin toutes les deux de sa bénédiction pour pouvoir exercer comme sage-femme. Elles se plient volontiers aux exigences de la religion si c'est pour leur permettre d'atteindre leur but. Seulement, il y a des limites à ramper devant un homme sous prétexte qu'il porte la soutane. D'après Agathe, c'est une question de semaines avant qu'elles obtiennent officiellement leur droit de pratique.

Pendant que l'une dresse la table, l'autre met la casserole contenant le lièvre et les légumes racines à réchauffer.

— Je ne sais pas si Jeanne est descendue de son petit nuage rose, dit Charlotte.

— Pauvre fille ! clame Marie-Anne. J'espère sincèrement que le fils est moins taré que le père. Il lui a fait vivre un vrai cauchemar. À sa place, je ne sais pas si je réussirais à oublier toute cette histoire.

— Il paraît qu'il s'est excusé en long et en large. Si tu tenais à te marier autant que Jeanne, tu passerais peut-être par-dessus bien des choses. Je ne comprends pas ce qui la presse tant. Angélique m'a dit hier qu'elle passait le plus clair de son temps à la chapelle. J'espère que son chevalier servant est porté sur la religion parce qu'il risque de trouver le temps long.

— J'en connais une qui va lui secouer les puces. Pauvre Agathe ! Elle en avait déjà plein les bras.

— Parlant d'elle, est-ce qu'Angélique et Jeanne t'ont donné des suggestions pour lui faire plaisir ?

— Aucune ! répond Marie-Anne en haussant les épaules. De toutes les femmes que je connais, c'est la plus difficile à satisfaire.

— Je ne suis pas d'accord avec toi. Agathe est d'une simplicité désarmante. On va arrêter de se fier à Pierre Jean Jacques et on va trouver nous-mêmes.

Charlotte pose son index sous son menton et sourit. Elles ne devraient pas se prendre la tête comme ça alors que leur seul objectif est de lui faire plaisir.

— J'ai peut-être une idée, finit-elle par dire au moment de déposer deux assiettes remplies à ras bord sur la table. Agathe est fière comme un paon.

— Et gourmande comme deux aussi. Et maintenant ?

— Eh bien, on pourrait demander à ses amies indiennes de perler les mitaines qu'on est en train de tricoter pour elle.

— Quelle bonne idée ! s'écrie Marie-Anne entre deux bouchées de viande. On pourrait aussi en profiter pour leur demander de nous aider à faire de la tire Sainte-Catherine avec du sirop d'érable.

Charlotte ouvre de grands yeux. Marie-Anne a parfois de ces idées !

— Décidément, tu ne cesseras jamais de m'impressionner ! Il n'y a que toi pour penser à ce genre de choses. J'espère que ça va marcher, Agathe adore tout ce qui est fait avec l'érable. Et je me porte volontaire pour goûter.

— Le contraire m'aurait surprise ! s'écrie Marie-Anne en riant.

Aussitôt leur repas terminé, les deux amies retournent à leur tricot. Le frottement des aiguilles l'une sur l'autre devient rapidement le seul bruit ambiant. Alors que Marie-Anne pense à leur beau voisin, Charlotte se retrouve instantanément en France. Elle se demande bien pourquoi son esprit l'a conduite de l'autre côté de l'océan. Au lieu de s'obliger à revenir ici et maintenant comme elle a l'habitude de le faire, pour une fois, elle se laisse porter par ses souvenirs. Pourquoi est-elle là ? Elle n'a pas à attendre longtemps pour savoir ce qui l'attirait tant dans son ancienne vie. De petits berlingots de sucre d'orge fabriqués par les religieuses apparaissent soudainement devant ses yeux. Elle n'avait de cesse de s'inventer un mal de gorge pour pouvoir en laisser fondre un dans sa bouche. Et un autre… et un autre encore. Elle était obsédée par ces petites formes triangulaires au point qu'elle a fait des pieds et des mains pour obtenir la recette. Elle a mis un temps fou avant de la tenir enfin dans ses mains la veille de son départ pour Paris. Elle l'a lue suffisamment de fois pendant son voyage pour pouvoir la réciter. Elle plisse les yeux dans l'espoir de la faire apparaître. Déçue, elle pousse un grand soupir.

— Est-ce que ça va ? lui demande aussitôt Marie-Anne.

— Oui, parce que j'ai bien mieux que la tire Sainte-Catherine à offrir à Agathe. On va lui faire des sucres d'orge à l'érable. Elle va adorer. Et non, parce que j'ai oublié la recette.

Marie-Anne fronce aussitôt les sourcils sous l'œil amusé de Charlotte qui s'empresse de lui en dire un peu plus sur les sucres d'orge.

— Je suis impatiente d'y goûter, confirme Marie-Anne, mais il va nous falloir plus que le nom de la petite douceur en question pour arriver à nos fins. Te connaissant, tu l'as sûrement notée quelque part.

— Je l'ai fait, mais rappelle-toi ce que je t'ai raconté… On ne m'a pas laissé le temps de prendre mes affaires quand la garde est venue m'arrêter pour m'enfermer à l'hospice. À moins que…

Charlotte jette son tricot dans le panier d'osier et court jusqu'à son coffre d'espérance. Alors que tout son contenu est parfaitement ordonné, elle sort tout ce qu'il contient sans porter aucune attention jusqu'à ce qu'elle mette la main sur le carnet que lui avait donné la religieuse. Elle tourne les pages de manière un tantinet compulsive jusqu'à ce qu'elle trouve ce qu'elle cherche. Elle hésite pendant quelques secondes entre déchirer la page et conserver son carnet indemne. La deuxième option l'emporte sur la première. Elle le brandit dans les airs et s'écrie d'une voix suffisamment forte pour réveiller le petit Philippe.

— Est-ce qu'on a du sirop d'érable ? demande Charlotte.

— On n'a qu'à en demander à Angélique, répond Marie-Anne en rougissant.

Puis, sur un ton repentant, elle ajoute en haussant légèrement les épaules :

— J'avoue avoir bu la dernière gorgée hier soir.

— Et après, tu oses dire qu'Agathe a la dent sucrée, hein ! Laisse-moi te dire que ce n'est rien comparé à toi. Je vais aller en chercher au manoir. Pitié, prends ton fils avant qu'il ameute la seigneurie au grand complet !

Charlotte dépose son carnet sur la table, enfile un chandail de laine et sort de la maison sous l'œil amusé de Marie-Anne qui tente par tous les moyens de consoler Philippe. Avoir la recette ne leur garantit en rien qu'elles parviendront à faire des sucres d'orge dignes de ce nom. Malgré son talent indéniable en pâtisserie, Charlotte sera-t-elle aussi habile en confiserie ? Ça reste à voir ! Le bébé s'est rendormi. Au lieu de retourner le coucher, sa mère lui caresse le dessus de la tête et sourit bêtement. Cesser de lui chercher des ressemblances avec son père a tout changé. Elle l'aime pour ce qu'il est et ce qu'il sera et non pour ce qu'il pourrait être. Gadiou n'est plus de ce monde et elle s'en porte très bien. Quant à sa petite Cécile, elle meurt d'envie de la retrouver et de la prendre avec elle. Elle en a discuté longuement avec Charlotte il y a quelques jours. Son amie lui a dit qu'il vaudrait mieux l'oublier. Marie-Anne se demande bien comment une mère peut effacer son enfant de sa mémoire.

***

— Pars en paix ! lui répète Louis pour la énième fois depuis qu'ils sont sortis de la chambre où ils viennent d'installer grand-maman Godé. Et arrête avec tous tes conseils de matante ! On ne fera pas les choses à ta manière pour la simple et unique raison qu'on n'est pas toi, mais je peux te promettre qu'on les fera bien parce que c'est notre grand-mère et qu'on l'aime autant que toi.

Il s'approche d'Agathe, la prend par le bras et l'oblige à le suivre. Il est hors de question que grand-maman Godé assiste à leurs divergences d'opinions sur son cas. Le docteur a dit qu'elle avait besoin de repos et c'est ce que Louis compte lui offrir.

— Que dirais-tu d'un bon chocolat chaud ? lui demande-t-il en lui tapotant le bras de son autre main. Et après, je te ramènerai chez vous.

Convaincre leur grand-mère que ce n'était pas prudent de rester seule n'a pas été une mince affaire. Cette dernière tient mordicus à retourner dormir dans son lit et elle l'a manifesté avec force. Soit, elle a eu une petite défaillance, et après ? Il n'y a pas de quoi en faire tout un plat. Sa fille Françoise a sorti le grand jeu pour lui donner envie de revenir vivre avec elle. À peine s'était-elle tue que sa mère balayait son offre du revers de la main. Elle apprécie trop les nombreux avantages de la ville, dont la pâtisserie de Rose, pour s'en passer. Devant cet échec cuisant – ça aurait été beaucoup plus simple pour tout le monde –, Agathe lui a proposé de l'accompagner à la seigneurie. Un peu plus et son aïeule lui riait au nez. Voir si elle va s'expatrier encore plus loin que chez sa fille ! C'est pourtant facile à comprendre, elle veut rester en ville.

— Imagine un peu si elle avait eu son malaise chez elle, argumente Agathe. On n'aurait pas dû accepter qu'elle vienne vivre en ville. Elle était bien chez tante Françoise et on pouvait tous dormir tranquilles. Pourquoi je ne l'ai pas prise chez moi au lieu de lui fournir une maison ? Je m'en veux tellement !

Louis soupire. Autant il aime sa sœur en temps normal, autant il a du mal à la supporter quand elle se braque comme maintenant. Il n'ose pas imaginer sa réaction lorsque leur grand-mère rendra l'âme.

— Veux-tu bien arrêter ! Tu sais aussi bien que moi que les regrets ne servent à rien, c'est toi-même qui me l'as enseigné. Grand-maman Godé a le droit de choisir l'endroit où elle veut vivre. Ça ne fait pas ton affaire ni celle de tante Françoise, sauf que personne d'entre nous n'a son mot à dire dans l'histoire. À ta place, je m'estimerais chanceuse qu'elle ait accepté de séjourner ici pendant que tu seras à la seigneurie.

— La connaissant, je doute fort qu'elle tienne un mois.

— Si ça peut te rassurer, je te promets d'emménager chez elle si jamais elle décide de s'en aller avant ton retour.

— Je n'en attendais pas moins de ta part !

Louis lui pince la joue. Agathe a la fâcheuse habitude de s'en faire à outrance pour les gens qu'elle aime. On dirait qu'elle aime trop. Et mal, du moins de son point de vue. Il ne voudrait pas être à sa place. Selon lui, il vient un temps où il faut savoir se retirer, mettre son cœur à l'abri. Personne ne gagne contre la mort. Ils ont été à même de le constater plus d'une fois.

— Assieds-toi, lui demande gentiment Louis en tirant une chaise, je vais te servir.

L'attention de son frère lui fait plaisir. Elle était tellement prise cet été qu'elle ne l'a presque pas vu. À vrai dire, c'est Perrine qui lui donnait de ses nouvelles la plupart du temps. Et pourtant, ce n'est pas parce qu'ils habitent à des lieues l'un de l'autre. Seulement quelques rues les séparent. Elle s'en veut de l'avoir négligé. Il lui faudra être plus vigilante si elle ne veut pas que son ambition la perde.

Louis dépose deux tasses fumantes sur la table et retourne d'où il vient. Il ouvre la huche à pain et la referme aussitôt. Ça sent encore les galettes à la mélasse dans toute la maison, ce qui lui fait penser qu'Antoinette a sûrement mis le reste en lieu sûr ou, plutôt, elle l'a caché. Elle a pris l'habitude de toujours faire deux recettes dans l'espoir d'avoir congé de dessert un repas sur deux. Reste maintenant à trouver où. Il ouvre une première porte d'armoire, puis une deuxième...

— Inutile de toutes les ouvrir, annonce Jacques en se retenant de rire, tu ne trouveras rien.

Son fils le regarde avec des points d'interrogation dans les yeux. Depuis quand son paternel s'intéresse-t-il autant à de malheureuses galettes à la mélasse ? Il poursuit sa recherche en ouvrant deux portes d'armoire du coup.

— Je les ai mangées en arrivant, avoue-t-il sous le regard amusé d'Agathe.

— Il en restait au moins une douzaine ! s'écrie Louis. Et tu n'en manges jamais.

— Eh bien, il n'en reste plus une seule.

Jacques regarde son cadet d'un air moqueur. Il est tellement gourmand que son annonce a autant d'effet sur lui que s'il venait de l'aviser que Marguerite sort du couvent. Bien que la tentation soit forte de lui tirer la pipe encore un moment, son père choisit d'abréger ses souffrances.

— Si ça peut te rassurer, je les déteste toujours autant. Pour tout te dire, je les ai données aux Dufour. La jeune Alice m'a fait la conversation de sa galerie quand je suis arrivé et j'ai voulu lui faire plaisir. Tu aurais dû voir ses yeux quand je lui ai donné l'assiette de galettes.

Louis fait pitié à voir. Au lieu d'attendrir Jacques, ça ne fait qu'augmenter son envie de rire. Des occasions comme celle-ci lui rappellent que ses enfants ont été élevés dans la ouate et que ça n'a pas que de bons côtés.

— À ta place, ajoute-t-il, taquin, je me mettrais à pleurer.

20

Agathe profite du trajet entre la ville et la seigneurie pour faire son examen de conscience. Elle ne parvient pas à effacer le souvenir d'Augustin de sa tête, et de son cœur aussi, il faut bien l'avouer. Elle n'a qu'à fermer les yeux pour se rappeler leur baiser enflammé. Elle n'avait encore jamais ressenti une telle sensation. Ce ne sont pas les petits baisers secs de Pierre qui risquent de lui faire voir des étoiles. Et les mains d'Augustin qui couraient partout sur son corps. Comment a-t-elle pu être assez bête pour le repousser ? Si sa mère était encore de ce monde, elle lui dirait qu'elle aurait dû saisir sa chance et elle lui donnerait raison. Il n'existe pas de bonne manière pour jeter un homme, mais certaines le marqueront à coup sûr jusqu'à son dernier souffle. Pauvre Augustin !

Elle secoue la tête plusieurs fois avant de trouver de nouveau refuge dans ses pensées. Elle réfléchit non seulement à ce qu'elle a manqué, mais à ce qu'elle devrait faire pour aller au fond des choses une fois pour toutes. Elle doit satisfaire son envie irrésistible de connaître la passion pour que cette dernière cesse de la hanter. Avoir l'idée est une chose, la mettre à exécution en est une autre. Dire qu'Augustin aurait été parfait… Elle ne risquait même pas de le croiser en ville une fois son désir assouvi. *À moins que j'aille le relancer à Québec !* Elle chasse aussitôt cette pensée et se met à rire toute seule. Elle craindrait qu'il la chasse à coups de balai. En tout cas, c'est ce qu'elle ferait si elle était à sa place. Ajoutons qu'elle ne peut pas se permettre une petite virée dans la magnifique ville de Québec avant le printemps prochain. Trop nombreux sont les projets en cours de réalisation, sans compter tous ceux qui attendent leur tour. Un jour, il faudra qu'elle réalise son rêve d'ouvrir la première usine de tissage de Ville-Marie. D'ailleurs, elle compte écrire au roi de France pour lui faire part de son idée et lui demander d'assouplir les règles qui sévissent en Nouvelle-France. Sa Majesté doit comprendre les nombreux avantages qu'elle retirera lorsque les habitants de la colonie seront autonomes.

Et voilà que son esprit revient à son sujet de prédilection du moment. Elle se met aussitôt en frais de dresser l'inventaire des hommes qu'elle connaît et, franchement, aucun ne la fait palpiter. Pire, plusieurs de ses connaissances lui donnent des haut-le-cœur aussitôt qu'elle songe à se rapprocher d'eux. Le seul qui pourrait l'intéresser, et c'est vite dit, c'est le nouveau censitaire. Plutôt mourir insatisfaite que de s'aventurer sur ce terrain-là. Il est plutôt bel homme et il est clair qu'il plaît aux femmes. Elle sourit. Son analyse repose uniquement sur la rougeur des joues de trois femmes en sa présence : Charlotte, Marie-Anne et Jeanne. La première n'est pas pressée de se marier et il est un peu trop jeune pour elle. La deuxième devra attendre la fin de son deuil. Quant à la troisième, tout porte à croire qu'elle est revenue à la case départ. Agathe aime profondément ces femmes. Si quelqu'un lui avait dit qu'un jour elle se porterait à la défense de la maîtresse de son mari, elle lui aurait ri au nez alors que c'est bel et bien ce qui se produit pour Marie-Anne. Pour sa défense, elle dira que Pierre lui a fait assez de mal. Elle peut fermer les yeux sur une foule de choses, mais pas sur un seigneur qui abuse de sa bonne. Elle aurait été son esclave que son comportement aurait été tout aussi inacceptable. À l'instant où elle a appris la vérité sur les gestes posés par Pierre à l'égard de Marie-Anne, elle lui a fait comprendre qu'il valait mieux pour sa survie ne pas récidiver et ne jamais faire entrer un ou une esclave au manoir ou à leur propriété de Ville-Marie. Agathe frissonne. Elle serait capable de le tuer de ses propres mains.

Elle admire le paysage au passage. Le cocher et elle seront à la seigneurie dans quelques minutes. Il lui tarde de serrer ses filles dans ses bras et de retrouver Angélique. Sa cuisine lui manque cruellement. Elle vient de vivre le pire été de sa vie en matière de nourriture. Outre les quelques repas pris chez son père, elle s'est nourrie de pain beurré et de légumes bouillis. Elle n'avait ni le temps ni le goût d'enfiler un tablier et de se faire à manger, d'autant qu'elle déteste ça. La bonne nouvelle, c'est qu'elle a retrouvé sa taille de guêpe d'avant sa première grossesse. La mauvaise, elle enrage de manger du poulet rôti, un bouilli ou un rôti de chevreuil. Elle sort de quoi écrire de son grand sac de cuir et dresse la liste de tout ce qui lui fait envie. Elle a vite fait de noircir sa feuille de papier des deux côtés. Elle fronce les sourcils. Comment une femme de son âge peut-elle être aussi dépendante de sa bonne et de celle de son père pour se nourrir ? Il y a de quoi pleurer.

— On est arrivés, madame, annonce le cocher.

— Tant mieux parce que je suis morte de faim.

L'instant d'après, Agathe éclate de rire. Elle est peut-être un modèle en affaires, mais certainement pas en cuisine. Elle saute en bas de la calèche en même temps que les chevaux s'immobilisent et crie pour annoncer son arrivée.

— Hé ! Je suis là !

La porte s'ouvre aussitôt sur Jeanne, qui relève sa jupe et court se jeter dans ses bras. Il s'est passé tellement de choses dans sa vie ces derniers jours que sa sœur ignore !

— Tu ne peux pas savoir à quel point je suis contente de te voir ! s'exclame Jeanne dans un cri du cœur.

— Tu viens de m'en donner une petite idée, avoue Agathe d'un ton taquin.

Jeanne recule d'un pas et lui tend sa main droite. L'anneau en or ciselé qu'elle porte à son annulaire attire aussitôt le regard d'Agathe. Elle prend la main de sa jeune sœur dans la sienne pour l'admirer de plus près.

— Jérôme et moi nous marierons entre Noël et le jour de l'An. Je n'ai jamais été aussi heureuse de toute ma vie.

— Et son père ?

— C'est de l'histoire ancienne ! répond-elle en balayant l'air de sa main dans un grand geste. Je te raconterai plus tard. Pour le moment, je suggère de rentrer, on t'attendait pour dîner.

Agathe se réjouit que le vent ait enfin tourné pour Jeanne, et pour le reste de la famille par la même occasion. Elle n'habitera ni trop près ni trop loin et jouira d'une chapelle plus grande que celle d'ici. De quoi faire son bonheur. *Une bonne chose de réglée !* se dit Agathe avec joie. *La vie nous réserve parfois de belles surprises.* Il lui faut tout de même plusieurs secondes avant de féliciter sa jeune sœur pour sa grande nouvelle.

***

Faire des sucres d'orge au sirop d'érable leur a demandé énormément de patience et de persévérance. Charlotte et Marie-Anne, aidées de Demitilde et Naméqua, les amies indiennes d'Agathe, sont finalement arrivées à leurs fins. Enfin, c'est vite dit puisque Charlotte était la seule à pouvoir valider le résultat étant donné que personne d'autre n'avait eu le plaisir d'en porter un à sa bouche. Elle avait la recette sauf qu'elle ne l'avait jamais expérimentée personnellement. Pas plus d'ailleurs qu'elle n'avait vu quelqu'un l'exécuter devant elle. C'est ainsi qu'elles se sont données corps et âme pendant quatre jours complets avant de réussir leur pari.

Demitilde et Naméqua ont séjourné chez Charlotte et Marie-Anne. Autant elles ont travaillé, autant elles ont ri. Elles avaient toutes à cœur de faire plaisir à Agathe, et elles ont fait tous les efforts possibles. Elles ont dépensé plus de sirop d'érable en quatre jours qu'en autant d'années, mais ça valait la peine. Alors qu'Angélique commençait à avoir du mal à voir baisser sa réserve de sirop, elle a tout oublié d'un coup le jour où les filles lui ont offert quelques sucres d'orge. Depuis, elle ne tarit pas d'éloges à leur égard et ne cesse de leur répéter qu'Agathe va tomber en bas de sa chaise lorsqu'elle découvrira ce qu'elles ont fait pour elle. C'est un cadeau dont elle se souviendra longtemps, un cadeau exceptionnel promis à un bel avenir. Connaissant Agathe, elle ne se contentera pas d'en profiter, elle voudra les commercialiser.

Avec tout ça, les filles n'ont pas fini de tricoter les mitaines et, bien sûr, elles ne sont pas encore perlées. Au départ, elles avaient l'intention de les remplir de sucre d'orge. Après une discussion plutôt enflammée, Charlotte et Marie-Anne ont décidé de garder les mitaines pour Noël et de lui offrir les sucres d'orge à son arrivée à la seigneurie. Elles se réjouissent déjà de sa réaction et de tout ce qu'elle imaginera pour en faire profiter le plus de gens possible.

— Elle vient d'arriver au manoir ! s'écrie Clovis en faisant irruption dans la maison en même temps qu'il frappe.

L'effet de surprise est instantané sur le petit Philippe. Il se met à hurler comme s'il venait de se faire piquer par une guêpe. Leur visiteur ne fait ni une ni deux et va le chercher. Il le colle sur lui et lui flatte doucement la tête. L'enfant se rendort aussitôt. Il retourne le coucher et vient embrasser les deux femmes de sa vie. Il les appelle ainsi depuis qu'elles ont emménagé ensemble. C'est à qui en fera le plus pour lui. S'il les écoutait, il pourrait venir prendre tous ses repas chez elles et même leur apporter son linge sale. Il vient manger de temps en temps et ça s'arrête là. Il a le gîte et le couvert au manoir et il aime bien être libre de ses faits et gestes.

— Parfait ! dit sa mère. On ira lui porter nos sucres d'orge après le souper. As-tu mangé ?

— Trop, mais je mettrais bien quelques sucres d'orge dans ma poche.

— Pour que tu vendes la mèche ? argumente Marie-Anne. Tu devras patienter jusqu'à demain.

Clovis fait les yeux doux, mais cette fois, son charme n'opère pas. Elles ont travaillé trop fort pour courir le risque que quelqu'un s'échappe.

— Un seul ! finit par concéder Charlotte, et tu le manges maintenant.

— Vous prenez vraiment ça au sérieux ! leur dit-il.

— Encore plus que tu penses, confirme sa mère. Qui sait où ce petit bonbon va nous mener ?

Son fils fronce les sourcils. Il avait compris qu'elles voulaient offrir un cadeau spécial à Agathe pour la remercier de tout ce qu'elle a fait pour elles.

— Est-ce que j'en ai manqué un bout ? demande-t-il.

— Tu n'es pas le seul, à ce que je vois, ajoute Marie-Anne. Peux-tu nous expliquer le fond de ta pensée ?

— Comme je n'arrivais pas à dormir la nuit dernière, je me suis mise à réfléchir à notre sucre d'orge, lance Charlotte. Vous serez d'accord avec moi que notre objectif premier était et est toujours de remercier Agathe. Je vous rappelle qu'au départ, on voulait juste lui offrir de la tire Sainte-Catherine à l'érable et que l'idée des sucres d'orge est venue après coup. Et on a réussi notre pari. Je me suis dit que le mérite nous revient, à nous quatre, je veux dire. Alors, si jamais elle décide de les commercialiser, ce qu'elle fera sûrement, ce serait juste et équitable qu'on en tire profit. Elle a les moyens, et nous, on a eu le génie.

— J'adore ton idée, confirme Marie-Anne, seulement ça change tout. Il faut qu'on en discute avec les filles avant d'aller voir Agathe.

* * *

Agathe était contente de voir ses filles, mais elle a filé au moulin banal à l'instant où Angélique lui a annoncé que c'était l'heure de leur sieste. C'est fou tout ce qu'elle aura à faire pendant son séjour. Sans compter l'organisation du mariage de Jeanne qui est venu s'ajouter sur le tas. Agathe s'en serait bien passée. En même temps, ce sera un souci de moins quand elle sera mariée, ce qu'elle espère du moins ! Même si elle mourait d'envie d'aller saluer ses voisines et amies, elle a décidé de patienter. Angélique a offert de les inviter à souper.

Plus elle écoute Germain énumérer les travaux faits à ce jour, plus les yeux d'Agathe s'agrandissent. Son meunier n'est plus le même homme. Il est enthousiaste et efficace dans des domaines qui n'ont rien à voir avec les grains et la farine. Elle savait qu'il était habile avec les chiffres, mais elle était loin de se douter que c'était à ce point. Tout ce qu'il lui présente est impeccable et clair comme de l'eau de roche. À vrai dire, il travaille tellement bien que l'idée de lui confier la direction de la seigneurie lui effleure l'esprit plus d'une fois pendant qu'il l'informe des travaux exécutés depuis le printemps.

— Wow! Je suis sans mot, Germain.

Il accueille le compliment de sa patronne par un hochement de la tête. Il ne cherchait pas à l'impressionner. Disons plutôt qu'il s'est pris au jeu sans s'en rendre compte. Après tout, il est devenu meunier par accident.

— Vous n'avez pas idée du poids que vous venez de m'enlever de sur les épaules. Grâce à tout ce que vous avez accompli, je vais pouvoir me concentrer sur les façons de développer la seigneurie et d'augmenter ainsi sa rentabilité. Je vous dois une fière chandelle, Germain.

— Si jamais ça vous intéresse, j'ai pris la liberté de noter quelques idées.

— Bien sûr, mais avant, j'aimerais que vous me parliez de François. Pierre m'en a dit le plus grand bien sans vraiment me donner de détails. Vous connaissez mon mari aussi bien que moi!

Germain en aurait long à raconter sur le compte du seigneur des lieux. Il en sait suffisamment pour faire dresser les cheveux sur la tête de sa femme. L'unique raison qui le pousse à se taire tient en une phrase: ça n'apporterait rien à personne. Tant et aussi longtemps qu'il en sera ainsi, il tiendra sa langue.

— C'est de loin le meilleur censitaire qu'il m'ait été donné de rencontrer, annonce-t-il d'une voix assurée. Il est brillant, travaillant et il a à cœur de toujours faire mieux. Vous conviendrez avec moi que c'est plutôt rare de nos jours. Il a battu tout le monde pour la qualité de ses grains et pour la beauté de ses champs. Au lieu de lui en vouloir, les censitaires l'ont mitraillé de questions et se sont mis au travail pour au moins l'égaler. Cet homme vaut son pesant d'or pour la seigneurie. M. Pierre a eu beaucoup de flair sur ce coup parce qu'entre vous et moi, rien ne garantissait qu'un coureur des bois puisse se transformer en agriculteur émérite, parce que c'est ce qu'il est devenu en très peu de temps.

Il n'y a pas de plus belle musique à l'oreille d'Agathe que celle qui vante les mérites de ses gens. C'est pourquoi elle leur voue le plus grand respect et reconnaît sans se faire prier leur contribution à leur réussite. Ils ont beau avoir de belles terres, s'ils n'ont pas les bons hommes pour les exploiter, les résultats n'en seront que médiocres.

— J'irai le féliciter en personne, lance fièrement Agathe.

— Ne le prenez surtout pas mal ! Contrairement à la plupart des hommes, il ne carbure pas aux compliments. Je suis bien placé pour vous en parler. J'ai moi-même tenté de le féliciter et je me suis fait revirer comme une crêpe. En gros, il m'a fait valoir que sans l'aide de ses voisins, il n'y serait jamais arrivé. Si je peux me permettre une suggestion, organisez plutôt une grande fête pour souligner le travail de tout le monde.

Agathe lui sourit franchement. Le Germain qui est devant elle lui plaît beaucoup plus que celui d'avant. Il est vrai qu'elle a toujours eu un faible pour les hommes qui s'affirment.

— Je comprendrais que l'idée ne vous plaise pas, ajoute Germain devant son silence prolongé.

— Au contraire ! Je réfléchissais aux meilleures personnes pour l'organiser, ment-elle pour se sortir de cette impasse. À moins que vous ne souhaitiez…

— J'en serais ravi ! confirme-t-il sans lui laisser le temps de finir sa phrase. Si vous n'y voyez pas d'objection, je pourrais demander à Charlotte et à Marie-Anne de m'aider.

— Bonne idée ! Est-ce que deux semaines vous suffiront ?

— Amplement.

Elle demande ensuite à voir la récolte et elle ne tarit pas d'éloges sur la qualité des grains. Elle n'en connaît pas aussi long que Germain sur le sujet. Toutefois, elle en sait assez pour pouvoir les comparer avec ceux des années précédentes. Elle le remercie pour tout et retourne au manoir. Ses filles ont sûrement fini leur sieste. Si Angélique a un peu de temps, elles les installeront dans la voiturette que Clovis leur a fabriquée et elles iront jusqu'à la chapelle. Agathe en profitera pour aller voir si Jeanne est là. Aux dires de son jeune protégé, sa sœur y passe le plus clair de son temps. Prier n'est pas mal en soi. À preuve, en Nouvelle-France, la plupart des gens s'y exercent et ça ne fait pas d'eux des demeurés pour autant. En réalité, le bât blesse uniquement lorsque les gens ne font plus rien d'autre. En plus d'user prématurément leurs genoux, ça leur enlève tout sens critique. Agathe aimerait bien comprendre pourquoi il a fallu que ses trois sœurs tombent dans le piège tendu par la religion. Elle accélère le pas. Il est trop tard pour changer quoi que ce soit pour ses sœurs. Quant à ses filles, elle fera tout en son pouvoir pour les empêcher de verser dans le fanatisme religieux qui sévit en Nouvelle-France. Absolument tout !

Elle entre en coup de vent dans le manoir et passe à un cheveu d'entrer en collision avec Jeanne.

— Un peu plus et je faisais une omelette sur le plancher à cause de toi, l'informe cette dernière en lui lançant un regard rempli de reproches.

Prise de court par l'attitude de sa sœur, Agathe reste sans mot.

— Et j'aime autant te dire que je t'aurais regardée nettoyer sans lever le petit doigt, ajoute Jeanne d'un ton plus léger devant son air ébahi, et j'aurais interdit à Angélique de t'aider.

— Désolée, Sa Majesté ! J'avais la tête ailleurs et je te croyais à la chapelle.

Il n'en faut pas plus pour que Jeanne monte aux barricades.

— J'ignore qui t'a informée, mais je ne passe pas mes journées à prier. Pour ta gouverne, je n'y suis pas encore allée aujourd'hui et je ne suis pas certaine d'avoir le temps non plus. Crois-tu vraiment que le travail se fait tout seul ici ? Eh bien, non !

Agathe reconnaît avoir perdu une occasion de se taire. Au lieu de s'excuser de nouveau, elle attrape sa sœur par le bras pour l'obliger à la regarder et lui dit :

— Depuis le temps, tu devrais savoir que ta grande sœur s'inquiétera toujours pour toi.

— Ça ne te donne pas le droit pour autant de critiquer tout ce que je fais !

Jeanne hausse les épaules et lui sourit. Elle sait bien que c'est parce qu'elle l'aime. N'empêche qu'il va falloir qu'Agathe se fasse une raison et la laisse vivre sa vie à sa façon.

— Je suis une grande fille, maintenant, et crois-moi, j'ai déjà plusieurs anges gardiens. Plus que j'en ai besoin ! Je prierai toujours plus que toi parce que c'est dans ma nature d'être pieuse. Si ça peut te rassurer, je m'apprête à marier un homme qui l'est au moins autant que moi.

Loin de la rassurer, les paroles de Jeanne lui donnent froid dans le dos. Elle n'ose pas imaginer l'éducation que recevront leurs enfants, parce qu'ils en auront sûrement. Comme elle ne pourra rien changer à cet état des choses, Agathe choisit de faire contre mauvaise fortune bon cœur.

— Promis, c'était la dernière fois que je te rebattais les oreilles avec la prière.

Jeanne commençait à croire qu'Agathe n'abandonnerait jamais la partie. Elle ne lui demande pas de penser comme elle, uniquement de respecter ses choix même s'ils sont à l'opposé des siens pour tout ce qui touche de près ou de loin à la religion.

— Et j'ai envie de te croire ! Ça te dirait d'aller marcher ?

— À la condition qu'on emmène mes filles.

— Angélique te dira que je ne pars jamais sans elles. Ça leur fait du bien de prendre l'air. On y va ?

21

Perrine est tout feu tout flamme depuis qu'elle a ouvert les yeux ce matin. Elle a même pris le temps de se préparer un vrai déjeuner, à l'image de ceux qu'Angélique a l'habitude de lui servir. Elle y a pris goût sans vraiment s'en rendre compte. Il y aura bientôt quatre mois que son amie est partie s'installer à la seigneurie avec les filles d'Agathe. D'après ce qu'elle sait, elle devrait toutes revenir dans trois semaines. Elle a hâte et il lui tarde de débarquer chez sa patronne pour partager son premier repas de la journée avec Angélique et les petites.

Elle sort de sa maison sitôt sa dernière bouchée de pain avalée. Elle a rendez-vous avec M. Jacques dans quelques minutes. Ils vont voir un terrain pour la construction du nouvel édifice. Perrine a remué ciel et terre pour que le propriétaire accepte au moins de les rencontrer. Devant son insistance, il lui a répété sur tous les tons que leur démarche ne donnera rien puisqu'il ne veut pas vendre. À entêté, entêté et demi ! Perrine n'a pas l'intention d'abandonner aussi facilement. Son défunt père avait l'habitude de dire que tout est à vendre pourvu qu'on offre le bon prix. Elle a donné l'heure juste à M. Jacques. Au lieu de lui dire qu'il n'avait pas de temps à perdre avec cet homme, qu'il le connaît depuis belle lurette, il lui a suggéré de tenir son bout, ce qu'elle a l'habitude de faire.

— Prêt à attaquer ? lance-t-elle en entrant dans le magasin.

— Je dirais plutôt que je suis prêt à m'amuser un peu. J'ai revu tes calculs et je pense qu'on pourrait augmenter un peu notre prix pour son terrain.

— À vous de voir !

— J'aime autant te dire que tu ne t'en tireras pas aussi facilement ! Approche que je te montre comment j'en suis arrivé à cette conclusion.

Elle vient se placer à côté de lui et l'écoute avec attention. Elle n'en revient pas qu'il lui demande son avis pour tout ce qui concerne ce projet. Alors que la plupart des hommes se contenteraient de l'informer, M. Jacques prend le temps de lui expliquer les tenants et les aboutissants liés à chaque décision en cours. Chacune d'elles est prise en toute connaissance de cause de part et d'autre. Aussi curieux que cela puisse paraître, avec lui et Agathe, elle a toujours droit au chapitre. Elle les apprécie d'autant plus pour la confiance qu'ils lui portent. Non seulement elle a l'impression mais aussi la certitude de faire partie intégrante des leurs et ça la rend fière en plus de lui donner des ailes.

— Je vous rejoins sur le montant, annonce-t-elle après réflexion, mais je suggère qu'on garde dans notre manche la différence entre celui qu'on voulait lui offrir au départ et le nouveau. Je ne connais pas le propriétaire aussi bien que vous, ce sera seulement la troisième fois que je le verrai. Loin de moi l'idée de lui manquer de respect de quelque manière que ce soit, mais il m'a semblé être très orgueilleux. Alors je me dis qu'il finira par accepter de nous vendre son terrain si et seulement si on réussit à lui faire croire que c'est lui qui mène le bal. Laissons-le venir à nous !

S'il ne se retenait pas, Jacques lui sauterait au cou. Perrine possède un sens peu commun des affaires et l'esprit d'analyse aiguisé et juste des hommes qui se targuent d'être les plus forts. Il lui a suffi de quelques mots pour décrire le propriétaire du terrain tant convoité. Jacques lui sourit franchement. C'est une femme comme elle qu'il voudrait avoir à son bras. Vu qu'elle est mariée et heureuse, il ne lui reste plus qu'à continuer à endurer sa solitude. Elle lui pèse tellement certains jours qu'il doit se faire violence pour sortir du lit. Tous ceux qui le connaissent diraient que ça ne lui ressemble pas. C'était vrai avant qu'Agathe lui présente Perrine. Depuis, il survit quand elle n'est pas dans son champ de vision, c'est-à-dire la plupart du temps. Il a essayé de se raisonner. Depuis quand se comporte-t-il comme un enfant gâté ? Il convoite une femme déjà engagée et ça ne risque pas de changer de sitôt. Il ne peut que se réjouir pour elle. D'ailleurs, il serait le premier étonné qu'elle ait des sentiments pour lui. Même si c'était le cas, ça ne change rien à ce qui est. Il est amoureux d'un mirage et c'est en train de le tuer.

Perrine le fixe et lui sourit lorsqu'il revient enfin sur terre.

— Désolé ! On va faire comme tu dis.

***

Grand-maman Godé s'ennuie à mourir chez son gendre. Non seulement elle compte les jours restants avant de pouvoir retourner chez elle, elle compte aussi les heures. Jacques et les garçons l'ont accueillie comme une reine et Antoinette l'a aidée à s'installer dans l'ancienne chambre des filles. Comme si ce n'était pas suffisant, tout ce beau monde s'active à satisfaire ses moindres désirs. En réalité, elle n'a aucune raison de se plaindre si ce n'est qu'elle ne supporte plus d'être ailleurs. Elle a beaucoup réfléchi depuis qu'elle s'est trouvée mal à la pâtisserie de Rose. À sa vie, à sa famille et au temps qu'il lui reste à vivre. Elle a quatre-vingt-quinze ans bien sonnés et une santé de fer. C'est du moins ce qu'elle croyait jusqu'à ce que son cœur fasse des siennes. Son souhait le plus cher est de passer le reste de ses jours dans ses affaires. Connaissant son gendre et ses petits-fils, ils feront tout en leur pouvoir pour la garder chez eux jusqu'au retour d'Agathe. Grand-maman Godé sait qu'ils pensent bien faire. Seulement, si elle reste un jour de plus ici, elle va se mettre à dépérir. Elle dépose son sac de toile sur le pied du lit et y jette ses quelques effets. Elle le boucle et s'assoit à côté. Elle doit planifier son départ si elle veut avoir une chance de dormir dans son lit ce soir. L'envie de se sauver comme une voleuse lui effleure l'esprit, elle n'aurait qu'à sortir par la porte de derrière et rentrer tranquillement chez elle. Seul problème : elle les aime trop pour leur faire un tel affront. Ils veulent seulement pouvoir veiller sur elle, après tout.

De petits coups frappés sur la porte de sa chambre la sortent de sa réflexion.

— Grand-maman, c'est moi.

— Entre, Louis.

Le regard de son petit-fils adoré se pose aussitôt sur son sac de voyage. Elle se dit qu'il vaut mieux prendre les devants et lui expliquer pourquoi elle veut s'en aller. Il l'écoute sans la quitter des yeux.

— Je comprends, mais je doute que papa te laisse partir. À moins que… j'ai une idée. Je pourrais demander à Perrine de passer te voir matin, midi et soir.

— Une fois par jour suffirait amplement, rectifie sa grand-mère. Je n'ai pas besoin d'une gardienne ni d'avoir de la visite à longueur de journée. Je veux juste retourner chez moi et profiter tranquillement du temps qu'il me reste.

Louis s'efforce de garder le cap alors qu'il est triste à mourir que sa grand-mère adorée refuse leur aide. Il veut bien plaider sa cause auprès de son père, mais il va falloir qu'elle y mette du sien.

— Si Perrine est dans le portrait, je devrais réussir à convaincre papa. Je peux même aller le voir au magasin, si tu veux.

— Pas avant de m'avoir raccompagnée chez moi.

— Mais je ne…

— Tss-tss ! Je rentre à la maison maintenant, avec ou sans toi.

Louis réalise une fois de plus que sa grand-mère a du caractère. Il voudrait l'empêcher de s'en aller qu'il ne pourrait pas la retenir. Elle n'a jamais voulu être un poids pour les siens et ce n'est pas aujourd'hui qu'elle va l'accepter. Sa vie n'a pas été un long fleuve tranquille, au contraire. Comme bien des gens de sa génération, elle a eu sa large part d'épreuves. Certaines étaient d'une telle violence qu'elles auraient pu lui être fatales. Au lieu de s'apitoyer sur son sort, elle en sortait encore plus forte.

— D'accord ! finit-il par concéder. Je te ramène chez toi et j'irai parler à papa et à Perrine après. Et je m'arrangerai avec Agathe aussi. Je lui avais promis d'emménager chez toi si jamais tu voulais t'en aller, mais j'imagine que tu vas refuser.

Sa grand-mère s'approche et l'embrasse sur la joue. Elle le trouve très courageux d'affronter son père pour elle, et encore plus Agathe. Si elle a la réputation d'avoir du caractère, ce n'est rien comparé à son gendre et à sa petite-fille. Louis attrape son sac et lui ouvre la porte.

Il y a seulement quelques maisons entre celle de son gendre et la sienne. Pourtant, jamais le trajet ne lui a paru aussi long. Elle a le souffle si court que chaque pas lui demande un réel effort. Heureusement que Louis respecte sa vitesse de croisière parce que ses jambes la lâcheraient. Elle relève le menton pour se donner une contenance et continue d'avancer à petits pas. Plus vite elle sera chez elle, plus vite elle pourra se reposer à son aise. Les voilà arrivés. Son petit-fils ouvre la porte et se tasse de côté pour la laisser entrer. Il n'a jamais vu sa grand-mère aussi mal en point. Les reproches vont pleuvoir sur lui dès qu'il avouera l'avoir aidée à retourner dans sa maison. Soit ! Elle était malheureuse comme les pierres et il ne pouvait pas le supporter plus longtemps. Il va porter son sac dans sa chambre et revient dans la cuisine.

— Peux-tu allumer le poêle avant de partir ? lui demande-t-elle d'une voix frêle.

— Je vais te rentrer du bois aussi. Et je viendrai te porter ton souper.

— Apporte-moi juste un pain.

— Je ne t'ai pas ramenée chez toi pour que tu manques de tout.

Sa grand-mère lui sourit. Elle n'est pas du genre à clamer haut et fort qu'elle a des préférences parmi ses petits-enfants, mais dans les faits, Agathe et Louis ont toujours eu une longueur d'avance sur les autres. Pourquoi eux ? Elle ne saurait le dire !

— Tu es un bon garçon. Pourrais-tu me donner mon châle ? Il est sur mon lit.

Au lieu de se contenter de le lui tendre, Louis le glisse sur ses épaules et la regarde avec amour. Quant à emménager chez elle pour un temps, il a décidé d'oublier le projet. Il fera ce qu'il faut pour que la volonté de sa grand-mère adorée soit respectée. Elle n'est pas sénile, elle est juste vieille.

Il sort chercher une brassée de bois et, lorsqu'il revient, elle dort dans sa chaise. Il se dit qu'elle serait beaucoup mieux dans son lit et s'approche. Alors qu'il allait la prendre dans ses bras, il se redresse. Si elle s'est assise dans sa chaise berçante, c'est parce que c'est là qu'elle voulait être. Il allume le poêle et retourne chercher du bois. Une fois l'énorme boîte remplie, il s'assoit à la table et pose un regard bienveillant sur son aïeule. Jusqu'à la semaine dernière, jamais l'idée qu'elle meure un jour ne lui avait effleuré l'esprit. Il n'est pas très confortable avec la mort. Même s'il n'était pas très proche de Françoise, son départ a eu sur lui l'effet d'un orage violent en plein cœur de l'été. Il en garde d'ailleurs encore quelques séquelles. Si jamais il a une fille, il fera tout en son pouvoir pour l'empêcher d'entrer au couvent. Alors qu'il croyait qu'Agathe l'encouragerait sur cette voie, elle lui a dit qu'il ne faut pas condamner ces institutions sur la base d'un geste isolé. Il l'entend encore lui vanter les mérites des religieux en prenant soin d'énumérer toutes leurs bonnes actions. Il était tellement surpris qu'il avait mis la main sur son front pour s'assurer qu'elle ne faisait pas de fièvre.

Grand-maman Godé tient une grande place dans son cœur et, peu importe qu'elle parte aujourd'hui ou dans dix ans, ce sera toujours trop tôt pour lui. Il va brasser le bois dans le poêle et revient s'asseoir. Il lui arrive parfois de se demander à quoi ressemblerait sa vie si Maturine était encore de ce monde. Il n'a manqué de rien en apparence alors qu'il a manqué de l'essentiel. L'amour d'une mère est irremplaçable. Ils en parlent parfois entre frères, mais jamais devant Agathe. Elle a tellement fait pour eux que ça lui crèverait le cœur d'entendre ce qu'ils pensent vraiment. Elle leur a tout donné, sauf que ce n'était pas suffisant pour eux.

Les ronflements de sa grand-mère le sortent brusquement de ses pensées. Il se redresse sur sa chaise. À moins qu'Antoinette n'ait pas réussi à la joindre, Perrine doit être sur le point d'arriver. Son admiration pour cette dernière ne cesse de grandir. Il adore être en sa compagnie et il sait que c'est réciproque. En fait, il n'en doute pas un instant. Elle est d'un naturel désarmant. Elle voudrait faire semblant qu'elle en serait incapable, on peut lire en elle comme dans un grand livre ouvert. Il se considère très chanceux de la connaître et encore plus de l'intérêt qu'elle lui porte. Perrine représente beaucoup pour lui et pour ses frères. C'est à qui attirera son attention quand ils mangent ensemble dans l'entrepôt. Avec elle, tous les sujets sont permis et elle n'utilise jamais son droit d'aînesse pour les convaincre qu'elle a raison. Elle leur fournit plutôt des arguments pour alimenter leur réflexion sans chercher à les influencer au passage. Perrine est un esprit libre tout comme Agathe, la douceur en prime. C'est sûrement pour ça que les deux femmes s'entendent aussi bien.

— Louis, dit doucement Perrine en lui secouant le bras.

Perdu dans ses pensées, il ne l'avait pas entendue entrer. Il se redresse sur sa chaise et lui fait son plus beau sourire.

— Antoinette m'a donné un plein panier de provisions pour ta grand-mère.

— Ça tombe bien parce que je meurs de faim.

— Va manger chez vous, je vais rester avec elle jusqu'à ton retour.

— Je comptais revenir juste pour lui apporter son souper, annonce-t-il sans sourciller.

Perrine le regarde droit dans les yeux.

— Ramener ta grand-mère chez elle était la meilleure chose à faire. Par contre, ce serait imprudent de la laisser seule avant qu'elle soit complètement remise. Je vais t'aider à établir un horaire pour tes frères et toi. Note que je serai ravie de faire ma part.

— Pendant combien de temps crois-tu que ce sera nécessaire ?

— Deux jours, trois tout au plus. Ta grand-mère est solide comme du roc.

Le regard que lui jette Louis en dit long sur son inquiétude. Perrine voudrait le rassurer que ce serait difficile en ce moment précis.

— Fais-lui confiance, lui dit-elle, elle va remonter.

— Mais elle ne se remettra jamais à courir, ironise Louis en levant les yeux au ciel.

— Si je fais un calcul rapide, elle ne courait plus depuis plusieurs années déjà quand tu es né.

C'est un des traits de caractère que Louis apprécie chez Perrine : elle a le don de dédramatiser. Il lui tire gentiment la langue et sort de la maison sans rien ajouter.

***

Jacques est de très belle humeur derrière son comptoir. La négociation avec le propriétaire du terrain convoité a pris seulement cinq minutes et ils sont sortis avec une promesse d'achat dont le prix est légèrement en dessous du plafond fixé avant d'aller le rencontrer. Une bonne affaire de réglée ! Il doit une fière chandelle à Perrine. Elle a mené la discussion de main de maître. Par conséquent, le vendeur n'y a vu que du feu. Agathe n'en reviendra pas. Jacques est tellement content qu'il lui a fait porter un message à la seigneurie. Il aurait pu en profiter pour l'informer que sa grand-mère est retournée chez elle. Après réflexion, il en a conclu que ça pouvait attendre. Ils sont assez en ville pour gérer la situation. Jacques n'a pas aimé que Louis la ramène à sa maison sans le consulter. En même temps, sa belle-mère est assez vieille pour savoir ce qui est bon pour elle.

Informer Agathe de son départ aurait probablement suffi à la faire revenir en ville en catastrophe alors qu'il n'y a pas mort d'homme, ou plutôt de femme. Pas encore, du moins! Il n'y a qu'une vieille dame qui sait ce qu'elle veut et qui, contrairement à beaucoup de gens vieillissants, peut se le permettre puisqu'elle a une maison pour elle toute seule. Au lieu de faire des reproches à Louis, il a fini par le féliciter. S'exposer aux foudres de sa sœur aînée demandait une bonne dose de courage. Ils ont encore trois semaines de répit avant son retour en ville.

La porte s'ouvre sur son gendre en même temps qu'il relève la tête de son livre de comptes. Il est la dernière personne qu'il s'attendait à voir. Jacques le salue poliment avant d'ajouter:

— Il me semblait que tu étais parti jusqu'aux premières neiges.

— C'est ce qu'on m'avait dit! Je suis en ville pour trois jours.

— Ça ne te laissera pas beaucoup de temps pour aller à la seigneurie.

— Je ne compte pas y aller. Entre vous et moi, j'ai pas mal de sommeil à reprendre.

Jacques retient son commentaire. Ça ne lui rentre pas dans la tête qu'un homme digne de ce nom se repose entièrement sur sa femme pour faire tourner ses affaires. Les rares fois où il s'est permis d'argumenter du bout des lèvres, il s'est fait rappeler gentiment qu'il passe beaucoup de temps à chasser les Iroquois. Comment pourrait-il l'oublier puisque c'est son sujet de prédilection et sa principale activité? Jacques reconnaît sans se faire prier que son travail est utile et nécessaire vu la relation totalement inharmonieuse entre les Français et les Iroquois. Ils sont comme chien et chat, et c'est peu dire. Par contre, s'il diminuait le nombre de ses visites aux cabarets, il récupérerait pas mal de temps pour s'impliquer dans ses affaires. Et beaucoup d'argent aussi s'il ingurgitait moins d'alcool à chacune de ses petites virées. Jacques tient l'information de source sûre. Certains de ses meilleurs clients lui ont même rapporté des choses peu flatteuses sur le compte de son gendre. Bien que parfois tenté de plaindre Agathe, il ne s'est pas encore risqué à le faire.

— Est-ce que je peux t'être utile? lui demande Jacques dans l'espoir de mettre fin à son supplice.

— Pas spécialement! Je suis juste venu vous avertir que j'étais en ville.

— J'aviserai Perrine de ne pas passer.

— Je repars dans la nuit de vendredi à samedi. Bonne journée, le beau-père.

— À toi aussi!

La porte ne s'est pas encore refermée sur son gendre que Jacques pousse déjà un grand soupir. Décidément, ce n'est pas encore aujourd'hui que Pierre et lui deviendront les meilleurs amis du monde. S'il s'écoutait, il aurait depuis longtemps cessé d'être poli avec cet homme qui, en plus de l'ennuyer comme la pluie, le fait sortir de ses gonds seulement parce qu'il respire.

22

C'est la troisième fois qu'Agathe se réveille en sueur depuis qu'elle est à la seigneurie et la température ambiante n'a rien à y voir. Il neigerait demain qu'elle ne serait pas étonnée. Il fait froid et humide dans les chambres et il en sera ainsi durant toute la saison froide. Elle a encore rêvé à Augustin. Depuis leur brève rencontre au marché, elle se repasse en boucle le baiser passionné qu'ils ont échangé. Elle ne se reconnaît plus. Ces brefs instants dans les bras de son amour de jeunesse ont bouleversé sa vie de manière si brutale qu'elle ne sait plus que faire pour penser à autre chose. Il est hors de question qu'elle aille le relancer à Québec. Encore moins qu'elle se cherche un homme de remplacement pour aller au bout de son envie. Elle a déjà réglé la question. Ce serait bien mérité, mais rendre la monnaie de sa pièce à son cher mari n'est pas une option. Pas pour le moment, du moins ! Depuis quand pense-t-elle de cette manière ?

Elle se frotte les yeux avec énergie. Si elle était née dans la peau d'un homme, elle ne serait pas en train de se faire un cas de conscience avec un simple baiser. Elle les envie. Heureusement que le curé ne l'entend pas penser parce qu'il lui laverait la langue avec du savon. Sans compter qu'elle écoperait probablement de deux chapelets à réciter à genoux pendant trente jours. Tout mais pas ça ! Elle veut bien continuer à s'inventer quelques péchés véniels au moment d'aller se confesser pour les fêtes de Noël, sans plus. L'homme de Dieu est content et elle aussi, surtout une fois qu'elle a oublié la pénitence qu'il vient de lui donner.

— Agathe ! s'écrie joyeusement Angélique en tournant la poignée de la porte. Dépêche-toi de te lever, tu as de la belle visite.

— Il me semble qu'il est tôt pour se pointer chez les gens.

— Pas tant que ça, il est presque neuf heures.

— Ne me dis pas que j'ai fait le tour de l'horloge alors que c'est ma journée la plus chargée depuis mon arrivée !

— Demain sera encore là. Je vais descendre tenir compagnie à tes visiteuses pendant que tu t'habilles.

— Tu ne sortiras pas d'ici avant de m'avoir donné leur nom. Alors ?

— Je ne te dirai rien de plus que tu les connais très bien et que…

Angélique met la main sur sa bouche et tourne les talons sous le regard inquiet d'Agathe. Depuis quand sa bonne refuse-t-elle de parler ? D'habitude si bavarde, elle n'hésite pas à trahir un secret si c'est dans son intérêt. Elle pousse ses couvertures au pied du lit et se lève. Plus vite elle descendra, plus vite elle saura pourquoi elle se comporte de manière aussi bizarre.

Agathe reconnaît ses visiteuses avant de les voir. Elle se demande bien pourquoi ses amies indiennes sont ici avec Marie-Anne et Charlotte. Elle accélère le pas et les rejoint à la cuisine.

— Depuis quand fais-tu la grasse matinée ? lui demande Charlotte en guise de salutations.

— Ne m'en parle pas! répond Agathe en jouant la vierge offensée. C'est la faute d'Angélique.

Sa boutade suscite un éclat de rire collectif.

— Maintenant, ajoute-t-elle avant qu'elles n'aient repris leur sérieux, vous avez intérêt à m'expliquer ce qui se passe. Je veux savoir depuis quand vous frayez ensemble, et pourquoi vous êtes chez moi ce matin.

Charlotte jette un regard en coin à ses trois comparses avant de prendre la parole. Rallier Demitilde et Naméqua à leur façon de voir les choses n'a pas été chose facile. De là l'importance de bien défendre leur cause.

— Tu ferais mieux de t'asseoir, lui suggère-t-elle, parce que ça risque de prendre un peu de temps. Je me lance. Tout a commencé le jour où Marie-Anne et moi avons décidé de faire quelque chose de spécial pour te remercier pour tout ce que tu as fait pour nous. Tu nous connais suffisamment pour savoir qu'on est rarement à court d'idées. Toujours est-il qu'on en a trouvé une première qui nous a rassemblées toutes les quatre. Tu devras patienter jusqu'à Noël pour voir le résultat. Quelques jours plus tard, on en a eu une deuxième, beaucoup plus audacieuse, je tiens à le préciser, et on a de nouveau sollicité l'aide de tes amies. Aussi bien te le dire tout de suite, tu devras désormais les partager avec nous. On a passé quatre jours à travailler ensemble d'arrache-pied.

Charlotte prend une grande inspiration avant de poursuivre. Elle ne s'est jamais sentie aussi peu sûre d'elle. Les affaires ne sont pas son domaine de prédilection, comme c'est le cas pour Agathe.

— Au départ, on voulait te faire de la tire Sainte-Catherine au sirop d'érable. Plus facile à dire qu'à faire, j'en conviens. À force de discuter avec Marie-Anne, je me suis souvenue que lorsque j'habitais chez mes parents, les religieuses fabriquaient de petits berlingots de sucre d'orge pour traiter les maux de gorge. Je ne te dis pas le nombre de fois que j'ai prétendu en souffrir pour le plaisir d'en laisser fondre un sur ma langue. Je les aimais tellement que j'ai supplié les religieuses de me donner la recette. Je te raconterai tout ce que j'ai dû faire pour l'avoir un jour en sirotant un thé. Toujours est-il qu'on avait besoin de la connaissance et de la maîtrise du sirop d'érable des filles. On s'est donc enfermées à double tour toutes les quatre chez nous, notre seule sortie se limitait au manoir pour nous approvisionner en sirop d'érable, jusqu'à ce qu'on soit satisfaites de notre produit.

— J'avoue ne pas connaître les sucres d'orge et, vous me connaissez, je suis impatiente d'y goûter ! lance Agathe d'une voix remplie d'émotion. Surtout depuis que je sais qu'ils sont au sirop d'érable.

— Avant de te faire cet honneur, ajoute Charlotte, j'aimerais te dire comment on voit l'avenir de notre sucre d'orge.

C'est sous le regard insistant de ses trois complices qu'elle explique à leur amie leur envie de le commercialiser et de participer aux bénéfices.

— Pour conclure, j'ajouterais que notre intention était de te faire plaisir et non de faire de l'argent sur ton dos.

— Les affaires sont les affaires, tranche Agathe sans hésiter. Est-ce que je peux y goûter avant de m'associer ?

Charlotte lui en donne un. Agathe le tourne et le retourne d'abord dans sa main avant de le porter à sa bouche. Elle ferme ensuite les yeux pour ne pas se laisser distraire. Elle est sous le charme.

— Je serai ravie de traiter avec vous quatre. Je n'ai jamais mangé rien d'aussi bon et d'aussi fin. Nous allons faire fortune avec vos sucres d'orge. Je vais demander à Germain de m'aider pour le contrat et nous le signerons avant que je retourne en ville. Merci beaucoup, les filles, c'est le plus beau cadeau qu'on m'ait jamais fait.

Elle se lève et les embrasse à tour de rôle. Rien ne la rend plus heureuse que la réussite des femmes.

— Ne me dites pas que j'ai droit à un seul ! lance-t-elle l'instant d'après en tendant les deux mains.

Le rire des six femmes dans la cuisine résonne à la grandeur du manoir. Pour une fois, malgré son intensité, il ne vient pas troubler le sommeil des filles d'Agathe.

— Il faut fêter ça, annonce fièrement Agathe.

— Bonne idée ! confirme Angélique. Je vais cuire un gros poulet au four pour le souper.

— Je m'occupe des tartes aux pommes, offre Charlotte.

— Demitilde et moi avons apporté du saumon fumé, annonce Naméqua.

— Je ferai la vaisselle, propose Marie-Anne en haussant les épaules.

— Quant à moi, je me régale déjà, confirme Agathe avant d'éclater de rire.

— Rendez-vous ici à cinq heures précises, indique Angélique pour sonner la fin de la visite.

C'est le cœur léger que les quatre créatrices du sucre d'orge à l'érable retournent bras dessus, bras dessous à la maison de Marie-Anne et de Charlotte. Bien que satisfaites de leur produit, elles n'avaient aucune garantie qu'il plairait à Agathe au point qu'elle veuille le mettre officiellement en marché. Si certaines d'entre elles avaient quelques réticences à affirmer leur savoir-faire, seul le plaisir d'être associées à un produit voué au succès les habite maintenant.

***

Après un déjeuner rapide, Agathe va faire le tour de la seigneurie avec Clovis. Il lui montre ce qu'il a fait depuis sa dernière visite et l'informe au passage des travaux à venir pendant l'hiver.

— C'est de l'excellent travail, Clovis. Promets-moi de venir me voir avant d'accepter toute offre pour aller travailler dans une autre seigneurie.

— Rassurez-vous, je n'ai pas l'intention de partir. Non seulement j'ai tout ce qu'il me faut ici, mais je vous serai éternellement reconnaissant de m'avoir pris sous votre aile.

Ces mots seraient sortis de la bouche de quelqu'un d'autre qu'Agathe se permettrait d'en douter. Dans celle de Clovis, ils ne font que confirmer ce qu'elle pense depuis la minute où elle a fait sa connaissance et celle de sa mère. Il y a des gens dignes de confiance et ils en font partie.

— C'est tout en ton honneur, lui dit Agathe. Si tu me montrais ta maison, maintenant qu'on est à jour ?

— Avec plaisir ! Si tout va comme je le souhaite, c'est une question de jours avant que j'y emménage.

— J'aime autant t'avertir que si l'intérieur est aussi beau que l'extérieur, je pourrais avoir envie de m'y installer, blague Agathe.

— Vous risqueriez de vous sentir à l'étroit, avance Clovis en riant.

Bien élevé en plus d'être bourré de talents, il ouvre la porte et se tasse pour la laisser entrer.

Agathe n'a pas les yeux assez grands pour voir toute la finesse de la construction. La pièce principale regorge de détails tous plus fins les uns que les autres. Les armoires n'ont aucune mesure avec celles qu'on voit dans toutes les maisons. Clovis possède un sens inné de la beauté. Aucune fioriture apparente, que la simplicité sous son meilleur jour.

— Tu as de quoi être fier. C'est la plus belle maison que j'ai jamais vue. Je peux t'assurer qu'elle se vendrait à prix d'or à Ville-Marie et à Québec. Fais-moi signe si jamais ça t'intéresse. Je serais honorée de t'engager pour en construire au moins une demi-douzaine.

— Sauf votre respect, travailler à la seigneurie me comble déjà de bonheur. Et, pour tout vous dire, je préfère de loin la campagne à la ville. Aimeriez-vous voir les chambres ? Ma mère les aime plus encore que la pièce familiale.

— Bien sûr !

Agathe est sans mot. Elle est sur le point d'être prise d'une attaque sévère d'envie. Son manoir lui apparaît bien terne tout à coup. Et sa maison de Ville-Marie, bien que mieux finie, n'arrive pas à la cheville de celle de Clovis.

— J'adore absolument tout de ta maison. Crois-tu que tu pourrais donner un peu de panache au manoir quand tu auras le temps ?

— Avec plaisir, même que j'ai déjà quelques suggestions à vous faire.

— Ça tombe bien, moi aussi. Prends de quoi écrire et on va aller faire le tour ensemble.

Dire qu'on vit dans un manoir impressionne les gens alors que la plupart du temps, c'est seulement une plus grande maison. Agathe a eu l'occasion d'en visiter quelques-uns et, franchement, aucun ne lui a donné envie de les échanger pour le sien, bien qu'il soit loin d'être parfait. À vrai dire, il est froid, impersonnel et fade. Et ce ne sont là que quelques éléments parmi tant d'autres qui ne jouent pas en sa faveur. Maintenant qu'elle connaît l'ampleur du talent de Clovis comme charpentier-menuisier, elle a l'intention de lui refaire une beauté. Elle annoncera la nouvelle à Pierre lors de sa prochaine apparition.

Elle a le cœur léger pendant toute la visite. Clovis est une vraie machine à idées. Vu que toutes sans exception sont meilleures que les siennes, elle se contente de l'écouter.

— Je devrais avoir le temps de faire une pièce par mois, annonce-t-il. De cette manière, j'aurai fait le tour du manoir avant l'été prochain. Qu'en pensez-vous ?

— Que j'ai très hâte de voir le résultat. Est-ce qu'il te manque des outils ?

— J'ai l'habitude de m'arranger avec ce que j'ai, mais si vous insistez…

Clovis sort une feuille de sa poche de chemise et la lui tend. Il serait tentant de croire qu'il avait prévu le coup alors qu'il n'en est rien. Il a juste pris l'habitude de noter tout ce qui lui fait défaut et, pour une fois, ça va le payer.

— Ne vous sentez pas obligée de tout acheter.

— Je vais l'envoyer à mon père par le prochain courrier. D'après moi, il les a déjà tous en magasin.

— Vous n'imaginez pas le temps que je vais épargner. Merci !

***

Jeanne n'a pas été totalement honnête avec Agathe lorsqu'elle a prétendu ne plus fréquenter aussi souvent la chapelle. Certes, le fait d'aider Angélique avec les filles lui prend du temps, mais jamais assez pour l'empêcher d'aller prier. Disons plutôt qu'elle ne s'use plus les genoux aux mêmes heures et que ça demeure le seul changement digne de mention. Elle aurait préféré avouer la vérité à sa sœur sauf qu'elle n'avait aucune envie de se faire réprimander comme une gamine. Elle avait aussi l'intention de parler à Clovis parce qu'elle suppose que c'est lui qui a bavassé à Agathe. Plus les jours passent, plus elle se convainc qu'il est assez grand pour se défendre tout seul. Elle a hâte de se marier avec Jérôme. Elle ne brûle pas encore d'amour ni de passion pour lui. Cela étant dit, elle conserve l'espoir que ça change un jour. Dans le cas contraire, elle fera avec. Les prétendants de sa trempe ne courent pas les rues, c'est pourquoi Jeanne est prête à faire quelques sacrifices. En même temps, tout n'est pas noir pour autant avec lui. Elle aime sa compagnie et elle le trouve plutôt agréable à regarder. Il parle peu, mais ça lui plaît beaucoup. Il faut dire qu'elle a toujours eu horreur des conversations inutiles. Parler de la pluie et du beau temps l'ennuie à mourir. Elle l'a vu seulement trois fois depuis qu'elle est au manoir et, sincèrement, ça ne lui cause aucun problème. Tout comme Agathe, elle apprécie le fait d'être libre de ses faits et gestes. À la différence de sa sœur, elle devra apprendre à vivre avec son beau-père et les trois plus jeunes de la famille quand Jérôme ira faire la guerre aux Iroquois. Reste à souhaiter que les choses se passent bien avec eux. Dans le cas contraire, eh bien, elle ira s'enfermer à la chapelle de la seigneurie au besoin.

Jérôme et elle ont eu leur première divergence d'opinions quand ils ont parlé de leur mariage. Il en veut un grand alors que Jeanne souhaitait inviter uniquement leurs proches. Devant son insistance, elle a fini par se rallier. Ils feront donc un grand mariage avec beaucoup trop d'invités. Un mariage blanc entre Noël et le jour de l'An. Elle a essayé de convaincre son prétendant que Ville-Marie demeurait l'endroit idéal pour unir leurs destinées. Une fois de plus, elle a frappé un mur. Jérôme tient mordicus à se marier dans la chapelle de la seigneurie familiale. Quant à la fête, il a eu la grande générosité de la laisser décider entre son futur manoir et celui de son beau-frère. Jeanne en a parlé à Agathe – elle n'a pas hésité un instant –, le repas de noces aura lieu ici. Espérons que l'hiver ne fera pas des siennes au point d'empêcher les gens de la ville de venir à son mariage. Jeanne se doutait bien que la vie à deux exigerait sa part de compromis. La bonne nouvelle dans l'histoire : son homme a du caractère. La mauvaise : elle a intérêt à apprendre à jouer du coude si elle veut avoir voix au chapitre de temps en temps. Par contre, entre l'attitude de son beau-frère, Pierre, et celle de Jérôme, le choix est facile à faire. Sa préférence revient à celui qu'elle se targue d'appeler son amoureux lorsqu'elle parle de lui. Selon elle, la vie risque d'être pas mal plus palpitante avec son homme qu'avec celui d'Agathe. Pour le reste, seul l'avenir le dira.

Jeanne remonte son col à son maximum, elle aurait dû mettre son foulard et des gants. Elle grelotte. L'humidité la transperce. Les arbres ont perdu plus de la moitié de leurs feuilles en une seule semaine et les autres tiennent de peur sur leur branche. Autant elle aime l'automne, autant elle n'est pas pressée de voir l'hiver prendre sa place. Elle aime particulièrement se promener en forêt, le bruit de ses pas sur le tapis de feuilles multicolores est une douce musique à ses oreilles. Quand elle était petite, ses frères l'emmenaient sous les grands érables au fond de la cour et ils s'amusaient à la faire disparaître sous une montagne de feuilles. Elle riait aux éclats du début à la fin du jeu. Elle ne bougeait pas d'un poil jusqu'à ce qu'ils lui donnent la permission de se relever. Jeanne n'a qu'à fermer les yeux pour revivre la scène. C'était en quelque sorte son moment de gloire. Ils étaient si rares qu'elle les appréciait à leur juste valeur.

Un sentiment de bien-être l'envahit lorsqu'elle aperçoit la petite chapelle au détour. Aux dires de Jérôme, celle de leur seigneurie est deux fois plus grande. S'il croyait marquer des points en les comparant, il s'est trompé. La beauté d'un lieu sacré ne réside pas uniquement dans sa dimension.

— Hé ! s'écrie Agathe. Attends-moi !

Jeanne se retourne aussitôt et hausse subtilement les épaules. Elle aimerait bien savoir ce qui presse tant pour que sa sœur la suive jusqu'ici.

— Est-il arrivé quelque chose aux filles ?

— Absolument rien ! répond Agathe sans prendre ombrage du ton brusque employé par Jeanne. Je voulais passer un peu de temps seule avec toi.

— Tu tombes mal, j'allais prier.

— Il ne peut pas faire plus froid dans la chapelle que dehors.

— Je ne gagerais pas là-dessus, argumente Jeanne d'un ton légèrement adouci. Allons-y !

Elles entrent et vont s'asseoir sur le premier banc d'en avant. Jeanne avait raison, il fait encore plus froid à l'intérieur que dehors. Agathe frissonne.

— Comment fais-tu pour passer des heures ici ? On gèle !

— Je finis par l'oublier, répond Jeanne en haussant les épaules.

— Est-ce que tu l'aimes ? lui demande soudainement Agathe.

— Tu parles d'une question ! Bien sûr que je l'aime ; sinon, pourquoi je passerais autant de temps à me geler les fesses et à m'user les genoux ?

Le rire d'Agathe résonne dans la petite chapelle. D'abord surprise, Jeanne lui emboîte vite le pas. Il y a belle lurette que l'aînée et la cadette de la famille n'ont pas ri d'aussi bon cœur en tandem.

— Je parlais de Jérôme, finit par préciser Agathe, pas de Dieu.

— Ah !

Jeanne réfléchit avant de lui répondre. Ce n'est ni le moment ni l'endroit de lancer un débat sur ses sentiments pour l'homme avec qui elle se mariera avant la fin de l'année. En même temps, elle se dit qu'Agathe est mal placée pour lui faire la leçon. Aussi bien lui répondre franchement.

— Tout dépend de ce que tu entends par aimer.

— Est-ce que tu voudrais toujours être avec lui ? Est-ce qu'il te manque quand il n'est pas là ? Est-ce qu'il te donne des frissons quand il te touche le bras ou qu'il te caresse la joue ? Est-ce que…

— Non ! s'écrie Jeanne d'une voix forte dont l'intensité est augmentée par l'écho de l'endroit.

— C'est bien ce que je pensais. Mais alors, pourquoi te marier ?

Sa jeune sœur regarde droit devant elle. Offrir une réponse à sa question serait une pure perte de temps puisqu'Agathe la connaît déjà.

— Je n'ai pas de raison à te donner.

Jeanne laisse passer plusieurs secondes avant d'ajouter d'un ton encore plus décidé :

— Parce que je veux fonder une famille.

— Ne commets pas la même erreur que moi, confesse Agathe en lui mettant la main sur le bras. Ne tourne pas le dos à l'amour, au vrai, à la passion. Tu as le temps d'attendre le bon.

— Je ne te savais pas si malheureuse.

— J'ai choisi la vie que j'ai en toute connaissance de cause, sauf que ça ne m'empêche pas de regretter par moments ce que je rate. Le temps jouait contre moi. Ou je me trouvais un mari ou j'étais condamnée à rester vieille fille jusqu'à la fin de mes jours. Tout mais pas ça. J'avais déjà sacrifié ma jeunesse pour vous élever, je n'allais certainement pas passer à côté de mon désir de fonder ma propre famille.

— Il me semble que tu devrais être contente pour moi, argumente Jeanne, je fais exactement la même chose que toi.

Agathe regarde ailleurs en se mordillant la lèvre inférieure. Ou elle parle maintenant ou elle laisse sa petite sœur faire à sa tête, parce que, de son point de vue, il s'agit de pur entêtement.

— Du temps où j'étais pensionnaire à Québec, alors que j'avais douze ans, des amis de nos parents m'ont présenté un jeune homme d'une beauté à couper le souffle et d'excellente compagnie. Augustin. Il obnubilait mes pensées au point que j'étais prête à tout pour passer ne serait-ce qu'une seule minute en sa compagnie. Pour tout te dire, je me suis même fait renvoyer du couvent à cause de lui. Je m'étais enfuie pour aller le rejoindre.

Jeanne écoute avec grande attention le récit de sa sœur. Jamais elle n'aurait cru qu'Agathe puisse être aussi téméraire pour un garçon.

— Les années ont passé, mais je ne l'ai jamais oublié. Cet été, je l'ai revu au marché. J'ai cru que le cœur allait me sortir de la poitrine dès l'instant où il est apparu dans mon champ de vision.

Agathe fait une pause pour essayer de retrouver son calme. C'est fou ce que cet homme lui fait de l'effet. Et puis, elle n'a pas l'habitude de révéler ses secrets. Sauf ces derniers temps ! Parler de sa dernière rencontre avec Augustin ne lui garantit en rien que ça suffira pour faire changer Jeanne d'idée. Par contre, elle s'en voudrait de ne pas avoir tout tenté.

— On est allés marcher sur le bord du fleuve et… on s'est embrassés.

Les yeux d'Agathe pétillent tellement qu'ils pourraient éclairer la chapelle à eux seuls par une nuit sans lune.

— Ce jour-là, j'ai goûté à la passion et j'ai su ce que je ratais depuis ma nuit de noces. Je ne voudrais pas que tu te sacrifies, même au nom de Dieu.

Jeanne la regarde avec de grands yeux. Jamais elle n'aurait imaginé que sa grande sœur sortirait du droit chemin ne serait-ce que le temps d'un baiser. Jamais, non plus, qu'elle lui ferait de telles confidences.

— Je t'en supplie, Jeanne, ajoute Agathe d'une toute petite voix, réfléchis à ce que je viens de te dire. Tu es jeune et il est encore temps de reculer.

— Fais-moi confiance, je sais ce que je fais. Contrairement à toi, j'ignore tout de la passion. Je ne vois donc pas comment elle pourrait me manquer.

Agathe resserre son étreinte sur le bras de sa sœur. Elle aura au moins essayé de lui faire voir une autre réalité.

— Veux-tu que je t'aide pour organiser ton mariage ?

— J'allais justement te le demander.

23

Les Fêtes approchent à grands pas et, comme chaque année, les Le Moyne les attendent avec impatience. Toute la famille se réunira chez Jacques pour la veille de Noël. Aussitôt le repas terminé, ils sortiront les cartes et joueront au piquet jusqu'à ce que ce soit l'heure de se rendre à l'église pour assister à la messe de minuit. Les plus braves reviendront après et continueront jusqu'à l'aube leur partie en trichant allègrement. Les autres rentreront directement se coucher.

— Fais-tu quelque chose de spécial la veille de Noël ? demande Agathe à Perrine.

— Pas vraiment ! répond Perrine d'un ton qu'elle veut neutre. Mes fils vont dans leur belle-famille comme d'habitude et Marie servira à boire à tous les assoiffés et esseulés de la ville. Quant à Nicolas et moi, on se contentera d'aller à la messe de minuit.

— Pas cette année ! Je vous invite tous les deux à venir fêter avec nous. Pour le souper, la veillée et après la messe de minuit si vous êtes encore d'attaque. On vous attendra pour cinq heures chez papa.

Son offre touche beaucoup Perrine. Elle se réjouit déjà de fêter Noël dignement, pour une fois. Louis et ses frères lui ont vanté plus d'une fois leurs petites virées familiales, qu'elle enviait un tantinet.

— Je te remercie du fond du cœur, Agathe. Je suis très contente d'aller fêter Noël avec vous. Maintenant, dis-moi ce que je peux apporter.

— Absolument rien, à part Nicolas ! Avertis-le de se pratiquer à se faire battre aux cartes par mon père, c'est un joueur redoutable.

— Alors il va trouver chaussure à son pied. Ma tendre moitié a la réputation d'être le plus grand tricheur de toute la Nouvelle-France et, crois-moi, c'est bien mérité. Il y a longtemps que j'ai cessé de jouer avec lui.

— Je sens qu'on va bien s'amuser, conclut Agathe. J'y pense, si tu veux absolument faire ta part, aide-moi donc à convaincre ma grand-mère de nous honorer de sa présence. Je ne compte plus le nombre de fois que je lui ai posé la question et elle s'entête encore à me répondre qu'elle verra. Il faudrait être de vrais sans-cœur pour la laisser toute seule la veille de Noël !

Perrine aurait préféré ne pas se voir confier cette mission. La dernière fois qu'elle est allée lui rendre visite, la vieille dame lui a dit et redit qu'elle n'irait nulle part pendant les Fêtes. Elle a retrouvé la forme, mais aller passer quelques jours chez Agathe ou chez qui que ce soit est maintenant chose du passé. Elle se trouve bien chez elle et apprécie de plus en plus sa tranquillité.

— Tu ferais mieux de te faire à l'idée qu'elle ne viendra pas cette année, annonce Perrine d'un ton ferme, elle me l'a dit. Quant à t'aider à la convaincre, tu m'excuseras, mais je la respecte trop pour revenir à la charge.

— C'était une erreur de la ramener chez elle avant qu'elle soit complètement rétablie, plaide Agathe.

— Je ne suis pas d'accord avec toi. Elle a progressé plus en une seule journée chez elle qu'en une semaine chez ton père.

Je sais de quoi je parle, je suis allée la visiter tous les jours à sa demande. Je m'excuse à l'avance pour ce que je vais ajouter, mais tu devrais respecter son choix. Je te rappelle qu'elle a quatre-vingt-seize ans bien sonnés et toute sa tête. Alors si elle prétend se trouver mieux chez elle qu'ailleurs, tu ferais mieux de la croire.

Ce qu'elle vient d'entendre ne plaît pas du tout à Agathe, pas plus que Louis ait décidé de ramener leur grand-mère chez elle sans consulter personne. Elle avait pourtant été claire avant de partir pour la seigneurie. Et pour finir, son père a cru bon de l'en informer uniquement à son retour. Pire, à sa première tentative de critiquer – elle en avait lourd sur le cœur –, Jacques lui a rappelé que Louis avait fait pour le mieux et qu'elle avait intérêt à ne pas s'en prendre à lui ni à personne d'autre. Du coup, Agathe a eu l'impression d'être une vraie marâtre alors qu'elle voulait seulement le meilleur pour sa grand-mère.

— Je t'en prie, ajoute Perrine devant son silence un peu trop long à son goût, ne gâche pas la fin de sa vie en lui forçant la main. Elle a le droit de décider de ce qui est bon pour elle.

— Mais je vais bien trop m'inquiéter !

— À toi de voir si tu préfères abréger ses jours, parce que c'est ce qui va arriver si tu t'obstines à l'emmener chez toi. Elle va finir par te dire oui pour te faire plaisir et ça va la fatiguer. Tu n'as qu'à aller la visiter. Ce n'est pas comme si elle vivait à Québec, elle habite à cinq minutes de chez toi.

Il s'en faudrait de peu que Perrine se perde en excuses. Elle vient de réaliser qu'elle a parlé à Agathe sans ménagement. Une partie de son être se rassure en se disant qu'elle s'adressait à son amie alors que l'autre lui rappelle qu'elle est aussi sa patronne.

Pourvu que sa franchise ne lui fasse pas perdre son emploi. Elle l'espère de tout cœur, elle ne supporterait pas de se retrouver de nouveau confinée entre les quatre murs de sa maison.

De son côté, Agathe rumine. Son cœur lui dicte que Perrine a tout faux. Comment sa grand-mère adorée pourrait-elle préférer s'enfermer seule chez elle plutôt que de se laisser dorloter par Angélique et par sa petite-fille préférée ? Elle a sûrement mal compris. Sa tête, elle, lui souffle à l'oreille que, pour une fois, elle devrait oublier ce qu'elle veut et s'en tenir aux désirs de celle qu'elle aime plus que tout. Diriger tous ceux qui comptent pour elle est une seconde nature chez elle, et ne la fait pas déroger de son chemin qui veut. Elle doit reconnaître qu'à quelques différences près, son père lui a tenu le même discours. La dernière chose qu'elle souhaite, c'est faire ombrage à sa grand-mère. Elle relève la tête et sourit à Perrine.

— Je te remercie de ta franchise et je te promets de ne plus la tourmenter pour qu'elle vienne chez moi.

Perrine lui sourit à son tour. Elle respire beaucoup mieux.

— Sérieusement, dis-moi ce que je peux apporter.

— Pourquoi pas un dessert ?

— Avec plaisir ! Est-ce que Jeanne sera là ?

— Elle m'a promis d'arriver aux alentours du 20 décembre. Ça nous laissera le temps de finir d'organiser son mariage. J'avais invité Charlotte, mais elle ne veut pas abandonner Marie-Anne ni Clovis.

— Et Marguerite ?

Agathe lève instantanément les yeux au ciel et soupire. Elle en aurait long à raconter sur sa sœur.

— On devra se contenter d'aller la voir au couvent.

— Je croyais qu'elle avait le droit de sortir…

— C'est le cas sauf qu'elle préfère s'en abstenir. Va savoir pourquoi, elle a toujours choisi de rester enfermée au couvent même au temps des Fêtes, et ça remonte à son entrée. J'ajouterai qu'elle a changé depuis que Françoise est partie, au point que j'ai parfois du mal à la reconnaître. En même temps, comme tu le sais, je ne multiplie pas mes visites au couvent. Pour être honnête, je suis obligée de me donner un bon coup de pied au derrière pour seulement penser à y aller et, la plupart du temps, c'est Angélique qui me rappelle que le moment serait venu d'aller faire au moins acte de présence. En fait, je n'ai pas grand-chose à lui dire. Pas grand-chose de gentil, si tu vois ce que je veux dire. Je comprends, ou plutôt j'ai fini par accepter, qu'elle aime Dieu plus que sa propre famille. De là à la féliciter pour l'influence qu'elle a exercée sur Françoise et sur Jeanne, c'est au-dessus de mes forces.

Perrine en connaît assez sur le sujet pour compatir avec Agathe et partager son avis sur la place énorme qu'occupe la religion dans la vie de trop nombreuses personnes. Pour elle, croire en Dieu est une chose et être fanatique en est une autre. Elle aime prier et même réciter un chapelet à l'occasion. Par contre, elle ne saurait plus quoi faire de sa peau qu'elle ne se transformerait pas en grenouille de bénitier pour autant. Ça non !

— Est-ce que ta tante Catherine ira au mariage de Jeanne ?

— J'attends encore sa réponse. Remarque que ni mes frères ni moi ne tenons à ce qu'elle vienne. En fait, c'est papa qui a insisté pour l'inviter. J'avoue avoir parfois du mal à le suivre. On a essayé de lui faire valoir notre point de vue autant comme autant et ça n'a rien donné. En gros, il nous a répété sur tous les tons que ça ne se fait tout simplement pas de ne pas l'inviter parce qu'elle fait partie de la famille proche que ça nous plaise ou non. Il ne nous reste plus qu'à espérer qu'elle aura encore assez de fierté pour ne pas se présenter à la seigneurie. Dans le cas contraire, eh bien, on sera aussi polis que faire se peut. Et si jamais elle reste à coucher, ce qui est très probable la connaissant, on le sera plus longtemps.

Son analyse réjouit Perrine. Ça prend beaucoup de caractère pour passer l'éponge sur des gestes impardonnables, ne serait-ce que pendant quelques heures. Agathe et ses frères possèdent cette force et c'est tout à leur honneur.

— Je veux bien croire que le manoir est grand, mais l'est-il assez pour loger tout le monde ?

— Oui, sauf que plusieurs devront se contenter d'un lit de fortune. J'ose espérer que plusieurs retourneront chez eux si la température le permet. Pour tante Catherine, j'ai l'intention de demander à Clovis de lui prêter sa maison pour une nuit.

Agathe se lève sans crier gare, elle a un urgent besoin de se dégourdir les jambes.

— Que dirais-tu de descendre chez Rose ?

Nul besoin d'ajouter quoi que ce soit pour que Perrine comprenne l'intention qui se cache derrière sa question. Sa patronne est atteinte d'un besoin urgent de sucre.

— Que je ne refuse jamais une occasion de me laisser tenter par une offre aussi généreuse, blague Perrine. À manger sur place ou à emporter ?

— Je propose qu'on mange la première sur place et qu'on en emporte une autre pour plus tard.

***

Angélique et Perrine ne manquent jamais une occasion de déjeuner ensemble et elles ont toujours autant de choses à se raconter. Il est utile de préciser qu'elles sont très vite devenues amies et complices. Tellement qu'elles n'ont pas toujours besoin de parler pour se comprendre. Seul obstacle, elles sont trop occupées pour se voir en dehors de leurs rendez-vous matinaux.

Aux dires d'Agathe, elles ont révolutionné le déjeuner. Et pour cause puisqu'elles se font un point d'honneur de le réinventer tout en utilisant les mêmes ingrédients la grande majorité du temps : du beurre, du fromage, des œufs, du pain, du lard, des fèves, du jambon quand il y en a, et les fruits de saison. Alors que les prunes ont la préférence d'Angélique, les pommes sont le fruit de prédilection de Perrine. Elle ne tarit pas d'éloges à leur égard ni d'idées pour les servir à toutes les sauces.

Pierre a été impressionné par leur talent lors de son dernier séjour à la maison. Il les a même félicitées, ce qui n'est pas rien venant de sa part. Le compliment serait venu du roi de France en personne qu'il n'aurait pas plus de valeur à leurs yeux. Il leur a même suggéré de noter toutes leurs recettes et de les regrouper dans un livre quand elles en auront assez. Comme si ce n'était pas suffisant, il s'est dit choyé par la vie après avoir goûté aux sucres d'orge à l'érable. Ce n'est qu'après son départ qu'Agathe a réalisé qu'il avait vidé sa réserve.

— Jeanne m'a enfin écrit, annonce fièrement Angélique en brandissant sa lettre. Je t'avoue que je commençais à avoir hâte de connaître le menu pour son mariage. Toujours est-il que Marie-Anne va faire cuire des dindes et des rôtis de chevreuil sur la braise. Il paraît que Charlotte en a tué trois en une seule semaine. Les censitaires doivent rougir de jalousie devant son succès inégalé à la chasse ! Bonne nouvelle, les invités auront l'honneur de goûter à ses tartes aux pommes.

— Et toi, dans tout ça ? s'inquiète Perrine.

— Jeanne veut que je fasse une soupe aux légumes et tous les accompagnements pour les viandes. Sincèrement, ça me suffit. N'oublie pas que j'en aurai déjà plein les bras juste à m'occuper des filles et à m'assurer que personne ne manque de rien.

Perrine réfléchit pendant quelques secondes. Hériter de la soupe peut paraître anodin alors qu'en réalité, c'est loin d'être le cas.

— Te connaissant, lance-t-elle, tu as sûrement pris un peu d'avance.

— Oui, madame ! J'ai passé plusieurs soirées à carreler des légumes et à faire bouillir des carcasses de poulet pour faire le bouillon. Il suffira de tout prendre dans le coffre de bois avant de partir.

Perrine fouette les œufs avec énergie avant d'ajouter du lait. Au menu : du pain doré avec de la compote de pommes au sirop d'érable. Agathe et ses filles en raffolent.

— Tant mieux ! Je ne voudrais pas être indiscrète, mais pourquoi Jeanne se marie-t-elle avec un pur étranger ? demande Perrine. Rien ne l'y oblige, à ce que je sache !

Angélique pousse un grand soupir.

— Si seulement je le savais ! Au nombre de questions que je lui ai posées, je devrais pouvoir te répondre, sauf que ce n'est pas le cas. Je n'ai pas réussi à comprendre pourquoi ça presse tant. Surtout après ce que son futur beau-père lui a fait endurer. À sa place, je l'aurais mis dehors dès sa première visite. Au lieu de ça, Jeanne a été d'une patience d'ange avec lui.

— Est-ce qu'au moins elle aime le fils ?

— D'après ce que j'ai vu, il n'y a pas d'amour entre eux. Pas encore !

— Parce que tu crois que ça pourrait changer ?

— On ne sait jamais. Tout ce que je peux te dire pour l'instant, c'est qu'elle ne le voit pas plus souvent qu'Agathe voit M. Pierre. Je la plains de tout mon cœur de s'embarquer dans un pareil bateau. Elle m'a dit qu'il était aussi pieux qu'elle. Peut-être que ça suffit pour le rendre intéressant à ses yeux. Remarque qu'il est plutôt beau garçon et très bien élevé.

Elles cuisinent en silence pendant quelques minutes. Les mieux nantis posent parfois des gestes dénués de sens pour les gens du peuple dont Angélique et Perrine font partie. Ce n'est un secret pour personne, la vie leur impose la plupart du temps ses choix. On finit par plier l'échine lorsque c'est une question de survie et on fonce tête baissée dans son avenir sans rechigner. Bien que les deux amies considèrent s'en être bien sorties, leur vie ne correspond pas pour autant à celle qu'elles s'inventaient lorsqu'elles jouaient avec leur poupée de chiffon. Elles avaient des rêves de grandeur comme toutes les petites filles de leur âge et elles ont dû abandonner la plupart d'entre eux.

— Si tu avais pu choisir ton avenir, avance Perrine, que ferais-tu aujourd'hui ?

— Je passerais mon temps le nez dans les livres, car j'adore apprendre, et j'ouvrirais une école pour les enfants les plus démunis. Je leur montrerais à lire et à écrire pour leur donner un futur. Je serai redevable à Agathe jusqu'à la fin de mes jours de m'avoir appris. Ça a changé ma vie. Je ne te cacherai pas que servir n'était pas sur ma liste, mais la vie en a voulu ainsi. Remarque que ça pourrait être bien pire. Ici, au moins, je ne risque pas de me faire sauter dessus comme c'est arrivé à Marie-Anne.

— Et tu n'as jamais envie de te révolter ?

— Ça m'arrive de moins en moins souvent, répond Angélique en haussant les épaules. De toute façon, je n'ai pas d'autre endroit où aller. Et toi ?

Elle s'accorde quelques secondes pour y réfléchir. Il y a longtemps qu'elle n'a pas replongé dans ses rêves de petite fille. Qu'est-ce qui lui a pris de lancer le sujet ?

— Je voyais grand dans ma campagne, finit-elle par répondre, et mes rêves étaient beaucoup moins nobles que les tiens. Je voulais posséder mon propre château et avoir des terres à perte de vue. Je vendrais mes récoltes à la grandeur de la France et je ferais des affaires d'or. Au lieu de ça, je me suis mariée avec Nicolas avant d'avoir dix-sept ans. Je suis tombée follement amoureuse de lui dès que je l'ai vu et lui aussi. On était pauvres comme la gale, au point qu'on a vécu chez ses parents pendant deux ans après notre mariage. Un simple rideau séparait notre lit de celui de ses parents. On a travaillé d'arrache-pied pour réussir enfin à s'acheter un bout de terrain sur lequel on a construit une toute petite maison. Et les enfants sont arrivés, mais jamais l'argent. On était pauvres et heureux.

— Qu'est-ce qui vous a poussés à venir vous installer en Nouvelle-France ?

— L'espoir d'avoir une meilleure vie et l'aventure.

Angélique est suspendue à ses lèvres. Elle a beaucoup d'admiration pour ceux qui ont eu le courage de troquer leur pays pour l'inconnu. On leur avait promis mer et monde alors que la réalité était tout autre.

— Est-ce qu'il t'arrive de regretter d'être montée sur le bateau ?

— Pas depuis que je travaille pour Agathe. Je n'ai pas de château ni de terres à perte de vue. Je ne vends pas non plus mes récoltes à la grandeur de la France. Je mène une vie simple et je suis heureuse parce que je me sens utile et libre d'être qui je suis.

Perrine dépose la première tranche de pain doré dans une assiette et la tend à Angélique.

— J'adore me faire servir! lance cette dernière d'une voix enjouée.

***

Marie-Anne flotte sur un petit nuage rose depuis la fête organisée par Germain pour souligner le travail des censitaires de la seigneurie. À sa grande surprise, François est venu s'asseoir à côté d'elle au souper et il lui a fait la conversation jusqu'à ce qu'elle doive rentrer pour aller coucher son fils. Il les a même raccompagnés jusqu'à la porte. Elle n'ira pas jusqu'à prétendre qu'il lui a fait les yeux doux, elle était bien trop énervée pour pouvoir le dire avec certitude. Tout ce qu'elle peut affirmer pour l'instant, c'est qu'il s'est intéressé à elle le temps d'un repas, ce qui n'est pas mal en soi parce qu'il aurait très bien pu choisir d'aller s'asseoir à la table de Charlotte et de Germain plutôt qu'à la sienne. Il lui a posé des questions sur Gadiou qui la mettaient très mal à l'aise. Quand il a su ce qu'il lui avait fait, il s'est empressé d'ajouter que, selon lui, un homme qui lève la main sur une femme ne mérite pas de vivre. Malgré cela, Marie-Anne marchait encore sur des œufs. Gadiou était lié pieds et mains à Pierre Le Gardeur. Comme c'est le seigneur en personne qui a recruté François, il valait mieux choisir ses mots. Voyant son inconfort, il n'a fait ni une ni deux et lui a dit qu'il était au courant pour sa fille et qu'il souhaitait entendre sa version des faits. Après avoir poussé un grand soupir, elle s'est remise à parler pour ne s'arrêter qu'après avoir fait le tour de la question. C'est alors qu'il a mis sa main sur la sienne et lui a promis de l'aider si jamais elle veut la retrouver un jour. Un peu plus et elle lui sautait au cou. Il n'a pas fait le moindre commentaire sur le comportement de son premier bourreau. Marie-Anne n'en est toujours pas revenue.

— Marie-Anne, s'écrie Charlotte, je te parle.

— Qu'est-ce qu'il y a ? demande-t-elle comme si elle venait de se réveiller en sursaut.

Charlotte ne la reconnaît plus depuis la fameuse soirée. Loin de l'offusquer que le beau François lui ait préféré son amie, elle l'encourage à foncer. Marie-Anne ne demanderait pas mieux sauf qu'elle devra attendre son retour ; il a quitté la seigneurie le lendemain et a dit de ne pas l'attendre avant la mi-décembre. Qui sait ? Peut-être rencontrera-t-il la femme de sa vie au fond des bois entre deux lièvres pris au piège.

— Je voulais juste m'assurer que tu n'avais pas bu tout le sirop d'érable qu'Agathe nous a donné pour faire les sucres d'orge, raille Charlotte.

— Pas une seule goutte ! répond promptement Marie-Anne après lui avoir tiré la langue.

— Tant mieux parce que je me voyais mal aller en chercher au manoir. Je te rappelle que Demitilde et Naméqua seront là à sept heures demain matin et que ça nous prendra la journée pour remplir la commande d'Agathe pour le mariage de Jeanne. D'ailleurs, à partir de maintenant, on va devoir tout noter. Combien ça prend de sirop d'érable, combien on en fait à l'heure et ainsi de suite. Ça nous permettra d'établir le coût de revient pour un seul.

— On jurerait que tu as toujours fait ça !

— J'avoue que ça me plaît et, au risque de me répéter, j'ai à cœur qu'on réussisse et qu'on fasse de l'argent. Pour mes connaissances plus que sommaires, j'avoue qu'Agathe m'a donné un sérieux coup de main.

— Ne te gêne surtout pas si jamais je peux t'être utile !

24

La seule vue de la lettre de Sylvain enrage Marie. Elle traîne sur son bureau depuis la fin de l'été et elle ne l'a pas encore lue. Pourquoi le ferait-elle ? Pour se faire raconter des histoires ? Inutile, elle sait lire entre les lignes. Il devait aller chercher son dû et revenir. Tout porte à croire que son cher mari ne remettra jamais les pieds en Nouvelle-France maintenant qu'il a pu prendre le large. Quant à savoir ce qu'il fait de l'autre côté de l'océan, son petit doigt lui dit qu'il ne se prive pas. Marie bout par en dedans. Elle tient sa famille à bout de bras depuis le départ de monsieur et il ne se passe pas un seul jour sans qu'elle prenne un moment pour le haïr un peu plus. Sa mère lui rappelle chaque fois qu'elle perd son temps, sauf que c'est plus fort qu'elle. Elle a trois enfants sur les bras et un cabaret à faire tourner si elle veut avoir les moyens de les nourrir et de les vêtir. Ça l'enrage rien qu'à penser que tout repose sur ses épaules. Ajoutons à cela qu'elle commence à trouver son lit pas mal froid et un peu trop grand. Ce ne sont pas les offres qui manquent, c'est plutôt le courage de plonger la tête la première dans le péché. Elle pourrait toujours faire croire que son mari s'est noyé pendant la traversée ou qu'il s'est fait attaquer par un brigand en mettant le pied sur le sol français. Elle le ferait sans aucun scrupule si elle ne craignait pas que ça vienne aux oreilles de son père. Il a beau détester Sylvain de toutes ses forces, les liens du mariage sont sacrés pour lui et elle passerait un mauvais quart d'heure s'il apprenait que sa fille batifole alors qu'elle n'est pas libre.

Il y a des jours où Marie se dit qu'elle devrait déménager à Québec. Elle serait alors complètement libre de ses faits et gestes. Elle a aimé cette ville avant même d'en fouler le sol. En effet, elle était encore à bord du bateau. Malheureusement, elle ne se sent pas la force de tout recommencer alors que son cabaret attire de plus en plus de clients. Et puis, il faudrait qu'elle aille passer quelques jours sur place histoire de vérifier plusieurs choses, dont le meilleur endroit pour s'installer, le prix, les règlements. Elle secoue la tête à plusieurs reprises. À quoi bon rêver puisque sa mère refusera de l'aider, même de garder les enfants pendant son absence ? Elle mange un bout de pain en vitesse. Avec un peu de chance, elle aura le temps de nettoyer son cabaret avant que les enfants se réveillent. Elle n'avait pas la force de le faire après la fermeture. Mue par une soudaine envie de libérer son esprit, elle va chercher la fameuse lettre de son mari et la lit d'un trait avant de la remettre à sa place. Il lui tarde d'occuper son esprit à autre chose.

Elle commence par ouvrir les rideaux et recule d'un pas quand elle aperçoit sa mère sur son perron. Si Marie espérait avoir mal vu, les deux petits coups frappés à sa porte lui confirment qu'elle a de la visite. Elle râle un peu et se dépêche d'aller lui ouvrir, elle n'a pas envie qu'elle réveille les enfants.

— Bonjour, maman ! Entrez vite !

— Bonjour, ma fille ! répond Perrine en lui caressant la joue. As-tu dormi sur la corde à linge ? Tu es blanche comme une vesse de carême.

Marie se retient de se mettre à râler. Sa mère n'a pas son pareil pour la décourager.

— Je sais très bien quelle tête j'ai et je ne vois pas comment il pourrait en être autrement vu la longueur de mes nuits.

— Tu devrais te coucher quand les enfants font leur sieste, ça te permettrait de récupérer une heure ou deux.

— Impossible ! J'en profite pour nettoyer le cabaret et tout le reste. Avez-vous oublié que je travaille jusqu'au petit matin six jours sur sept ?

— Tu vas finir par te faire mourir ! Tu devrais te trouver une place de bonne dans une famille aisée. Je pourrais demander à Agathe de vérifier parmi ses connaissances, si tu veux.

— Non merci ! Plutôt crever que de passer mes grandes journées à torcher les autres. Et j'ai déjà un travail que j'aime.

Perrine baisse les yeux. Elle déteste toujours autant que sa fille unique s'abaisse à faire boire les gens et encore plus que ses petits-enfants aient à supporter le bruit sourd des discussions et des verres qui s'entrechoquent.

— Suivez-moi ! J'ai tout juste le temps de nettoyer avant que les enfants se réveillent.

— Comme tu voudras ! conclut sa mère.

Ce n'est pas la première fois que Marie lui fait le coup. Bien qu'elle meure d'envie de lui rappeler les règles de bienséance, Perrine se tait. Elle ne peut pas s'attribuer le titre de mère idéale. Il lui arrive de garder ses petits-enfants à l'occasion, mais pas sur une base régulière. Elle voudrait en faire plus, mais c'est au-dessus de ses forces. Pour sa défense, elle ajoutera qu'elle a élevé les siens sans l'aide de personne. Et puis, il est hors de question qu'elle abandonne son travail, pas même pour sa fille. Elle reconnaît sans se faire prier que cette dernière travaille d'arrache-pied. Perrine voudrait la plaindre qu'elle en serait incapable. Marie préfère tenir un cabaret illicite et elle doit en payer le prix.

— J'ai lu la lettre de Sylvain avant que vous arriviez, annonce Marie d'une voix à peine audible.

Les yeux de Perrine s'agrandissent malgré elle. Son gendre est la dernière personne de qui elle veut avoir des nouvelles.

— Aimeriez-vous la lire ?

— Je vais passer mon tour, s'empresse-t-elle de répondre. As-tu mangé ?

— Pas vraiment !

— Que dirais-tu si j'allais te faire des crêpes ?

— Je me régale déjà. Merci, maman !

Marie accélère sa vitesse de croisière aussitôt que Perrine passe la porte. Plus vite elle finira son ménage, plus vite elle pourra aller boire un café en bonne compagnie. Elle a toujours eu un faible pour sa mère. D'ailleurs, Perrine était beaucoup plus présente pour elle avant de commencer à travailler pour Agathe. Depuis, leur relation ne cesse de se détériorer et ça lui crève le cœur même si elle fait de réels efforts pour n'en rien laisser paraître. Marie en a par-dessus la tête et elle a parfois l'impression que sa mère l'a abandonnée. Elle lui donne bien un coup de main de temps en temps, mais c'est loin d'être suffisant. Heureusement qu'elle peut compter sur la voisine pour s'occuper des enfants dès l'ouverture du cabaret parce qu'il y a longtemps qu'elle aurait baissé les bras.

***

Agathe a rendez-vous avec son père à son bureau pour discuter de leur édifice à construire au printemps. Elle s'arrête devant la boutique de Rose et finit par entrer.

— Je pensais que tu m'avais oubliée, s'écrie la propriétaire des lieux.

— Tu es drôle, toi ! réagit aussitôt Agathe. Je passe autant de temps ici que dans mon bureau. Tu n'as qu'à demander à mes robes, si tu ne me crois pas. Elles me pètent sur le corps toutes autant qu'elles sont.

Rose sort de derrière son comptoir pour vérifier si son amie dit la vérité ou si elle exagère.

— J'en conclus que tu peux manger encore pas mal de pâtisseries avant que les coutures lâchent.

— Mais je n'ai aucune envie de me rendre là ! s'exclame Agathe en la regardant avec de grands yeux. Dépêche-toi de retourner derrière ton comptoir avant que je change d'idée et donne-moi deux galettes à la mélasse pour moi et deux à l'avoine pour mon père.

— J'aime autant te dire que ce n'est pas avec ça que tu vas engraisser.

— C'est le but ! Pas besoin de les emballer, je te rapporterai ton assiette avant la fin de la journée.

Alors qu'elle s'apprête à sortir, Agathe se retourne et lui demande si elle a eu le temps de goûter aux sucres d'orge à l'érable qu'elle lui a laissés il y a deux jours. Leur souvenir fait briller les yeux de Rose.

— Tu ferais mieux de te préparer parce que mes clients vont se les arracher. Peux-tu m'en apporter une caisse ?

— Non ! lance Agathe dans un cri du cœur. On n'a même pas encore commencé à produire pour vrai.

— Qu'est-ce que vous attendez ?

— D'avoir du sirop d'érable en quantité. Il nous en reste juste assez pour tenir jusqu'au printemps. Le mieux que je puisse faire, c'est d'inscrire ta commande en haut de la liste.

— J'espère que tu ne m'en voudras pas. J'ai posté un sucre d'orge à ma cousine qui travaille dans la plus grosse boulangerie de Québec.

— Au contraire ! Merci, Rose, et bonne journée !

Agathe danserait au beau milieu de la rue si elle ne se retenait pas. Elle écrira aux filles ce soir pour leur apprendre la bonne nouvelle. Leur entreprise n'est pas encore démarrée et elles ont déjà leur première commande. Elles n'en reviendront pas. Elle entre dans son bureau, dépose son assiette et se laisse ensuite tomber sur une chaise. Elle réalise de plus en plus à quel point la vie est bonne avec elle. Tout lui réussit !

— Tu m'as l'air de bien belle humeur aujourd'hui ! s'écrie Jacques en faisant son entrée.

— Encore plus que tu penses. Rose vient de commander une caisse de sucres d'orge et ça ne fait que commencer.

— N'oublie pas d'en ajouter une pour moi.

— Avec plaisir ! J'étais en train de me dire que j'ai beaucoup de chance. Je possède plusieurs maisons et les gens sont prêts à se battre pour en louer une. Je produis des bâches avec le chanvre que je cultive. Je vends mon sucre d'érable jusqu'en France. Je construirai bientôt mon deuxième édifice commercial avec toi et je suis sur le point de me lancer dans la fabrication de sucres d'orge au sirop d'érable avec mes amies. J'ai même le privilège de diriger la seigneurie.

— Et tu trouves même le temps de faire des enfants, ajoute Jacques. Je suis très fier de toi.

— Si seulement tu connaissais tous les projets qui me trottent encore dans la tête… Est-ce que je t'ai déjà dit que je voulais ouvrir une usine de tissage ? Une vraie.

Jacques lui sourit. Agathe est une force de la nature et rien ne l'arrête quand quelque chose lui tient à cœur.

— Au moins une dizaine de fois.

— Prépare-toi à l'entendre encore longtemps. Je n'ai ni tisserands dignes de ce nom sous la main ni métiers et ça ne risque pas de changer de sitôt. Mais je ne désespère pas pour autant.

— Je te fais confiance, tu finis toujours par arriver à tes fins. Je sais que ça ne me regarde pas, mais as-tu déjà remercié ton mari ?

Agathe fronce aussitôt les sourcils. Depuis quand son père défend-il son gendre ? Toute la famille sait qu'il ne le supporte pas de gaîté de cœur.

— Entre toi et moi, ce serait plutôt à lui de le faire. Je te rappelle que Pierre ne lève pas le petit doigt et qu'il dépense sans compter à chacune de ses visites. Je ne te mens pas, quand je passe devant un cabaret, je me dis que j'ai des parts dedans. Dans tous ceux de la ville, d'ailleurs. Je vais te confier un secret, il y a longtemps qu'on aurait tout perdu s'il ne tenait qu'à lui. Tu n'as qu'à penser à la seigneurie. Sans vouloir me vanter, elle n'a jamais été aussi florissante.

Elle arrête de parler, le temps de reprendre son souffle.

— Pas question que je le remercie pour quoi que ce soit, ajoute-t-elle d'un ton autoritaire. Tu sais pourquoi ? Parce que je suis le meilleur investissement qu'il ait fait de toute sa vie. Et que c'est au-dessus de mes forces de le louanger pour sa réussite alors que tout le monde sait que c'est la mienne.

Son père lui flatte le bras. Il est allé trop loin et il s'en veut. Agathe a raison sur toute la ligne. Le plus grand gagnant dans l'histoire, c'est Pierre. Pendant qu'il chasse les Iroquois, ses affaires prospèrent.

— Désolé, je n'avais pas le droit de te dire ça.

Agathe lui sourit. Elle ne se souvient pas de lui en avoir voulu pour quoi que ce soit. Elle l'aime bien trop pour ça.

— J'ai une question à te poser. Pourquoi tu le défends, tout à coup ?

— J'ignore ce qui m'a pris parce que, pour être franc, je ne lui ai toujours pas trouvé de qualités.

— Il me semblait, aussi !

Sur ces mots, Agathe va s'asseoir derrière le bureau et sort le dossier dont ils doivent discuter.

— J'imagine que les galettes à l'avoine sont pour moi, demande Jacques.

— À moins que tes goûts aient changé, oui.

Jacques mord dans la première et roule des yeux. Il n'y a que Rose pour les faire aussi bonnes et aussi moelleuses.

— Au fait, lui demande-t-il, peux-tu me rappeler pourquoi Perrine n'est pas avec nous ?

— Parce que je veux d'abord qu'on s'entende sur l'essentiel avant de lui confier ses tâches.

Ils discutent allègrement pendant près d'une heure. Leur nouvel édifice commercial sera deux fois plus grand que le premier et il aura trois étages au lieu de deux. La moitié de gauche sera aménagée en chambres à louer pour les gens de passage. L'idée d'ajouter une auberge pour les nourrir leur a effleuré l'esprit, mais au final, ils ont décidé d'offrir uniquement le gîte. Ce sera beaucoup moins compliqué. Celle de droite réunira des commerçants au rez-de-chaussée. Pour le deuxième étage, Jacques et Agathe ambitionnent de convaincre quelques professionnels de sortir de leur maison pour avoir pignon sur rue. Reste à voir s'ils se laisseront tenter par la nouveauté. Dans le cas contraire, ils mandateront Perrine pour se pencher sur la question. Pour le troisième étage, ce n'est pas encore clair.

— Perrine devrait arriver d'une minute à l'autre, l'avise Agathe. Ce serait bien qu'on la rencontre ensemble.

— J'adorerais ça, réagit Jacques, mais je dois retourner au magasin. En passant, j'en connais un qui serait ravi de travailler avec toi et Perrine.

— Ah oui ?

— Louis n'arrête pas de me dire qu'il veut faire comme toi.

— Première nouvelle que j'en ai. Laisse-moi le temps de sonder le terrain auprès de Perrine et je te reviens. Inutile de fermer la porte en sortant.

Une fois seule, Agathe pense à ce que son père vient de lui dire et elle sourit. Elle serait ravie de travailler avec Louis et elle ne doute pas un instant qu'il en serait de même pour Perrine.

— Me voici ! s'écrie son bras droit en faisant son entrée dans le bureau. Comment va ma patronne préférée aujourd'hui ?

— Très bien ! Viens t'asseoir, on a beaucoup de pain sur la planche.

— Je ne demande que ça !

25

L'absence de François sert la cause de Germain : il a Charlotte pour lui tout seul et il en profite autant qu'il le peut. Il serait l'homme le plus heureux si son rival décidait de trapper jusqu'au printemps. Il serait même prêt à lui donner du bois de chauffage pour s'en débarrasser plus longtemps. Chaque fois qu'il prend peur à l'idée de le voir revenir, Germain se rappelle que le beau François a passé pas mal de temps avec Marie-Anne. Depuis, il essaie de se convaincre qu'ils forment un très beau couple. Il se trouve pitoyable. Si l'amour fait du bien à la plupart des gens, il produit l'effet contraire sur lui. Il le tue à petit feu.

Le voilà devant la maison des filles. Il a dit à Charlotte qu'il viendrait la chercher pour aller faire de la raquette. Avec un peu de chance, ils ne reviendront pas les mains vides. Il ne connaît personne qui ait la main aussi heureuse que sa dulcinée. Elle tire et elle tue l'animal en joue. Il lui dit souvent à la blague qu'il ne la fera jamais fâcher au point de lui donner envie d'épauler son fusil. Il retire ses mitaines, forme une boule de neige et la lance sur la porte de la maison au lieu d'aller frapper. Ce n'est qu'au troisième lancer qu'elle s'ouvre sur sa bien-aimée déjà chaussée de ses raquettes.

— Tu as manqué nous faire mourir de peur, lui dit-elle d'un ton teinté de reproches une fois à sa hauteur.

— Je te promets de ne plus recommencer, répond-il avant d'éclater de rire.

Si elle pense l'impressionner par sa grosse voix, c'est raté. Il la trouve encore plus belle lorsqu'elle s'emporte.

— Épouse-moi ! lui lance-t-il sans réfléchir.

Charlotte secoue la tête, elle a sûrement mal compris. Contre toute attente, Germain s'entend répéter les mêmes deux mots. Cette fois, elle rit comme une folle, tellement qu'elle se plie en deux au bout de quelques secondes. Elle n'a jamais rien entendu d'aussi nul sortir de la bouche de l'homme qui la voit dans sa soupe et avec qui elle passe de bons moments.

Stupéfait de sa réaction, Germain attend qu'elle se relève. Il disparaîtrait s'il le pouvait. Cette femme le rend fou au point qu'il ne contrôle plus ce qu'il dit. Lorsqu'elle se relève enfin, de grosses larmes coulent sur ses joues.

— J'ignorais que tu pouvais être aussi drôle ! s'écrie-t-elle entre deux hoquets.

À voir son air, Charlotte en déduit qu'il était sérieux. Elle s'essuie les yeux sans se donner la peine de retirer ses mitaines et se redresse encore plus. L'heure est grave et elle commence à en avoir plus qu'assez de se faire demander en mariage. Cette fois, elle va devoir trouver les mots justes pour se faire bien comprendre. C'est ça ou elle cessera de le voir.

— Désolée, je ne voulais pas te blesser.

Puis, sur un ton trahissant son inconfort, elle ajoute :

— Autrement, je ne veux plus entendre parler de mariage avant l'été prochain.

— Est-ce que ça veut dire que mes chances sont bonnes ? s'enhardit Germain sans plus de réflexion.

Cette fois, Charlotte en a assez entendu. Au lieu de lui répondre, elle se met à marcher en direction de la forêt aussi vite qu'elle le peut.

— Tu pourrais m'attendre ! s'écrie Germain lorsqu'il réalise qu'elle l'a planté là.

— À ta place, lui lance-t-elle d'une voix forte, je me tiendrais loin. J'ai mon fusil.

Au lieu d'essayer de la rattraper, Germain se dit qu'il ferait mieux de retourner chez lui. Comment a-t-il pu agir ainsi alors qu'il connaît très bien sa position face au mariage ? Il ne se reconnaît plus. Au moment où il allait faire son premier pas, la porte s'ouvre sur Marie-Anne.

— Viens me voir une minute ! lui dit-elle.

Il retire ses raquettes, les appuie sur la maison et entre.

— Assieds-toi, il faut que je te parle.

Le monologue de Marie-Anne n'a duré que cinq minutes. Ses paroles étaient percutantes au point que Germain en avait le frisson par moments. En gros, elle lui a confirmé que s'il continuait à se conduire comme un imbécile, il pourrait dire adieu à ses chances de conquérir Charlotte. Alors qu'il était sur le point de partir, elle a ajouté :

— Laisse-la venir à toi si tu y tiens autant que tu le prétends. C'est un cheval sauvage. Et ménage tes demandes en mariage, pour l'amour du ciel !

De nouveau seule, Marie-Anne va mettre de l'eau à chauffer et se prépare un café bien costaud. Décidément, les hommes ne pensent qu'à eux. Charlotte a pourtant été claire avec Germain et, malgré cela, il revient continuellement à la charge. Elle veut bien croire qu'il se fait du sang d'encre depuis que François est dans le décor. Comme si ce n'était pas suffisant, cet homme le dérange même quand il brille par son absence. S'il souhaitait en profiter pour soutirer un oui à Charlotte, non seulement il a raté son coup, mais il aura du mal à remonter la pente. Il devrait se contenter de ce qu'elle lui offre plutôt que de vouloir absolument la posséder.

Marie-Anne trempe doucement les lèvres dans le liquide brûlant. S'il y en a une qui comprend Charlotte, c'est bien elle. Son amie en a assez enduré pour ne pas se jeter à corps perdu dans un mariage dont elle ignore encore si elle en a vraiment envie. Pour une fois que la vie ne lui dicte pas ce qu'elle doit faire, elle serait bien bête de ne pas en profiter. Comme elle le lui a dit pas plus tard qu'hier soir, la seule chose qui lui manque parfois, c'est de dormir au chaud dans les bras d'un homme. Marie-Anne pense à leur discussion de la veille.

— Si tu veux mon avis, a ajouté Charlotte, c'est trop cher payé pour un peu de chaleur. Je ferais peut-être mieux de me prendre un amant indien.

— Pourquoi un Indien ? s'est empressée de lui demander Marie-Anne.

— Parce que je les trouve incroyablement séduisants et que ce sont des esprits libres. La prochaine fois que les filles viendront nous voir, je leur demanderai si elles peuvent m'en présenter un.

— Tant qu'à faire, on pourrait en commander deux. Un pour toi et un pour moi. Je suis même prête à lui montrer à lire et à écrire sur l'oreiller.

— Et moi sur mon corps.

Elles avaient pouffé de rire. Un rien les rend heureuses et ça leur suffit la plupart du temps. Alors pourquoi s'enchaîner à un homme sinon pour faire ses quatre volontés et se transformer en bonne ? Marie-Anne sait de quoi elle parle. Elle boit une deuxième gorgée de café et la savoure en laissant vagabonder son esprit. Depuis que François lui a offert de l'aider à retrouver Cécile, elle n'arrête pas d'y penser. Que fera-t-elle quand elle saura qui l'a adoptée ? Elle ne se voit pas l'arracher à ses parents ni la ramener à la seigneurie. Agathe n'acceptera jamais de voir grandir la fille de son mari d'aussi près. En tout cas, si elle était dans ses souliers, Marie-Anne refuserait sans aucune hésitation. La bonté a des limites. Peut-être devrait-elle écouter Charlotte et abandonner le projet avant qu'il soit trop tard. Voir sa petite fille ne fera que rouvrir la plaie. Elle peut passer outre ses brèves rencontres avec son père, il détourne le regard dès qu'elle apparaît dans son champ de vision. Elle trouve ça insultant et blessant, mais elle peut comprendre que sa seule vue lui rappelle un faux pas dont sa femme a perpétué le souvenir en la prenant sous son aile à la mort de Gadiou. Parfois, elle a envie de lui crier par la tête qu'elle n'a pas la peste et se convainc très vite de se taire. Elle n'a aucun intérêt à reprendre contact avec ce goujat et c'est alors qu'elle se contente de plaindre Agathe de tout son cœur d'avoir à l'endurer. Même les riches souffrent. De ça, elle demeure convaincue.

Les pleurs de son petit Philippe la tire brusquement de ses pensées. Elle dépose sa tasse de café sur le coin de la table et va le chercher. Son fils lui donne une autre bonne raison de ne pas remuer le passé. Elle lui caresse la joue. Elle ne laissera rien ni personne s'en prendre à lui. Ses parents ne le connaissent pas encore et, à vrai dire, elle n'est pas pressée non plus de faire les présentations. Ils savent où la trouver, mais apparemment, ça ne suffit pas pour qu'ils se donnent la peine de prendre de ses nouvelles. Le jour où ils l'ont débarquée à la seigneurie pour qu'elle occupe le poste de bonne, ils l'ont rayée de leur vie. C'est du moins ce qu'elle croit. Peut-être devrait-elle faire les premiers pas. Elle regarde son fils avec amour et soulève les épaules. Elle l'aime trop pour lui imposer sa famille. Elle lui chante une berceuse jusqu'à ce qu'il se rendorme et va le recoucher.

Elle retourne s'asseoir à la table et prend tranquillement son café en laissant errer ses pensées. Elle a encore du mal à croire qu'elle a signé un contrat avec les quatre femmes qui comptent le plus pour elle pour fabriquer des sucres d'orge et que les profits seront partagés en cinq parts égales. Elle va chercher la feuille sur laquelle elle a noté quelques idées pour améliorer leurs façons de faire. En fabriquer quelques-uns pour Agathe était une chose, en produire à la caisse en est une autre. Charlotte et elle ont reçu la commande de Rose et celle de Jacques avec autant de joie que d'inquiétude. Parviendront-elles à livrer la marchandise ? Parce que ce n'est que le début. Marie-Anne relit ses notes et réfléchit jusqu'à ce que la porte s'ouvre sur Charlotte.

— Je ne te dis pas à quel point il fait froid, lance-t-elle en frissonnant. Ça te dirait de manger de la perdrix pour dîner ? J'en ai tué deux.

— Oh oui ! Donne-les-moi, je m'en occupe. Je vais même les ajouter sur ton tableau.

Un soir de septembre, alors qu'elles discutaient de l'habileté inégalée de Charlotte au fusil, Marie-Anne avait suggéré de tenir pendant une année complète le registre de toutes les bêtes qui finissent dans leur assiette grâce à elle. Le lendemain, elles encourageaient Germain à en faire autant. L'idée s'est répandue comme une traînée de poudre dans la seigneurie et plusieurs censitaires ont décidé de leur emboîter le pas.

— Tu prends vraiment ça au sérieux !

— Encore plus depuis que tu n'es plus la seule à le faire. Les gars veulent te battre et je me réjouis déjà de te déclarer grande gagnante parce que tu es la meilleure.

— C'est ce qu'on verra l'année prochaine! J'ai bien réfléchi à mon histoire avec Germain et j'ai l'intention d'y mettre fin. J'en ai plus qu'assez de sa jalousie, de sa possession maladive et de ses maudites demandes en mariage. Je ne te mens pas, c'est rendu que j'ai peur qu'il m'en fasse une nouvelle chaque fois qu'il ouvre la bouche.

— J'en connais un qui va se mordre les doigts, avance Marie-Anne. Remarque que je te comprends. Il se conduit comme un enfant et c'est pire depuis que François est arrivé.

— Est-ce qu'il reste assez d'eau chaude pour un café?

— Assieds-toi, je m'en occupe. Tu en as assez fait.

Marie-Anne est la seule personne par qui Charlotte accepte de se faire servir de temps en temps. La règle est pourtant simple. En gros, la première s'occupe de l'intérieur de la maison et la deuxième de les nourrir. Alors, il arrive parfois que Marie-Anne lui fasse un café ou qu'elle lui serve un bol de soupe quand elle revient de chasser. Au début, Charlotte ne pouvait pas s'empêcher de répéter sur tous les tons qu'elle était capable de s'arranger toute seule. Aujourd'hui, elle accepte plus facilement de se laisser gâter quand elle rentre avec du gibier.

— Pour revenir à Germain, j'ai toujours été franche avec lui. Je sais que ça va lui faire de la peine sauf que, pour une fois, j'ai envie de penser à moi.

***

Clovis a encore du mal à croire qu'il a une maison à lui et qu'elle correspond en tous points à celle de ses rêves. Tous les habitants de la seigneurie sont venus la visiter avant qu'il y emménage et tous sans exception étaient en admiration devant son œuvre. Leurs compliments l'ont touché au plus profond de son être. Il sourit en repensant au commentaire d'Alice, la charmante épouse de son plus proche voisin.

— Ne me dis pas que tu as déjà décidé du nombre d'enfants que tu auras!

Il a mis quelques secondes avant de réaliser qu'elle s'inquiétait du fait qu'il y a seulement deux chambres. Il lui a parlé de son projet d'agrandissement. Plus il en disait, plus les yeux d'Alice s'arrondissaient. Ça n'aurait servi à rien de construire une grande maison alors qu'il vit seul pour le moment. Et puis, rien ne lui garantit qu'il se mariera un jour.

Il se sent bien chez lui et, contrairement à ce que plusieurs pensent, vivre seul est un avantage indéniable en ce qui le concerne. Outre le fait qu'il demeure complètement maître de ses faits et gestes, il apprécie par-dessus tout le silence qui règne entre ses murs. Lors de sa visite paroissiale, le curé lui a fait comprendre à mots à peine voilés qu'il serait temps pour lui de se trouver une femme. Au lieu de débattre du sujet, Clovis a seulement opiné du bonnet. Il ne laissera personne venir lui dicter sa conduite, pas même un homme de Dieu. Pour une fois qu'il a les moyens de ses ambitions, il serait bête de ne pas en profiter.

Il a amorcé les travaux au manoir le mois passé. Après réflexion, il a décidé de commencer par la chambre principale. Il a travaillé d'arrache-pied pour réussir à l'éclaircir et à la rajeunir un brin. Ce qu'il connaît d'Agathe lui permet de croire que ça devrait lui plaire. Quant à M. Pierre, il se dit qu'il n'y verra que du feu, qu'un homme comme lui ne doit pas s'intéresser de trop près à son intérieur vu l'état terne et triste de son manoir. D'ailleurs, il se demande bien comment Agathe a pu vivre dans un tel endroit sans rien tenter pour l'améliorer. Parce qu'en réalité, absolument rien ne lui ressemble ici.

Clovis met une bûche dans le poêle et va se servir un whisky. Parfois, il se surprend à rêver que son père est encore de ce monde et qu'il est fier de l'homme qu'il est devenu. Il lève la tête et regarde devant lui comme si ce geste suffisait à le faire apparaître. Il lui a appris tout ce qu'il sait et il lui en sera éternellement reconnaissant. Parfois, il se surprend à imaginer tout ce qu'ils auraient pu bâtir ensemble. Clovis secoue la tête à quelques reprises pour se sortir de ce qu'il aime appeler une impasse. Ce n'est plus le temps des regrets. Son père fait partie du passé et rien ni personne ne réussira à le ramener. Tout ce qu'il peut faire pour honorer sa mémoire est entre ses mains, dans tous les sens du mot. Il regarde l'heure sur sa montre de poche et en conclut qu'il vaudrait mieux arroser le poulet et dresser la table. Il a invité les deux femmes de sa vie et Philippe à souper. Il a réfléchi à leur future entreprise de sucres d'orge et il croit bien avoir trouvé une façon d'en produire en grande quantité sans pour autant qu'elles soient obligées de se tuer à l'ouvrage. Il leur réserve la surprise pour le dessert. Clovis les trouve très courageuses d'avoir osé revendiquer une part des bénéfices, même auprès d'Agathe. Sa courte vie lui a appris qu'il n'est pas rare de découvrir la vraie nature des gens quand il y a de l'argent en jeu. Heureusement pour elles, en plus de reconnaître leur talent, leur amie en a fait ses associées sans hésiter. À ses yeux, Agathe est une femme d'exception.

Il ajoute quelques patates et des carottes dans la rôtissoire et remet le tout au four. Il ne connaît rien de mieux que l'odeur de la viande rôtie. Il attrape son livre au passage et retourne s'asseoir. Que pourrait-il demander de plus ?

***

Jeanne passe le plus clair de son temps à la chapelle depuis la dernière semaine. Il lui tarde trop de se marier avec Jérôme et d'emménager dans sa nouvelle demeure. Si le manoir de son beau-frère lui paraissait terne, ce n'est rien comparé à celui de son futur beau-père. Si elle osait, elle dirait que leur chapelle lui dame le pion haut la main. Jeanne a demandé gentiment si elle pourrait faire quelques changements, mais elle ne peut pas dire que son offre a suscité l'intérêt de grand-monde au manoir. Elle est revenue à la charge auprès de Jérôme à chacune de ses visites et elle n'a rien obtenu de plus que sa sempiternelle réponse à toutes ses questions: « On verra! » C'est mal la connaître de croire qu'elle va s'en contenter. Elle va commencer par changer les rideaux. Ceux qui sont suspendus aux fenêtres ne feront même pas de bonnes guenilles à plancher. Elle a pris les mesures des fenêtres et les a envoyées à Antoinette. Feu sa mère faisait venir les plus beaux tissus de France. Agathe a pigé allègrement dans sa réserve au fil des années, mais Jeanne espère qu'il en reste au moins pour ses rideaux. Sinon, elle pilera sur son orgueil et demandera à sa tante Françoise si elle n'aurait pas par hasard quelques bouts de tissu pour elle. Demander n'a jamais été son fort et encore moins à la sœur de sa mère. Contrairement à Agathe, Jeanne n'a jamais été très proche d'elle. Elle admet sans se faire prier que sa préférence a toujours été à sa tante Catherine.

Jeanne se frotte les mains dans l'espoir de se réchauffer. Elle en apprend un peu plus sur le caractère bouillant de son futur mari à chacune de ses visites. Au lieu de l'inquiéter, ça la stimule. Elle n'a jamais couru après le trouble et elle n'a pas l'intention de commencer non plus. Par contre, elle remercie le ciel d'être tombé sur un homme qui a un avis sur tout. Peut-être que ça finira par lui taper sur les nerfs et peut-être pas. Seul l'avenir le dira! Et puis, aussi bien l'avouer, elle est en train de tomber sous son charme. Lors de leur dernière rencontre, elle s'est même risquée à lui faire les yeux doux. Elle se serait attendue à ce qu'il la prenne dans ses bras et qu'il l'embrasse. À sa grande déception, Jérôme s'est contenté de lui tapoter la main. Au lieu de le blâmer pour son manque de réaction, Jeanne s'est dit qu'il la respecte trop pour profiter d'elle avant leur mariage. Elle n'a pas oublié ce qu'Agathe lui a confié sur un certain Augustin, même qu'il lui arrive de prier pour elle. Sa sœur a besoin d'indulgences.

Elle joint les mains et fixe la croix au-dessus de l'hôtel. Elle a décidé de réciter trois chapelets pour chacun de ses frères, son père, Agathe, Angélique et Antoinette en guise de cadeau de Noël. Elle hésite encore entre leur dire et garder le secret. Si elle parle, elle devra endurer leurs commentaires parce qu'ils ne manqueront pas de discuter de son geste et les garçons riront sans retenue. Si elle se tait, ce sera comme si elle ne leur offrait rien en cadeau. En même temps, ça n'aura rien de nouveau puisqu'elle n'a pas l'habitude de leur en faire. Alors qu'elle allait prendre une grande inspiration, elle se met à frissonner de partout. Elle essaie de bouger ses doigts et réalise très vite qu'elle est gelée jusqu'aux os. Ou elle sort d'ici en courant ou c'est une question de temps avant qu'elle se transforme en statue de glace. Elle se lève, sort du banc et remonte son col. Il ne lui reste plus qu'à espérer que sa belle-famille aura la bonté de chauffer la chapelle le jour du mariage.

Elle voudrait courir jusqu'au manoir, mais elle est tellement gelée qu'elle a l'impression d'avoir deux bouts de bois au lieu de ses jambes. Elle va devoir ménager ses transports si elle veut se rendre à son mariage sans engelure. Heureusement, rien ne l'empêche de prier dans sa chambre jusqu'à son départ pour Ville-Marie.

Jeanne trouve que son mariage ressemble de moins en moins à ce qu'elle souhaitait. D'ailleurs, elle ne cesse de se répéter que tout aurait été tellement plus simple s'il avait lieu à Ville-Marie. Elle s'en veut d'avoir cédé sur ce coup et, maintenant, il est trop tard pour changer quoi que ce soit. Elle a parfois l'impression qu'elle assistera au mariage d'une autre et ça la désole. Alors qu'elle croyait au moins pouvoir décorer la chapelle, Jérôme lui a appris que son père s'en occuperait. Les larmes lui sont montées aux yeux. Il lui tarde de retrouver les siens pour quelques jours et de célébrer Noël avec eux. Aux dernières nouvelles, sa belle-famille ne fête pas grand-chose.

26

Agathe ne sait plus où donner de la tête. Entre les préparatifs du mariage de Jeanne, ses affaires, ses filles et les visites à son aïeule, elle ne voit pas ses journées. Malgré les efforts soutenus de Perrine pour l'aider, elle a l'impression de tourner en rond. En réalité, il n'y a que lorsqu'elle entre chez grand-maman Godé qu'elle ne sent plus aucune pression.

— Viens t'asseoir près de moi, ma petite-fille, et raconte-moi ce qui te chicote.

Agathe voudrait se défiler qu'elle en serait incapable. Sa grand-mère la connaît par cœur. Voilà maintenant que la vieille dame lui tapote le bras pour l'encourager à parler.

— Comment dire ? J'ai l'impression d'être dépassée par les événements.

— Peut-être parce que tu en as trop pris.

— Sans doute, mais je ne peux rien enlever pour le moment. Il reste encore beaucoup de choses à faire pour organiser le mariage de Jeanne et madame se la coule douce à la seigneurie pendant qu'on se tue à l'ouvrage pour que tout soit parfait. Si seulement elle s'était mariée en ville, mais non, il fallait absolument que ce soit à la chapelle de la seigneurie de sa future belle-famille. Comme si ce n'était pas suffisant, on va ramener tous les invités à la nôtre pour le repas. Heureusement, mes amies s'en occupent en partie parce que…

Agathe pousse un grand soupir avant de poursuivre sur sa lancée :

— …je leur aurais servi des beurrées de beurre et un grand verre de lait.

Sa grand-mère éclate de rire. Il est rare que sa petite-fille se mette dans cet état, et pourtant, ce n'est pas la première fois qu'elle en a plein les bras. En réalité, il en a toujours été ainsi. Agathe est heureuse quand elle nage dans les projets.

— Si tu me disais ce qui te tracasse, maintenant, ajoute Françoise.

— Jeanne fait une erreur, je le sens, et elle ne veut rien entendre. De mon point de vue, elle va juste changer de prison : le couvent contre un mari.

— As-tu rencontré son Jérôme, au moins ?

— Une seule fois et ça m'a suffi pour comprendre le personnage. Il est aussi autoritaire que beau. Ça se voit et ça s'entend encore plus. Je n'ai pas réussi à saisir son intérêt à se marier avec ma sœur. Je te rappelle qu'elle passe beaucoup de temps à prier. Par contre, ce que je peux affirmer, c'est qu'il ne l'aime pas et elle non plus.

— Ça ne te rappelle pas quelque chose ? lui demande son aïeule.

Agathe fronce les sourcils et croise les bras. Elle réfléchit mieux ainsi.

— De mon point de vue, ajoute Françoise pour lui faciliter la tâche, ça ressemble étrangement à ton propre mariage.

— Oui, concède Agathe du bout des lèvres.

Agathe la regarde avec de gros yeux. Depuis quand sa grand-mère adorée se permet-elle de lui faire la leçon ?

— Si tu veux, on parlera de moi plus tard. Jérôme va contrôler ses moindres faits et gestes, qu'il soit là ou pas. Je te l'ai dit, Jeanne change seulement de prison. J'ajouterai sans grande chance de me tromper que celle dans laquelle elle est sur le point d'entrer n'aura aucune commune mesure avec le couvent. N'oublie pas qu'elle aura son beau-père dans les pattes et le reste de la famille. Quant à aller passer des heures à la chapelle, je serais étonnée qu'elle ait le temps.

— Le tableau que tu viens de dresser n'a rien de réjouissant, mais ni toi ni moi ne pouvons l'empêcher de se marier.

— Je sais tout ça, sauf que ça me gruge par en dedans.

Françoise lui serre doucement le bras. Agathe n'a pas son pareil.

— Dépêche-toi de passer à autre chose ! Tu as fait tout ce qu'il fallait pour Jeanne, de même que pour Françoise et pour Marguerite.

La vue d'Agathe se brouille d'un coup. Elle supporte mal l'échec depuis qu'elle est toute petite. Elle apprenait à marcher et se fâchait chaque fois qu'elle tombait au lieu de se relever comme la plupart des autres enfants et de recommencer. Tant et aussi longtemps que sa mère ne venait pas la consoler, elle ne bougeait pas. Heureusement, le temps a fait son œuvre et ses petites crises se sont faites de plus en plus rares. Aujourd'hui, elle sait comment faire face aux difficultés et aux revers de la vie. Quant aux échecs purs et durs, tous sans exception ont Dieu et ses sœurs comme dénominateur commun. Et ça l'horripile !

— C'est ce que je n'arrête pas de me répéter.

— Tu te fais du mal pour rien. Je sais que tu veux les aider, mais il serait grand temps d'apprendre que tu ne peux pas sauver quelqu'un malgré lui. Laisse Jeanne en paix et sois juste heureuse pour elle.

— Et si elle vient pleurer sur mon épaule ? Parce que c'est ce qui va arriver… je le sais.

— Tu n'auras qu'à la consoler comme tu le fais pour tous ceux que tu aimes.

Sa grand-mère est la personne la plus sage qu'elle connaisse. Avec elle, tout devient clair.

— Je te demande pardon, grand-maman, d'avoir essayé de diriger ta vie, je voulais juste t'aider.

— N'oublie pas d'ajouter : contre mon gré, réagit grand-mère Godé d'un ton légèrement sarcastique. Heureusement, je suis encore capable de me défendre. Tu as là un exemple parfait de ce que je viens de t'expliquer. Ce qui est bon pour toi ne l'est pas nécessairement pour l'autre. Je n'ai jamais été aussi heureuse que depuis le jour où tu m'as proposé d'emménager dans une de tes maisons. C'est de loin le plus beau cadeau qu'on m'ait jamais fait.

— Et pour Noël ? demande Agathe.

— Tu connais déjà la réponse, répond sa grand-mère d'un ton sec.

Agathe n'en revient pas qu'elle lui ait encore posé la même question, surtout après la discussion qu'elles viennent d'avoir sur son acharnement à décider de ce qui est bon pour les autres.

— Je te demande pardon, dit-elle d'une toute petite voix.

— C'est trop facile ! Il est plus que temps que tu apprennes à faire attention aux gens.

— Mais je…

— Laisse-moi finir ! Est-ce que je passe mon temps à te faire des reproches sur ton mari ? Non ! Je t'ai dit ce que j'en pensais et je suis passée à autre chose parce que je respecte ton choix. S'il avait fallu que je revienne à la charge chaque fois que j'étais en désaccord avec toi ou avec qui que ce soit, j'aurais passé ma vie à râler.

Agathe est sous le choc. Sa grand-mère ne lui a jamais parlé aussi durement. Elle reconnaît avoir dépassé les bornes et ce n'est pas la première fois. Elle voudrait lui promettre que ça ne se reproduira plus, sauf que ce ne serait que des paroles en l'air. Elle a la fâcheuse habitude de veiller sur les siens de trop près et ça ne date pas d'hier. Résultat : elle se fait rabrouer plus souvent qu'à son tour.

— Je te promets de faire mon gros possible pour arrêter de m'ingérer dans la vie des autres.

— Occupe-toi plutôt de la tienne parce que tu es la seule personne sur qui tu peux avoir une réelle influence.

Cette fois, Agathe pousse un grand soupir. Elle est venue ici dans l'espoir de passer un bon moment avec sa grand-mère et voilà qu'elle se fait attaquer de toutes parts pour avoir échappé trois malheureux petits mots. Elle a le cœur gros. Avoir su, elle serait restée bien tranquille au coin du feu au lieu de braver le froid. Elle baisse la tête et se frotte le menton afin de retrouver son calme. Lorsqu'elle pose les yeux sur sa grand-mère, cette dernière est debout et lui sourit.

— Approche que je te serre dans mes bras.

Agathe s'exécute. Son aïeule fait partie des rares personnes qui osent lui dire ses quatre vérités en face. Elle n'ira pas jusqu'à la remercier, elle déteste se faire prendre en défaut. Le mieux qu'elle puisse faire, c'est d'essayer de s'améliorer. Les larmes montent à ses yeux à l'instant où grand-mère Godé l'attire à elle. Les deux femmes restent soudées le temps qu'il faut pour que la source d'eau se tarisse.

— Merci, grand-maman, pour tout ce que tu m'as dit, déclare Agathe après avoir reculé d'un pas.

— Il fallait bien que quelqu'un le fasse.

— Et je préfère de loin que ce soit toi.

***

Louis suit Perrine comme son ombre depuis qu'Agathe l'a officiellement engagé. Il a été le premier surpris que son souhait se réalise aussi vite. Il en avait glissé un mot à son père il y a plusieurs semaines, mais sans plus. Il voulait toujours en parler à Agathe, sauf qu'il n'avait pas encore trouvé le moment idéal pour le faire. Depuis, il se réveille aux aurores et attend patiemment que ce soit l'heure de se rendre au bureau de sa sœur. Il est d'autant plus content d'être sous les ordres de Perrine. Elle ne laisse rien passer de plus qu'Agathe, mais il préfère son approche. Moins cassante et plus douce aussi. Dans sa bouche, même un ordre semble moins contraignant. En tant que dernier de la famille, Louis n'a jamais vraiment travaillé. Enfin, au sens où la plupart des gens l'entendent. Il donnait un coup de main au magasin depuis quelques années quand il en avait envie et ça s'arrêtait là. Tout comme ses frères, il a quitté l'école le jour où il a dit aux religieux qui lui enseignaient qu'il n'avait pas la vocation. Sans vouloir se vanter, il est bon en français et il se débrouille très bien avec les chiffres. Il aime les gens et, aux dires de son paternel, il sait convaincre. Ajoutons à cela que rien ne l'effraie, à part les Iroquois, bien sûr. Il en a une peur bleue. Perrine lui a confirmé qu'il possède tout ce qu'il faut pour réussir en affaires. Inutile de préciser qu'elle était ravie de le prendre sous son aile. D'abord parce qu'elle l'apprécie beaucoup et aussi parce que ça lui fait un petit velours d'avoir quelqu'un sous ses ordres. Bien sûr, elle ne s'en est pas vantée auprès d'Agathe et elle ne compte pas le faire non plus. À quoi bon lui rappeler qu'elle est ambitieuse puisqu'elle le sait déjà ?

— Bonjour, Perrine ! lance Louis sur un ton enjoué en faisant son entrée. Comment vas-tu ce matin ?

— Comme quelqu'un qui n'a pas fermé l'œil depuis deux jours. Je savais que vous fêtiez Noël, chez les Le Moyne, mais jamais avec autant d'intensité. J'ai de la misère à me mettre un pied devant l'autre.

— Fais-moi confiance, ça va finir par passer. Dois-je comprendre que tu préfères ne pas être invitée l'an prochain ?

— Au contraire, je compte bien être de la fête. J'ai adoré chaque instant passé en votre compagnie. Nicolas aussi, même si ton père l'a battu aux cartes. J'aime autant te dire que je n'ai pas fini d'en entendre parler. Sérieusement, on avait oublié à quel point ça fait du bien de lâcher son fou de temps en temps. Non seulement vous savez vous amuser, vous savez aussi mettre vos invités à l'aise. Tout était parfait !

— À part le mari d'Agathe ! À sa place, je l'aurais sorti de la maison à grands coups de pied. Espèce de grand flanc mou ! Il n'a même pas assez de classe pour savoir se tenir. S'il voulait boire comme un cochon, il n'avait qu'à rester chez lui ou à aller au cabaret. On se serait tous passés de sa présence. Une maudite chance qu'il chasse les Iroquois la plupart du temps parce qu'il y a longtemps que mon père l'aurait ramassé. L'autre jour, il m'a dit qu'il n'avait jamais détesté personne avant que ma sœur le marie. Je me demande encore ce qu'elle a pu lui trouver !

Perrine fronce les sourcils. Elle n'aurait pas mieux dit. Pierre est arrivé chez son beau-père en état d'ébriété avancé et il a continué à lever le coude jusqu'à ce qu'il s'effondre sur le plancher. Agathe était tellement furieuse qu'elle a demandé à ses frères de le ramener chez elle illico. Elle n'aurait pas pu supporter de le voir dans cet état ou de l'entendre ronfler. Angélique s'est portée volontaire pour l'accompagner, mais elle a refusé en disant: « S'il est assez vieux pour boire, il l'est aussi pour cuver son vin seul et il peut même dormir dans son vomi. »

— C'est à elle que tu devrais le demander. Crois-en mon expérience, il y a autant de raisons différentes pour se marier qu'il y a de mariages célébrés.

— Chose certaine, l'amour est absent de celui de ma sœur. Elle s'est mariée pour le meilleur et pour le pire et, à moins d'un miracle, le meilleur risque de ne jamais se présenter. C'est un mariage comme le tien que je veux faire, un mariage d'amour. Ça paraît que vous êtes heureux.

— Je dirais qu'on est heureux à quatre-vingt-quinze pour cent du temps. Je me considère très chanceuse d'avoir rencontré Nicolas. Pour revenir à Agathe, elle avait sûrement ses raisons de lui dire oui. Peut-être est-ce préférable de ne pas revenir sur la dernière frasque de son mari. Je ne connais pas une seule femme qui apprécie ce genre de situation, encore moins devant les siens.

— Message reçu ! Maintenant, dépêche-toi de me dire quel est le programme de la journée.

C'est une des raisons pour laquelle Perrine l'aime tant. Louis comprend vite et il n'hésite pas à changer son fusil d'épaule lorsqu'il fait fausse route. Cette attitude va lui éviter bien des problèmes, en affaires comme en amour.

— On va commencer par aller vérifier les travaux à l'intérieur des trois maisons en chantier. On doit avoir confiance en nos gens, mais on doit aussi les suivre de près parce qu'une erreur peut coûter cher. Ensuite, on reviendra ici et on reverra la liste des ouvriers nécessaires pour la construction du nouvel édifice. On évaluera aussi le nombre de jours de travail pour chacun, de même que les coûts. Je te rappelle qu'on a un budget à respecter. Quand on aura fini cette étape, on présentera le tout à Agathe et à ton père. On fera quelques ajustements et on ira réserver les ouvriers pour le printemps.

— Mais on n'aura jamais fini avant la fin de la journée! s'écrie Louis.

— Ce n'est pas l'objectif non plus! Préparer un projet prend autant de temps que sa réalisation. On va faire notre possible et on finira quand on finira. Prêt?

— Oh oui, madame!

***

Angélique vient de trouver un mot sur la table de cuisine en ce matin du lendemain de Noël. M. Pierre a décidé de les devancer à la seigneurie. Elle lève les yeux au ciel, soupire, secoue la tête et lève les bras pour les laisser tomber dans la seconde qui suit. Il aurait pu penser aux autres, pour une fois! Agathe et elle devront tout rapatrier pour le mariage de Jeanne, ce qui revient à dire qu'elles vont courir toute la journée si elles veulent être prêtes avant leur départ prévu à la première heure le lendemain matin. Heureusement que Perrine a offert de venir s'occuper des filles pendant leur absence. Les petites seront bien mieux au chaud, et dans leurs affaires. Angélique a remercié son amie deux fois plutôt qu'une. Ainsi, Agathe et elle pourront veiller à ce que tout soit prêt pour le mariage de Jeanne. Misère! Elle n'aurait pas pu attendre au printemps pour se marier!

Angélique met son tablier et commence à préparer le déjeuner. Tout aurait été tellement plus simple si elles n'étaient pas obligées de déplacer tout le monde jusqu'à Repentigny. Parcourir la distance entre ici et la seigneurie en hiver tient parfois du tour de force. Il suffit qu'il se mette à neiger à plein ciel pour que la route s'embourbe, voire qu'on la perde de vue par endroits. Et c'est pire lorsque le verglas se met de la partie. Voyager en hiver revêt son lot d'imprévus. C'est d'ailleurs pourquoi Agathe a choisi de passer la saison froide en ville. Tout compte fait, la vie y est beaucoup plus facile… à la condition qu'on y reste. Enfin ! Espérons que la température va s'adoucir d'ici à demain parce qu'il fait vraiment froid aujourd'hui. Le poêle a du mal à réchauffer la place alors qu'Angélique l'a rempli. Elle lève de nouveau les yeux au ciel. Si seulement M. Pierre avait eu la gentillesse de l'alimenter avant de partir, il ferait bon dans la cuisine. Décidément, elle ne comprendra jamais cet homme.

— Bonjour, Angélique ! s'écrie Agathe d'une voix joyeuse. Aurais-tu vu Pierre, par hasard ? Je ne l'ai pas entendu sortir de la chambre.

— Bonjour, patronne ! Il a laissé un mot sur la table.

Agathe change de couleur après l'avoir lu. Elle en a la preuve maintenant : son mari ne l'écoute pas quand elle parle. Elle lui a chanté sur tous les tons hier soir qu'elle comptait sur lui pour leur donner un coup de main et il s'est quand même poussé. S'il était devant elle à l'heure qu'il est, elle ne manquerait pas de lui jeter ses quatre vérités au visage. Il la gratifierait de son petit sourire niais habituel et ça la mettrait hors d'elle-même. Comment un homme peut-il être assez bête pour penser que sa femme peut tout faire sans lui ? Agathe reconnaît avoir ses torts. Probable même qu'elle lui a toujours donné cette impression. De nature vive, elle a développé la mauvaise habitude d'aller au-devant de tous ceux dont la vitesse de croisière n'est pas assez rapide à son goût, c'est-à-dire la majorité des gens. Angélique se plaît à lui dire qu'elle va plus vite que son ombre, ce qui n'est pas très loin de la vérité, à bien y penser. Pendant que certains analysent la situation trop longtemps pour elle et que d'autres attendent seulement que quelqu'un passe à l'action à leur place, Agathe prend les choses en mains sans même s'en rendre compte tellement c'est naturel chez elle. Malheureusement, Pierre a très vite compris sa manière de fonctionner et il s'en sert aussi souvent que faire se peut. Pourquoi se priverait-il ?

— Des fois, s'écrie Agathe, j'ai l'impression qu'il ne comprend rien à ce que je lui dis.

— Sans vouloir lui manquer de respect, ajoute Angélique en essayant de garder son sérieux, je pense plutôt qu'il a une oreille légèrement sélective.

— Particulièrement avec moi ! Je suis convaincue que son comportement est complètement différent lorsqu'il poursuit les Iroquois. Il le faut parce qu'il serait mort depuis longtemps.

Agathe secoue la tête pour chasser la mauvaise pensée qui envahit son esprit dans des moments comme celui-là, c'est-à-dire de totale insatisfaction face au comportement de sa tendre moitié. Et s'il lui arrivait malheur et qu'elle se retrouvait veuve tout à coup ? Eh bien, elle n'en mourrait pas. Au contraire, puisqu'elle serait libre de revoir Augustin. Elle soulève légèrement les épaules et soupire plus fort qu'elle le souhaiterait. Elle aimerait dire qu'elle s'en veut d'avoir de telles pensées, sauf que ce serait mentir. Même si elle savait très bien ce qu'était un mariage de convenance, il lui arrive parfois d'en sentir le poids.

— Tu aurais pu tomber sur bien pire, ajoute Angélique comme si elle lisait dans ses pensées. Je n'ai pas de conseil à te donner, mais, à ta place, je me paierais la traite de temps en temps, si tu vois ce que je veux dire.

— Le problème, c'est que je suis incapable de lui rendre la monnaie de sa pièce. Je ne me vois pas m'offrir une partie de jambes en l'air avec la peur au ventre que tout Ville-Marie soit au courant. J'ai une réputation à protéger.

— Et ton Pierre, une à entretenir ! ose ajouter Angélique.

— Ouais ! Bon, assez parlé de la bête. Aussi bien se mettre au travail si on veut être prêtes à partir. Jeanne m'a dit qu'elle serait ici à huit heures pétantes. Si tu veux savoir, je n'ai jamais eu aussi hâte de changer d'année.

27

Jeanne est magnifique dans sa robe de mariée. D'aussi loin qu'elle se souvienne, Agathe ne l'a jamais vue aussi heureuse, elle respire le bonheur par tous les pores de sa peau. L'envie de revenir à la charge avec toutes ses mises en garde a effleuré l'esprit de sa grande sœur à de nombreuses reprises depuis son réveil. Dès qu'elle s'apprêtait à ouvrir la bouche, elle entendait grand-maman Godé lui souffler à l'oreille de garder ses inquiétudes pour elle. Alors qu'ils sont à la veille de monter en voiture pour se rendre à la chapelle, Agathe résiste toujours, ce qui la rend plutôt fière.

— Une chance que mes filles ne sont pas là, s'écrie-t-elle à l'adresse d'Angélique qui voit aux derniers préparatifs du repas de noces.

— Sincèrement, je ne sais pas comment on aurait fait. On court comme des folles depuis qu'on est arrivées. Je ne sais pas pour toi, mais je commence à avoir hâte de passer à autre chose.

— Moi aussi ! Si on faisait le point avant de partir ?

— La soupe et les accompagnements sont prêts. Marie-Anne fait cuire les viandes chez elle et Charlotte, les tartes aux pommes. Clovis les aidera à tout apporter pendant qu'on sera à la chapelle. M. Pierre s'est occupé qu'il y ait à boire pour tout le monde. Les tables sont dressées. Il ne reste plus qu'à espérer que les invités pourront tous arriver à bon port.

— Merci, Angélique ! J'ignore ce que je ferais sans toi. Peux-tu t'assurer que la voiture est devant le manoir ? Je vais monter chercher la future mariée.

Jeanne ne se retourne pas quand Agathe fait irruption dans la chambre. Elle est perdue dans ses pensées. Elle est à compléter le bilan de sa vie depuis le départ de sa mère. Elle avait quatre ans et elle ne comprenait pas pourquoi toute sa famille s'était mise à pleurer d'un coup. Ni pourquoi sa maman adorée avait disparu sans même lui dire au revoir alors qu'un bébé garçon était apparu dans le berceau comme par enchantement. Elle s'était alors enfermée dans son monde, se faisant oublier la plupart du temps. Les années ont passé et elle a fini par jeter son dévolu sur Dieu. Marguerite et Françoise n'auraient rien fait pour l'influencer qu'elle aurait quand même versé dans la religion de manière excessive. Elle y trouvait tout le réconfort dont elle avait besoin. Puis, il y a eu le couvent. S'il y a un passage de sa vie qu'elle regrette, c'est bien celui-là. Plus les jours passaient, plus elle avait l'impression que les murs se refermaient sur elle. Ou elle sortait de là au plus vite, ou elle irait trouver Françoise. Et voilà qu'aujourd'hui, c'est le grand jour. Alors que plusieurs membres de sa famille croient qu'elle ne fait que changer de prison en se mariant, Jeanne sait hors de tout doute qu'elle a pris la bonne décision. Elle ne s'illusionne pas pour autant : son chemin ne sera pas pavé uniquement de pétales de roses. Il y aura des ronces ici et là. Il y aura aussi des moments de pur bonheur. Il lui tarde de plonger dans sa nouvelle vie et de découvrir enfin son mari. Dans quelques heures, elle dormira dans ses bras pour la première fois.

Agathe s'approche et met délicatement la main sur l'épaule de sa sœur pour attirer son attention.

— Il faut y aller, maintenant.

— Je n'ai jamais été aussi prête de toute ma vie, répond joyeusement Jeanne avant de l'embrasser sur la joue.

Au lieu de lui servir une de ses mises en garde dont elle seule connaît le secret, Agathe l'embrasse à son tour et l'entraîne hors de la chambre.

* * *

Tous les bancs sont occupés et, au grand plaisir des personnes présentes, la chaleur ambiante leur permet même de déboutonner leur manteau. C'est plus qu'espérait Jeanne.

— Vous pouvez embrasser la mariée! conclut le prêtre du bout des lèvres comme si ces derniers mots avaient eu du mal à les franchir.

Au grand plaisir de Jeanne, Jérôme ne se fait pas prier pour obéir au célébrant. Les mariés sont resplendissants lorsqu'ils descendent l'allée, ce qui fait dire aux invités qu'ils sont promis à un grand bonheur. Même sa famille proche veut y croire, Agathe comprise.

Le contraste de température est si grand lorsque les gens montent dans leur voiture qu'ils grelottent tous autant qu'ils sont et ça dure jusqu'à ce qu'ils fassent leur entrée dans le manoir de Pierre. Des odeurs de viande rôtie les accueillent avant même qu'ils descendent de leur voiture. Les nouveaux mariés font leur entrée par la grande porte et tous les invités leur emboîtent le pas. Des airs de violons arrivent très vite à leurs oreilles.

— Comment avez-vous su que j'adorais le violon? demande gentiment Jeanne à son beau-père.

— Je l'apprends à l'instant. C'est mon cadeau de mariage pour mon fils, il adore la musique.

Jeanne a les yeux dans l'eau. Elle réalise à l'instant qu'elle vient de se marier avec un homme dont elle ignore tout. Elle s'essuie les yeux du revers de la main et s'efforce d'avoir l'air du monde. Ce n'est ni le moment ni l'endroit de s'apitoyer sur son sort. Elle a voulu ce qui lui arrive et il ne tiendra qu'à elle de découvrir qui se cache sous les airs réservés de son mari. Elle sourit de plus belle. Ça lui fait drôle d'être mariée.

Agathe est la première à venir féliciter les nouveaux époux. Elle embrasse sa petite sœur et son beau-frère. À moins d'un revirement total du côté de Marguerite, il sera le seul et unique qu'elle aura.

— Je vous souhaite tout le bonheur possible, annonce-t-elle d'une voix enjouée.

Les mariés la remercient chaleureusement. Alors qu'elle allait s'éloigner pour laisser la place à d'autres, Jérôme lui dit :

— Je vous promets devant Dieu de prendre soin de Jeanne.

Au lieu de la rassurer, les paroles de son beau-frère lui donnent froid dans le dos. Elle baisse légèrement les yeux et file aussitôt à la cuisine.

— Comment puis-je vous être utile ? demande-t-elle en faisant son entrée.

Angélique fronce les sourcils lorsqu'elle voit sa tête. Elle aurait vu un revenant qu'elle ne serait pas plus pâle.

— Est-ce que ça va ? lui demande-t-elle en la prenant à part.

— Jeanne est mariée depuis quelques minutes seulement et je la plains déjà. Il y a quelque chose qui ne tourne pas rond chez Jérôme. On en reparlera un autre jour. Alors ?

— Rien puisque tout est prêt, lui répond Angélique. À moins que tu y voies un inconvénient, je pensais servir la soupe dans quelques minutes.

— À toi de voir! Puisque vous n'avez pas besoin de moi, je vais retourner faire la belle avec la famille de mon nouveau beau-frère pour en apprendre un peu sur son compte.

Angélique lui serre le bras et lui colle un baiser sur la joue, ce qui surprend Agathe pendant une fraction de seconde. Elle doit avoir l'air vraiment misérable pour qu'Angélique se laisse aller à autant de familiarité.

Tous les invités se sont régalés. Au point qu'il est resté juste assez de tout pour nourrir les cuisinières, et encore. Elles auraient voulu abuser qu'elles n'auraient pas pu. Avant de retourner chez elle, Marie-Anne et Charlotte remettent un sucre d'orge à l'érable à chacun après avoir pris soin de dire quelques mots sur leur entreprise à naître avec Agathe. Si le repas a suscité bien des oh! et des ah! ainsi que des compliments, leur petite gâterie en a inspiré deux fois plus. Elles en auraient eu à vendre que tous en auraient fait provision. À leur grande surprise, tante Catherine leur a fait promettre de l'aviser dès qu'elles en auront suffisamment pour les vendre. Le père du marié leur a demandé de faire circuler une feuille où tous les intéressés ont inscrit leur nom. C'est le cœur léger que Marie-Anne et Charlotte sont retournées chez elles. Nul doute, leur entreprise est vouée au succès.

Les derniers invités sont partis à la brunante. Les mariés, quant à eux, avaient quitté la place depuis belle lurette. À la grande joie d'Agathe, tante Catherine n'a pas traîné après le dîner.

— Un thé ou un whisky, patronne?

— Je pense qu'on mérite un bon whisky, mon amie. Reste assise, je m'en charge.

Agathe découvre plusieurs bouteilles vides avant de mettre la main sur une à moitié pleine.

— À voir la quantité de whisky qui a été bue aujourd'hui, je te confirme que plusieurs doivent avoir la bouche molle.

Sa boutade fait sourire Angélique. Elle s'est toujours demandé comment certaines personnes, en majorité des hommes, font pour avaler autant d'alcool en si peu de temps.

— J'espère seulement que mon cher époux ne s'écroulera pas au beau milieu de la cuisine du beau-père de Jeanne parce qu'il a trop bu. Entre toi et moi, j'aurais préféré qu'il reste ici. Plus j'insistais, plus il se campait sur sa position. Je n'ai jamais vu une tête de pioche pareille.

Angélique la regarde d'un drôle d'air avant d'y aller de son commentaire :

— Je connais quelqu'un qui a encore la vie plus dure que lui.

Au lieu de s'offusquer, Agathe lui tire la langue. Elle voudrait contester qu'elle en serait incapable. Elle ne serait pas rendue là si elle n'avait pas de caractère.

— C'était un très beau mariage, annonce Angélique après avoir trempé les lèvres dans le liquide ambré.

— Reste seulement à espérer que le bonheur sera au rendez-vous.

— Si tu laissais tes craintes de côté pour quelques jours…

— Tu as raison. Ma petite sœur vient de se marier et elle faisait plaisir à voir. La connaissant, elle va tout faire pour réussir son mariage. C'est son Jérôme qui m'inquiète.

— Oublie-le un peu lui aussi. Ils sont tous les deux adultes et seul le temps nous confirmera si c'était une bonne affaire.

Désolée pour ce que je viens de dire. Je pense que tu commences à déteindre sérieusement sur moi. À ta santé et aux amours de Jeanne !

***

Germain n'a toujours pas accepté que Charlotte l'ait largué. Devant son désarroi visible à l'œil nu et ses supplications répétées, elle a fini par accepter de retourner chasser avec lui de temps en temps. Évidemment, il ne rate pas une seule occasion de revenir à la charge et elle de lui rappeler que plus il en fait, plus ses chances de la faire changer d'idée diminuent. Il est venu la chercher aux aurores ce matin malgré la température glaciale qui sévit.

Heureusement pour Marie-Anne, Charlotte a pris soin de remplir le poêle à bois avant de partir. Il fait tellement bon dans leur maison qu'elle a décidé de traîner en jaquette, pour une fois. Elle resserre son châle autour de ses épaules et remet de l'eau à chauffer. Elle a envie d'un deuxième café et, avec un peu de chance, elle aura le temps de le boire avant que Philippe se réveille. Elle savoure chaque gorgée qui descend dans sa gorge.

Elle n'a jamais été aussi heureuse. Elle a reçu plus de compliments en une seule journée qu'au cours de toute sa vie. Ceux pour leur sucre d'orge l'ont tellement rassurée que son petit doigt lui dit que ça ne fait que commencer. *Pourvu que les érables coulent à flots le printemps prochain !* Bien que ce ne soit pas dans ses habitudes d'avoir hâte à demain, elle avoue humblement trouver l'hiver un peu trop long cette année. Elle sourit. Il n'y a pas si longtemps, elle ne se serait jamais permis d'espérer des jours meilleurs. Encore moins d'y rêver. Sa vie était si difficile qu'elle n'avait aucune envie de se projeter dans le futur. Le présent lui suffisait amplement.

De petits coups secs frappés à la porte d'entrée la font sursauter. Elle se demande qui ça peut bien être. Ce n'est qu'au moment de poser la main sur la poignée qu'elle réalise qu'elle porte toujours ses vêtements de nuit. Tant pis ! Elle n'aura qu'à s'excuser à Clovis et à aller s'habiller en vitesse une fois qu'il sera entré. Elle ne voit pas qui d'autre ce pourrait être. Elle est sans voix lorsqu'elle aperçoit François dans ses plus beaux atouts. Il a fière allure, coiffé de son chapeau de fourrure.

— Dépêche-toi d'entrer ! s'exclame-t-elle en se tassant de côté. J'ignorais que tu étais de retour.

— Je suis arrivé tard hier soir et je me suis endormi dans ma chaise avant qu'il fasse chaud dans ma maison. Je ne te dis pas à quel point il faisait froid.

Il lui sourit franchement et l'examine de la tête aux pieds comme s'il voulait se convaincre que sa mémoire est fidèle.

— Préfères-tu que je revienne plus tard ?

C'est bien mal connaître Marie-Anne de penser qu'elle va le retourner d'où il vient sans savoir pourquoi il est là.

— Accorde-moi seulement une minute pour m'habiller. Pour ma défense, je dirai que je me la suis coulée douce ce matin.

— Et je t'ai prise en flagrant délit. Je peux sortir, si tu veux.

— Non ! Non ! Va t'asseoir près du poêle, j'en ai pour une minute.

Marie-Anne disparaît derrière le paravent sculpté et offert par Clovis et drapé avec goût par sa mère. François est venu la voir, elle n'en revient pas. Elle a l'impression d'avoir des ailes. Elle fait aussi vite qu'elle peut et apparaît devant lui dans toute sa splendeur.

— As-tu déjeuné ?

— Tu vas me trouver bizarre… j'étais trop pressé de venir te voir pour avaler une seule bouchée.

Ses mots mettent quelques secondes avant de se frayer un chemin jusqu'à son esprit.

— Je suis venu te donner ton cadeau de Noël un peu en retard.

Marie-Anne en a le souffle coupé. Elle le regarde avec des points d'interrogation dans les yeux. François s'approche et lui fait son plus beau sourire.

— Je n'ai pas arrêté de penser à toi. Tu me plais beaucoup, Marie-Anne.

— À moi aussi, depuis la première fois que je t'ai vu. Je pensais que tu en avais après Charlotte.

— Je ne connais aucun homme digne de ce nom qui oserait détourner le regard une fois devant elle. Ton amie est une vraie beauté, mais c'est toi qui m'intéresses.

Le sourire de Marie-Anne s'élargit à mesure que François parle. Elle ignorait que la vie pouvait être aussi belle, et généreuse.

— Pourquoi avoir attendu aussi longtemps avant de te déclarer ? ne peut-elle s'empêcher de lui demander.

— Parce que tomber amoureux ne faisait pas partie de mes plans. Encore moins d'une veuve avec un enfant. Je ne suis pas parti seulement pour trapper, mais aussi pour réfléchir.

— Et maintenant ?

— Tu ferais de moi l'homme le plus heureux si tu acceptais ma demande en mariage.

Cette fois, Marie-Anne ne résiste pas à l'envie de se jeter à son cou. Une fois l'effet de surprise passé, François la serre contre lui et l'oblige à le regarder en posant son index sous son menton. Il n'a jamais autant désiré une femme. Il lui caresse la joue et dépose un chaste baiser sur ses lèvres. Puis, un autre et un autre…

Qui sait jusqu'où ils seraient allés si Philippe ne s'était pas réveillé. Les nouveaux amoureux prennent un peu de distance avant de se mettre à rire.

— Est-ce que je peux aller le chercher ? lui demande-t-il.

— Ne le prends pas mal s'il se met à pleurer, l'avise Marie-Anne, il est un peu sauvage depuis quelques semaines.

Au lieu de se mettre à hurler comme sa mère l'avait prédit, le petit se met à gazouiller, ce qui encourage François. Il n'a pour ainsi dire aucune expérience avec les enfants. Il le prend et va s'asseoir dans la chaise berçante avant de se mettre à lui fredonner une chanson de son enfance.

— Il est encore plus beau que dans mon souvenir, dit-il.

C'est à cet instant précis que Marie-Anne réalise que le bonheur peut être aussi souffrant que le malheur. Elle a mal aux joues à force de sourire et sa poitrine est si serrée qu'elle a l'impression que son cœur va exploser. Lorsque François lève la tête et la regarde, elle se sent fondre.

— Ça te dirait d'ouvrir ton cadeau ? Je l'ai laissé près de la porte.

Elle court le chercher et l'apporte sur la table. Il s'en faudrait de peu pour qu'elle se croie en plein rêve. Enfant, elle ne recevait jamais de cadeau, pas plus que le reste de sa famille, d'ailleurs. Une fois qu'elle a été mariée, tous ceux reçus de Gadiou sans exception ont laissé des traces sur son corps et sur son cœur. Celui de François est emballé dans de l'écorce de bouleau. Elle défait la corde autour et est sans mot lorsqu'elle aperçoit une peau de loup.

— J'en ai tué assez pour te faire un manteau… seulement si ça te plaît.

C'en est trop. Marie-Anne éclate en sanglots. François va déposer Philippe dans son berceau avant de venir la trouver. Il prend ses mains dans les siennes, l'attire à lui avec une telle douceur que ses larmes redoublent d'ardeur.

— Désolée !

— Ne pleure pas pour ça ! Tu n'as qu'à me dire quelle fourrure tu préfères.

— Tu vas me trouver folle ! C'est parce que c'est beaucoup trop de bonheur en même temps.

— Si ce n'est que ça, ma belle Marie-Anne, je vais tout faire pour t'aider à t'y habituer.

28

Marie a retrouvé le sourire depuis la veille de Noël. Elle a fêté la naissance du sauveur dans les bras d'un beau jeune homme de dix ans son cadet. Son seul regret ? Ne pas avoir succombé à son charme plus tôt. Elle a l'impression d'avoir rajeuni de dix ans. Même ses parents l'ont complimentée lorsqu'elle est allée leur rendre visite entre Noël et le jour de l'An. S'ils connaissaient la cause de sa bonne humeur, ils la renieraient sur-le-champ. Les prouesses au lit de son jeune et bel amant lui ont rappelé à quel point Sylvain, alias son mari, était nul. Elle sourit en repensant à cette nuit torride dans tous les sens du mot. Son petit écart de conduite a suffi à lui seul à lui faire apprécier Noël, pour une fois, ce qui n'est pas rien dans son cas.

Son cabaret n'a pas dérougi de toute la période des Fêtes. Si elle a fait des affaires d'or d'un côté, elle n'a jamais accordé autant de crédit de l'autre. Dans son emportement, elle a même fait confiance à quelques beaux parleurs. De la dizaine qui lui avait promis de payer leur dette rubis sur l'ongle la semaine d'après, seulement six ont tenu parole. Marie a fait comprendre aux autres qu'ils avaient intérêt à la rembourser s'ils ne voulaient pas se retrouver devant une paire de gros bras. Dans sa grande bonté, elle a fini par céder à leurs supplications et leur a accordé jusqu'à la fin du mois de janvier pour payer leur dû.

Son cadeau de Noël a fait des pieds et des mains pour revenir dans son lit depuis, sans succès. Marie lui a fait comprendre qu'elle cherchait juste un peu de distraction. Elle a reçu d'autres offres en bonne et due forme depuis ce jour-là, mais elle n'a pas encore récidivé. Troquer quelques précieuses heures de sommeil contre une partie de jambes en l'air peut paraître tentant, et ce l'est, sauf que le réveil est brutal lorsque les pleurs des enfants annoncent le début d'une longue journée suivie d'une autre et d'une autre encore.

Elle sursaute lorsque la porte d'entrée s'ouvre brusquement sur sa mère.

— Vous avez manqué me faire mourir de peur ! s'écrie-t-elle en mettant la main sur sa poitrine. Ce n'est pas vous qui m'avez appris à frapper avant d'entrer chez les gens ?

— J'ai frappé deux fois plutôt qu'une et je commençais à me demander s'il t'était arrivé quelque chose. Dormais-tu ?

— Jamais dans cent ans ! Je devais être distraite parce que je n'ai rien entendu du tout.

Perrine se retient d'ajouter qu'elle voit une seule raison pour rendre une femme sourde à ce point et, à bien y penser, elle préfère rester sur son impression. Ainsi, Nicolas ne pourra pas lui reprocher de ne lui avoir rien dit puisqu'elle ne sait rien. N'empêche que Perrine a de sérieux doutes que l'événement qui a redonné le sourire à Marie se soit passé avant sa visite à la maison familiale.

— Je frapperai plus fort la prochaine fois, ajoute Perrine en lui tapant un clin d'œil. Quoi de neuf, ma fille ?

— Comme dirait papa, mes journées se suivent et se ressemblent. Je travaille, je nettoie le cabaret, je m'occupe des enfants… et ça recommence. Vous savez quoi ? Je sais bien que j'ai tendance à me plaindre, mais sérieusement, ma vie est plus facile depuis que Sylvain a levé le camp. Et vous ? Vous en avez sûrement plus à raconter que moi.

Perrine la regarde d'un drôle d'air avant de lui répondre.

— J'ai gardé les filles d'Agathe pendant son séjour à la seigneurie et, je ne pensais pas dire ça un jour, je te confirme qu'il me suffirait d'un seul battement de cils pour m'habituer à être riche.

— J'avais cru comprendre que c'était simple chez elle.

— Ce l'est, mais c'est beaucoup plus beau que chez nous et ils ne se privent de rien.

— Seriez-vous jalouse, par hasard ?

Perrine pousse un grand soupir. Elle aimerait répondre par la négative, mais ce serait mentir. Depuis qu'elle fréquente Agathe, elle s'apitoie parfois sur son sort et crie à l'injustice. Elle s'en veut, mais c'est plus fort qu'elle. Pourquoi elle et pas moi ?

— À toi, je peux le dire… ça m'arrive. Et pourtant, s'il y en a une qui traite bien les gens qui l'entourent, c'est Agathe. Cette femme est d'une grande bonté et sa reconnaissance n'a pas de limites.

— Je veux bien le croire, mais, au final, c'est toujours elle qui a la plus grosse maison, le plus de propriétés, les plus belles robes…

— Et le mari le plus bête que la terre ait porté aussi !

Marie attend patiemment la suite, elle aimerait que sa mère développe son idée. De son côté, elle connaît suffisamment le personnage pour en parler en long et en large. Elle le ferait si c'était dans ses habitudes de déblatérer sur ses clients. Le jour où Sylvain et elle ont décidé d'ouvrir un cabaret pour assurer leur survie, ils se sont fait la promesse de ne pas jouer à ça. Encore aujourd'hui, Marie s'y tient la plupart du temps. Elle ne se privera pas pour autant d'en poursuivre un s'il ne paie pas ses dettes ni d'étaler publiquement sa vie s'il le faut.

— Pourriez-vous m'en dire plus ? demande-t-elle à sa mère.

— Si tu y tiens… Il n'a aucune manière. Il boit comme un trou. Il ne lève pas une paille à la maison. Il est fret comme un bloc de glace. Il n'a pas de morale non plus. Je me demande encore ce qu'Agathe lui a trouvé.

— Vous méritez une note parfaite. Quant à sa femme, dites-vous qu'elle y trouve sûrement son compte. Les couples comme papa et vous ne courent pas les rues, et ils sont encore moins nombreux chez les mieux nantis. Beaucoup d'entre eux font des mariages de convenance.

Il y a longtemps que la mère et la fille n'ont pas discuté d'aussi belle façon. Pour une rare fois, Marie remarque qu'elle n'est pas jugée et Perrine se sent libre de dire ce qu'elle pense.

— Embrasse les enfants pour moi, s'écrie tout à coup cette dernière, le devoir m'appelle.

— Bonne journée, maman !

***

La lune de miel de Jeanne a duré vingt-quatre heures. Depuis, elle joue le rôle de bonne dans sa belle-famille et ce n'est là qu'un euphémisme. La matrone qui est à leur service depuis longtemps se fait un malin plaisir à la commander. Jérôme l'a informée que l'ordre vient de son père. Avant même que Jeanne n'ait sollicité son aide, il lui a dit qu'il ne pouvait rien faire pour elle. Ici, personne ne conteste le patriarche. C'est ainsi que sa nouvelle épouse travaille du matin au soir sans relâche pendant que son mari fume tranquillement la pipe, les deux pieds sur la bavette du poêle. Il ne vient jamais se coucher en même temps qu'elle et, lorsqu'il l'honore enfin de sa présence, il pousse les couvertures au pied du lit, relève sa jaquette jusque par-dessus sa tête, s'étend sur elle de tout son long et la prend sans lui porter la moindre attention. Et si elle ose se plaindre qu'il lui fait mal, il redouble d'ardeur à la tâche. Depuis qu'elle est mariée à ce goujat, Jeanne prie Dieu pour qu'il l'en débarrasse. Jérôme lui fait peur. Elle n'a rien vu venir. Pire, elle avait une confiance aveugle en lui. Ce qu'elle a pu être bête et naïve d'avoir cru qu'elle faisait une bonne affaire ! Au moins aussi bonne qu'Agathe en épousant Pierre. Comment son beau-frère a-t-il pu oser la donner en pâture à son compagnon d'armes ? Pour sa défense, il prétextera qu'il le connaissait très peu et elle devra reconnaître qu'il le lui avait dit. Jeanne espère que sa grande sœur n'a pas droit au même traitement qu'elle de la part de son mari. Si seulement elle pouvait lui parler ou au moins lui écrire. D'ailleurs, Jeanne ne comprend pas pourquoi elle est sans nouvelles des siens. Elle reconnaît sans se faire prier que les garçons avaient hâte de s'en débarrasser, mais ce n'est pas une raison suffisante pour l'abandonner à son destin sans lui donner signe de vie.

Quant à son beau-père, il paraissait tellement gentil qu'elle n'a jamais imaginé qu'il se comporterait aussi mal avec elle. Surtout qu'elle n'a posé aucun geste pour lui déplaire, au contraire, elle a fait tout son possible pour ne pas le heurter et c'est ainsi qu'il la remercie, en la prenant de haut et en la traitant comme son esclave.

Jeanne en veut à la terre entière pour ce qui lui arrive alors qu'au fond, elle est la seule responsable de son malheur. Elle le sait, mais en attendant, elle souffre le martyre de récurer le plancher à genoux, de laver les vêtements de la famille au grand complet et de s'user les jointures sur la planche de bois, de nettoyer la cuisine… Elle n'est pas allée prier à la chapelle une seule fois. Quand elle a osé en parler à son bourreau, elle s'est fait revirer comme une crêpe. À ce rythme-là, Jeanne ne fêtera pas ses trente ans. L'idée de se sauver lui effleure l'esprit plusieurs fois par jour. Seul problème, elle ne voit pas comment elle pourrait y arriver. Elle n'a pas mis le nez dehors une seule fois depuis qu'elle est mariée, pas même pour assister à la messe.

Alors qu'elle croyait que sa vie serait plus douce une fois Jérôme parti à la guerre, elle a appris à la dure que la pomme ne tombe jamais très loin de l'arbre. Son beau-père entre dans sa chambre toutes les nuits et se sert exactement de la même façon que son fils. Seule différence : il lui met la main sur la bouche pour l'empêcher de crier. Jeanne ne pourra pas supporter cette vie très longtemps, c'est au-dessus de ses forces. Elle ne s'est jamais sentie aussi seule. Clovis lui avait pourtant promis de venir la voir, mais elle espère toujours sa visite. Elle doit trouver le moyen de s'enfuir d'ici au plus vite. Peut-être mourra-t-elle gelée, mais ça vaudra toujours mieux que de supporter son malheur. Quelque chose lui dit qu'il serait préférable de préparer sa sortie parce qu'on ne lui laissera pas la chance de se reprendre. Le plus simple sera de partir de nuit. Elle n'aura qu'à feindre un besoin urgent d'aller aux bécosses si jamais quelqu'un l'intercepte. Aussitôt dehors, elle prendra ses jambes à son cou et courra sans se retourner jusqu'à la seigneurie de son beau-frère. Elle n'a jamais parcouru la distance à pied et ne s'est jamais promenée en forêt non plus par ici. À bien y penser, elle devrait plutôt suivre la route qu'elle a empruntée lors de sa première visite au manoir et du jour de son mariage. Avec un peu de chance, elle reconnaîtra des lieux précis. Elle ferme les yeux dans l'espoir de s'endormir, mais le coq chante et elle est toujours éveillée.

***

Agathe pense encore à Augustin et ce n'est pas faute d'avoir essayé d'oublier jusqu'à son nom. Elle commence même à caresser le projet de faire un saut à Québec au début de l'été dans l'espoir de le revoir. Une petite voix lui dit qu'elle perdra son temps. Elle reconnaît que ses chances sont minces de tomber sur lui en pleine ville et, en même temps, elle ne perd pas grand-chose à essayer. Elle en profitera pour distribuer quelques sucres d'orge à l'érable dans les commerces les plus intéressants et elle rendra une petite visite à l'intendant, et peut-être même au gouverneur. Elle meurt d'envie de les entretenir de quelques-uns de ses sujets de prédilection, dont la création d'une usine de tissage, par exemple, et de son envie toujours grandissante d'exporter ses produits en plus grande quantité.

Elle a demandé d'entailler tous les érables qui se trouvent sur ses propriétés en ville et aux alentours ainsi que ceux de la seigneurie. D'après ses calculs, ça lui permettra de doubler la production de sirop. Aux dernières nouvelles, la saison s'annonce bonne. L'eau d'érable coule à flots et le sirop est d'une qualité exceptionnelle aux dires d'Angélique. Le seul inconvénient s'il en est un, c'est que ça lui prend plus qu'une gorgée pour vraiment l'apprécier. Et elle n'est pas la seule dans son cas.

— Un jour, lui dit Agathe en frissonnant, il va falloir que tu me révèles ton secret pour ingurgiter autant de sucre en si peu de temps.

— Il me suffit d'ouvrir la bouche et d'avaler, rigole Angélique.

— Très drôle ! Une chance que tu ne bois pas autant d'alcool parce que tu me ruinerais.

— Je te l'ai déjà dit, tu n'as qu'à déduire ma consommation de sirop d'érable de mes gages.

— Tu peux dormir sur tes deux oreilles, je te laisserai toujours manger à ta faim. Changement de sujet, comment as-tu trouvé ma grand-mère quand tu es allée lui porter son dîner ?

— Très en forme pour son âge, répond-elle sans hésiter.

Agathe lui fait un petit sourire en coin. Si Angélique pense s'en tirer avec une réponse toute faite, elle se trompe. Grand-maman Godé n'est plus de la première jeunesse et elle le sait. Ceci étant dit, il existe suffisamment de mots pour qualifier son état avec un peu plus de précision.

— D'accord ! finit par ajouter sa bonne adorée. Je dirais qu'elle a déjà connu des jours meilleurs, mais que…

C'en est trop pour que sa patronne garde son sérieux. La voilà qui rit aux éclats.

— Ah ! s'indigne faussement Angélique au bout de quelques secondes. Que veux-tu que je te dise de plus ? Elle n'est pas pétante de santé, mais, au moins, elle est en vie. Et en forme… autant qu'on puisse l'être à quatre-vingt-seize ans. Misère ! Plus je parle, plus je me cale. Sérieusement, elle va bien. Son moral est bon et elle mange tout ce que je lui apporte sans se faire prier. Et je suis sûre qu'elle serait très contente de te voir. J'ai une idée, tu devrais aller lui porter son dîner demain. Tu pourras juger de son état par toi-même.

— D'accord ! Ça te dirait qu'on aille prendre l'air avec les filles ? On pourrait faire un saut au magasin, il faut que je parle à papa.

— Je pense avoir avalé assez de sucre pour tenir le coup. Je vais les habiller.

Angélique adore se promener avec Agathe et ses filles. Tellement qu'il lui arrive parfois d'imaginer que les rôles sont inversés. Elle est la mère et Agathe, la bonne. Elle n'est pas du genre à envier les autres. C'est juste qu'elle aime s'offrir un peu de fantaisie de temps en temps. Elle sait bien qu'elle a une meilleure vie que la plupart des femmes de son rang. Elle porte de plus beaux vêtements aussi et elle mange à la même table que la famille. Elle est de toutes les fêtes et elle a voix au chapitre. Angélique gonfle la poitrine et relève la tête.

— Tu as vraiment fière allure, lance Agathe en la poussant légèrement du coude. Si on se promenait dans le Paris que Charlotte m'a décrit au lieu de Ville-Marie, tu passerais pour une dame de la haute société sans aucun doute. Et moi, pour ta bonne.

Sa dernière phrase déclenche un éclat de rire chez Angélique, elle est très vite imitée par son auteure. Ce n'est pas la première fois qu'Agathe lit dans ses pensées. À vrai dire, ça lui arrive régulièrement. Malgré sa proximité avec sa patronne, Angélique se verrait mal lui confier qu'elle était justement en train de penser à la même chose. Même à titre d'amie. La vie lui a appris qu'il y a des choses qu'il vaut mieux garder pour soi.

— Est-ce qu'il t'est déjà arrivé d'avoir envie d'inverser les rôles ?

Surprise, Angélique passe à un cheveu de s'étouffer avec sa salive. Elle pourrait jouer la carte de la bonne qui est contente de son sort, ce qui est vrai la plupart du temps. Elle pourrait aussi lui confier ses rêves de petite fille. Ce n'est pas comme si elle avait elle-même amorcé la discussion.

Plus souvent qu'à mon tour, confesse-t-elle d'une voix mal assurée. Je rêvais grand jusqu'au jour de mes quinze ans. Je croyais alors que tout était possible pour moi. J'ai déchanté d'un coup avant la fin de la journée quand mes parents m'ont appris qu'il m'avait trouvé une place de bonne chez un notaire. Je me suis mise à pleurer comme une Madeleine. Je vois encore leur air découragé. Cette nuit-là, au lieu de dormir, j'ai maudit tous ceux qui, contrairement à moi, avaient le pouvoir de réaliser leurs rêves.

La réponse d'Angélique ramène à la mémoire d'Agathe des souvenirs d'un temps où elle a cru que ses rêves s'étaient envolés en fumée. Par chance, contrairement à son amie, elle a pu les rattraper.

— J'ai fait la même chose que toi au décès de ma mère, lui confie Agathe. J'étais désespérée.

Perdues chacune dans leurs pensées, les deux amies gardent le silence jusqu'au magasin. La vie n'épargne personne, pas même les riches.

— Je vais t'attendre dehors avec les filles, annonce Angélique.

— Pas question ! Tu connais mon père aussi bien que moi, il va vouloir les prendre. Et je n'ai rien à lui dire que tu ne puisses pas entendre. Je vais t'ouvrir la porte.

Sitôt dit, sitôt fait. Aussitôt qu'il les aperçoit, Jacques vient les rejoindre. Il regarde ses petites-filles et tend les bras à Marguerite puisque de toute façon Mlle Agathe dort à poings fermés. Il la serre contre lui et la bécote dans le cou. L'enfant rit de bon cœur, ce qui encourage son grand-père à redoubler d'ardeur. Il la dépose ensuite par terre et lui tend la main.

— Vous allez nous excuser, dit-il en riant, mais on a un tas de choses à acheter.

— Pitié, papa ! l'implore Agathe. Je t'interdis de céder à tous ses caprices, pour une fois. Tu la gâtes trop.

— On ne gâte jamais trop un enfant, rectifie Angélique.

— Je suis d'accord avec toi, confirme Jacques. Quant à toi, ma fille, je te rappelle que tu as passé ton enfance à traîner au magasin et à te bourrer les joues. Ça ne t'a pas trop mal réussi, si je me fie à ce que je vois aujourd'hui. Allez vous promener un peu pendant que je m'occupe de ma petite-fille.

Angélique tire Agathe par le bras en riant. L'idée de se balader entre femmes lui plaît bien… ça arrive si peu souvent.

— Monsieur Jacques, lance-t-elle d'une voix forte, est-ce qu'on peut vous laisser le bébé ?

— Bien sûr ! Je vais demander à un des garçons de la prendre avec eux dans l'entrepôt. Amusez-vous bien !

— Aimerais-tu qu'on te rapporte une petite pâtisserie ? lui demande sa fille d'un ton moqueur.

— Une pour moi et une pour Marguerite ! l'avise-t-il en lui tapant un clin d'œil.

Aussitôt dehors, Agathe prend Angélique par le bras et l'entraîne en direction du commerce de Rose. Elles saluent plusieurs personnes au passage sans toutefois s'arrêter pour piquer une jasette. Il est si rare qu'elles puissent profiter d'un moment juste pour elles. C'est pourquoi elles n'ont aucune envie de le partager avec qui que ce soit. Elles jasent à qui mieux mieux et leur rire joyeux fait retourner les têtes partout où elles passent. Agathe ouvre la porte de la pâtisserie et, au lieu d'entrer, elle s'arrête sur le seuil et inspire à fond. Jamais elle ne se fatiguera de l'odeur du pain fraîchement sorti du four.

— Hé ! s'écrie Angélique qui a évité de justesse d'entrer en collision avec elle. Pense aux autres un peu. Je te rappelle que moi aussi, j'adore cette odeur. Allez, avance !

Agathe éclate de rire. Il va en falloir plus que ça pour la faire bouger. Rose observe la scène avec amusement de l'autre côté de son comptoir et avec une petite pointe d'envie. Il existe entre les deux femmes une telle complicité qu'elle lui rappelle immanquablement combien elle est seule. En réalité, sa vie se résume en un seul mot : travail. Elle se lève aux aurores et rentre chez elle seulement à la nuit tombée. Elle voit beaucoup de gens, mais tous viennent pour ses produits. Uniquement pour ses produits. Elle aura bientôt trente-quatre ans et la solitude commence à peser lourd sur ses épaules.

— Entrez, mesdames ! lance-t-elle dans l'espoir de mettre fin à son supplice. Et approchez.

Angélique profite de la diversion pour donner une petite poussée à Agathe. Au lieu de résister, elle marche jusqu'au comptoir d'un pas décidé et se lèche les babines en promenant son regard sur son contenu.

— Bonjour, Rose ! finit-elle par dire une fois son inspection terminée. Tu as un drôle d'air. Est-ce que ça va ?

Agathe est la dernière personne à qui mentir, elle s'en apercevrait. Rose soulève légèrement les épaules avant de lui répondre :

— À toi je peux bien le dire. Je vous regardais toutes les deux et je…

Elle plisse les yeux dans l'espoir de trouver le courage de poursuivre.

— …je crevais d'envie de vous voir aussi proches, aussi heureuses, alors que ma vie se résume à ma pâtisserie. Si mon père était encore de ce monde, il dirait que je me plains le ventre plein et je serais forcée de lui donner raison. Il ne me manque pas grand-chose, seulement un peu d'attention pour celle que je suis quand je retire mon tablier.

Agathe pose la main sur celle de Rose pendant qu'Angélique vient les rejoindre.

— Je ne te connais pas beaucoup, mais je comprends très bien ton manque, lui dit-elle. J'ai souffert du même pendant longtemps. Tu pourrais venir passer une soirée par semaine avec moi. Soit on jasera, soit on jouera aux cartes ou on tricotera. Tu n'auras qu'à me dire ce que tu préfères.

Rose cligne des yeux à répétition pour empêcher ses larmes de couler. Son offre lui va droit au cœur.

— À ta place, ajoute Agathe en lui tapotant la main, je me préparerais à avoir mal aux joues parce qu'Angélique est drôle comme une invention quand elle s'y met. À quelle heure peux-tu te libérer et quand ?

— Le mardi à compter de sept heures, répond Rose d'un ton décidé.

— C'est parfait pour moi, lui confirme Angélique. Maintenant qu'on a réglé le plus important, est-ce que je pourrais avoir un chausson aux pommes ?

— Deux de plus pour moi et un biscuit à l'avoine.

29

— C'est la troisième fois que je me fais repousser à la porte du manoir, se plaint Clovis, et je commence à m'inquiéter sérieusement pour Jeanne. D'après l'espèce d'armoire à glace qui leur sert de bonne, elle est encore allée passer quelques jours chez une vieille tante malade de sa belle-famille. Je suis même allé frapper chez le censitaire le plus proche pour essayer d'en savoir plus. Le pauvre homme m'a regardé avec de grands yeux comme s'il venait de voir le diable en personne et m'a dit qu'il n'était pas au courant de ce qui se passait chez le seigneur avant de me fermer la porte au nez.

— Tu me fais penser qu'elle n'a jamais répondu à ma lettre, annonce Charlotte.

— Ni à la mienne, ajoute Marie-Anne. Ce n'est pas comme si elle habitait à l'autre bout du monde. On est presque voisines.

— Je n'aime pas ça du tout, confirme Clovis, surtout que j'avais promis d'aller la voir.

— Peut-être qu'on s'en fait pour rien, ajoute Charlotte. Je vais écrire à Agathe et lui demander si elle a des nouvelles de sa sœur.

— Tu me fais penser, l'informe Clovis, j'ai du courrier pour vous.

Il sort deux lettres de sa poche et en remet une à chacune.

— La mienne vient d'Agathe, annonce Charlotte.

Elle déchire l'enveloppe en vitesse, sort la lettre, la déplie et se met en frais de la lire en diagonale.

— Jeanne ne lui a pas répondu non plus. Écoutez bien !

... J'ai un service à vous demander. Pourriez-vous faire un saut chez Jeanne pour prendre de ses nouvelles ? Je suis inquiète, elle n'a répondu à aucune de mes lettres et je lui en ai envoyé quatre depuis le début de l'année. J'ai questionné Pierre la dernière fois qu'il est passé à la maison et il m'a annoncé qu'aux dires de Jérôme, Jeanne et lui nagent en plein bonheur et ils ne ménagent pas leurs efforts pour qu'elle tombe enceinte. Ça ne ressemble pas à ma petite sœur de ne pas donner signe de vie, surtout si elle est aussi heureuse. Elle serait bien trop contente de me faire savoir que j'avais tout faux pour son mariage.

— Je veux bien y retourner, lance Clovis, mais je ne suis pas certain d'avoir plus de succès.

— J'ai une meilleure idée, avance Charlotte. La femme d'un de leurs censitaires devrait accoucher d'ici quelques jours. Je cuisinerai son mari quand il viendra me chercher et je ferai un saut au manoir après la naissance du bébé.

— Et si la mégère refuse de te laisser entrer ? lui demande Clovis.

Sa mère hausse les épaules et lève les bras dans les airs. À l'heure qu'il est, elle n'en sait strictement rien.

— J'improviserai, finit-elle par répondre.

— Tu pourrais t'écrier que sa grand-mère est mourante et qu'elle la réclame, propose Marie-Anne. À moins d'être enfermée à double tour dans sa chambre, Jeanne va sûrement réagir. Et si jamais ça ne fonctionnait pas, eh bien, je me présenterai en personne au manoir. Je connais bien leur bonne.

Deux paires d'yeux la fixent aussitôt avec insistance. Pourquoi Marie-Anne leur a-t-elle caché ce détail ? Elle aurait pu s'informer sur le futur mari de Jeanne et sur sa famille. Au lieu de ça, ils sont sans nouvelles de la jeune femme et Clovis s'est heurté à un mur à chacune de ses visites.

— C'est la sœur de ma mère, confesse-t-elle enfin dans un souffle, et…

Charlotte et Clovis sont suspendus à ses lèvres et la fixent avec plus d'intensité encore. Ils n'en reviennent pas qu'elle n'ait pas cru bon de les en informer.

— … elle est folle à lier. Vous vous demandez sûrement pourquoi je ne vous ai rien dit.

Marie-Anne hausse les épaules et son regard se voile. Elle n'a jamais parlé à personne de ce qu'elle s'apprête à dire. Elle se frotte ensuite la nuque et s'efforce de ne pas éclater en sanglots avant d'ajouter :

— Parce que j'ai goûté à sa médecine quand j'étais jeune. Mes parents m'envoyaient passer l'été chez elle et…

Sa voix se brise et de grosses larmes coulent sur ses joues. Elle prend une grande inspiration et poursuit :

— Elle me faisait travailler du matin au soir et avait juré de me tuer si jamais je mettais mes parents au courant. Je vous passe les détails. Mon supplice a duré jusqu'à ce qu'elle avise ma mère qu'elle s'était trouvé une place de bonne dans un manoir et qu'elle ne pourrait plus s'occuper de moi. Elle n'a plus jamais donné de ses nouvelles. J'ai surpris une conversation entre deux invités le jour du mariage de Jeanne et j'ai cru m'évanouir quand l'un d'entre eux a prononcé son nom.

— Tu aurais dû m'en parler, dit simplement Charlotte.

— Je ne te dis pas le nombre de fois que j'ai pensé à le faire sans jamais trouver le courage. J'ai même fini par me convaincre que Jeanne ne courait aucun danger puisqu'elle était mariée à un des fils de la maison. J'espère qu'il ne lui est rien arrivé de fâcheux parce que je ne me le pardonnerais pas.

— Que je te voie te culpabiliser ! s'indigne aussitôt Charlotte. N'oublie jamais que personne n'a forcé Jeanne à se marier, au contraire. On a tous essayé de la décourager. Ajoute à ça que le comportement de son beau-père aurait dû sonner une cloche dans sa tête. De mon point de vue, le seul responsable dans l'histoire, s'il y en a un, c'est le mari d'Agathe, et encore.

Les paroles de son amie bouleversent Marie-Anne. Elle se voit encore hésiter avant d'accepter la demande en mariage de Gadiou alors qu'elle n'avait pas d'autre choix. Ou elle tentait de sauver sa réputation en se mariant, ou elle acceptait d'élever l'enfant du mari d'Agathe dans la misère. De deux maux, elle a choisi le moindre. C'est du moins ce qu'il lui semblait à ce moment. Elle reconnaît que Charlotte a raison pour une chose : Jeanne avait le choix, elle.

— Vous savez quoi ? ajoute Marie-Anne dans un cri du cœur. Je suis tellement impatiente de revoir ma tante adorée que je vais aller la voir en personne.

— Pas question que tu y ailles seule, s'oppose aussitôt Clovis, j'irai avec toi.

— Tu en as assez fait. Je vais demander à François. Il connaît le père pour lui avoir vendu des peaux à plusieurs reprises et le fils pour l'avoir croisé quelques fois en forêt. Si ça peut vous rassurer, il ne porte aucun des deux dans son cœur. Je lui en parle ce soir sans faute.

Marie-Anne ne porte plus à terre depuis que son beau François lui a déclaré son amour. Plus elle en apprend sur lui, plus elle l'aime. Alors qu'elle craignait la réaction de Charlotte, son amie lui a répété sur tous les tons à quel point elle est heureuse pour elle. Depuis, il ne se passe pas un seul jour sans que les tourtereaux ne se réservent un moment ensemble. Charlotte lui offre même souvent de garder le petit Philippe. S'il ne tenait qu'à sa mère, elle le lui laisserait volontiers. Une fois sur deux, François refuse son offre parce qu'il veut le voir. Ils n'ont pas encore arrêté la date de leur mariage, mais tout porte à croire qu'ils seront mari et femme avant la fin de l'été. Ce n'est pas comme s'ils devaient construire leur nid et tout ce qui vient avec. Marie-Anne retournera vivre dans son ancienne maison. À sa grande surprise, François s'est d'abord assuré que ça ne la dérangeait pas.

— Pas si c'est avec toi ! lui a-t-elle répondu sur-le-champ.

Marie-Anne lui a fait part de sa décision concernant Cécile et il lui a dit que c'était la meilleure pour l'enfant. Ils projettent d'avoir une famille nombreuse. Ils ont déjà discuté des travaux d'agrandissement qu'ils devront apporter à leur maison le moment venu. Clovis a promis de les aider. François et lui s'entendent comme deux larrons en foire. Marie-Anne ignorait que le bonheur pouvait avoir aussi bon goût.

***

Agathe a tout fait pour céder sa place à Angélique, mais cette dernière a balayé toutes ses excuses du revers de la main. Elle voit bien que ces temps-ci, sa patronne a plus de travail qu'elle peut en faire malgré l'aide de Perrine et de Louis. Elle a quand même insisté pour qu'elle aille porter le dîner à sa grand-mère comme elle l'avait promis. Pourquoi ? Parce que son aïeule ne sera pas éternelle. D'ailleurs, hier, Angélique l'a trouvée plus pâle que d'habitude, et plus fatiguée aussi. Elle n'a rien dit à Agathe. Elle ne veut pas l'inquiéter plus qu'elle ne l'est déjà.

— Tout est prêt ! l'avise Angélique.

— Le temps de finir ma lettre à l'intendant et j'y vais.

— Il peut très bien attendre ton retour et ta grand-mère, non ? Allez ! Plus vite tu partiras, plus vite tu reviendras.

Agathe cligne des yeux et pousse un grand soupir. C'est la chose à faire et elle le sait sauf qu'elle a tellement d'ouvrage que s'absenter ne serait-ce qu'une heure va chambouler sa journée au grand complet. Elle se lève de sa chaise et sourit à Angélique en passant devant elle.

— Tu devrais survivre !

Cette fois, Agathe lui tire la langue. Elle court enfiler son manteau et ses bottes et part avec son petit panier rempli de bonnes choses pour sa grand-maman adorée. Elle devrait avoir honte d'être aussi avare de son temps pour celle qui a toujours été là pour elle.

Aussitôt dehors, elle remonte son col et fourre ses mains dans ses poches. En plus de venter à écorner les bœufs, l'air est tellement chargé d'humidité qu'elle frissonne. Elle marche si vite qu'elle a du mal à respirer quand elle arrive devant la maison de son aïeule. Elle reprend son souffle, frappe deux petits coups sur la porte et entre.

— Ne te dérange pas, s'écrie-t-elle, ce n'est que moi.

Elle retire ses bottes et son manteau en vitesse et file à la cuisine. Elle se sent rassurée en la voyant dans sa chaise berçante, elle dort à poings fermés. Elle vide son panier, sort une assiette et la remplit de rôti de porc et de patates jaunes, le repas préféré de sa grand-mère. Elle rit toute seule. C'est la troisième fois qu'Angélique en fait cette semaine. Agathe veut bien lui faire plaisir, mais il y a des limites à tout. Elle sort des couverts et la regarde dormir. Ce n'est qu'au bout de quelques secondes qu'elle réalise qu'il y a quelque chose d'anormal. Sa poitrine ne se soulève pas. Elle plisse les yeux dans l'espoir de mieux voir. Toujours rien. Elle se lève, met sa main sur son front et l'enlève aussitôt. Elle fait une nouvelle tentative sur sa joue et elle se met à trembler comme une feuille. Elle laisse s'écouler quelques secondes pour reprendre ses esprits et lui secoue le bras dans l'espoir qu'elle se réveille. Rien. Elle va s'asseoir avant de tomber et pleure toutes les larmes de son corps. Sa grand-mère adorée est morte. Elle n'entendra plus jamais son rire contagieux. Elle ne sera plus là pour la remettre sur le droit chemin. Elles ne referont plus le monde ensemble. Elle va lui manquer. Non ! Elle lui manque déjà.

Elle serait incapable de dire combien de temps il s'est écoulé depuis qu'elle s'est laissée tomber sur une chaise. Tout ce qu'elle sait, c'est qu'elle a failli entrer en collision avec Angélique au moment de sortir.

— Qu'est-il arrivé ? lui demande cette dernière. Tu es pâle à faire peur.

Au lieu de répondre, elle se jette dans ses bras et se remet à pleurer.

Angélique l'entraîne à l'intérieur. Elle l'abandonne le temps d'aller voir ce qui a mis Agathe dans cet état. Lorsqu'elle voit la vieille dame dans sa chaise berçante, elle s'approche. Elle met ensuite sa main sur son front, la retire et se signe. Elle rejoint son amie et l'entoure de nouveau de ses bras.

***

François et Marie-Anne descendent de voiture devant la porte d'entrée du manoir où habite Jeanne. Ils frappent et attendent qu'on vienne leur ouvrir. Comme ils n'obtiennent pas de réponse, ils frappent de nouveau.

— Je vais aller voir en arrière, annonce François.

— Attends! dit Marie-Anne, je vais sonder la porte et, si le verrou n'est pas dessus, je vais rentrer.

Elle tourne la poignée et la porte s'ouvre. Elle entre, fait quelques pas et annonce sa visite d'une voix forte.

— Bonjour, tante Mariette! C'est Marie-Anne, la fille aînée de ta sœur. Je veux te parler.

Des bruits de pas se font aussitôt entendre au fond du couloir. Une femme d'une cinquantaine d'années au visage sévère s'avance d'un pas leste jusqu'à elle. Au lieu de se laisser impressionner comme dans le temps, Marie-Anne soutient son regard sans effort. Sa tante lui fait maintenant face et ça ne lui fait ni chaud ni froid.

— Je cherche Jeanne.

Sa tante reste de marbre, ce qui lui fait dire que la partie n'est pas gagnée d'avance. En voyant ça, François s'approche, la regarde dans les yeux et lui dit sans sourciller:

— À votre place, je répondrais à Marie-Anne.

Au lieu de l'énerver, sa mise en garde lui tire un petit sourire.

— Écoutez, Mariette, ajoute François, ou vous nous dites où est Jeanne ou je fouille le manoir de fond en comble.

Plusieurs secondes s'écoulent avant qu'elle se décide enfin à parler.

— Elle s'est sauvée la nuit dernière.

— Je la comprends, ne peut s'empêcher d'ajouter Marie-Anne.

— Où est-elle, à présent? lui demande François.

— Comment voulez-vous que je le sache ? Monsieur ne reviendra que dans trois jours et Jérôme est en mission. Et moi, j'en ai déjà plein les bras avec les plus jeunes. Bon débarras ! Ce n'était qu'une gosse de riche. Allez-vous-en, maintenant.

Marie-Anne et François ne se font pas prier.

— On est au moins certains de ne pas l'avoir croisée sur la route, avance Marie-Anne, elle nous aurait reconnus. J'espère seulement que ma tante ne nous a pas menés en bateau, elle en serait capable.

— Tu l'as entendue comme moi, elle n'en a rien à faire de Jeanne. Elle a dû prendre le bois. J'espère juste qu'elle n'est pas sortie seulement en jaquette, il a fait un froid de canard la nuit passée.

— Pauvre Jeanne ! Qu'est-ce qu'on fait, maintenant ?

— On retourne chez nous et on requiert tous les censitaires. On va ratisser la forêt entre les deux seigneuries jusqu'à ce qu'on la retrouve.

MARQUIS
Québec, Canada